YANA DARKE

MURDEROUS HEARTS

BIS ZUM MORD

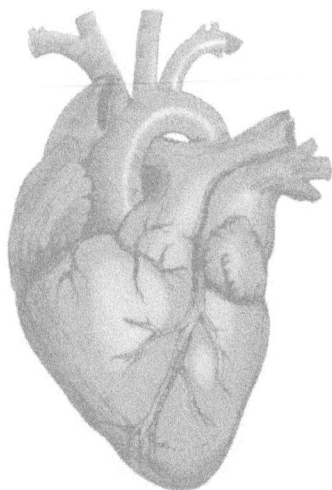

DARK ROMANCE THRILL

Impressum

Bibliografische Information der Deutschen Nationalbibliothek:
Die Deutsche Nationalbibliothek verzeichnet diese Publikation in der
Deutschen Nationalbibliografie; detaillierte bibliografische Daten sind
im Internet über http://dnb.dnb.de abrufbar.

Die automatisierte Analyse des Werkes, um daraus Informationen
insbesondere über Muster, Trends und Korrelationen gemäß §44b
UrhG (»Text und Data Mining«) zu gewinnen, ist untersagt.

Umschlaggestaltung: Schattmaier Design (www.schattmaier-
design.com)
Kapitelvignette: Yana Darke / Motiv: Pixabay

Verlag: BoD • Books on Demand GmbH, In de Tarpen 42, 22848

Norderstedt

Druck: Libri Plureos GmbH, Friedensallee 273, 22763 Hamburg

ISBN: 978-3-7597-7037-0

Impressum

Bibliografische Information der Deutschen Nationalbibliothek:
Die Deutsche Nationalbibliothek verzeichnet diese Publikation in der
Deutschen Nationalbibliografie; detaillierte bibliografische Daten sind
im Internet über http://dnb.dnb.de abrufbar.

Die automatisierte Analyse des Werkes, um daraus Informationen
insbesondere über Muster, Trends und Korrelationen gemäß §44b
UrhG (»Text und Data Mining«) zu gewinnen, ist untersagt.

© 2024 Yana Darke

Alle Rechte vorbehalten. Inhalte dürfen – auch auszugsweise – nur mit
Genehmigung der Autorin wiedergegeben werden.

Umschlaggestaltung: Schattmaier Design (www.schattmaier-
design.com)
Kapitelvignette: Yana Darke / Motiv: Pixabay

Verlag: BoD • Books on Demand GmbH, In de Tarpen 42, 22848
Norderstedt

Druck: Libri Plureos GmbH, Friedensallee 273, 22763 Hamburg

ISBN: 978-3-7597-7037-0

YANA DARKE

MURDEROUS HEARTS

BIS ZUM MORD

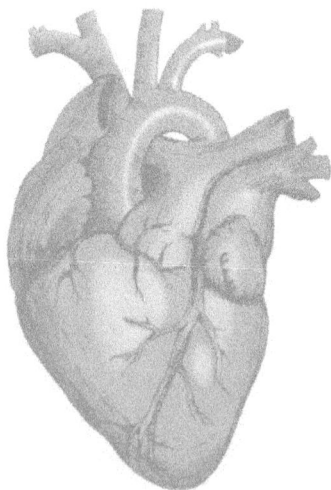

DARK ROMANCE THRILL

All denen, die im Dunkel tanzen und im Blutrausch leben, ist diese Geschichte gewidmet. Möge sie eure Herzen entfesseln und eure Seelen erzittern lassen.

Doch seid auf der Hut!

Betretet diese Welt mit eigenem Risiko, denn die Gefahr lauert hinter jeder Seite, und die Liebe ist ein tödliches Spiel.

Deshalb findet ihr auf Seite 385 eine Inhaltswarnung, die jedoch Spoiler für die gesamte Geschichte enthalten kann.

Mit einem Hauch von Grauen und einem Kuss voller Blut,
Yana Darke

Diesel

Lange, seidig blonde Haare fielen in lockeren Wellen über ihren Rücken und umrahmten ihr perfektes Porzellangesicht. Im Sonnenlicht schimmerten sie wie ein Heiligenschein, als hätte Gott höchstpersönlich ihr diese tödliche Anmut zugesprochen.

Die blasse Haut verlieh ihr ein beinahe gespenstisches Aussehen, während ihre durchdringenden, grünen Augen wie giftige Smaragde funkelten und eine Tiefe verrieten, die in mir den Wunsch weckten, mich darin zu verlieren.

Ihre Züge waren zart und doch markant, mit einem Hauch von Gefahr.

Schönheit und Grauen, so eng miteinander verwoben, übten eine unwiderstehliche Anziehungskraft auf mich aus.

Ich war wie gelähmt, unfähig, meinen Blick von ihrem Bild – einem Fahndungsbild – abzuwenden, durch das sie mit einem kalten, toten Ausdruck hindurchstarrte.

Milana Petrova.

Ein Name, der wie ein Flüstern durch die Unterwelt geisterte.

Ihre Geschichte war in blutroten Buchstaben geschrieben, ein makabres Echo ihrer Taten.

Sie war eine Serienmörderin, kaltblütig und grausam, verantwortlich für den Tod von Dutzenden Menschen in Bulgarien.

Und jetzt war sie hier, in unserer Stadt, und jagte ihre Opfer in den schmutzigen Gassen von New York.

Es war perfekt. Als hätte das Universum sie zu uns geführt.

»Ich will sie«, sagte Cieran, seine Stimme von der dünnen Rauchschicht um uns herum gedämpft. Wie ein bedrohliches Echo bebte der Wunsch durch den Raum.

Ich hob den Kopf und erkannte ein kurzes Funkeln, eine Spur von Verlangen in seinen dunkelbraunen Augen, ehe sie wieder eine tiefe Finsternis füllte.

Ich spürte dieselbe Begierde. Ein unheilvoller Sog, der mich verschlang.

Zum ersten Mal in meinem Leben spürte ich eine Sehnsucht, die so dunkel und intensiv war, dass sie mir den Atem raubte und mein Herz unerbittlich gegen meine Rippen schlug.

Ich wollte sie berühren, diese zarte Haut fühlen, diese blutroten Lippen schmecken, in diesen hypnotisierenden Augen versinken. Ich wollte ihre Seele durchdringen, ihre Geheimnisse lüften, verborgene Sehnsüchte und die Abgründe ihrer Dunkelheit ergründen.

Milana Petrova zu besitzen, sie zu bändigen, sie an unserer Seite zu haben war eine verlockende Vorstellung.

Ich wollte es.

Und er wollte es auch.

Sie war das Spiegelbild unserer Seelen, geformt von dem Dunklen, lechzend nach dem Bösen.

Sie gehörte zu uns.

Dunkle Wolken zogen über die Skyline von New York, spiegelten die Finsternis, die in meinem Inneren wuchs. Das kalte Licht der Leuchtreklamen tanzte wie Glühwürmchen auf der Glasfassade meines Büros, ein schimmerndes Labyrinth aus Macht und Gier.

Der Rauch meiner Zigarette wirbelte in dichten Schwaden um meine Finger, während mein Bruder und ich uns ansahen.

Es war wie ein Spiel mit einer tödlichen Waffe, ein Spiel mit dem Feuer, aber genau das machte es so spannend.

»Wollen wir spielen?«, fragte Cieran, als hätte er einen direkten Draht zu meinen Gedanken.

Mehr Worte brauchte es nicht.

Nur das leise Knistern des brennenden Tabaks war zu hören, als wir einen Pakt schlossen. Ein Pakt, der diese Frau auf ewig an uns band. Ein Pakt, der uns zu Rivalen, aber auch zu Verbündeten machte. Ein Pakt, dem wir nachkamen, bis sie unseres war und die Schatten ihrer Finsternis uns umarmten.

Milana

Ich wurde gejagt. In den letzten drei Wochen wurde ich von vier verschiedenen Männern angegriffen.

Ich hatte gedacht, dass mein Leben einfacher werden würde, wenn ich nach New York käme, aber offensichtlich lag ich falsch. Eine unsichtbare Bedrohung lauerte in den schmutzigen Gassen der Metropole.

Ich hatte gerade mal mein erstes Opfer auf amerikanischem Boden gefeiert, da wurde ich von dem ersten Kerl überfallen.

Jeder Schritt, den ich tat, jeder Atemzug, den ich nahm, hatte sich wie ein Tanz auf einem Minenfeld angefühlt, bereit, jeden Augenblick in die Luft zu fliegen.

New York City, die Stadt der Träume und der unendlichen Möglichkeiten, war plötzlich wie ein Gefängnis, dessen Mauern sich unaufhaltsam um mich herum schlossen. Doch ich weigerte mich, aufzugeben.

Jemand hatte es auf mich abgesehen. Und jetzt wusste ich, wer es war.

Die ersten drei Männer sagten kein Wort. Ihre Ängste vor denen, die sie geschickt hatten, waren größer als die Angst vor mir, größer als die Angst vor dem Tod.

Dieser Typ war ein wenig gesprächiger, seine Angst vor mir und dem Tod war größer als die der anderen.

Meine Fragen hallten in der Dunkelheit wider, als ich mich über ihn beugte. Meine Augen funkelten vor Entschlossenheit und einer Prise Furchtlosigkeit. Die Wahrheit war zum Greifen nah, und ich würde nicht zulassen, dass sie mir wieder entkam.

»Die Revamonte-Brüder«, brachte er erstickt hervor, als ich meine langen, schwarzen Fingernägel an seine Wange presste, eine scharfe Kontrastlinie zwischen seiner blassen Haut und meinen dunklen Nägeln. Ich hatte ihm damit gedroht, seine Augäpfel herauszukratzen.

»Wer sind sie?«, fragte ich, doch er schwieg. Ein Schauer durchlief seinen Körper, als er spürte, wie die Spitzen meiner Nägel tiefer in seine Haut tauchten, bereit, sie zu durchdringen und seine Augäpfel zu erreichen. Sie fanden ihren Weg entlang seines Kiefers, von seinem Kinn hinauf zu seinen Wangenknochen, wie Schatten, die auf der Suche nach einem schwachen Punkt waren.

»Sie herrschen über die Unterwelt von New York«, gestand er, seine Stimme bebend vor Furcht. »Sie führen das größte Drogenkartell der Stadt.«

Die Antwort ließ mich einen Moment innehalten. Drogenhändler. Warum sollten sie es auf mich abgesehen haben? Die Verbindung schien vage, aber ich spürte, dass es mehr gab, als auf den ersten Blick ersichtlich war.

»Warum wollen sie mich töten?«, wollte ich wissen. Meine Gedanken wirbelten wild, um die Verbindung zwischen mir und diesen Männern zu verstehen.

»Sie wollen nicht, dass du getötet wirst.«

Langsam beugte ich mich näher zu ihm hinab, unsere Gesichter nur wenige Zentimeter voneinander entfernt. Mein Atem formte kleine Wölkchen in der kalten Luft, während ich ihn intensiv fixierte. »Was wollen sie dann?«

»Ich…« Seine Stimme brach in einem Krächzen ab. »Ich weiß e-es nicht«, stammelte er von panischer Angst gepackt.

»Lügen haben kurze Beine, Rafe«, sagte ich, während ich meine Fingernägel zu seinem Oberschenkel gleiten ließ. Es war eine Vorwarnung für das, was ihm bevorstand, wenn er mir nicht die Wahrheit gesagt hätte.

Der Mann schluckte schwer, seine Lippen zitterten vor Furcht. »Ich… ich weiß es wirklich nicht«, brachte er mühsam hervor. »I-Ich sollte dich nur finden und zu ihnen bringen.«

Seine Augen füllten sich mit Tränen, und ich schmeckte die süße Note der Todesangst, die in der Luft lag. Er war ein Spielzeug in meinen Händen, eines, das nur ich allein kontrollierte. Ein zynisches Lächeln spielte um meine Lippen, während ich die Kontrolle über die Situation fest in meinen Händen behielt.

»Wohin solltest du mich bringen? Wo sind sie?«, bohrte ich weiter nach, meine Geduld langsam schwindend, während ich ihn mit starrem Blick fixierte und meine Muskeln sich unwillkürlich anspannten.

Er zögerte, und ich spürte den Drang, ihn zu brechen, ihn zu zwingen, mir die Informationen zu geben, die ich brauchte. In einem Versprechen von Schmerz und Qual, presste ich meine Fingerspitze tiefer in sein Fleisch.

»Riverside Residence«, stieß er über die Lippen. »Das Penthouse-Apartment.«

Ich kannte das Gebäude nicht, aber ich würde es finden und es diesen elenden Arschlöchern heimzahlen. Ich würde ihnen zeigen, dass man sich nicht mit einer Serienmörderin anlegte. Sie hatten den falschen Menschen gejagt. Jetzt würde ich ihnen die Konsequenzen dafür zu spüren geben.

Als ich von Rafe wegtrat, hörte ich, wie er erleichtert aufatmete. Ein Fehler. Denn in meiner Welt gab es keine Gnade, keine Vergebung und kein Erbarmen – nur Dunkelheit und den unstillbaren Durst nach Blut.

Er hatte mir geholfen, aber das half ihm nicht. Er war gezeichnet. Gezeichnet als mein Opfer in dem Moment, als meine kalten, schonungslosen Augen auf ihm gelandet waren.

»Jetzt machen wir den Brüdern ein schönes Geschenk, meinst du nicht auch?«, wisperte ich mit einem unheilvollen Schmunzeln auf den Lippen.

»Ja.« Seine Antwort kam hastig und zustimmend, begleitet von einem nervösen Grinsen und heftigen Nicken.

Was ein Idiot. Er hatte ja keine Ahnung.

Das finstere Lächeln auf meinen Lippen wurde breiter. Ich ging zum anderen Ende des Tisches, der hinter dem Stuhl stand auf dem er saß, wo ich meine Sammlung von Messern bereitgelegt hatte.

Mit den Fingern glitt ich liebevoll über die glänzenden Klingen, spürte ihre scharfen Ränder, die verheißungsvoll auf mich warteten. Jedes Messer hatte seine einzigartige Geschichte, seine einmalige Vergangenheit aus Blut und Schrecken, keines war wie das andere. Jedes war für eine spezifische Art von Schmerz und Leid geschaffen.

Ich hielt inne, als meine Fingerkuppen auf ein besonderes Messer mit einem Griff aus dunklem Holz, verziert mit gravierten Symbolen, trafen – eine schlanke Klinge aus schimmerndem Stahl, scheinbar unscheinbar, aber von tödlicher Präzision. Es war eines meiner Lieblingsmesser, mein Werkzeug der Wahl für spezielle Anlässe, und es würde auch heute die Hauptrolle einnehmen.

Es war perfekt für Rafe, einen Mann, der glaubte, dass er dem Schicksal entrinnen konnte. Doch er hatte sich geirrt. Denn in meinen Händen würde dieses Messer zu seinem Richter, zu seiner Verdammnis werden.

Ich nahm es, spürte die feinen Gravuren in dem Griff, die sich in meine Haut gruben, und lächelte düster. Rafe würde dieses Messer kennenlernen, seine Schönheit und seine Grausamkeit, bevor es sein Fleisch durchdrang und sein Leben beendete.

Ich drehte mich wieder zu ihm um. Meine Hand glitt über die

dreckige Tischkante, die Fingerspitzen kalt wie der Tod, bis sie schließlich auf seiner Schulter landeten und ihn festhielten.

»Möchtest du wissen, was ihr Geschenk sein wird?« Ich lehnte mich neben seinem Kopf hervor.

Er reagierte nicht mehr. Er erkannte seinen Irrtum. Er realisierte, dass er hier nicht lebendig herauskommen würde.

Ein teuflisches Lächeln spielte um meine Lippen, als ich mich an sein Ohr lehnte. Meine Lippen berührten sein warmes, zartes Ohrläppchen, als ich flüsterte: »Ich werde ihnen deine Einzelteile schicken.« Sein Körper verkrampfte sich. »Eines nach dem anderen. Solange bis keines mehr übrig ist.«

Verzweifelt schüttelte er den Kopf. »Bitte«, flehte er, seine Stimme zitternd vor Panik, »bitte nicht. Ich habe dir alles erzählt, was du wissen wolltest.«

Auch ich schüttelte den Kopf und drückte die Spitze des Messers gegen seinen Handrücken. »Das Schicksal hat dich zu mir geführt, und ich werde entscheiden, wann es vorbei ist«, erklärte ich. »Aber keine Sorge, ich mache es kurz.« Nicht schmerzlos.

Bei meinen letzten Opfern hatte ich eine neue Vorliebe von mir entdeckt. Ich zog es vor, mich erst so richtig mit ihnen zu befassen, wenn sie bereits tot waren, wenn ich ihre Herzen zum Stillstand gebracht hatte und sie ganz mir gehörten. Also würde ich es für Rafe kurz machen.

Ohne Vorwarnung hob ich das Messer und rammte es in seinen kleinen Finger. Ein Aufschrei zerriss die Ruhe der Nacht, gefolgt von einem unaufhaltsamen Strom von Blut.

»Noch neun, dann bringe ich dich um und nehme dir jedes weitere Glied deines Körpers.« Meine Stimme war so kühl wie die Klinge meiner Waffe, meine Augen so leer wie mein Inneres.

Ich tat, was ich sagte, und mit jedem abgetrennten Finger wuchs meine Leidenschaft. Sie war ein betäubender Rausch.

Ich fühlte die Hitze seines Blutes auf meiner Haut, spürte den Widerstand seiner Knochen, während ich sie mit unerbittlicher Entschlossenheit durchtrennte.

Sorgsam legte ich einen Finger nach dem anderen auf den Tisch und schuf ein künstlerisches Meisterwerk.

Als alle seine Finger zusammengefügt waren und seine Hände vor Blut trieften, hielt ich mein Versprechen. Ich legte das zehnte Glied zu den anderen und drehte mich zu ihm um, fuhr mit der scharfen Schneide des blutigen Messers über seine Kehle. Das Blut schoss aus seinem Hals wie das Wasser aus einem Springbrunnen.

Rafe riss den Mund auf, ein Schrei entkam, der abrupt erstickte. Seine Augen, einst voller Leben und Angst, erloschen langsam, als sein Körper aufgab und sich dem endgültigen Schicksal überließ.

Sein letzter Schrei hallte in meinen Ohren wider, ein verzweifelter, qualvoller Klang, der mir eine süße Befriedigung verschaffte.

Ich spürte keinen Hauch von Reue, nur die finstere Euphorie, die mich erfüllte, als ich meinen Akt der Zerstörung vollendete.

Jeder Schnitt war von einem leisen Zischen begleitet, während das rote Blut in dünnen Rinnsalen zu Boden tropfte.

Als ich das letzte Stück seines Körpers abtrennte, lag mein Opfer vor mir auf dem Tisch, verstümmelt in viele Einzelteile und nicht wiederzuerkennen, ein hinreißendes Werk meiner düsteren Kunst.

Mit zärtlichen Händen nahm ich eines der abgetrennten Ohren und legte es in eine kleine Schachtel. Sie war verziert mit filigranen Mustern, die im schwachen Licht, das durch die schmutzigen Fenster in das verlassene Gebäude fiel, metallisch schimmerte.

Ich betrachtete das Ohr, das darin ruhte, wie ein kostbares Juwel. Denn für mich war es nicht nur ein Körperteil, es war ein Symbol meiner Macht. Die Haut war blass und kalt, die Blutspuren getrocknet und dunkel, sie waren eine direkte Verbindung zu den Abgründen meiner Seele.

Vorsichtig klappte ich den Deckel zu und schloss die Schachtel mit dem Wissen, dass die Revamonte-Brüder die nächsten sein würden, die sie öffneten.

Es war seltsam, wie sehr ich mich auf diesen Moment freute, auf ihre Reaktion, wenn sie die Schachtel öffneten und die Grausamkeit meiner Natur erkannten.

Vielleicht würde ich sie aus der Ferne beobachten, verborgen in den Schatten, ein stiller Zeuge ihres Entsetzens. Oder vielleicht würde ich selbst in ihr Versteck eindringen, mich in ihrer Angst suhlen und an ihrem Schrecken laben.

Wie auch immer. Die Brüder würden mich nie mehr unterschätzen. Sie würden meine dunkle Macht und meinen unersättlichen Hunger nach Grauen kennenlernen – und sie würden zittern vor der Gewissheit, dass ich ihnen immer einen Schritt voraus war. Ihr Wunsch, mich in ihr Leben bringen zu wollen, würde ersticken. Sie würden bereuen es sich jemals erhofft zu haben. Und noch mehr werden sie bereuen, mich herausgefordert zu haben.

Cieran

Die Wohnung war ein stickiges Gefängnis, umhüllt vom dumpfen Duft kalten Kaffees und abgestandener Luft, der sich wie ein unsichtbarer Schleier über den Raum legte. Jeder Atemzug fühlte sich an wie ein Kampf gegen die Schwere der Atmosphäre.

»Wo ist sie?«, entfuhr es mir, meine Stimme ein raues Flüstern, das die düstere Stille durchdrang. »Wo zum Teufel ist sie?!«

Wochenlang jagten wir sie, doch alles, was wir zurückbekamen, waren die Leichenteile unserer besten Männer. Rücksichtslos und schamlos zerstückelte Milana jeden einzelnen und brachte sie als grausige Botschaften zurück an unsere Tür.

Jede Nacht verbrachten wir wach, um sie zu fangen, während sie eine weitere Schachtel vor unserem Apartment platzierte, aber irgendwie entkam sie uns trotzdem jedes einzelne Mal.

Diesel stand auf und ging zum Fenster. Er blickt hinaus auf die Stadt, die allmählich im Abendlicht versank. »Wir werden sie finden«, sagte er fest entschlossen.

Ich war genauso wild entschlossen, sie zu finden, dieses Ziel schien mir bloß unerreichbar zu sein. Es wirkte, als wären wir nicht einmal ansatzweise in ihre Nähe gekommen, als wäre sie meilenweit entfernt, auch wenn sie sich in derselben Stadt wie wir aufhielt.

»Wieso?«, keifte Ryleigh. Sie machte sich nicht mal die Mühe, ihren Unmut zu verbergen. »Was ist so besonders an ihr? Warum seid ihr so besessen davon, sie zu schnappen?«

Ich presste die Lippen zusammen, unterdrückte den Drang, ihr die Zähne aus dem Gesicht zu schlagen und ihr die Wahrheit entgegen zu schleudern. Die Wut in mir brodelte, ein siedendes Inferno, das drohte, mich zu verschlingen.

Milana Petrova war die Perfektion des Bösen. Die personifizierte Verkörperung des Bösen. In ihren giftig grünen Augen lag der Tod, gepaart mit einer verführerischen Leere, die mich anzog, die mich fesselte. Es war, als kontrollierte sie meine Seele, als ließe sie mich wie eine Marionette nach ihrem Willen tanzen.

Es war ein Zwang. Wir konnten nicht anders. Sie hatte uns in ihren Bann gezogen. Sie hatte uns gefangen genommen, uns in ihren Strudel aus Dunkelheit und Verderben gezogen, vor dem es keine Chance auf Flucht gab. Wir mussten sie haben – ganz egal wie weit wir dafür gehen und wie viele Regeln dafür gebrochen werden mussten.

Mein Blick verlor sich in der Leere, meine Augen flackerten unruhig. Ryleigh würde das niemals begreifen können.

»Sie ist clever«, beharrte sie hartnäckig. »Zu clever für euch.«

Ein Funken Zorn entzündete sich in meinen dunkelbraunen Augen.

Diesel wirbelte zu uns herum. »Clever? Nein, sie ist nicht clever, sondern verdammt dumm und glücklich! Sie spielt mit uns, tanzt uns auf der Nase herum! Und ich wette, sie genießt jede verdammte Minute davon.«

»Vielleicht solltet ihr einfach aufhören, wie eine Horde wilder Tiere hinter ihr herzujagen, als würdet ihr sie zur Strecke bringen wollen«, riet sie uns. »Sie ist verrückt, sie ist eine Mörderin. Sie liebt dieses Spiel.«

Ihr Verhalten ging mir auf die Nerven.

Ein heiseres Lachen entwich meinen Lippen. »Sollen wir ihr etwa Blumen schenken und sie um ein Date bitten?«, höhnte ich gereizt. »Vielleicht lädt sie uns dann ja auf einen Kaffee ein und wir können uns über ihre Lieblingsfarbe unterhalten.«

Ryleigh sah mich mit weit aufgerissenen Augen an, als ob ich plötzlich den Verstand verloren hätte, als hätte ich das Offensichtliche nicht erkannt. »Ehm, ja«, sagte sie. »Genau das.«

Bedrohlich beugte ich mich über sie. »Aber wir wollen kein Date, Ryleigh«, entgegnete ich, meine Stimme gefährlich leise und ruhig. »Wir wollen nicht mit ihr reden und uns über ihre Lieblingsfarbe unterhalten. Wir wollen sie in Besitz nehmen, Milana soll uns gehören. Wir wollen sie ficken.«

Sie schluckte heftig und senkte den Kopf. Ihre Miene verriet eine Mischung aus Furcht und Unterwerfung.

Ryleigh überschätzte sich selbst. Sie positionierte sich auf eine Weise, die wir ihr nie zugestanden hatten. Sie glaubte, sie hätte eine Stimme, eine Meinung, die zählte, einen Standpunkt, den sie vertreten könnte, obwohl sie in Wirklichkeit nur eine weitere Angestellte in unserem Drogenring war. Sie war austauschbar. Mehr nicht.

Das Schweigen, das auf diese Worte folgte, war schwer und bedrückend. Ich spürte, wie sich eine Spannung im Raum ausbreitete, Aggression und Frustration gemischt lasteten wie ein unsichtbares Gewicht auf unseren Schultern.

Schließlich löste sich Ryleigh aus ihrer erstarrten Haltung und hob den Blick. »Ich verstehe«, murmelte sie leise, doch ich wusste, dass sie das nicht tat. Sie verstand es nicht. Sie hatte nicht die geringste Ahnung.

Ihre Worte klangen hohl in meinen Ohren, als ob sie einfach das sagte, was sie glaubte, dass wir hören wollten. Aber die Bedeutung dessen, was wir durchmachten, durchdrang sie nicht. Ryleigh war eine Fremde in unserer Welt der Dunkelheit und Gewalt, und sie würde niemals die tiefen Abgründe verstehen, in die wir uns hineinbewegten.

Ich wandte den Blick von ihr ab und ließ ihn durch den Raum schweifen. Die düsteren Schatten, die sich in den Ecken versteckten, schienen sich mit jedem Augenblick zu verdichten, während die Sehnsucht in uns immer stärker wurde. So stark, dass ich das Gefühl hatte, es hätte mich umbringen können. Wir mussten Milana finden, ehe es uns wirklich tötete.

Ein Seufzen entrang sich meiner Kehle, als ich mich daran erinnerte, wie sie uns immer wieder einen Schritt voraus war. Ihre Taktik war raffiniert, ihre Bewegungen geschmeidig wie die einer Raubkatze.

Aber wir würden nicht aufgeben. Nicht bevor sie uns gehörte. Die Jagd war noch lange nicht vorbei. Sie hatte gerade erst begonnen.

Das Verlangen nach ihr und der Kontrolle über sie loderte in uns wie eine unsterbliche Flamme, die niemals erlöschen würde, bis diese Frau endlich in unseren Händen war.

»Ich checke noch mal die Sicherheitskameras«, verkündete ich und zog mich in mein Büro zurück.

»Und ich rufe Officer Floyd an«, meinte Diesel und folgte mir in Richtung unserer Arbeitszimmer.

Der Flur, über den wir liefen, wirkte wie ein dunkler Schacht, der in die Tiefen unserer Besessenheit führte. Jeder Schritt hallte von den Wänden wider, als ob die Finsternis selbst uns zu verschlucken versuchte. Aber wir würden uns nicht verschlucken lassen. Nicht bevor wir Milana fanden und von ihrer Dunkelheit verschlungen wurden.

In meinem Büro angekommen, ließ ich mich auf meinen Stuhl aus schwarzem Leder fallen.

Moderne Möbel in dunklen Farben prägten den Raum, ein Schreibtisch aus dunklem Holz dominierte die Mitte. Durch die Glasfront hinter mir erstreckte sich die Skyline der Stadt, ein Lichtermeer, das in der Nacht funkelte. Doch die neonfarbenen Reklamen und die gleißenden Hochhäuser lenkten mich nicht ab.

Ohne Umschweife wandte ich mich den Monitorbildschirmen zu. Die Kameras waren unsere Augen und Ohren in dieser endlosen Jagd nach Milana Petrova.

Ich scrollte durch die Aufnahmen, studierte jede Bewegung, jede verdächtige Geste, auf der Suche nach einem Hinweis, einer Spur, die uns näher an unser Ziel bringen könnte.

Die Zeit verstrich wie in Zeitlupe, während ich mich durch die Aufzeichnungen kämpfte. Stunden verflogen, doch meine Entschlossenheit blieb unerschütterlich. Wir würden sie finden. Wir mussten sie finden.

Dann plötzlich, nach unzähligen Minuten des Durchsuchens, erkannte ich etwas. Mein Herz begann schneller zu schlagen, als ich näher heranzoomte und versuchte, jedes Detail zu erfassen.

Das war sie. Zu einhundert Prozent. Sie war da, auf dem Bildschirm, in all ihrer finsteren Pracht. Milana Petrova, die Meisterin des Versteckens, war endlich wieder auf unserem Radar aufgetaucht.

Ihre Gestalt wirkte wie eine düstere Erscheinung in der kalten Nacht. Sie trug einen dicken Pelzmantel, der bis zu ihren Knöcheln reichte und sie ertrank beinahe vollständig darin, während ihre sanften, blonden Wellen im schwachen Schein der Straßenlaterne glänzten.

Ich betrachtete sie mit einem brennenden Verlangen, das sich in meinem Inneren entzündete. Nach all den Wochen hatten wir endlich wieder eine Spur.

Ein triumphierendes Lächeln breitete sich auf meinem Gesicht aus, als ich mich aus meinem Stuhl erhob. Schnellen

Schrittes ging ich über den Flur zu meinem Bruder und verkündete ihm mit einem festen Ton: »Wir haben sie.«

Gemeinsam tauschten wir einen bedeutungsvollen Blick aus, ein stummer Austausch von Entschlossenheit und Siegesgewissheit. Ohne ein weiteres Wort zu verlieren, machten wir uns auf den Weg.

Milana

Die feuchte Luft der Gasse roch nach Eisen und Verwesung. Ich atmete den Duft in meine Lungen ein.

Ein Schauer lief mir über den Rücken, doch nicht aus Angst oder Reue. Es war die Befriedigung, die mich durchdrang.

Die kalte Klinge in meiner Hand war noch warm vom letzten Atemzug meines Opfers.

Es war ein Akt der Macht, ein Tanz mit dem Tod, den ich beherrschte wie kein anderer.

Mit einem letzten, gleichgültigen Blick auf die leblose Gestalt wandte ich mich ab und schritt davon. Die Absätze meiner Stiefel klackten auf dem schmutzigen Pflaster, ein staccato Rhythmus, der mein Herzblut widerspiegelte.

Ein eisiger Windstoß pfiff durch die engen Spalten der Häuserschluchten und schlängelte sich unter meinen Pelz, als wollte er sich mit der Kälte meiner Seele duellieren.

Aber er hatte keine Chance. Meine Seele war ein eisiger Ozean, dessen Tiefen von unergründlicher Schwärze umgeben waren. Sie war frei von Warmherzigkeit und Mitgefühl, ein Ort, an dem Emotionen in Eisblöcke erstarrten und kein Funke menschlicher Wärme mehr leuchtete.

In den schmutzigen Fensterscheiben reflektierte sich das grelle Licht der Reklametafeln, verzerrte Fratzen, die mich anflehten, stehen zu bleiben.

Unberührt ging ich an ihnen vorbei.

In der Ferne flackerte ein Schild mit der Aufschrift »Bar« im Wind und meine Schritte beschleunigten sich.

Ich öffnete die Tür mit einem leisen Knarren. Der Geruch von Alkohol, Rauch und Schweiß stieß mir in einer erstickenden Hitze entgegen. Der dumpfe Klang von Musik erfüllte den Raum, zusammen mit dem Gemurmel der Gäste.

Die schwüle Luft setzte sich auf meiner Haut ab und hinterließ einen feinen, klebrigen Film, der mich unweigerlich zum Schwitzen brachte. Ich schob den schweren Pelzmantel von meinen Armen, um ihn an die Garderobe zu hängen.

Ein paar vereinzelte Lichtstrahlen kämpften sich durch die Dunkelheit des Raumes und tanzten in winzigen Reflektionen auf den zerkratzten Oberflächen der Tische.

Ich spürte die Blicke auf mir lasten. Die Blicke der Männer waren schwer und abschätzend, wie hungrige Wölfe, die ein neues Opfer beäugten. Die wenigen Frauen studierten mich mit neidischen Augen, ihre spitzen Zungen zischelten leise hinter vorgehaltener Hand.

Meine Augen gewöhnten sich langsam an das gedimmte Licht und ich glättete mit den Fingern den Stoff meines Kleides. Die kühle Seide raschelte sanft an meiner Haut.

Die Barkeeperin, eine rothaarige Frau mit einem frechen Funkeln in den Augen, musterte mich unverblümt.

»Was darf es sein, Schätzchen?«, fragte sie mit einer rauchigen Stimme, als ich mich an die Bar setzte.

»Ein Whiskey«, sagte ich und legte meine Hand auf die Theke. »Doppelt.«

Die Frau nickte wortlos und wandte sich ab, um mein Getränk zuzubereiten.

Ich beobachtete im Spiegel hinter dem Tresen, wie sie die Flasche aus dem Regal nahm und den goldenen Whiskey eingoss. Ihre Bewegungen waren routiniert, fast schon mechanisch.

Schließlich reichte sie mir das Glas. Ich nahm einen tiefen Schluck und spürte, wie die Wärme des Alkohols durch meinen Körper strömte.

Mit überkreuzten Beinen beobachtete ich die Barkeeperin, während ich an dem Whiskey nippte. Sie wischte mit einem feuchten Lappen über den Tresen. Ihre haselnussbraunen Augen huschten immer wieder zu mir herüber.

Bis ich eine Präsenz neben mir spürte.

Ohne ein Wort wich sie zurück, als ob die bloße Anwesenheit dieses Mannes eine unsichtbare Grenze überschritten hätte.

Ich hatte bereits auf ihn gewartet. Auf ihn und seinen Bruder.

Langsam wandte ich meinen Kopf zu ihm.

Dunkles Haar, wie Ebenholz, umrahmte ein Gesicht, dessen Züge wie aus Stein gemeißelt schienen. Seine Augen, tief und dunkel wie die Nacht, fixierten mich mit einem unnachahmlichen Ausdruck.

In seiner Hand hielt er eine Zigarette, die er mir wortlos entgegenstreckte. Auf seinem Handrücken schlängelten sich kunstvolle Muster aus dunkler Tinte an seinem Arm hinauf. Die Details waren präzise, als wären sie mit der Spitze eines Sterns eingraviert worden.

Ich nahm die Zigarette an, meine kalten Finger streiften seine warmen für einen kurzen Moment. Ich klemmte die Kippe zwischen meine Lippen, er entzündete sie mit seinem Feuerzeug. Die Glut der Spitze spiegelte sich in seinen dunkelbraunen Augen.

Ich nahm einen tiefen Zug, der Rauch füllte meine Lunge, während ich mit kühlen Augen das Gesicht des Mannes betrachtete.

Keine Regung, keine Emotion, nur ein starrer Blick, der mich durchbohrte.

Mit einem Mann wie diesem hatte ich nicht gerechnet. Als ich von den Revamonte-Brüdern hörte, stellte ich mir zwei fünfzigjährige Männer mit grau werdendem Haar vor. Keinen heißen Typen, der höchstens Anfang dreißig war.

Ich blies ihm den Rauch in sein erschreckend gutaussehendes Gesicht. Eine kleine Wolke, die sich in der dicken Luft auflöste.

Er zuckte nicht mal mit der Wimper.

Ein weiterer Kerl trat von der anderen Seite an mich heran.

Ein Mann, dessen Erscheinung genau wie die des ersten aus einem finsteren Märchen entsprungen schien. Groß, muskulös, dunkel gekleidet, mit einem scharfen Blick, der wie ein Dolch durch die dichte Atmosphäre schnitt.

Er hatte eine verblüffende Ähnlichkeit mit dem anderen Kerl, wirkte aber ein paar Jahre jünger. Dann musste das Diesel gewesen sein.

»Milana Petrova.« In Cierans Mund hallte mein Name unheilvoll durch die Bar.

Gelassen zog ich an der Zigarette und fragte, ohne einen der beiden anzusehen, was sie von mir wollten.

»Wir haben ein Angebot.«

Unbeeindruckt atmete ich den Rauch aus.

Das war alles? All dieser Aufwand dafür?

Ich hatte Kerle wie sie getroffen. Menschen, die mir eine Menge Geld anboten, um andere Menschen verschwinden zu lassen.

Sie wollten, dass ich für sie arbeitete, dass meine mörderischen Fähigkeiten in ihren Diensten standen.

Doch ich war kein Söldner, der für das höchste Gebot tötete. Ich suchte mir meine Opfer selbst aus.

»Kein Interesse.«

Die Zigarette zwischen meinen Fingern war fast abgebrannt. Ich drückte die Glut im Aschenbecher aus, glitt von dem Hocker und legte zehn Dollar auf den Bartresen.

»Ich arbeite allein«, sagte ich und ging Richtung Ausgang. Von der Garderobe nahm ich meinen Pelzmantel, ein schweres Stück aus schwarzem Samt, das mir bis zu den Knöcheln reichte. Der kalte Stoff umschloss mich wie eine schützende Hülle, als ich ihn über die Schultern zog.

Als ich die Schwelle der Bar übertrat, schlug mir die kalte Nachtluft entgegen. Ich zog den Mantel enger und schritt die neonbeleuchtete Straße entlang.

Die zwei Schatten verfolgten mich. Ich hörte ihre Schritte hinter mir und spürte ihre Blicke auf meinem Rücken, nagend, kalt und voller Verlangen.

In einer verlassenen Seitengasse brachen sie aus den Schatten hervor. Sie schlossen sich um mich herum und zwangen mich zum Stehenbleiben.

Einer von ihnen machte einen weiteren Satz auf mich zu. Er drang in meinen Raum ein und ich erkannte sein Gesicht. Ich blieb standhaft und wich nicht zurück.

»Komm mit uns«, hauchte Diesel, sein heißer, rauchiger Atem strich über meine Wange. »Wir können dir jeden Wunsch erfüllen, du kannst alles haben, dir könnte die Welt gehören – angefangen bei dieser Stadt.«

Sein Bruder trat ebenfalls an mich heran. »Macht«, raunte er an mein Ohr, »Kontrolle. New York zu deinen Füßen. Alles ist möglich, wenn du dich uns anschließt.«

Ihre Worte waren wie ein leises Flüstern der Versuchung.

Ich sah in ihre glühenden Augen und wusste, dass sie die Wahrheit sagten. Sie würden mir alles geben, was ich wollte, und noch mehr.

Aber alles hatte seinen Preis. Und dieser war keiner, den ich zahlen wollte.

Ich beugte mich vor, meine Lippen berührten fast Diesels Lippen, als ich »Nein« flüsterte, mein Messer zückte und zustach.

Doch bevor ich ihn abstechen konnte, umfasste er die scharfe Kante mit seiner bloßen Hand. Blut tropfte auf den Asphalt.

Seine Lippen kräuselten sich zu einem Grinsen. »Fuck«, wisperte er, ohne einen Zentimeter zurückzuweichen. »Das war heiß.«

Mit einem Schlag stieß ich das Messer ein zweites Mal in Richtung seines Körpers, sein Griff um die Klinge war jedoch zu fest und seine Handfläche war die einzige Haut an ihm, die ich aufschlitzte.

Ich griff unter meinen Mantel. Meine Finger ertasteten das kühle Metall meiner CZ 75 und ich richtete sie auf ihn. Ehe ich allerdings schießen konnte, spürte ich plötzlich die eisige Mündung einer Pistole an meiner eigenen Schläfe.

»Komm runter«, sprach Cieran mit einer Stimme, die so kalt war wie der Stahl seiner Waffe.

Er machte mir keine Angst.

»Ihr wollt mich«, sagte ich, ohne den Blick von dem Mann, dessen Leben ich in meiner Hand hielt, zu nehmen. Mein Finger umschloss den Abzug. »Ihr würdet mich nicht töten.«

Ein Moment der Stille legte sich über uns, nur das leise Klicken der Pistole durchbrach die Nacht.

Noch im selben Augenblick packte er meinen Arm und riss ihn zur Seite.

Der Knall schnitt durch die Luft und hinterließ den Geruch

von Pulver und Eisen.

Es war nicht nur ein Streifschuss, die Kugel war durch sein Fleisch gedrungen, Blut spritzte in einer roten Fontäne aus Diesels Schulter, doch alles, was er von sich gab, war ein leises Knurren.

Verdammt. Ich hätte schneller sein müssen.

Ich riss meinen Arm frei und trat einen Schritt zurück, ehe ich die Öffnung auf das Arschloch richtete, das meinen Schuss versaut hatte.

Sein Bruder hob jedoch den Arm – trotz verletzter Schulter – und senkte die Pistole zum Boden.

»Entspann dich, Kätzchen. Das war genug Blut für einen Tag.«

Mit ungestümer und furchtloser Entschlossenheit feuerte ich los, die Kugeln schossen durch die Luft, um sie von mir fernzuhalten und die Flucht zu ergreifen.

Die Schüsse hallten durch die Nacht, begleitet von dem Klacken meiner Stiefel auf dem Asphalt.

»Du kannst nicht vor uns davonlaufen.« Cierans Stimme, fest und unerbittlich, dröhnte durch die schmale Straße. »Du gehörst uns. Wir werden dich nicht entkommen lassen.«

Mit einem schnellen, schwungvollen Drehen auf meinen Absätzen wandte ich mich um und feuerte drei weitere Male in ihre Richtung.

Knall auf Fall. Die Kugeln pfiffen durch die Luft, rissen tiefe Furchen in den Asphalt, rissen Löcher in die Wand hinter ihnen und zerschmetterten Fensterscheiben.

Ich spürte den Adrenalinschub, der durch meinen Körper

schoss, die Hitze der Waffe in meiner Hand, meine Freiheit. Und niemand würde sie mir rauben. Nicht Interpol, nicht das FBI, nicht irgendein Profiler, nicht die Polizei und schon gar nicht diese Drecksverle.

Ich war wie eine Katze, wild und frei, in die Enge getrieben und bereit, bis zum letzten Atemzug zu kämpfen.

Entschlossenheit brannte in meinen Augen. Ich würde mich nicht unterkriegen lassen. Nicht heute, nicht hier. Meine Freiheit war zu wertvoll, um sie einfach so herzugeben.

Sie hatten unterschätzt, mit wem sie es zu tun hatten. Ich war keine leichte Beute, kein schwächliches Opferlamm. Ich war eine Kämpferin, eine Überlebende – eine Überlebenskünstlerin –, getrieben von einem unbändigen Willen zur Freiheit. Wenn jemand versuchte, mich in die Enge zu treiben, lieferte ich ihm einen höllischen Kampf.

Ein letzter Blick auf die heranstürmenden Männer, ich grinste. Adrenalin pumpte durch meine Adern, mein Herz hämmerte in meiner Brust. Meine Sinne waren geschärft, jeder noch so kleine Reiz brannte sich in mein Gedächtnis ein. Das war der Rausch, den ich so sehr liebte, den ich so sehr brauchte.

Mit einem geschmeidigen Sprung duckte ich mich hinter einem verrosteten Mülleimer.

Ich sah mich um. Enge Gassen, verfallene Gebäude, ein Labyrinth aus Schatten und Licht. Ein perfekter Ort, um zu verschwinden, um in der Dunkelheit aufzugehen.

Mit einem beherzten Griff holte ich mein Messer hervor. Die Klinge blitzte im schwachen Licht der Straßenlaterne. Ich war bereit, mich zu verteidigen, mit größtem Vergnügen durch tödliche Gewalt.

In diesem Moment hörte ich ein Geräusch. Schritte, die sich näherten.

Ich presste mich dichter an die Mülltonne. Der Geruch von faulendem Abfall drang mir in die Nase und ich unterdrückte den Drang, zu würgen.

»Die Dunkelheit birgt so viele Geheimnisse.« Diesels Worte klangen wie das Gewisper eines Wahnsinnigen. »Aber sie kann die Wahrheit nicht für immer verhehlen. Sie kann die Schatten nicht vor uns verbergen.«

Gott, sie waren zwei verfickte Psychopathen. Der Wille, sie zu erledigen, wurde immer größer.

»Komm raus, kleines Kätzchen«, fuhr Cieran fort, sein Tonfall voll von boshafter Vorfreude. »Es ist Zeit. Zeit uns zu zeigen, wie gut du spielen kannst. Aber ich muss dich warnen, wir werden die Gewinner sein.«

Eine Gestalt tauchte aus dem Schatten auf. Groß, muskulös, mit einem schelmenhaften Zug im Gesicht. Diesel.

Ich zögerte nicht eine Sekunde und rammte mein Messer in sein Bein, noch im selben Augenblick wurde ich jedoch von hinten gepackt und zurückgerissen.

Das Messer entglitt meiner Gewalt und landete mit einem dumpfen Klirren auf der Straße.

Ohne Verzug machte ich einen Ellbogenstoß nach hinten. Das tat mir wahrscheinlich mehr weh als ihm. Seine Bauchmuskeln waren aus Stahl gemacht. Es war, als würde man den Arm gegen eine Eisenwand schlagen.

Er stieß ein finsteres Lachen hervor. Sein heißer Atem kitzelte meinen Nacken.

Mit einer kraftvollen Hand schlug ich ihm ins Gesicht, meine langen Nägel schrammten über seine Haut.

Ich hörte nichts von ihm, doch seine Hände lösten sich von mir, ich stieß ihn weg und sprang auf.

Diesel ging direkt auf mich los. Schnell duckte ich mich unter seinen Pranken, wich seinen Angriffen aus, tanzte wie ein Schatten um ihn herum. Seine Hände griffen ins Leere, seine Fäuste verfehlten ihr Ziel. Immer wieder nutzte ich seine Größe gegen ihn, lenkte ihn ab, um ihm dann einen gezielten Schlag zu verpassen.

Meine Präzision und mein Durchhaltevermögen waren ihm überlegen.

Schließlich, nach einem letzten, kraftvollen Tritt in seine Kniekehle, ging er zu Boden.

Ohne einen weiteren Blick auf einen der beiden zu werfen, wandte ich mich ab und ging davon, verließ den Schauplatz, als wäre nie etwas geschehen. Meine Schritte waren leicht, mein Kopf erhoben.

Ich hatte den Tod besiegt – wieder einmal.

Cieran

Fünf Wochen. Fünf verdammte Wochen hetzen wir dieser Frau hinterher, wie Jagdhunde auf der Fährte ihrer Beute. Aber jedes Mal, wenn wir dachten, wir würden sie kriegen, entwischte sie uns.

Sie war fort. Fort, ohne eine Spur zu hinterlassen.

Der Zorn, die Enttäuschung, der Schmerz – all das brodelte in mir wie ein unkontrollierbares Feuer.

Wütend trat ich gegen die Mülltonne, hinter der sie sich vor genau sieben Nächten versteckt hatte. Die Straße war still, nur das dumpfe Geräusch meines Stiefels, der gegen den Metallbehälter prallte, durchbrach die nächtliche Stille.

Wie konnten wir sie wieder verlieren? Wir hatten jede Spur verfolgt, jeden Winkel dieser Stadt durchkämmt und trotzdem hatten wir sie wieder durch die Finger gleiten lassen.

Diese Frau war schneller und schlauer, als ich es mir je hätte vorstellen können. Sie war wie ein Geist, der sich in den Schatten versteckte, und jedes Mal, wenn wir dachten, wir hätten sie eingeholt, war sie schon längst wieder verschwunden.

Verdammt noch mal, wie machte sie das? Wir kannten jeden ihrer Tricks, jedes ihrer Verstecke, aber sie war immer einen Schritt schneller, immer einen Gedanken voraus.

Der Frust brodelte in mir wie ein unkontrollierbares Feuer, das meinen Verstand verschlang.

Die Besessenheit fraß mich auf. Ich schlief nicht mehr, ich aß kaum noch. Mein Leben war nur noch ein leeres Gefäß, getrieben von der Jagd nach dieser Frau.

Ich wollte sie endlich haben. Ich *musste* sie haben.

Die Stadt lag vor mir, ein Labyrinth aus Beton und Stahl, ein Versteck für jene, die im Dunkeln blühten. Und irgendwo in diesem Labyrinth verbarg sich Milana, bereit, wieder zuzuschlagen, bereit, uns erneut zu demütigen.

Aber ich schwor bei allem, was mir heilig war, dass ich sie finden würde. Selbst wenn es bedeutete, dass ich jedes verfickte Steinchen dieser Stadt umdrehen musste.

Ich würde sie finden, würde sie fangen. Und das nächste Mal, wenn ich sie sah, hätte ich sie nicht entkommen lassen.

Auf dieser Jagd gab es kein Zurück. Es gab nur Sieg oder Niederlage, und ich weigerte mich, zu verlieren – sie zu verlieren.

Die Kälte der Nacht klammerte sich an meine Haut, während meine Gedanken wild umherirrten.

Ein Schatten huschte an mir vorbei, und ich wirbelte herum,

bereit zum Angriff. Doch es war nur Bodhi, sein Gesicht von Müdigkeit gezeichnet.

»Boss, wir sollten uns schlafen legen«, sagte er. »Wir werden hier nichts finden.«

Er wollte lieber schlafen. Schlafen, während sie da draußen herumlief, frei wie ein Vogel.

Aber ich konnte nicht schlafen. Tag und Nacht kreisen meine Gedanken nur um sie. Wenn ich meine Augen schloss, war ihr Gesicht alles, was ich sah. Ihre giftgrünen Augen, ihre blutroten Lippen und diese wunderschöne Porzellanhaut.

Und ich wollte ihr Gesicht so sehr mit meinen Händen packen, ihre Haut unter meinen Fingern fühlen, ihren Atem auf meinem Körper spüren, ihren verdammten Hals dafür würgen, dass sie sich vor uns versteckte. Die Vorstellung, wie sie sich wand, wenn meine Finger ihren Hals umschlossen, war greifbar. Ihre Augen würden sich weiten und ich könnte ihr Herz in ihrer Halsschlagader spüren.

Ich brauchte das. Ich brauchte sie. Ich musste sie fühlen.

»Schlafen?« Meine Stimme war ein düsteres Geflüster. »Wir werden nicht schlafen. Nicht solange sie da draußen ist. Nicht solange sie noch frei atmet. Wir werden weitermachen, bis wir sie gefunden haben.«

Er schwieg, vielleicht aus Furcht oder vielleicht nur resigniert. Es spielte keine Rolle. Ich würde mich nicht abbringen lassen. Nicht jetzt. Nicht bevor Milana Petrova in meinen Händen war.

Mein Handy vibrierte in meiner Hosentasche, und als ich den Bildschirm sah, erkannte ich Diesels Anruf. Ich drückte auf den grünen Hörer und hielt das Telefon an mein Ohr.

»Was gibt's?«, fragte ich ruhig, dennoch mit einer Spur von Ungeduld behaftet.

»Washington Heights«, war das Einzige, das er zur Antwort gab, doch es war Information genug.

Ein tiefes Knurren entfuhr mir. Die Junkies aus dem Herz der Drogenszene New Yorks machten wieder Probleme, verweigerten die Zahlungen oder so ein Scheiß.

»Kann das nicht warten? Wir haben wichtigeres zu tun.« Wir mussten Milana finden. Sie zu finden, stand an oberster Stelle.

»Du weißt, das geht nicht«, entgegnete er.

Ein schwerer Seufzer entwich mir, während sich Verärgerung in mir ausbreitete. Aber ich musste Diesel zugestehen, dass er recht hatte.

Wir konnten es uns nicht leisten, die Kontrolle über unsere Geschäfte oder diese Stadt zu verlieren. Wir hatten sie die letzten Wochen bereits wegen einer gewissen Bulgarin vernachlässigt. Wir durften keine Schwäche zeigen und uns angreifbar machen.

»Ich kümmere mich darum«, brummte ich, bevor ich mit einem wütenden Fluch das Gespräch beendete und mein Handy zurück in meine Hosentasche steckte.

Die Vorstellung, mich mit diesen lästigen Junkies anstelle von ihr herumschlagen zu müssen, machte mich rasend.

»Geh schlafen«, meinte ich im Vorbeigehen zu Bodhi.

Mit einem finsteren Blick stieg ich in meinen schwarzen Mustang. Der Motor heulte auf, als ich die Zündung einschaltete und das Auto zum Leben erweckte. Ein energischer Gasstoß und ich bretterte durch die belebten Straßen von New York.

Als ich in Washington Heights ankam, dauerte es keine zwei Minuten, bis ich die Gruppe von Drogensüchtigen ausfindig machte, die sich in einer engen, mit Kopfstein gepflasterten Gasse versammelt hatte.

Sie erkannten den glänzenden Lack meines Wagens und meine strengen Gesichtszüge und ihre Augen rissen sich vor Schreck auf.

Ich parkte den Wagen und stieg aus, spürte den Adrenalinschub in meinen Adern, während ich sie mit einem durchdringenden Blick überflog.

»Oh, verdammt«, murmelte einer von ihnen, als er mich bemerkte. Diese Idioten hatten mich oder meinen Bruder wahrscheinlich nicht persönlich erwartet. Jetzt machten sie sich in die Hose wie kleine Jungen. Es brauchte nicht viel mehr als meine bloße Gegenwart, um sie wieder zur Besinnung zu bringen.

»Was zum Teufel denkt ihr, wer ihr seid?!«, brüllte ich. »Ihr schuldet uns Geld, und ihr werdet bezahlen, oder glaubt ihr, ihr könnt einfach so davonkommen?!«

Einige der Dreckskerle versuchten zu fliehen, aber ich war schneller. Unnachgiebig packte ich zwei von ihnen am Kragen und zog sie an mich heran.

»Ihr zahlt jetzt, oder ihr werdet es bereuen«, knurrte ich bedrohlich.

»E-entschuldigung«, stammelte einer und Gott, ich schwor, ich roch, wie er sich einpisste. »Ich werde das Geld so schnell wie möglich besorgen.«

Ich funkelte ihn an. *»So schnell wie möglich«* war nicht schnell genug.

»M-Morgen«, fügte er hastig hinzu, »morgen habe ich es.« Der andere schloss sich mit einem übereifrigen Nicken an: »Ich auch.«

Ich ließ sie los, aber mein Blick verriet, dass ich keine Widerrede duldete. Sie würden uns unser Geld bezahlen, oder es würde sie die Hölle kosten.

Die anderen Anwesenden verstanden die Botschaft: Mit uns war nicht zu spaßen.

Die Straßen von Washington Heights würden sich zweimal überlegen, bevor sie sich jemals wieder gegen uns auflehnten.

Als ich ihnen den Rücken zukehrte und ging, ihre Ehrfurcht im Schlepptau, fühlte ich eine gewisse Befriedigung in mir aufsteigen. Ich liebte es, zu sehen, wie viel Macht ich über die Anwohner New Yorks hatte.

Ich hob den Blick. Bei meinem Auto stand jemand.

Ich traute meinen Augen nicht, als ich die vertraute Silhouette erkannte.

Da war sie, umhüllt von einer düsteren Ausstrahlung, die durch die glimmende Kippe zwischen ihren vollen Lippen unterstrichen wurde.

Mein Herz schien einen Moment lang stehen zu bleiben, es wurde von einem eisigen Griff erfasst, bevor es in glühende Hitze getaucht wurde und wie verrückt in meinem Brustkorb hämmerte.

»Drei Sekunden«, sagte sie, während sie eine Rauchwolke ausstieß. »Ich hätte erwartet, dass du mich schneller wiedererkennst.«

»Milana.«

Sie lächelte nur und ließ sich von meinem Wagen gleiten, gewandt wie eine Katze. Ihr Blick, scharf und durchdringend, traf mich mit einer Mischung aus Herausforderung und Überlegenheit.

»Hallo, Cieran. Wie geht's?« Sie kannte meinen Namen. Ihre Stimme, ein samtiges Flüstern, umspielte ihn vertraut und doch fremd zugleich. »Ich habe mitbekommen, dass du ziemlich viel Zeit damit verbringst, nach mir zu suchen.«

Sie kam näher. So verflucht nah, und lehnte sich noch näher. Ich konnte ihren heißen Atem spüren.

»Du wirst mich nie finden, wenn ich nicht gefunden werden möchte... Hast du es vergessen?« Ihre Lippen streiften mein Ohr. »Ich bin ein kleines Kätzchen«, hauchte sie und strich dabei mit ihren langen Fingernägeln, spitz wie kleine Dolche, über meinen Nacken.

Ihre Augen, giftig grün und unnahbar, spiegelten die Wildheit und Unabhängigkeit einer Katze. Wie eine Katze konnte sie sich lautlos und geschmeidig durch die Menge bewegen, immer auf der Suche nach einem neuen Abenteuer oder einem gemütlichen Platz zum Beobachten. In ihren Bewegungen lag eine anmutige Eleganz, gepaart mit einer unvorhersehbaren Kraft, die jeden in ihren Bann zog, der sie beobachtete.

Und genau wie eine Katze war sie ein Rätsel, schwer zu durchschauen und voller Geheimnisse. Man wusste nie, was sie als nächstes vorhatte, ob sie sich anschmiegen und Zuneigung zeigen würde oder ob sie kratzen und ihre Unabhängigkeit verteidigen würde.

»Mich kann man nicht einsperren oder zähmen. Ich brauche meine Freiheit, und wenn jemand versucht, sie mir zu nehmen, fahre ich meine Krallen aus.«

Mit einem leisen Rascheln ihres Pelzes sank sie zurück auf ihre Absätze, während ihre Nägel über meinen Hals fuhren, ehe sie den Arm schlaff an ihrer Seite hängen ließ. Ihre Augen wanderten über die Schrammen um mein linkes Auge. Die Erinnerung daran, wie sie mir vor sieben Nächten das Gesicht zerkratzt hatte, lebendig.

»Das hier mag eure Stadt sein, aber ich kenne Ecken und Winkel zum Verstecken, von denen du noch nicht einmal gehört hast.« In ihrem Ton lag ein Versprechen und eine Warnung zugleich.

Sie wollte einen Schritt zurücktreten, doch ich kam ihr zuvor. Mein Arm schlang sich blitzschnell um ihren Rücken und zog sie fest an mich heran.

Dieses Mal würde ich sie nicht entkommen lassen. Dieses Mal würde ich sie packen und niemals wieder loslassen.

»Wenn du eine Katze bist, bin ich ein Dobermann. Und ich werde dich bis ans Ende der Scheißwelt jagen. Ich werde dich finden, egal wo du dich versteckst«, raunte ich, meine Worte tropfend vor Besitzgier. »Du kannst versuchen wegzulaufen, aber du wirst nie mehr frei von mir sein.«

Ihr Atem traf erneut auf mein Gesicht. Er roch nach Verführung und Verderben. Und ich war sowas von bereit, mich von ihr verführen und verderben zu lassen.

»Du willst ein Spiel spielen?«, fragte sie. »Dann spiel es doch. Aber mach dir keine Hoffnungen, dass du gewinnen wirst. Dein Hund-Katz-Spiel ist mir zu langweilig. Lass uns lieber ein anderes Spiel spielen.« Ihre Augen vernichteten mich nur mit einem Blick, der in mein tiefes Inneres einzudringen schien. »Wie wäre es mit *Leben oder Tod?*«

Verdammt. Sie war noch heißer als ich sie in Erinnerung hatte. Ich hatte noch nie eine Frau wie sie gesehen. Und Gott, das war ein herber Verlust. Denn diese Frau verkörperte alles, wonach ich mich sehnte.

Ein Lächeln kräuselte sich um ihre Mundwinkel, als sie sagte: »Ich fange an.«

Im nächsten Moment; ein stechender Schmerz. Milanas Klinge tauchte mit einem eintönigen Zischen in mein Fleisch ein.

Ihre Augen glitzerten. So rücksichtslos, wie sie das Messer eingeführt hatte, riss sie es auch wieder heraus. Ein raues, kehliges Geräusch drang aus mir heraus.

Tückisch blitzte die blutige Kante im schwachen Licht, ein tödliches Spielzeug in ihrer Hand.

Sie tanzte um mich herum, flink und unaufhaltsam wie eine Katze, die mit ihrer Beute spielte.

Blut tropfte von der Wunde an meiner Seite, ein roter Teppich auf dem dreckigen Boden.

»Du bist dran.« Sie klang aufgeregt, entzückt. »Fang mich.« Sie drehte sich um, ihr Mantel wirbelte um sie herum, und sie lief los, verschwand in der Finsternis. Nur noch ihre Absätze waren auf dem Kopfsteinpflaster zu hören.

Ich verlor sie. Wieder.

»Fuck«, fluchte ich, als ich ihr nachjagen wollte, jedoch von dem beißenden Schmerz in meiner linken Bauchhälfte zurückgehalten wurde.

Ich drückte meine Kleidung auf die Wunde. Die kalte Luft peitschte mir ins Gesicht, als ich dem Widerhall ihrer Schritte folgte.

Die Straßenlaternen tauchten die Gassen in ein gespenstisches Licht, das Milanas Schatten wie ein Raubtier tanzen ließ. Sie war schnell, flink und wendig, wie eine Katze, die durch die Dunkelheit huschte.

Ich war nicht so schnell wie normalerweise. Die Stichwunde schwächte mich. Aber ich war ein besessener Mann, getrieben von einem unbändigen Verlangen, sie zu fassen.

Sie war eine Bestie, eine kaltblütige Serienmörderin, die unschuldige Menschenleben ausgelöscht hatte. Doch für mich war sie mehr als das. Sie war Schönheit in ihren grausamsten Facetten, eine Faszination, etwas, das mir gehören musste.

Die Jagd führte uns durch die verbotenen Ecken der Stadt, vorbei an schmutzigen Hinterhöfen und verfallenen Gebäuden. Ratten huschten durch den Müll, streunende Hunde bellten in der Dunkelheit.

Ich spürte, wie meine Lunge brannte, meine Beine schwer wurden. Aber ich gab nicht auf. Ich konnte nicht aufgeben. Nicht jetzt, wo ich so nah dran war.

Mit einem letzten Kraftaufwand beschleunigte ich. Ich konnte

Milanas Silhouette vor mir sehen, wie sie in die Finsternis einer Gasse eintauchte. Ich rannte schneller, die Wunde schrie vor Schmerz.

Ich preschte um eine Ecke, rein in eine Sackgasse. Leer.

Ein Schatten erhob sich auf dem Dach eines der Gebäude.

Verdammt. Wie war sie da hochgekommen?

Ich war bereit, einen Weg nach oben zu finden, aber mein Körper streikte. Die unerträgliche Einsicht, dass ich sie wieder gehen lassen musste, sank in mein Bewusstsein.

Mit rasendem Puls sah ich zu, wie ihre Konturen mit der Schwärze der Nacht verschwammen.

Ich fluchte, schlug mit der Faust gegen die Mauer. Zorn und Verärgerung kochten in mir hoch. Der Schmerz in meiner Seite pochte.

Mit schnellen, wütenden Schritten ging ich zum Wagen zurück. Erst da erkannte ich, wie weit ich ihr nachgelaufen war. Ich brauchte mindestens eine Viertelstunde zurück.

Schwungvoll riss ich die Autotür schließlich auf und glitt auf den Fahrersitz. Mit quietschenden Reifen raste ich durch die Nacht. Meine rechte Hand krampfte sich am Lenkrad fest, die andere presste gegen die Blutung. Mein Puls hämmerte in meinen Ohren. Wut und Unzufriedenheit brannten in meiner Brust.

Vor wenigen Minuten war sie noch da gewesen, so nah und doch so unerreichbar. Ihre Lippen hatten meinen Namen geflüstert, und ich war in ihrem Bann versunken. Ihre Augen hatten mich mit einem Feuer gefangen genommen, das ich nie zuvor gespürt hatte.

Ich hatte sie wieder verloren. Mit Wucht schlug ich gegen das Lenkrad.

Die Straßenlaternen flogen an mir vorbei, ein verschwommenes Lichtermeer in der Dunkelheit.

Das Adrenalin raste durch meine Adern, als ich meinen Mustang in die Tiefgarage parkte und mit dem Aufzug in das oberste Stockwerk fuhr. Jeder Gedanke kreiste um sie.

Mit dröhnenden Schläfen ging ich auf die Wohnungstür zu. Die Tür krachte gegen die Wand, als ich sie aufschlug und der Rahmen erzitterte.

Mit seinem Laptop saß Diesel auf der Couch und blickte zu mir rüber. »Hat alles geklappt?«, wollte er wissen.

Ich ignorierte ihn und stürmte in die Küche. Schweiß tropfte von meiner Stirn, mein Atem ging flach. Ich riss den Kühlschrank auf, brauchte etwas Kaltes, um die brennende Wut in meiner Brust und das Feuer meiner Wunde zu löschen. Mit einem zitternden Griff riss ich eine Bierdose auf und kippte den gesamten Inhalt in meinen Hals.

Diesel stand auf und trat an die andere Seite der Kücheninsel. »Was ist passiert?«

»Sie ist passiert«, entgegnete ich erzürnt und schleuderte die leere Dose in den Mülleimer.

Sein Gesichtsausdruck verriet Überraschung, gefolgt von einer Mischung aus Verwirrung und Neugierde.

Ich wirbelte herum und griff nach einem zweiten Bier, das ich ebenfalls in einem Zug leer trank.

»Sie hat mich angestochen«, erzählte ich und wischte mit dem

Handrücken über meinen Mund. Dann streifte ich vorsichtig die Jacke von meinen Armen und ließ sie auf den Boden fallen.

Mein Sweatshirt war blutdurchtränkt.

»Shit«, hörte ich Diesel, ehe er ins Badezimmer eilte und mit Verbandszeug zurückkam. Ich griff in die Tasche, holte einen Druckverband heraus, den ist fest um meinen Bauch wickelte.

»Sie will spielen«, berichtete ich. »*Leben oder Tod.*«

Milana

Leben oder Tod hieß unser Spiel. Für Bodhi bedeutete es Tod.

Die Luft im Kofferraum war stickig und roch nach Benzin und Angst. Sie stieß mir entgegen. Regungslos lag er auf dem Boden, seine Hände und Füße gefesselt. Sein Gesicht war blass und verschwitzt, seine Augen weit aufgerissen und voller Panik.

Er versuchte zu sprechen, aber es gelang ihm nur ein leises Röcheln. Seine Lippen waren trocken und rissig. Die Dunkelheit um ihn herum schien undurchdringlich, und die Enge des Raumes erstickte ihn fast.

Einige Momente verharrte ich in Stille, während ich seinen ängstlichen Blick einfing. Doch meine Gedanken waren woanders. Kein Mitleid regte sich in mir, keine Reue. Sein Tod war ein weiterer Zug meines Spiels. Nichts weiter.

»Also…« Nachdenklich betrachtete ich seine

zusammengekauerte Gestalt. »Was mache ich mit dir?«

Bodhi schluckte schwer, seine Augen wanderten panisch in alle Richtungen, auf der Suche nach einem Ausweg, der längst verschlossen war. Bei mir gab es keine Rettung, keine Gnade. Nur das kalte Versprechen des Todes.

Unterhaltsam. Amüsant. Ich fand es vergnüglich, ihnen dabei zuzusehen, wie sie meinetwegen durchdrehten.

Beharrlich, getrieben von ihrem Wahnsinn, von der zwanghaften Einbildung, mich besitzen zu müssen, durchkämmten sie die Stadt, jede Spur verfolgend, jeden Hinweis verwertend.

Doch ich war ihnen immer einen Schritt voraus. Ich war wie ein Phantom in der Dunkelheit, unfassbar und unerreichbar. Ich war zu gut für sie. Zu clever, zu kaltblütig.

Ein leises Lachen huschte über meine Lippen.

Wie wilde Tiere hetzten sie New York auf, brüllten Befehle, traten Türen ein und zerschmetterten Fenster. Wie Spielfiguren in einem Spiel, das ich inszenierte. Und diese Stadt war der Schauplatz.

Sie waren wie besessen. Besessen von mir.

Ich beobachtete sie durch das schmutzige Fenster. Sie waren so nah und doch so fern, angeregt von einem unstillbaren Durst, der sie niemals zu mir führen würde. Zumindest nicht solange ich es nicht wollte.

Wie Hunde und Katzen spielten wir dieses Spiel. Sie, die Dobermänner, groß und muskulös, aber blind vor Wut. Sie mochten sich für stärker halten, in ihrem Wahn der Macht und Dominanz, aber sie irrten sich. In Wahrheit waren sie Gefangene in ihrem eigenen Netz aus Besessenheit und Begierde, während ich, die Katze, die Fäden zog, sie lenkte und manipulierte – elegant, leise, tödlich. Ich war geduldig, spielte mit ihnen, führte sie an der Nase herum, ließ sie glauben, sie wären die Jäger.

Und ich hatte nicht vor, meine Macht so schnell aufzugeben. Ich liebte dieses Hund-Katz-Spiel mit dem Tod.

Das verlassene Gebäude, von dem aus ich die Brüder beobachtete, war ein düsterer Ort, der perfekt zu meinem Gemüt passte. Die Wände waren von feuchtem Moos bedeckt, und der Geruch von Verfall hing schwer in der Luft. Die Umgebung war ideal für meine Pläne – weit weg von neugierigen Blicken und Zeugen.

Ich stand in einem dunklen Raum, hinter einer halb verfallenen Mauer, und beobachtete sie durch ein kleines, schmutziges Fenster.

Die beiden Brüder standen draußen im Regen, ihre Umrisse verschwommen im trüben Licht. Sie sprachen leise miteinander, ihre Worte von Wind und Regen verschluckt. Ich konnte nicht hören, was sie sagten, aber ihre Gesten verrieten genug. Die wilden Handbewegungen, die zornigen Ausbrüche, die funkelnden Blicke.

Es war erbärmlich, wie sehr sie sich in ihrem Zorn verfingen, wie sehr sie sich von ihrer Gier und ihrer Sehnsucht nach mir leiten ließen.

Ich lehnte mich an die kalte Wand, meine Augen weiterhin auf sie gerichtet, während sie sich in ihrem hitzigen Gespräch verloren.

Plötzlich rollte ein Polizeiwagen in die Straße. Er quietschte zum Stehen und ein Polizist stieg aus, seine Mütze tief ins Gesicht gezogen.

Stirnrunzelnd beobachtete ich, wie er auf die beiden Brüder zuging. Sie unterhielten sich angeregt, ihre Gesten waren weiterhin hektisch.

Was zum Teufel passierte hier?

Ich musste ihre Worte hören, um zu verstehen, was vor sich ging. Entschlossen wandte ich mich ab und eilte die Treppe hinunter, die Stufen quietschten unter meinen Füßen.

Der Mann, den ich an einen Stuhl gefesselt hatte, murmelte etwas undeutlich durch das Klebeband, das seinen Mund bedeckte. Er warf mir einen wütenden Blick zu, als ich achtlos an ihm vorbeiging. Seine Augen voller Verachtung und Hass.

Er gab mir die Schuld daran, dass er gefesselt auf diesem Stuhl saß und meine kleinen, quälerischen Neigungen ertragen musste, dabei hatte er selbst daran schuld. Er sah einfach wie ein zu nettes Opfer aus, als ich ihn in seinem Kaschmirmantel die Straße entlanggehen sah. Das Bild von ihm, angekettet an einen Stuhl in diesem verfallenen Gebäude, war zu verlockend, um nicht zuzuschlagen.

Meine Schritte hallten auf den abgenutzten Steinstufen des alten Gemäuers wider, und mit jeder Bewegung knarrte das Holzgeländer unter meinem Griff, als ob es unter dem Gewicht der vergangenen Jahre protestierte. Staub wirbelte in der Luft auf, beleuchtet von dem matten Licht, das durch die verstaubten Fensterscheiben herein fiel.

Am Fuß der Treppe angekommen, fühlte ich die Kälte der Steinwand gegen meinen Rücken, nur wenige Meter von den drei Männern entfernt.

Diesels Stimme brach mit einer Wut aus, die in der kalten Luft zu dampfen schien: »Wir bezahlen dich nicht für nichts! Deine beschissenen Hinweise haben uns kein Stück näher zu ihr geführt.«

Vorsichtig wagte ich einen Blick um die Ecke. Cieran stand neben seinem Bruder, seine Hände zu Fäusten geballt, sein Blick finster und starr.

»Ich arbeite daran«, murmelte der Polizist, »es ist nur… sie ist sehr vorsichtig und hinterlässt kaum Spuren.«

Ein Lächeln stahl sich auf meine Lippen. Er hatte recht. Ich hinterließ keine Spuren. Ich hatte viel gelernt. Von Tatko. Er hatte mir beigebracht, wie man tötete, wie man eine Leiche verschwinden ließ, wie man mit einem Mord davonkam.

Und mit 17 griff ich nach dem Küchenmesser auf dem Tresen, stieß es ihm in den Bauch und steckte das Haus in Brand. Tatko hatte mir alles gezeigt, was ich im Leben brauchte, bis ich ihn nicht mehr brauchte.

»Wo ist sie, Floyd?!«, brüllte Cieran, seine Adern traten an seinem Hals hervor. »Wir haben genug von deinen faulen Ausreden! Finde endlich heraus, wo sie steckt!«

Wenn sie nur wüssten, dass sie nur wenige Schritte von mir trennten...

»Ich-Ich weiß nicht, wo sie i-ist. Aber es ist nur eine Frage der Zeit, bis wir sie aufspüren. Sie – «

»Finde es heraus!«, donnerte er und schlug mit der Faust gegen das Dach des Polizeiwagen. Ein dumpfes Thunk ertönte, gefolgt von einem metallischen Klirren. »Jetzt! Nicht in ein paar Tagen, Wochen oder Monaten. Wir warten schon seit zwei verfickten Monaten!«

Floyd erzitterte unter ihren wütenden Blicken. Seine Schultern zogen sich unwillkürlich hoch, als ob er sich auf einen Schlag vorbereiten wollte. Seine Hände ballten sich, die Anspannung wurde in seinen Muskeln deutlich.

Je länger die wütenden Blicke auf ihn gerichtet blieben, desto mehr schien Floyd in sich zusammenzusacken. Seine Körperhaltung war gebeugt, als ob ihn die Last der missbilligenden Augen erdrücken würde

»Ich werde sie finden«, versprach er bei dem Regen kaum noch hörbar. Aber wir alle wussten, dass das eine Lüge war. Mich konnte man nicht so einfach finden.

Ein paar Tage später lauerte ich ihm auf. Ich beobachtete ihn durch das Zielfernrohr meines Scharfschützengewehrs.

Sein ahnungsloses Gesicht, beleuchtet vom schwachen Licht der Straßenlaterne, war eine einstudierte Fassade, hinter der sich Verdorbenheit und Habgier verbargen.

Ein widerliches Lächeln umspielte seinen Mund, während er mit einem der Drogendealer verhandelte.

Der Kerl hieß Gregor. Er war ein miserabler Dealer, ließ sich leicht abziehen und handelte viel zu unbedacht.

Es wunderte mich, dass Diesel und Cieran ihn nicht schon längst rausgeschmissen hatten. Ich vermutete, ihre Geschäfte waren nicht ihre oberste Priorität... nicht mehr. Nicht, seit ich einen Fuß in New York gesetzt hatte. Jetzt hatten sie nur noch Augen für mich. Jetzt waren ihre Gedanken ganz bei mir.

Eigentlich gab ich nicht viel auf einen korrupten Polizeibeamten. Dass er sein Amt missbrauchte, um die Schwachen zu unterdrücken, interessierte mich nicht.

Ich tötete nicht, um Gerechtigkeit zu üben oder etwas Gutes zu tun. Nein, ich tötete, weil es Spaß machte. Die glänzende Klinge oder die kühle Berührung der Waffe in meiner Hand, der Ruck, wenn die Kugel feuerte, das Zittern der Muskeln des Opfers, das seinen letzten Atemzug nahm, das Blut, das in der Luft spritzte und die verzerrten Gesichter. Die Eisenhaltigkeit des Blutes in der Luft, der scharfe Geruch von Angstschweiß, der bittersüße Duft des Todes. Alles vermischte sich in einem unbeschreiblichen Rausch.

Und der einzige Grund, aus dem ich diesen Mann tot sehen

wollte, war, dass er gemeinsame Sache mit meinen liebsten Dobermännern machte.

Gott, hörte sich das bescheuert an. *Dobermann.* Wie kam der Idiot überhaupt auf den Scheiß?

Ächzend richtete ich meine Aufmerksamkeit wieder auf den anderen Mistkerl.

Mit kalter Präzision drückte ich ab. Der Schuss hallte durch die Gasse, der Polizist brach tot zusammen. Ein roter Fleck breitete sich auf seinem Hemd aus, ein makaberes Kunstwerk, gezeichnet von meiner tödlichen Hand.

Gregor fuhr erschrocken zusammen, ehe er sich panisch umsah und die Flucht ergriff.

Er war ein Nichts. Nur ein kleiner Dealer, der schlecht im Dealen war, aber ich konnte der Versuchung nicht widerstehen.

Ohne weiter nachzudenken, gab ich einen zweiten Schuss ab. Die Kugel traf ihn direkt ins Knie und er fiel zu Boden.

Die Medien berichteten ausführlich über den Mord. Den Mord an Officer Floyd. Niemand interessierte sich für Gregor. Abgesehen von ein paar Junkies, die ein bisschen länger auf ihr Kokain, Crack oder was zum Teufel sie auch immer nahmen, warten mussten.

Die Polizei tappte im Dunkeln. Nicht völlig. Ich spielte ihnen

Informationen zu, die ihre Fährte auf Diesel und Cieran lenken sollten, aber sie schienen nicht hinsehen zu wollen, sie schienen diese Daten gekonnt zu ignorieren.

Aber dass die bulgarische *Khemofiliya*, wie sie mich in Sofia nannten, nun ihr mörderisches Werk im Untergrund von New York fortsetzte, hatten sie nicht auf dem Schirm.

Diesel und Cieran ahnten hingegen, dass ich die Verantwortliche war. Getrieben von Wut und Besessenheit, verdoppelten sie ihre Bemühungen, mich zu finden. Vergeblich.

Denn ich wollte noch nicht gefunden werden. Auch wenn... Ein kleines Zusammenkommen mal wieder gar nicht so schlecht klang, nicht wahr?

Diesel

In meinem Mustang rollte ich langsam den Asphalt entlang, das monotone Summen des Motors begleitete mich auf meinem nächtlichen Streifzug durch die Straßen der pulsierenden Stadt.

Grelle Neonlichter beleuchteten den Weg vor mir, während ich meine Augen auf die Gestalten am Straßenrand richtete. Frauen in knappen Outfits flanierten dort entlang, auf der Suche nach einem schnellen Geldverdienst.

Keine von ihnen schien nur halb so gut, nur halb so heiß oder halb so schön wie die, die ich eigentlich wollte. Doch ich verbannte diese Gedanken schnell wieder aus meinem Kopf, ehe sie mich verschlingen konnten.

Ich musste nehmen, was ich kriegen konnte. Auch wenn es nicht das war, was ich eigentlich wollte. Es ging allein darum, die Leere für einen kurzen Moment zu füllen und die Sehnsucht zu betäuben, die mich quälte.

Mein Blick schweifte über die vorbeiziehenden Frauen, auf der Suche nach einer, die meinen aktuellen Bedürfnissen entsprach. Auf der Suche nach einer, die genügen konnte.

Schließlich fiel mein Blick auf eine schlanke Gestalt am Straßenrand. Lange, blonde Haare umrahmten ein blasses Gesicht, in dem mich grüne Augen herausfordernd anblickten. Sie stand da, ein schillernder Schatten inmitten des nächtlichen Treibens.

Ein kleiner Funke Hoffnung flackerte in mir auf, als ich meinen Wagen langsamer werden ließ und an den Bordstein heranfuhr.

Die Frau zögerte keinen Augenblick und stieg ein, ihr Duft von Zigarettenrauch und Parfüm hing in der Luft.

Das Parfüm war zu süß und es fehlte der raue Hauch des Todes. Ich zögerte einen Moment, doch ich wusste, dass ich keine bessere finden würde. Keine dieser Frauen war mit *ihr* zu vergleichen. Diese musste ausreichen.

Ein kurzer Austausch von Blicken genügte, um zu wissen, was wir beide wollten. Keine Worte wurden ausgetauscht, keine Namen genannt. Es war ein stummer Handel.

Die Stille wurde von der dumpfen Musik des Radios durchbrochen, als ich uns zu einem abgelegenen Parkplatz fuhr. Das Knirschen des Kieses unter den Reifen verriet unsere Ankunft und das Auto kam zum Stillstand.

Ohne ein Wort stellte ich meinen Sitz nach hinten, sie streifte die knallrote Jacke von ihren Armen und kletterte auf meinen

Schoß.

Sie zog ihr Oberteil aus, und ich war nicht erfreut über den Anblick ihrer Titten. Sie waren zu klein. Milana hatte auch eine schlanke Figur, aber ihre Titten waren nicht so winzig. Wenn ich von ihnen träumte, waren sie gut zwei Hände voll.

Ächzend ließ ich den Kopf gegen die Lehne fallen und sah dabei zu, wie die Blondine weiter ihre Sachen ablegte.

Als sie nur noch in Unterwäsche auf mir saß, begann sie, meine Kleider auszuziehen. Ich ließ sie machen und versuchte, mich von der Tatsache abzulenken, dass sie nicht Milana war.

Mein geschwollener Schwanz drückte gegen den Reißverschluss meiner Hose und ich war erleichtert, als sie ihn endlich frei ließ.

Aber dass ich hart war, hatte nichts mit dieser Frau zu tun. In den letzten Wochen hatte ich immer einen Steifen. Mein Penis pumpte für Milana, rund um die Uhr.

Mit einem verführerischen Lächeln lehnte sie sich zu mir. Im Schein des Mondes umarmten wir uns hungrig, unsere Lippen trafen sich in einem verzweifelten Kuss. Die Leidenschaft brannte heiß zwischen uns, eine Flamme, die jede Vernunft verschlang.

Ihre Hand rieb meinen Schwanz auf und ab, und als er hart genug war, zog sie ein Kondom drüber, stemmte sich hoch und sank auf ihn herab.

Ein leises Stöhnen entwich ihren Lippen, die nicht mehr rosa, sondern blutrot waren. Und ihre Augen, die einst in einem blassen Grünton leuchteten, waren nun giftgrün. Und ihre Brüste nahmen die perfekte Größe an.

Ihre zarten Hände wanderten über meinen Körper, und ich schloss die Augen, verloren in der Illusion. In meinem Kopf war sie Milana, die Frau, die mir zu oft entwischt war, die Frau, die ich nie haben konnte.

Ich vergrub mein Gesicht in ihrem Haar und betete innerlich darum, dass dieser Moment niemals enden würde.

Mit meinen Händen an ihren Hüften führte ich sie, bestimmte das Tempo, die Härte und die Tiefe.

»Oh, mein Gott«, stöhnte sie. »Ja!«

»Sei still!«, fluchte ich, als ihre nervige Stimme drohte, die Fantasie zusammenstürzen zu lassen.

Sie wurde leise, alles, was ich noch hörte, war das Klappern unserer nackten Häute, das sich mit einem gelegentlichen Seufzer vermischte, und ich konnte mich voll und ganz in der Vorstellung von Milana Petrova auf meinem Schwanz entfalten.

Ihre perfekten Titten hüpften, ihre Augen fokussierten mich, forderten mich heraus, während sie mich mit Leib und Seele ritt.

Ein intensives Prickeln durchströmte meinen Körper, als ob tausend Funken gleichzeitig in mir explodierten. Jede Zelle schien zu vibrieren.

Es war, als würde die Zeit stillstehen, während der Höhepunkt sich langsam aufbaute und schließlich wie eine Welle über mich hereinbrach. Mein Atem stockte, mein Herzschlag beschleunigte sich, und ich stöhnte aus tiefster Kehle ihren Namen: »Milana.«

Jeder Nerv schien wie elektrisiert, jede Berührung intensivierte die Lust, bis sie schließlich in einem gewaltigen Ausbruch gipfelte.

Ein Schauer lief mir über den Rücken, als mein Körper sich in einem Wirbelwind der Lust wand und der Höhepunkt mich mit seiner ganzen Macht überwältigte.

Allmählich öffnete ich die Augen, und die Realität schlug auf mich ein wie eiskalter Regen an einem sonnigen Morgen. Es war nicht Milana, die auf mir saß, sondern eine fremde Frau, die ich für einen flüchtigen Moment als meine Sehnsucht umhüllte.

Ein Gefühl der Leere machte sich in mir breit, während ich die Fremde dabei beobachtete, wie sie zurück auf den Beifahrersitz kletterte und begann, ihre Kleidung wieder anzuziehen.

Ich tat es ihr gleich.

Als wir beide fertig angezogen waren, drückte ich ihr hundert Dollar in die Hand. Sie nahm das Geld ohne ein Wort des Abschieds und verschwand dann geräuschlos in der Nacht.

Allein blieb ich zurück, im Inneren meines Wagens, dem einzigen Zeugen meines verborgenen Verlangens. Gedanken wirbelten in meinem Kopf, ein hektisches Durcheinander aus Unzufriedenheit, Einsamkeit und dem scharfen Stich der Realität.

Plötzlich erschien eine vertraute Gestalt vor meinem Auto. Milana. Der Name hallte in meinem Geist wider, und mein Herz begann schneller in meiner Brust zu schlagen, als ob es den Takt eines unaufhaltsamen Trommelfeuers aufnehmen würde.

Ich stieg aus dem Wagen, mein Blick fest auf sie gerichtet. Die Kälte der Nacht umhüllte mich wie ein unsichtbarer Mantel, und ich war mir nicht sicher, ob das, was ich gerade sah, real war oder nur eine weitere Illusion in der Dunkelheit.

Der Kies am Boden raschelte und knirschte unter meinen Schuhen. Als ich näher kam, erkannte ich sie deutlich, ihre blonden Wellen im Schein der Straßenlaterne, ihr Gesicht hinter einem Schleier aus Rauch versteckt.

Milana rauchte eine Zigarette, und ihre giftgrünen Augen durchbohrten erst den Rauch, dann mich mit einem Ausdruck, den ich nicht deuten konnte.

Hatte sie mich und die Prostituierte die ganze Zeit beobachtet? Wusste sie, wie verzweifelt ich ihretwegen war?

Ein Gefühl der Ungewissheit durchzog mich, während ich wenige Meter vor ihr stand, die Worte in meinem Mund wie eingefroren.

Doch sie sprach zuerst, ihre Stimme ein sanfter Hauch in der Nacht: »War sie gut genug für dich?«

Ich versuchte, den Ausdruck auf ihrem Gesicht zu lesen. War es Verachtung? Belustigung? Enttäuschung? Nein. Da war nichts. Es war nur ein leerer Ausdruck.

»Nein«, gestand ich. Der Rauch ihrer Zigarette tanzte zwischen uns. »Keine Frau wird dir jemals ebenbürtig sein.«

Sie warf die halbgerauchte Zigarette auf den Boden, schritt vorwärts, um die letzte Distanz zu schließen und meinen Kragen zu richten. »Und trotzdem war sie gut genug, um dich dazu zu bringen, meinen Namen zu stöhnen.«

Ihr Blick traf meinen. Verdammt.

»Ich dachte, ihr zwei wärt meine treuen Hunde«, meinte sie, während sie weiter an meiner Jacke herumfummelte. Cieran hatte mir von dem Scheiß erzählt, dass wir Dobermänner waren und sie die Katze, die wir jagten. So dumm es auch klang, musste ich dennoch zugeben, dass der Vergleich ziemlich genau zutraf.

Sie ließ den Kragen los, ihre Finger berührten meinen Kiefer für eine Millisekunde und ich spürte meinen Schwanz, der augenblicklich wieder hart wurde. Fuck, war das erbärmlich.

Milana schien genau zu wissen, was sie mit dieser leichten Berührung und dem trägen Augenaufschlag bei mir anstellte.

»Benimm dich«, sagte sie.

Ein Stechen durchzog meine Brust. Ich keuchte und blickte hinunter zu dem Ast, den sie in meine Brust gesteckt hatte. Wo zur Hölle hatte sie den auf einmal her?!

Unscheinbar machte sie einen Satz nach hinten. Ehe ich es realisieren konnte, war sie bereits in den Schatten der hochragenden Bäume verschwunden. Ihre Gestalt löste sich förmlich in der Dunkelheit des Waldes auf, und ich konnte nur noch das Rascheln der Blätter vernehmen, das sich mit dem Rasen meiner Gedanken vermischte. Ich durfte sie nicht verlieren. Nicht noch einmal. Ich musste sie kriegen.

Mit schnellen Schritten folgte ich ihrem Weg, während Zweige und Äste meinen Weg versperrten. Der Wald schien sie zu beschützen, ihr ein sicheres Versteck zu bieten, während ich mich mühte, ihren Spuren zu folgen. Doch ich ließ mich nicht von der Undurchdringlichkeit der Natur abschrecken. Meine Entschlossenheit war stärker als jedes Hindernis.

Mein Herzschlag beschleunigte sich, als ich mich tiefer in den Wald wagte, jeder Schritt ein Kampf zwischen dem Verlangen, sie zu finden, und der Angst, sie endgültig zu verlieren. Doch ich konnte nicht aufgeben. Nicht jetzt.

Immer wieder glaubte ich, ihre Silhouette zwischen den Bäumen zu erhaschen, aber jedes Mal, wenn ich dachte, sie sei nah, verschwand sie erneut im Dickicht. Es war, als ob sie sich mühelos zwischen den Schatten bewegte, als ob der Wald sie willkommen hieß und mich zurückwies.

Plötzlich hörte ich ein leises Knacken hinter mir. Ich kam zum Stehen, wirbelte herum. Ein Kaninchen schoss zwischen den Büschen hervor.

Verdammt. Frustriert trat ich gegen einen Baumstamm. Es war sinnlos.

Ein kalter Wind strich durch die Blätter, und ich fror, nicht nur körperlich, sondern auch innerlich. Sie war mir wieder entwischt. Ich konnte nicht glauben, dass sie so schnell verschwinden konnte. War sie überhaupt echt oder nur wieder eine Illusion, die mich quälte?

Mit einem tiefen Seufzer kehrte ich schließlich zum Parkplatz zurück, die Frustration und Wut in mir tobend.

Ich holte den Ast aus meiner Brust, warf ihn zu Boden, dann stieg ich in mein Auto und fuhr langsam davon, die Straßenlichter glitten vorbei wie flüchtige Erinnerungen. Doch in meiner Brust blieb der Schmerz, die unerfüllte Sehnsucht nach einer Frau, die mir wieder entwischt war.

Milana

Ryleigh stand den Brüdern nah. Wie nah genau, wusste ich nicht. Sie war attraktiv, das war offensichtlich, und ich konnte mir vorstellen, dass zwischen ihr und den Brüdern mehr lief.

Sie war das perfekte Opfer, ein Schlüsselstück in meinem Puzzle, das ich präzise positionieren musste, um mein Ziel zu erreichen.

Schon seit einiger Zeit hatte ich sie beobachtet, ihre Bewegungen verfolgt und ihre Gewohnheiten studiert. Sie schien leicht zu manipulieren zu sein, bereit, sich in die Irre führen zu lassen. Und so beschloss ich, sie mir zu schnappen und in das alte, verlassene Gebäude zu bringen, das schon seit Jahren in die Vergessenheit der New Yorker geraten war.

Ich hatte einen Fake-Account bei einer Dating-App angelegt. Es war unterhaltsam, all ihre Nachrichten zu lesen, die verzweifelt nach Aufmerksamkeit schrien. Und noch amüsanter war es, Antworten auf diese Nachrichten zu schreiben.

Wie auch immer, im Namen von Bastian Faber lockte ich sie direkt in mein Versteck.

Nun stand sie da, aufgetakelt bis ins kleinste Detail, und wartete auf ihren vermeintlichen Traummann.

Sie hatte diesen Ort nicht ein einziges Mal als merkwürdigen Treffpunkt in Erwägung gezogen. Erst jetzt schien sie ein wenig nervös zu werden. Unruhig fuhr sie mit ihren langen Fingern durch ihr braunes Haar, schaute die menschenleere Straße hinunter, nach links und rechts.

Dann blickte sie auf ihr Handy hinunter. Ein paar Sekunden später leuchtete meines mit einer Nachricht auf.

Ryleigh: _Hey, wo bist du?_

Mit schnellen, aber leisen Schritten näherte ich mich ihr von hinten.

Bastian: _Genau hier._

Als ich nah genug war, griff ich blitzschnell zu und packte sie fest. Ein leiser Schrei entfuhr ihr, bevor ich ihr den Mund zuhielt und sie in die Dunkelheit des Hauses riss.

Ich zerrte sie die Treppe hoch, während sie sich verzweifelt zu befreien versuchte. Ihre Schreie waren gedämpft, ihr Kampf vergeblich. Schritt für Schritt brachte ich sie tiefer ins Innere des Gebäudes, vorbei an bröckelnden Mauern und morschen Geländern.

»Zieh deine Sachen aus«, befahl ich, sobald wir das erste Stockwerk erreichten, wo ich sie rücksichtslos auf den harten Betonboden stieß.

Ich ging zu dem mit Flaschen übersäten Tisch. Mein Arm fegte über die Oberfläche und schleuderte alles zu Boden. Das Glas zersplitterte.

Als ich mich zu Ryleigh umdrehte, haftete ihr Blick an dem toten Mann, der immer noch an den Stuhl gekettet dasaß.

Ich musste ihn dringend loswerden. Das Haus fing an, wie eine Leichenhalle zu riechen.

Aber ich hatte erst vor kurzem eine neue Begeisterung für mich entdeckt: Tote quälen. Ich glaubte nicht an den ganzen spirituellen Scheiß, aber keine Ahnung, die Vorstellung, dass ihre Geister oder was auch immer dabei zusahen, wie die Folter weiterging, gefiel mir.

Und irgendwie mochte ich den Geruch von Tod.

»Oh, beachte ihn nicht«, meinte ich zu ihr. »Ich bin mir sicher, dass Mister Lockett da drüben gerne nackte Frauen angesehen hat.« Ich richtete meinen Blick wieder auf sie. »Jetzt zieh dich aus.«

Sie reagierte nicht und ich steuerte mit wütenden Schritten auf sie zu. Ich riss die Jacke von ihrem Körper. Mit der Spitze meines Messers fuhr ich an ihrer Bluse entlang, riss die Knöpfe heraus.

»Du bist sie«, hörte ich sie schwer atmen.

»Ja, ich bin sie. Haben deine kleinen Liebhaber dir von mir erzählt?«

Nach ihrer Bluse folgte der BH. Ihre Brüste waren sanft

geschwungen und voll, mit zarten, leicht gewellten Linien und rosigen Brustwarzen, die sich leicht nach oben hoben, eingebettet in eine glatte Haut.

»Du hast zwei schicke Brüste. Ich wette, sie lieben es, an ihnen zu saugen.«

Verlegen schlang sie die Arme um sich. Es war ein verzweifelter Versuch, ihren nackten Körper zu verstecken.

Ein verächtliches Seufzen zischte über meine Lippen. Natürlich mochten Diesel und Cieran sie. Bestimmt tat sie alles, was sie von ihr verlangten, und scherte sich nicht um ihre Unabhängigkeit oder Freiheit, wie ich es tat. Sie hatte all ihre Selbstachtung an die beiden verloren.

Mit dem Kinn deutete ich auf den Tisch. »Hinlegen.«

Sie zögerte eine Sekunde, bevor sie nach vorne trat und sich unbeholfen auf den alten, verstaubten und verdreckten Tisch legte. Das Holz ächzte unter ihrem Gewicht, als ob es seit Jahren keine Last mehr getragen hätte. Ein feines Staubwölkchen stieg auf, als Ryleighs Bewegung den Tisch aus seinem jahrelangen Schlummer riss.

»Also Folgendes wird passieren«, setzte ich an und sah, wie sich ihre braunen Augen vor Angst weiteten, als ich ihr erklärte, dass ich eine Karte auf ihren Rücken ritzen würde – eine Karte, die sie den Brüdern überbringen sollte. »Oh, und du kannst ihnen gerne jedes einzelne Detail von dem erzählen, was ich noch mit dir machen werde.«

Ihre zitternde Stimme flehte mich an, sie gehen zu lassen, aber sie wusste, dass es kein Zurück mehr gab. Sie war bereits ein Teil meines düsteren Spiels geworden.

»Halt still«, sagte ich nur und drückte sie auf die harte Tischplatte. Meine Augen glitten über ihre makellose Haut.

Die Karte musste präzise sein, jede Linie, jeder Punkt musste an seinem Platz sein. Ich nahm mir Zeit, um jeden Schritt sorgfältig zu planen.

»Du musst das nicht tun«, wimmerte Ryleigh.

»Halt die Klappe«, zischte ich und stopfte ihr ihren rosa Spitzen-BH in den Mund.

Schließlich setzte ich das Werkzeug an ihrer Haut an, fühlte den leichten Widerstand, als es anfing, eine Spur auf ihrer Haut zu hinterlassen.

Ich hörte ihre gedämpften Laute, eine befriedigende Melodie in meinen Ohren.

Zuerst zeichnete ich den East River, ein markanter Punkt in der Stadt, der leicht zu erkennen war. Mit geschickten Schnitten und präzisen Bewegungen formte ich die Konturen des Flusses auf Ryleighs Rücken. Dann fügte ich Details hinzu, jeden Bogen, jede Kurve mit größter Genauigkeit.

Es war nicht leicht, denn ihr Blut verwischte die Linien und das Bild wurde unklar. Ich schnappte mir ihre Bluse, die auf dem Boden lag, und tupfte damit immer wieder die rote Flüssigkeit weg.

Die Karte begann langsam Gestalt anzunehmen, als der schwierigere Teil kam – die Markierung des Treffpunktes. Ich musste sicherstellen, dass die Brüder den Ort finden würden. Mit einer ruhigen Hand setzte ich ein kleines Kreuz auf der Karte, nicht zu offensichtlich, aber auch nicht zu versteckt.

Schließlich, nachdem ich jeden Punkt markiert hatte, jeden Weg klar definiert hatte, betrachtete ich mein Werk zufrieden. Die Karte auf Ryleighs Rücken war vollständig. Sie war ein blutiges Meisterwerk.

Ein letztes Mal wischte ich das Blut mit ihrer Bluse weg, dann befahl ich ihr, aufzustehen. Ihre Brüste wippten, und ich konnte meinen Blick nicht davon abwenden, sie zu betrachten.

Plötzlich kam mir eine Idee in den Sinn. Was, wenn ich sie mit meiner Unterschrift versah? Diesel und Cieran würden sie immer ansehen, während sie Ryleigh fickten. Sie würden immer daran erinnert werden, wer nur ein billiges Trostpflaster war und wen sie wirklich wollten.

Mein Griff um das Messer festigte sich genau wie meine Entschlossenheit.

»Setz dich hin«, forderte ich Ryleigh auf und drückte sie zurück auf den Tisch. Wieder protestierte das Holz unter ihrem Gewischt und knarrte dumpf.

Ich sah den entsetzten Blick in ihren Augen, als sie erkannte, was ich vorhatte. »Nein«, nuschelte sie undeutlich und schüttelte ihren Kopf.

Die Furcht, das Entsetzen und Grauen in ihrem Blick machten nichts mit mir. Unberührt legte sich meine linke Hand an ihre linke Brust, um die Haut zu spannen, und setzte die Messerspitze an.

»Mila – « Schmerzhaft langsam glitt die Kante über ihren Brustkorb und schnitt ihr das Wort ab. Sie stöhnte vor Schmerz auf, doch ich ignorierte es. Ihr Flehen und ihre Versuche, sich zu befreien, waren nur ein schwaches Echo in meinem Kopf. Sie gehörte jetzt mir, Körper und Seele.

Jeder Schnitt war präzise, jede Linie trug die Botschaft meiner Kontrolle und Macht. Die Zeichen meiner Signatur begannen langsam zu bluten, und das tiefe Rot der Wunde kontrastierte grell mit ihrer blassen Haut.

Die Stille des Raumes wurde nur durch das leise Kratzen des Messers und ihr gedämpftes Atmen unterbrochen. Ihr Körper zuckte leicht, als das Metall ihre Haut durchschnitt, aber sie sagte kein Wort mehr.

Als ich das Messer von ihrer Haut nahm, betrachtete ich das Werk. *Милана*, mein Name prangte in kyrillischer Schrift deutlich auf ihrer linken Brust. Er war eine Erinnerung und ein Symbol zugleich. Eine Erinnerung an die Brüder, aber auch Ryleigh, wen sie in Wahrheit begehrten, und ein Symbol für meine Macht über alle drei.

Regungslos saß mein Opfer da, der Schmerz hatte sie in einen Zustand der Lethargie versetzt.

Langsam erhob ich mich von meinem Platz, den Blick fest auf sie gerichtet. Sie war schwach, zerbrechlich. Deswegen war sie auch für Diesel und Cieran so interessant. Sie konnten Ryleigh wie einen Spielball hin- und herwerfen, mit ihr tun und lassen, was immer sie wollten, und diese Frau ließ es ohne großen Widerstand über sich Ergehen.

Ein kaltes Lächeln spielte um meine Lippen, während ich den Moment genoss, dann sagte ich zu ihr: »Steh auf .« Meine Stimme riss sie aus ihrer Trance.

Sie sah mich an. Zaghaft stand sie auf, ihre braunen Augen nach wie vor ängstlich auf mir haftend.

Mit dem Kopf deutete ich auf den toten Mann, der gefesselt auf dem Stuhl saß. Ich sah die Gänsehaut, die sich auf ihrer Haut bildete. Widerwillig trat sie an ihn heran.

»Auf die Knie.« Sie schluckte hart, ehe sie auf ihre Knie sank. Ihre Angst war greifbar.

»Öffne seine Hose.« Ein paar Sekunden zögerte sie, doch als sie meine Gegenwart hinter sich spürte, tat sie auch das. Ihre Hände zitterten, als sie den Knopf seiner Hose öffnete und den Reißverschluss langsam herunterzog.

Kurz huschten ihre Augen zu mir, suchend nach einem Anzeichen von Erbarmen oder Zögern, aber ich gab ihr nichts. Meine Miene blieb ausdruckslos, und meine Anwesenheit beängstigte sie.

»Jetzt nimm seinen Schwanz in den Mund.« Die Anweisung lag schwer in der Luft, und ich konnte sehen, wie sehr sie innerlich kämpfte. Schließlich fügte sie sich auch diesem Befehl. Ein Hauch von Ekel und Verachtung lag in ihrer zittrigen Bewegung, während sie den leblosen, nackten Körper vor sich berührte. Doch sie gehorchte.

Ich beobachtete sie. Ein leerer Ausdruck blieb auf meinem Gesicht. Es war nicht das erste Mal, dass ich so etwas verlangte, und ich fürchtete, es würde auch nicht das letzte Mal sein. Aber dieses Mal war anders. Dieses Mal war es persönlich. Ich wollte Ryleigh eins auswischen. Ich wollte ihr zeigen, was für ein verzweifeltes Miststück sie war.

Langsam trat ich näher, bis ich direkt hinter ihr stand. Sie zuckte zusammen, als sie meine Nähe spürte, doch sie wagte es nicht, sich umzudrehen. Sie wagte es nicht, mich anzusehen oder gar aufzuhören. Wie die brave Schlampe, die sie war, saugte sie fleißig weiter an seinem Schwanz.

»Das reicht«, sagte ich schließlich und packte sie grob am Arm, um sie von dem Toten wegzuziehen. »Verschwinde von hier.«

Diese Aufforderung ließ sie sich nicht noch mal sagen. Sie nahm sich ihre Bluse vom Tisch, griff nach ihrer Jacke am Boden, stürmte so schnell sie konnte die Treppen hinunter und ließ mich mit Mister Lockett allein.

»Und was machen wir zwei jetzt Schönes?«, fragte ich und hob mit dem blutigen Messer sein Kinn. Seine Pupillen waren erweitert und regungslos, ihnen fehlte der Glanz der Lebendigkeit.

Es war ein unbeschreiblich befriedigendes Gefühl, in die leblosen Augen eines Opfers zu blicken. Ein stiller Moment der Erfüllung breitete sich in mir aus, während ich den Anblick genoss.

Die Kälte, die von seinem leblosen Körper ausging, umarmte mich, und ich konnte nicht anders, als weiterhin in seine starren Augen zu blicken, als ob ich in ihnen die Reflexion meiner eigenen Dunkelheit sah.

Und ich liebte diese Dunkelheit.

Diesel

»Der East River«, sagte Cieran in einem strengen Ton.

Mein Blick schweifte über die Schnitte, die in Ryleighs Rücken gezeichnet wurden.

Er hatte recht, es war der East River.

»Dann müssen das Roosevelt Island und Randalls Island sein«, meinte ich und deutete auf die zwei breiten Balken.

»Und das Kreuz ist East Harlem.«

Stumm stimmte ich zu.

»A-aber ihr werdet sie nicht treffen, richtig?« Erst jetzt bemerkte ich, dass Ryleigh die ganze Zeit über geheult hatte. Ihre Stimme war zittrig, voller Angst und Schmerz.

Keiner von uns antwortete. Die Frage stand für uns nicht im Raum. Es war klar, dass wir bei Mitternacht in East Harlem sein würden.

»Diesel! Cieran!«, schluchzte sie in einem verzweifelten Versuch, uns zur Vernunft zu bringen.

»Was hat sie noch gesagt?«, wollte mein Bruder wissen.

Ryleigh griff nach ihrer Bluse, die von Blut durchtränkt und vorne aufgeschnitten war und streifte sie über ihre Arme. »Ihr seid verrückt.« Sie wickelte den Stoff um ihren Körper und stand auf.

Sie wollte gehen, doch ich stellte mich ihr in den Weg. Wir mussten wissen, was Milana gesagt hatte. Mein Blick blieb fest auf ihr haften, während ich ihre Reaktion genau beobachtete.

»Lass mich vorbei, Diesel.« Ich machte keine Anstalten, beiseite zu treten.

»Was hat sie gesagt?«, wiederholte Cieran und trat mit verschränkten Armen neben mich. Sein Ton verriet eine Mischung aus Ungeduld und Frustration. Es gab zu viele Unklarheiten, zu viele Rätsel, zu viele Geheimnisse, die diese Frau betrafen. Aber wir wollten alles wissen. Selbst wenn es nur darum ging, was sie Ryleigh angetan hatte.

Sie hielt einen Moment inne, bevor sie antwortete: »Nur, dass ich euch erzählen soll, was sie mit mir gemacht hat.« Ihr Ton war emotionslos, als ob sie jegliche Verbindung zu dem, was sie erlebt hatte, abgeschnitten hätte. Oder zumindest schien sie das zu versuchen. Ihr Körper zitterte immer noch.

»Dann tu das«, forderte ich sie ruhig, aber bestimmt auf. Wir konnten keine weiteren Geheimnisse dulden.

»Fickt euch, Leute.« Die plötzliche Feindseligkeit überraschte mich. Warum diese Abwehr? So hatte ich sie noch nie erlebt. Was versuchte sie zu verbergen?

Sie machte einen Satz zur Seite, doch wir bewegten uns gleichzeitig mit ihr. Es gab kein Entkommen, keine Ausreden für sie.

Unsere Geduld war begrenzt, unsere Entschlossenheit unerschütterlich. Ryleigh hatte keine Wahl – sie musste uns die Wahrheit sagen, egal wie sehr sie es auch hassen mochte.

Mit zitternder Stimme und Tränen in den Augen begann Ryleigh von den grausamen Taten, die Milana ihr angetan hatte, zu berichten. »Sie... sie hat mich... sie hat mir Schmerzen zugefügt. Mit einem Messer... S-Sie hat etwas in meine Brust geritzt...«

Sie schluckte schwer, kämpfte gegen die Erinnerungen an die Qualen, die sie durchgemacht hatte. Ich konnte den Schmerz in ihren Worten hören, das Trauma, das sie gezeichnet hatte. Aber all das interessierte mich nicht.

Ich wollte diese Gravierung sehen. Cieran schien es genauso zu ergehen. Ohne Vorwarnung riss er Ryleighs Bluse von ihren Schultern und schob den rosa BH nach unten.

Der Anblick, der sich uns bot, war faszinierend. Die zarte Haut war mit roten Linien und Buchstaben gezeichnet, die wir nicht entziffern konnten.

Schnell schob Ryleigh ihren BH wieder zurecht, riss meinem Bruder ihre Bluse aus der Hand und schlüpfte wieder hinein.

Erneut machte sie Anstalten zu gehen, doch wir hielten sie auf und zwangen sie, weiter zu erzählen.

»Da war ein toter Mann. Sie...« Ihre Stimme brach wieder mal ab und sie verfiel in Schluchzen.

»Was?«, hakte ich ohne jegliches Mitgefühl oder Geduld nach. Zeit für Mitleid gab es bei uns noch nie.

Schluchzend offenbarte sie: »Milana hat mich gezwungen, ihm einen zu blasen. Sie ist wahnsinnig.« Ihre glasigen, braunen Augen sahen uns an. »Und ich habe gehört, wie sie mit diesem Mann gesprochen hat, als ob er noch am Leben wäre.« Ihre Stimme bebte, und ich konnte die tiefe Verwirrung darin spüren.

Versuchte sie, uns von Milana abzuhalten? Fernzuhalten? Weil fuck, das funktionierte nicht.

Es war Mitternacht, die Stunde der Dunkelheit, als Cieran und ich East Harlem erreichten. Die Umgebung war von Stille umhüllt, nur das Rauschen des Flusses und das entfernte Heulen des Windes durchdrang die Nacht.

Als wir ankamen, sahen wir sie bereits. Ihre zierliche Figur stand am Ufer des Flusses, eine Anmut aus Eleganz und Grazie.

Ihr dunkler Pelzmantel wehte im Wind zusammen mit ihrem langen blonden Haar, das im silbrigen Schein der Nacht wie flüssiges Gold glänzte. Jeder Strang schien von einem unsichtbaren Licht umhüllt zu sein, das ihre Schönheit noch mehr betonte.

Gott, war sie umwerfend.

Ihr Anblick war hypnotisierend, eine Mischung aus Faszination und Sehnsucht, die mich gefangen nahm. Er raubte mir für einen Moment den Atem.

Milanas Erscheinung war wie eine Gestalt aus einem Traum, ihre blasse Haut schimmerte im sanften Schein des Mondes. Ihre grünen Augen, die jede unserer Bewegungen beobachteten, glühten im Halbdunkel der Nacht, leuchtend wie zwei Smaragde, und spiegelten pure Schwärze.

Ein Hauch von Mysterium lag in ihrem Blick, ein Versprechen von geheimnisvollen Tiefen, die niemals erkundet werden wollten. Aber ich würde sie erkunden. All ihre Tiefen und Abgründe.

»Ich möchte euch etwas zeigen«, sagte sie mit einer Stimme, die wie ein Hauch des Windes klang, sanft und doch voller Gefahr. Auf dem Absatz machte sie kehrt und ging voran.

Wir folgten ihr durch eine finstere Gasse, die von den schattigen Umrissen der umliegenden Gebäude verschluckt wurde. Die düsteren Mauern schienen jede Spur von Licht zu absorbieren, und der Boden war mit einer Spur von Verlassenheit bedeckt.

Milana lief vor uns her. Ihre kniehohen Stiefel klackten auf dem Asphalt. Irgendwann wurde das Klacken langsamer. Unsere Schritte verlangsamten sich ebenfalls.

Es war, als ob sie gespürt hätte, dass etwas geschehen würde, als ob sie spürte, dass etwas nicht stimmte.

Plötzlich tauchte eine Gestalt aus dem Nichts auf. Sie sah aus wie eine Nutte, ihr Outfit auffällig und ihr Gesicht von der vielen

Schminke verschleiert. Sie trat aus dem Dunkel, das Handy an ihrem Ohr, und packte Milana am Arm.

»Was zum Teufel denkst du, dass du tust?«, fauchte sie, ihre Stimme von einem Hauch von Zorn durchdrungen und schlug ihr das Handy aus der Hand. Mit einem scharfen Knall prallte es auf den harten Asphalt.

Pures Entsetzen zeichnete sich auf dem von Makeup bedeckten Gesicht. »Du«, hauchte sie. Furcht verzerrte ihre Züge, während sich ihre Augen weiteten.

Milana riss ihren Kopf nach hinten und warf sie zu Boden. »Bitte«, flehte die Frau unter Tränen, aber unser Kätzchen ging unentwegt auf sie los. »Nein«, wimmerte sie, bevor Milana ihren Kopf wieder gewaltsam anhob, ihn dann so hart sie konnte gegen den harten Bordstein schlug.

Das Weinen, Flehen und Schreien hörte sofort auf, aber ihre Mörderin hörte nicht auf. Milana hörte nicht auf, ihren Kopf zu zertrümmern, bis Blut, Haare und Schädelteile eine klumpige Pfütze unter ihren Absätzen bildeten.

Dann, als sie nichts mehr zum Zerschlagen hatte, stand sie auf und sah sich um. Es war niemand zu sehen. Es waren nur wir vier... drei.

Mit ihren wunderschönen Beinen schob sie den Körper an den Rand des Wassers und rollte ihn hinein.

Die Nutte verschwand. Das Wasser schluckte sie begierig, als hätte es auf sie gewartet. Es war, als ob der East River die letzten Spuren dieser Nacht verschluckte, als ob er Milanas Taten verschleierte und mit sich forttrug.

Sie stand am Ufer, ihre Gestalt von der Dunkelheit verschluckt, nur die Umrisse ihrer Figur waren zu erkennen. Gott, ich liebte ihren Körper. Regungslos beobachtete sie, wie sich ein paar Blasen an der Oberfläche bildeten, bevor die Strömung den Leichnam mitriss, mit in die unendliche Weite des Atlantiks.

Milana war zufrieden. Und ich war so verdammt angeturnt von ihr.

Ich spürte Cierans Gesellschaft an meiner Seite. Sein Blick lag auf ihr. Ein Blick, der keine Worte brauchte, um zu verstehen. Er fühlte es auch. In seinen Augen blitzte dieselbe Begierde.

Langsam drehte sie sich zu uns um. Das Funkeln des Mondes lag in ihren Augen. Es war, als ob sie unsere Gedanken lesen konnte, als ob sie die Macht besaß, uns in ihren Bann zu ziehen und uns zu Marionetten ihres finsteren Spiels zu machen.

»Das war langweilig«, murmelte sie gleichgültig, als hätte sie nicht gerade ein Leben ausgelöscht.

Ich trat auf sie zu, meine Sinne von ihrer Nähe betäubt. Mit einem vorsichtigen Griff wischte ich das Blut von ihrer Wange, ein scharlachroter Kontrast zu ihrem bleichen Teint. Mein Daumen berührte ihre weiche Haut, und ein elektrisierendes Kribbeln prickelte in meiner Fingerspitze.

Die Welt schien still zu stehen in diesem Moment der Berührung, als ob das Universum selbst innehielt, um Zeuge dieser verbotenen Sehnsucht zu werden.

Ich betrachtete den roten Fleck auf meiner Haut.

Milana hob meine Hand und sah mich dabei mit ihren

betörenden, giftgrünen Augen an. »Hast du es schon mal probiert?«, fragte sie, ihre Stimme ein verführerisches Flüstern.

Ich zögerte einen Moment, bevor ich den Kopf schüttelte, und spürte den heißen Atem von Cieran in meinem Nacken, wo sich die feinen Härchen aufstellten.

Sie führte den Finger an ihre Lippen und verschmierte das Blut daran. Dann spürte ich ihre heiße, feuchte Zungenspitze, die die rote Flüssigkeit ableckte.

Ein erotischer Schauder lief mir über den Rücken. Meine Erregung stieg ins Unermessliche, als sie schließlich ihren Mund öffnete und meinen Daumen tief hineinnahm. Ihre Lippen umschlossen ihn sanft, ihre Zunge fuhr hungrig darüber. Ihr heißer Atemhauch auf meinem Handrücken, die Wärme ihres Mundes und die feuchte Berührung ihrer Zunge ließen mich durchdrehen.

»Fuck«, raunte ich. Es war, als würde ich mich selbst verlieren in dieser unheilvollen Anziehungskraft, die von Milana ausging.

Sie spürte meine Erregung und grinste, wobei ihre Zähne leicht an meinem Daumen nagten. Einen Moment lang hielt sie inne, unsere Blicke ineinander verschlungen. Schelmisch funkelten ihre Augen.

Dann, mit einem sanften Biss, drückte sie ihre Zähne in mein Fleisch. Ich spürte es kaum, der Rausch der Lust, der mich bis ins Tiefste meines Inneren erschütterte, verblendete alles um mich herum.

Ein paar weitere Sekunden, die einerseits viel zu schnell vorübergingen, andererseits für einen Augenblick gar nicht zu vergehen schienen, hielt sie die Spannung aufrecht, bevor sie meinen Daumen losließ und einen Schritt zurücktrat.

Ein seltsames Schweigen legte sich über uns, während wir uns alle gegenseitig anstarrten, unsere Gedanken und Gefühle wie unsichtbare Fäden zwischen uns gespannt.

Ich bemerkte, wie Milana langsam einen weiteren Schritt nach hinten setzte und wieder in die Dunkelheit der Nacht verschwinden wollte. Aber nicht jetzt. Nicht schon wieder. Nicht heute Nacht.

Cieran und ich sahen uns an. Grinsten.

Es war die Nacht. Die Nacht, in der wir sie nach zehn unerträglichen Wochen endlich vollends zu fassen bekamen. Ich konnte es fühlen.

Die kühle Luft brannte in meiner Kehle. Mein Herz hämmerte unerbittlich gegen meine Rippen. Mein Schwanz pochte vor Lust und Vorfreude.

»Kommt ihr?«, fragte sie auf einmal, und ich runzelte irritiert die Stirn. »Ich konnte ihn euch noch nicht zeigen«, erklärte sie. Richtig, sie wollte uns etwas zeigen.

Wir liefen ihr hinterher. Wenige Meter neben der Stelle, an der sie den Schädel der Nutte zertrümmert hatte, lag ein weiterer lebloser Körper.

Milana stand daneben, als wollte sie uns stolz ihr Werk präsentieren.

Er war nackt, übel zugerichtet, sein Körper von zahllosen Schnittwunden und blauen Flecken gezeichnet. Sein Gesicht war entstellt von brutalen Verletzungen, die Züge verzerrt von

Schmerz und Angst. Die Augen waren herausgeschnitten, und an ihrer Stelle klafften leere, schwarze Höhlen.

Der Mund des Opfers war halb geöffnet, als ob er im Moment seines Todes einen stummen Schrei ausgestoßen hätte. Blut tropfte aus den Mundwinkeln und hinterließ einen düsteren Fleck auf dem bereits verschmutzten Boden.

Die Brutalität der Verletzungen erstreckte sich über seinen gesamten Körper. Sein Oberkörper wies zahlreiche Wunden auf, von denen einige tief und blutend waren, als ob sie von scharfen Klingen zugefügt worden wären. Seine Kleidung war zerrissen und befleckt, eine stille Erinnerung an den Kampf, den er möglicherweise geführt hatte, bevor er seinem Schicksal erlag – bevor er ihr erlag.

Doch das Grauen endete nicht dort. Ein Blick nach unten offenbarte eine noch entsetzlichere Entstellung: Sein Penis war entgliedert, ein brutaler Eingriff, der über die Grenzen des Menschlichen hinausging. Was einst ein Symbol der Männlichkeit und des Lebens war, lag nun in grotesker Verstümmelung vor uns, ein verstörender Anblick, der einem Albtraum entsprungen schien.

Ich spürte, wie mein Herzschlag beschleunigte, meine Sinne von einem berauschenden Gefühl der Erregung erfasst wurden, als ich den Kopf hob und in das Gesicht seiner Mörderin blickte.

Ein verführerisches Grinsen spielte um ihre Mundwinkel, während sie uns herausfordernd ansah, als ob sie unsere Reaktionen förmlich verschlingen wollte. »Wie gefällt es euch?« Ihre Stimme war ein Hauch von bittersüßer Sünde.

Ich war wie gelähmt. Ich konnte meinen Blick nicht von ihr abwenden.

Sie war so unfassbar heiß. Die kalte Grausamkeit in ihrem Inneren, der Kontrast zu ihrem heißen, makellosen Äußeren, machte sie unwiderstehlich. In diesem Moment war mir alles andere egal, die Gefahr, die Moral, die Vernunft. Ich wollte nur sie.

Und Cieran auch.

Ich konnte es spüren. Es war soweit.

Ein unheimliches Einverständnis lag zwischen uns. Ohne ein Wort zu wechseln, handelten wir im Einklang miteinander und packten sie.

Milana realisierte es im ersten Augenblick nicht, dann kämpfte sie verzweifelt gegen unsere Griffe an, als wir sie festhielten und zum Auto brachten.

»Lasst mich los!«, protestierte sie zornig.

Ihr Körper wand sich in einem wilden Versuch, sich aus unserer Umklammerung zu befreien, ihre Augen sprühten vor Wut. Jeder Muskel in ihrem Körper schien gespannt zu sein, ihr Atem kam in hastigen, unregelmäßigen Stößen, und ihre Hände ballten sich zu Fäusten, die gegen unsere Griffe anschlugen.

Aber ihr Widerstand war wie eine schwache Melodie inmitten unserer wilden Entschlossenheit, sie zu beherrschen und zu kontrollieren.

Sie versuchte zu schreien, doch ihre Stimme erstickte, als wir sie auf die Rückbank drängten und die Tür zuknallten.

Cieran grinste mich an. Voller Triumph gab ich ein finsteres

Grinsen zurück.

Endlich. Endlich hatten wir sie gefasst.

»Hey!« Milana schlug ihre Fäuste gegen die Fensterscheibe. »Lasst mich raus!« Ihre Augen sprühten vor Hass.

Unberührt betrachteten wir sie. Ihre Augen, mandelförmig und von einem intensiven Grün, blitzten mit einer kaum unterdrückten Wildheit, die durch das Glas noch bedrohlicher wirkte. In ihrer Haltung lag etwas Unbändiges, eine gespannte Energie, die an eine gefangene Raubkatze im Zoo erinnerte.

»Ich schwöre bei Gott, ich werde euch beide umbringen«, fauchte sie. »Ich schneide euch eure verfickten Schwänze ab und stopfe sie in eure Münder.« Sie überlegte es sich doch anders und korrigierte: »Nein, scheiß drauf, ich schiebe sie euch in eure Hälse und durch eure ganzen Körper, bis sie wieder aus euren Arschlöchern raushängen.« Danach folgte nur noch wütende bulgarische Schreierei, die ich nicht verstehen konnte.

»Das wird ein Riesenspaß«, meinte Cieran und holte mit einem geübten Griff zwei Kippen aus seiner Schachtel hervor, eine für mich, eine für ihn. Die Packung war zerknittert und abgenutzt.

Wir lehnten uns an das Auto, Schulter an Schulter. Der Tabakduft stieg in die Luft auf, als er sein Feuerzeug zückte und die Flamme zum Leben erweckte. Genussvoll langsam ließen wir den Rauch in unsere Lungen strömen. Die Anspannung der letzten Wochen, Monate löste sich mit jedem Zug an der Zigarette und dem Wissen, das wir sie endlich geschnappt hatten.

Milanas gedämpfte Schreie hallten durch die Nacht, ein herzzerreißendes Echo des Grauens, das hinter verschlossenen

Türen lauerte.

Als die Kippen bis zum Filter heruntergebrannt waren, warfen wir sie achtlos auf den Boden und zertraten die Glut mit unseren Schuhen. Ein kurzes Nicken, und wir stiegen wortlos ins Auto.

Cieran

Meine Augen konnten sich nur schwer auf die Straße konzentrieren. Im Sekundentakt wurden sie in den Rückspiegel gelockt, in dem ich unser lebhaftes Kätzchen sah.

Fuck, endlich hatten wir sie.

Dopamin ließ mich das Gaspedal bis zum Boden durchdrücken. Ich wollte nach Hause, wollte sie endlich bei mir Zuhause haben. Und ich wollte das Festmahl, das auf uns wartete, und noch mehr wollte ich das Dessert, das unsere neue Mitbewohnerin uns bieten würde.

Das Warten auf diesen einen Moment kam mir wie eine verfickte Lebenszeit vor. Es fühlte sich an, als hätte ich mein ganzes Leben auf diese eine Nacht gewartet.

Heute war sie endlich da.

Verdammt, war das ein geiles Gefühl!

Ein Knall von hinten lenkte meinen Blick wieder in den Rückspiegel. Milana hatte ihre Schulter gegen die Fensterscheibe gerammt. Als hätte ihr das irgendetwas anderes außer blaue Flecken auf ihrem schönen Körper gebracht.

»Tu dir nicht weh, kleines Kätzchen. Wir brauchen dich noch.«

Ihre Augen starrten durch den Spiegel zurück. Wilde Funken flogen in ihnen.

»*Tûpak*.« Ich hatte keine Ahnung, was das bedeutete, aber es klang heiß. Eigentlich klang alles, was aus diesem Mund kam, heiß. Ich schätzte, es war abwertend und bösartig – heiß.

Diesel lachte rau neben mir auf.

Ich versuchte, mich wieder auf die Straße zu konzentrieren und fuhr uns nach Hause.

Das Auto rollte in die dunkle Tiefgarage. Der Motor summte leise vor sich hin, während ich die Einfahrt hinabfuhr. Die grellen, weißen Lichter flackerten an den grauen Betonwänden, als ich mir meinen Weg durch die Reihen von geparkten Autos bahnte.

Als ich endlich den Parkplatz erreichte und die Zündung ausschaltete, lauschte ich dem leisen Ticken des abkühlenden Motors, doch nach einigen Momenten verstummte auch das und wir waren von Stille umgeben.

Ich stieg aus, die Tür fiel mit einem gedämpften Klicken ins Schloss.

Diesel öffnete die Tür zum Rücksitz und zog Milana aus dem Wagen. Sie zerrte und rannte, versuchte sich loszureißen, aber mein Bruder war wie ein massiver Schatten hinter ihr, der sie mit eiserner Faust packte.

Vielleicht hätten wir sie fesseln sollen, doch wir waren zu siegessicher, zu berauscht von ihr, um daran zu denken. Es war alles andere als einfach, sie in den Aufzug zu verfrachten. Sie sträubte sich, schrie und fluchte in ihrer Muttersprache. Wir mussten all unsere Kraft aufwenden, um sie unter Kontrolle zu halten.

Als wir schließlich den Fahrstuhl erreichten, presste ich meinen Körper an ihren und sperrte sie zwischen mir und der kühlen Wand aus Edelstahl ein.

Das gefiel ihr überhaupt nicht, aber es gab nicht viel, was sie dagegen tun konnte.

So nahe war ich ihr noch nie gewesen. Ich konnte ihren Duft riechen, Rauch, sinnliches Parfüm und das sanfte Aroma des Todes – eine Mischung aus bitterer Kälte, metallischem Eisen und dem stechenden Hauch von Verwesung.

Ihre Lippen waren nur einen Zentimeter von meinen entfernt. Es wäre so leicht gewesen, sie einfach zusammenzuführen. Mein Herz hämmerte in meiner Brust, und mein Körper vibrierte vor Verlangen. Ich wollte sie küssen, so sehr, dass es schmerzte.

»Denk nicht mal dran«, stieß sie warnend hervor. Meine Augen schweiften wieder zu ihren. Bedrohlich funkelten sie mich an.

Dann ertönte das Klingeln des Aufzugs, und die Tür öffnete sich mit einem sanften Zischen.

Ich wartete noch ein paar Sekunden, spürte noch ein paar Sekunden ihre Wärme und atmete noch ein paar Sekunden lang ihren Duft ein, ehe ich einen Schritt zur Seite ging und ihr den

Weg zu Diesel öffnete.

Es gab keine Fluchtmöglichkeiten mehr, also konnte sie sich frei zur Wohnungstür bewegen, die direkt gegenüber dem Fahrstuhl lag und auch die einzige Wohnungstür auf dieser Ebene war.

Der Fußboden war mit dunklem Holz verkleidet. Hochwertige Möbel aus Holz und Leder füllten das Apartment. Durch die bodentiefen Fensterfronten strömte das Licht unserer Stadt herein und spiegelte sich in den unzähligen Glasfassaden der Hochhäuser. Man konnte kilometerweit über die Dächer hinwegsehen. Vom Wohnzimmer aus führte eine breite Flügeltür auf den Balkon, wo der beheizte Pool schimmerte.

Unbeeindruckt streifte sie sich den Pelzmantel von ihren Armen. Diesel nahm ihn ihr ab, um ihn an einen der Kleiderbügel zu hängen.

Ihre Augen musterten die Einrichtung mit kalter Distanz. Der Luxus, die edlen Designermöbel und die extravaganten Leuchten schienen sie nicht zu beeindrucken.

»Ist das alles?«, fragte sie spöttisch.

Es gab nicht viel Dekoration, Gemälde, Skulpturen und so Zeug. Die Wohnung war ziemlich einfach gehalten, trotzdem war sie für die meisten Menschen beeindruckend. Tja, aber sie war nicht wie die meisten Menschen… das hatte ich gelernt.

Als sie sich aus ihren Stiefeln schälte, war ich überrascht, wie klein sie plötzlich war. Normalerweise war Milana etwas weniger als einen Kopf kleiner als ich, jetzt reichte sie mir gerade mal bis zur Schulter.

Ohne die hohen Absätze und die dicken Pelze erschien sie beinahe gebrechlich. Dünn und zierlich stand sie da, ein krasser Gegensatz zu der kaltblütigen Mörderin, die sie in Wirklichkeit war.

Ich konnte meinen Blick nicht von ihr abwenden. Ihre zarte Haut war im kalten Schein der bunten Stadtlichter fast durchsichtig, und ihre grünen Augen, die normalerweise so kalt und distanziert waren, wirkten müde.

Wir führten Milana in die Küche, wo ein üppiges Mahl auf uns wartete: saftige Steaks, knusprige Bratkartoffeln und frisches Gemüse.

Diesel holte den Rotwein, während sie und ich am Esstisch Platz nahmen.

Sofort griff sie nach ihrem Messer und ich beobachtete, wie ihre langen, schwarzen Fingernägel über die Schneide glitten. Das Metall blitzte im Licht der Deckenstrahler.

In ihren Augen spiegelte sich eine Mischung aus Hass und Trotz, während sie mich mit einem starren Blick fixierte.

Mein Bruder kam aus der Küche zurück und schenkte uns allen Wein ein.

»Wollt ihr wissen, was ich geträumt habe?«, fragte sie aus heiterem Himmel. Ihre geschmeidigen Finger legten sich um den Stiel des Glases und sie schwenkte den Kelch.

Ja. Ich wollte verfickt noch mal wissen, wovon Milana Petrova nachts träumte.

Und sie wusste, wie dringend wir es hören wollten. Sie wusste, wie besessen wir von ihr waren.

Sie lächelte düster, als sie den blutroten Wein in ihrem Glas betrachtete, die dunkle Flüssigkeit wie das Leben, das sie aus ihren Opfern sog.

Ihr Blick glitt zu uns, und ihre Augen glänzten mit einer Mischung aus Wahnsinn und Lust. Auch wenn sie es nie aussprach, nie etwas in dieser Richtung tat, wusste ich, dass sie sich in ihrem tiefsten Inneren genauso nach uns sehnte wie wir nach ihr. Sie konnte es nur nicht ausstehen, gefangen zu sein, und noch weniger konnte sie den Gedanken ausstehen, dass sie es möglicherweise sogar genießen könnte.

»Ich habe euch beide in meinen Träumen gesehen.« Ihre Stimme durchdrang die Luft wie giftiger Rauch und umhüllte meine Sinne. »Ich habe euch gefesselt gesehen, hilflos in denselben vier Wänden, in denen auch Bodhi und Ryleigh den Schrecken ihres Lebens erfuhren. Ich habe mit euch gespielt wie eine Raubkatze mit ihrer Beute.«

Sanft, aber mit einem untrennbaren Hauch von Gewalt fuhr sie fort: »Ich habe mit euren Zehen angefangen, sie mit einer Zange abgetrennt. Jede Stunde kam ein weiteres Körperteil hinzu, solange bis ihr verblutet seid. Und ich habe die einzelnen Glieder wie Trophäen aufgereiht.«

Sie malte Bilder in meinem Kopf, düstere und tödliche Szenen, die sich vor meinen Augen entfalteten und sandte eine Welle der Lust direkt in meinen Schwanz.

»Ich habe davon geträumt, wie ich euch Schreie entlocke, die eure Kehlen zerreißen.« Milanas Worte gruben sich wie messerscharfe Klauen in mein Bewusstsein, rissen an den Fäden meiner Gedanken und ließen pures Verlangen in mir aufsteigen. »Jeder Schrei, der aus euch drang, war ein süßer Klang in meinen Ohren. Und jeder Zug, jeder Schlag, jeder Schnitt, jeder Kratzer, jeder Tropfen Blut weckte meine Sehnsucht nach mehr.«

Ihr Blick fixierte uns, durchdringend und hypnotisch. Ihre Augen waren dunkel und kalt, erfüllt von purem Grauen. Sie nippte an ihrem Wein

»Ich mag es, mit meinen Opfern zu tanzen, ihre Sinne zu betören, ihre Schwäche zu spüren. Sie erzittern, flehen um Gnade, die sie niemals erhalten werden. Aber erst dann, wenn sie am verletzlichsten sind, wenn ihr Fleisch für mich wie eine reife Frucht ist, dann fängt das wahre Spiel an«, erzählte sie. »Ich ziehe sie in meine Dunkelheit, lasse sie fühlen, wie es ist, von einem Raubtier verschlungen zu werden.« Ihre Worte hingen wie scharfe Klingen in der Luft. »Und dann kommt der Moment, in dem ich sie breche. Die Wände ihrer Seelen zerfallen unter meiner Gewalt, ihr Herz hört auf zu schlagen und ihre Körper klappen zusammen.«

Verdammt, das war die brutalste Morddrohung, die ich je bekommen hatte. Und gleichzeitig auch die heißeste. Sie machte mich an. Auf eine verdrehte Art und Weise brachte sie mich dazu, genau das erleben zu wollen. Ein Teil von mir wollte diesen Schmerz spüren, nur damit ich das Vergnügen in ihren Augen blitzen sehen konnte, während sie mir all diese Dinge antat.

Gott, ich hätte zugelassen, dass sie mir den Schwanz abschnitt, wenn das bedeutet hätte, dass das letzte Bild, das ich sah und das mir für immer in meinem Gedächtnis geblieben wäre, ihr Gesicht voller Genuss und Befriedigung gewesen wäre. Ich hätte mir keinen schöneren Tod vorstellen können.

Milana

Das dämmrige Licht erfüllte den Raum und warf lange Schatten an die Wände. Die dichte Luft war schwer von dem Geruch von Rotwein.

Diesel und Cieran saßen mir gegenüber, ihre lüsternen Blicke fixiert auf mich. Ich sah die Faszination in ihnen, die unstillbare Besessenheit.

Sie hatten mich entführt, mich in dieses Apartment gebracht und gefangen gehalten. Doch die Wut war schnell vergangen. Stattdessen spürte ich eine seltsame Erregung in mir aufsteigen.

Ich genoss ihre Aufmerksamkeit, genoss es, die Kontrolle über sie zu haben. Sie zu manipulieren und zu bändigen, war ein Spiel, das mich süchtig machte.

Das Essen war köstlich, doch mein Appetit galt nicht nur dem letzten Stück meines Steaks. Ich beobachtete Diesel und Cieran, wie sie mich ansahen, wie sich ihre Hände und Lippen um die Gläser schlossen.

Ich konnte nicht leugnen, dass ich an ihnen Gefallen gefunden hatte. An ihrer rohen Gewalt, an ihrer bedingungslosen Hingabe.

Mit einem leisen Klirren stellte ich mein Glas ab und fuhr mir mit der Zunge über meine Lippen. Der Geschmack von dunklen Trauben und sanften Gewürzen, begleitet von einem Hauch von Eichenholz, der in Erinnerungen an sonnenverwöhnte Weinberge schwelgen ließ, prickelte auf meiner Zungenspitze, deren Bewegung die Brüder mit ihren dunkelbraunen Augen verfolgten.

»Also«, unterbrach Diesel nach einer Weile die geladene Stille, die sich nach dem Essen über den Tisch gelegt hatte. »Bei wem wirst du heute Nacht schlafen?« Seine Ungeduld schien in der Luft zu knistern, als seine Blicke begierig auf mir ruhten.

Jede Sekunde des Wartens schien eine Ewigkeit zu sein, und die Intensität seines Verlangens wurde mit jedem Herzschlag spürbarer. Er konnte nicht länger warten, sein Verlangen brannte wie glühende Kohlen in der Dunkelheit, und er sehnte sich danach, mich endlich anzufassen, als ob die Zeit stillstehen sollte, um ihm diesen einen Augenblick des Rausches zu gewähren.

»Bei keinem von euch.« Meine Antwort durchbrach die Spannung wie ein Blitzeinschlag, der die Dunkelheit zerschnitt. Doch anstatt die Glut zu ersticken, entfachte sie sie nur noch mehr.

»Oh, Kätzchen, da kommst du nicht drum herum«, erwiderte Cieran und griff nach seinem Weinglas. »Eine Nacht mit dem einen, die nächste mit dem anderen.« Er fügte dem Feuer nur Brennstoff hinzu, seine Worte wie Funken, die umherflogen und alles entzünden konnten.

Ich beobachtete, wie er den Kopf in den Nacken legte. Sein Hals reckte sich, in seinem Ausschnitt kamen Tattoos zum Vorschein, sein kantiger Kiefer öffnete sich und er kippte den letzten Schluck Rotwein in seinen Mund.

Plötzlich stand Diesel auf. Er nahm meine Hand und sagte: »Du wirst bei mir gut aufgehoben sein.« Sein Griff war fest und bestimmend.

Cieran erhob sich. Ein Funken Wut blitzte in seinem Blick auf, als er spürte, wie sein eigenes Verlangen mit dem seines Bruders kollidierte und er auf keinen Fall zulassen konnte, dass Diesel mich ihm wegnahm.

Die brodelnde Rivalität war förmlich spürbar. Sie entfachte elektrische Impulse zwischen ihnen.

Ich erhob mich, jede meiner Bewegungen war mit einer unnachahmlichen Eleganz durchzogen, als würde ich einen verführerischen Tanz aufführen, der die Luft um uns herum mit sündhafter Versuchung erfüllte.

Ich hielt Diesels Hand über meiner Schulter, als ich in die Richtung voranging, in der die Schlafzimmer liegen mussten.

»Zeig mir, wo dein Schlafzimmer ist«, wisperte ich mit einer Stimme, die wie Samt und Seide klang, um seinen Bruder weiter zu reizen, dessen wütender Blick mich wie ein glühendes Schwert durchbohrte.

In diesem Moment spürte ich die Macht, die ich über die

beiden hatte, und ein gefährliches Lächeln beschlich meine Lippen.

Mit einem verheißungsvollen Blick sah er zu einer offenstehenden Tür, wo die Dunkelheit wie ein verlockendes Geheimnis auf uns wartete.

Ich trat ein und die Tür fiel hinter uns ins Schloss. Es war dunkel. Ich konnte nichts sehen. Ich hörte nur seinen schweren Atem, der sich mit meinem eigenen vermischte.

Sinnlichkeit lag wie ein unsichtbarer Schleier in der Luft, prickelte auf meiner Haut und strömte in meinen Adern. Der Raum war schwer von Verlangen, und ich konnte die pulsierende Energie zwischen uns förmlich spüren, wie ein unsichtbares Band, das uns unaufhaltsam näher zog.

Seine Hände griffen grob nach meiner Taille, zogen mich an ihn heran und drückten mich mit dem Rücken an die Wand. Mein Ellbogen traf den Lichtschalter und ein schwarzer Deckenstrahler erleuchtete den Raum mit einem gelblichen Licht.

Ich spürte seine Härte gegen meinen Bauch, während seine Lippen und Hände meinen Körper erkundeten, seine Finger brennende Spuren auf meiner Haut hinterließen.

Ich küsste seinen Hals, nippte an seinem Ohrläppchen. Seine Haut war heiß und feucht unter meinen Berührungen.

Seine Hände, die meinen Rücken erkundeten, als ob sie die verborgenen Geheimnisse meiner Seele enthüllen wollten, während sie den Reißverschluss meines Kleides mit geschickten Fingern entfesselten, glühten auf meiner Haut.

Mit geschmeidigem Schwung ließ Diesel das Kleid über meine

Schultern gleiten, enthüllte meine Haut, die wie eine leere Leinwand darauf wartete, von ihm zum Leben erweckt zu werden.

Seine Hände erreichten den Saum meiner Strumpfhose, seine Daumen glitten unter den Stoff und ließen ihn zusammen mit dem Kleid zu meinen Füßen fallen.

Dunkel und hungrig glitt sein Blick zu meinen Brüsten, und ein selbstgefälliges Grinsen huschte über mein Gesicht.

Ich wusste genau, wie sehr ich ihn in diesem Moment beherrschte, und ich beschloss, diese Kontrolle auszunutzen, ihn in die Knie zu zwingen, ihn zum Betteln zu bringen.

Die Leidenschaft zwischen uns brannte weiter, doch plötzlich trat ich aus der Enge zwischen ihm und der Wand heraus, ließ ihn schweigend stehen, während ich meinen Blick durch das Zimmer wandern ließ.

Vor den bodentiefen Fenstern hingen schwere Satinvorhänge, die dicht zugezogen waren, so dass nur ein schwacher Lichtstrahl durch die Spalte fiel und einen geheimnisvollen Schatten auf den Holzfußboden warf. Die Wände waren in einem tiefen, matten Schwarz gestrichen. Moderne Möbelstücke mit klaren Linien und minimalistischem Design füllten den Raum.

Mein Hintern brannte. Diesel starrte ihn an.

Meine Augen fielen auf eine zweite Tür. Wahrscheinlich eine Badezimmertür. Perfekt. Ich tappte über den warmen Holzboden, bis ich die kühleren Steingutfliesen unter meinen nackten Füßen spürte. Dann schloss ich die Tür und verriegelte sie.

In dem gedämpften Licht der Glühbirne über dem Spiegel sah ich mich um und entdeckte einen schlichten Schrank, der unauffällig an der Wand ruhte. Darin fand ich eine unbenutzte Zahnbürste. Ich nahm sie raus und putzte mir die Zähne.

Ich hörte das Klopfen von der anderen Seite der Tür, beachtete es allerdings nicht.

Als meine Zähne geputzt waren, ließ ich das kühle Wasser über mein Gesicht laufen. Ich nahm etwas Duschgel, um mein Make-up zu entfernen und meine Haut zu reinigen. Dabei ließ ich mir alle Zeit der Welt.

Nach einer gefühlten Ewigkeit entriegelte ich das Schloss. Noch bevor meine Finger die Klinke berühren konnten, wurde die Tür ruckartig aufgerissen, und Diesel platzte mit einer animalischen Gier herein.

Doch ich ließ ihn abrupt abblitzen, meine Miene undurchdringlich, als ich ihn mit einer Mischung aus Überlegenheit und Desinteresse musterte.

Ohne ein Wort zu verlieren, wandte ich mich von ihm ab und schritt an ihm vorbei. Mein Herz hämmerte wild in meiner Brust, während die Spannung zwischen uns sich mehr und mehr auflud.

»Hast du ein Shirt oder so für mich?«, fragte ich. Ich krabbelte auf sein Bett, meine Gestalt nur von der zarten Umhüllung meiner Unterwäsche bedeckt, und meine Bewegungen fließend und sinnlich wie die einer Katze.

Meine Augen, heiß und fordernd, trafen seine, und ich spürte, wie elektrisch aufgeladen die Luft zwischen uns war, wie das Knistern eines Zündholzes, das nur darauf wartete, entfacht zu werden.

Jeder Blick, jede Bewegung, jedes Wort war eine gezielte Provokation, und ich genoss es, die Kontrolle über ihn zu haben, ihn dazu zu bringen, um meine Aufmerksamkeit zu flehen, als ob sie der letzte Tropfen Wasser in einer ausweglosen Wüste wäre.

»Du brauchst kein verficktes Shirt«, presste er zwischen zusammengebissenen Zähnen hervor.

Ehe ich mich versah, stürzte er sich wild auf mich, seine Berührung wie ein Sturm, der mich mit grenzenloser Lust überschwemmte. Sein Gewicht drückte mich nieder, ich konnte mich nicht gegen ihn wehren.

»Ich. Will. Dich«, raunte er aus tiefster Kehle.

Herausfordernd sah ich ihn an. »Dann bettle.«

Seine Kiefermuskeln zuckten. Wut und eine unbändige Begierde, die alles andere verblassen ließ, tobten in seinen dunklen Augen.

Langsam entfernte er sich. Seine Augen ließen meine nicht los, während er rückwärts zu meinen Füßen kroch. Er beugte sich runter, um meine verdammten Füße zu küssen

»Bitte, Milana.« Sein heißer Atem kitzelte auf meiner Haut. »Lass mich dich endlich ficken.«

Ich lauschte seinen verzweifelten Atemzügen, die nach Erlösung flehten, betrachtete seine schwarzen Locken, die sich vor Unterwerfung noch mehr zu kräuseln schienen.

»Lass mich dich endlich spüren, Milana«, wisperte er, seine Stimme brüchig vor Sehnsucht. Seine Worte durchdrangen die Stille des Zimmers und ließen die Luft mit Spannung knistern, während ich seinen brennenden Blick auf mir ruhen spürte, erfüllt von einer ungestillten Gier.

Für einen Moment hielt ich inne, ließ seine Worte auf mich wirken, bevor ich ihn mit einem hauchzarten Lächeln abwies, meine Entscheidung fest und unnachgiebig. »Nein.«

Ich zog meine Füße von ihm weg, schob sie unter die Decke und kehrte ihm meinen Rücken zu. »Gib mir ein Shirt und lass mich schlafen.«

Ich spürte nicht, wie er sich bewegte, aber plötzlich war da ein Luftzug, gefolgt von einem scharfen Schlag auf meinen Arsch und seinen Fingern, die hart gegen meine Mitte drückten. Ein Stöhnen drang aus meiner Kehle.

»Wir können weiter spielen.« Sein Atem strich mein Ohr. »Aber dann spielen wir nach meinen Vorstellungen.«

Ich drehte mich zu ihm um. Sein Gesicht war so dicht an meinem, dass sich unsere Nasenspitzen berührten.

»Ich habe schon viel zu lange darauf gewartet«, hauchte er. »Ich muss dich endlich kommen sehen.«

»Dann lass uns spielen.« Ich richtete mich auf, doch er drückte mich zurück in die Matratze und drehte mich um. »*Meine* Vorstellungen, Milana. Das hier ist mein Spiel. Und du wirst brav mitspielen.«

Grob schob Diesel eine Hand unter meinen Bauch, um mich aufzurichten, und zwang mich, auf den Knien zu bleiben.

»Kapierst du das?« Seine Worte waren leise, sein Atem brennendheiß auf meiner Haut und sein Schwanz steinhart an der Rückseite meines Oberschenkels.

Seine Hand wanderte wieder nach unten. Er rieb weder, noch massierte er, seine Hand war einfach nur da, heiß an mir, und meine Wände pulsierten vor Verlangen.

»Milana.« Er klang verärgert,... ungeduldig.

Ich schwieg, nicht bereit, mich ihm zu unterwerfen, auch wenn meine verräterische Pussy darum bettelte. Ich musste die Fassade der Gleichgültigkeit aufrechterhalten, während ich innerlich vor Lust bebte.

»Scheiß drauf«, raunte er leise. Seine Geduld schien am Ende zu sein. Seine Hand ließ mich los und er schien sich zurückzuziehen.

War's das?

Ich hörte ihn hinter mir, doch ich spürte nichts. Als ich mich umdrehte, sah ich, wie er seine Boxershorts herunterzog und seinen steifen Penis zum Vorschein brachte. In der nächsten Sekunde fanden seine Augen meine.

Tobend packte er meinen Tanga und riss ihn von meinen Beinen. Er war grob und gierig und hielt sich nicht zurück. Seine Finger griffen in mein Haar und drückten mein Gesicht ins Kissen. Ich versuchte mich gegen den Griff zu wehren. Vergebens.

Ich spürte, wie die feuchte Spitze seines Schwanzes gegen mich drückte, meine Schamlippen spreizte und sich, ohne zu zögern, in meine Wände schob.

Ein Keuchen entwich meinen Lippen, als er anfing, sich zu bewegen. Rücksichtslos rammte er seinen Penis rein und raus aus meinem Körper, der nach einer Weile zu zittern anfing.

»Nimmst du die Pille?«, stieß er irgendwann zwischen zwei harten Hieben hervor, die ihn immer dichter an den nahenden Höhepunkt brachten.

»Nein«, antwortete ich knapp.

Diesels Bewegungen verlangsamten sich. »Fuck«, hörte ich ihn fluchen, ehe er sich aus mir heraus zog, um mich umzudrehen und anzusehen. In seinen Augen lag ein Ausdruck der Überraschung, aber auch der Enttäuschung. Er wollte das hier. Er brauchte das hier. Dringend.

Schweratmend starrte er mich an, als versuchte er herauszufinden, wie er mit dieser unerwarteten Wendung umgehen sollte. Dann entschied er schließlich: »Wenn du schwanger wirst, wirst du es wieder los.«

Ich nahm zwar nicht die Pille, trotzdem hatte ich vorgesorgt. Das ging ihn nur nichts an. Ich wollte nicht ständig ihre Schwänze in mir haben. Und das würde ich ganz sicher, wenn sie wüssten, dass ich verhütete.

»Halt die Klappe«, murmelte ich genervt vor mich hin und zog die Decke über meinen Körper.

Sein Blick verhärtete sich. Er schnaubte verärgert und schien nach einer Lösung zu ringen. Letztlich gab er auf und ließ sich neben mir auf das Bett sinken.

Ehrlich gesagt, war ich überrascht, dass er einfach aufgab. Vielleicht war der Gedanke an einen Mini-Er zu erschreckend.

Er zog meinen verschwitzten Körper an seinen und legte den Arm um mich. Fest umschlang er mich, als wollte er mich nie wieder loslassen.

Der Raum war erfüllt von unseren schweren Atemzügen, die sich nach und nach beruhigten, während wir aneinander geschmiegt dalagen.

Meine Gedanken begannen zu wandern, während ich versuchte, meinen Puls zu beruhigen und mich von der Erschöpfung zu erholen. Die Nähe, die wir teilten, war etwas, das ich nicht ausstehen konnte. Sie war erdrückend.

Auf einmal spürte ich seine Fingerspitzen in einer sanften Berührung an meinem Handgelenk. »Wo kommt die her?«, fragte er ruhig.

Mit müden Augen musterte ich die weiße Stelle, die er sachte mit dem Daumen streichelte. Dann zog ich den Arm aus seinem Griff und schob ihn unter die Bettdecke, ohne ihm jemals eine Antwort auf diese Frage zu geben.

Ich nahm seine Hand und löste sie von meiner Taille, um mich von dieser erdrückenden Nähe zu befreien. Kurzdarauf schlief ich ein.

Cieran

Ich saß am Küchentresen, trank meinen schwarzen Kaffee und telefonierte mit einem Geschäftspartner. Meine Stimme klang ruhig und gefasst, aber innerlich brodelte es in mir.

Sie hatte sich für ihn entschieden.

Und ich war wütend. Unfassbar wütend.

In diesem Augenblick kam sie in *seinem* T-Shirt aus *seinem* Schlafzimmer. Ihre Haare waren zerzaust und ihr Gesicht trug einen verschlafenen Ausdruck.

Fuck, er hatte sie wahrscheinlich die ganze Nacht durchgevögelt. Ich hätte es getan. Ich hätte es tun sollen. Ich hätte sie gestern verfickt noch mal nicht mit ihm gehen lassen sollen. Ich hätte sie einfach mitnehmen und ihr zeigen sollen, dass sie mir nicht entwischen konnte.

Ohne ein weiteres Wort an den Mann am anderen Ende der Leitung zu verlieren, legte ich auf.

Milana kam auf die Kücheninsel zu, offensichtlich auf dem Weg zum Kaffee.

Neben mir blieb sie stehen und wollte nach der Kanne greifen. In einer plötzlichen Bewegung packte ich sie jedoch am Arm, warf sie über meinen Schoß und drückte sie zwischen ihren Schulterblättern nieder.

Ihr runder Arsch, der nur von einem schwarzen Tanga bedeckt war und mir volle Sicht auf ihre Arschbacken bot, schaute mich an.

Mein Schwanz zuckte. Er hatte den Verrat vergessen.

Zähneknirschend hob ich eine Hand und ließ sie mit einem kräftigen Schlag auf ihren Hintern hinunterfallen.

Das Geräusch, als meine Handfläche auf ihre Haut prallte, schallte durch die ganze Wohnung und vermischte sich mit dem Keuchen, das aus ihrer Kehle drang, während sie ihren Rücken krümmte.

Ein roter Handabdruck zeichnete sich auf ihrer blassen Haut. Es war verdammt heiß. Ich biss die Zähne fester zusammen, um ein Stöhnen zu unterdrücken.

»Was zur – Ah!« Der zweite Schlag war härter und ließ ihre Haut erzittern. Das zweite Mal drang kein Keuchen, sondern ein Schrei aus ihrer Kehle.

Ihr Hintern war komplett rot, zwei große Handabdrücke überzogen ihn.

Mein Penis zuckte erneut. Ich spürte, wie das Blut in einem

pulsierenden Rhythmus durch ihn rauschte, der mir fast erneut ein Stöhnen entlockte.

Bevor es passieren konnte, schlug ich erneut zu.

»*Po dyavolite*«, fauchte Milana und befreite sich in einer schnellen Drehung von meiner Hand, die auf ihrem Rücken ruhte.

Sie war so schnell, dass ich nicht reagieren konnte, und der dritte Schlag zwischen ihren Schenkeln landete.

Ein von Schmerz verzerrtes Zischen verließ ihren Mund und sie zog das Gesicht zu einer Grimasse.

»Bist du total durchgeknallt?« Wütend befreite sie sich von mir. Dann holte ihre Hand aus. Ich packte sie, bevor sie an meiner Wange landete. Ihre andere Hand wollte zuschlagen, doch auch diese ergriff ich zuvor.

Mit vor Wut verzerrtem Gesicht drehte sie ihre Handgelenke, um sich von meinen Griffen freizumachen. Noch im selben Atemzug stieß sie ihr Knie in meine Magengrube und meine Kaffeetasse so hart auf die Arbeitsplatte, dass das Porzellan zersprang. Sie griff nach einer Scherbe, drückte sie an meine Kehle, packte mein Haar und riss meinen Kopf nach hinten.

Ich schlang meine Arme um sie, drückte sie an mich und zwang sie, sich auf meinen Schoß zu setzen.

»Gott, du bist so verdammt heiß«, grinste ich.

»Ich werde dich umbringen!«

Ich spürte ein leichtes Stechen, als sie die Kante in meine Haut bohrte.

Kleine Flammen der Wut loderten in ihren grünen Augen. Sie

verfolgten genau, wie das Blut an meinem Hals herunterlief.

Mein Grinsen wurde breiter.

Sie liebte es, mir das anzutun. Es steckte so viel Leidenschaft in ihrem tödlichen Blick.

Bevor sie mich jedoch wirklich umbringen konnte, schob ich sie von mir. Ich drückte sie auf den Tresen und lehnte mich über sie. Langsam kam mein Gesicht ihrem näher und näher.

Ich spürte die Abneigung, den anhaltenden Zorn. Milana konnte versuchen, mich zu töten, so oft sie wollte, und sie konnte mich mit all der Abscheu betrachten, die sie hatte, aber sie konnte mich nicht täuschen. Sie konnte mir nicht weismachen, dass ihr das nicht auch gefiel – nicht zumindest ein kleines bisschen.

»Ich kann es kaum erwarten, dich hemmungslos durch die ganze Nacht zu ficken«, wisperte ich direkt an ihre roten, vollen Lippen.

»Träum weiter.«

Ohne Erfolg trat sie mit dem Fuß gegen mein Schienbein. Sie trat noch mal zu. Wieder nichts.

»Ich kann mit dir machen, was immer ich will.« Mein Gesicht berührte ihres. Ich starrte ihr direkt in die Augen. »Und du kannst mich nicht aufhalten«, flüsterte ich.

In einem gewaltsamen Kuss, der ihren Widerstand und meine Macht über sie spürbar machte, zwang ich meine Lippen an ihre.

Doch anstatt nachzugeben, wandte sie ihr Gesicht zur Seite, ihre Augen glitzernd vor Hass und Trotz.

Mit einem rauen Griff schob ich meine Finger in ihre Haare, die von dem Kaffee durchnässt waren, der überall auf dem

Tresen verschüttet war. Ich hielt ihren Kopf fest in meinen Händen und zwang sie erneut, meinen Kuss zu erwidern.

Tat sie nicht. Sie biss mich. Dann spürte ich, wie ihre Zunge das Blut ableckte. Ich ergriff die Chance, um meine in ihren Mund zu schieben. Sie wehrte sich gegen mein Eindringen, versuchte, mich wieder zu vertreiben. Ich kämpfte darum, meinen Platz zu verteidigen. Unsere Zungen befanden sich in einem feurigen Tango miteinander.

Meine Finger verschränkten sich hinter ihrem Kopf und ich drückte sie noch dichter an mich. Ich konnte einfach nicht genug von ihr kriegen.

Plötzlich klappte sie ihren Mund zu und ihre Zähne gruben sich in meine Zunge.

Fuck.

Diesmal wich ich zurück. Ein stechender Schmerz breitete sich in meiner Zunge aus.

Ich fuhr mit meinen Fingern an ihrem Kiefer entlang und stoppte an ihrem Kinn.

»Das war heiß«, sagte ich.

Auf einmal trat Diesel in die Küche. Er trug nur seine Boxershorts, eine leidige Erinnerung daran, dass er heute Nacht auch so mit Milana geschlafen hatte.

Ich hatte keine Ahnung, ob sie gefickt hatten oder nicht. Ich hatte nicht viel gehört. Fünf Minuten nachdem sie in seinem Schlafzimmer verschwunden waren, hielt ich es aber auch nicht mehr aus und verließ die Wohnung. Aber ich konnte mir nicht vorstellen, dass er widerstand.

Milanas Arsch strahlte noch immer in einem knalligen Rot, als sie von dem Tresen rutschte und zurück auf ihre Füße sank.

Auch die Augen meines Bruders fanden sofort den Weg zu ihrem Hintern.

»Hört auf, meinen Arsch anzuglotzen, *izvratenyatsi*«, sagte sie genervt, gefolgt von ein paar weiteren Wörtern, die ich nicht verstand, während sie ihre Haare, die nach wie vor von Kaffee vollgesaugt waren, auswrang. Die braune Flüssigkeit tropfte auf den Boden.

»Pass auf, was du sagst, kleines Kätzchen«, entgegnete ich.

Verachtend blickte sie zu mir auf. »Bitte, ich rede mit einem Mann, der mir gestern Abend die Füße geküsst hat und alles für ein bisschen Sex mit mir getan hätte, und einem anderen Mann, der heute Abend genau dasselbe tun wird.«

Scheiße, das hatte er getan?

Ich sah zu ihm rüber. Er leugnete es nicht.

Verdammt, ich himmelte diese Frau an wie nichts anderes auf dieser Welt, aber zur Hölle nein. Ich wäre niemals zu ihren Füßen gesunken, um sie zu küssen und um Sex zu winseln. Wenn ich sie ficken wollte, würde ich es einfach tun.

Und Milana würde es heute Abend herausfinden. Sie würde sehen, dass ich diesen Mist nicht machte, dass, wenn sie sich nicht fügte, ich sie dazu zwang.

»Ich habe keine Angst vor euch«, erklärte sie. »Ihr würdet euch eher selbst umbringen, bevor ich draufgehe.«

So hatte ich das noch nie gesehen, aber nach bloß einer Sekunde des Nachdenkens musste ich feststellen, dass sie wahrscheinlich recht hatte. Ich hätte bereitwillig mein Leben für ihres geopfert.

»Das bedeutet nicht, dass wir dich nicht trotzdem bestrafen würden.« Ich hätte ihr mit Vergnügen weiter den Hintern versohlt.

»Versuch es doch«, entgegnete sie nur, ehe sie auf dem Flur verschwand, um eine Dusche zu nehmen. In *seinem* Badezimmer.

Ich presste die Kiefer zusammen, atmete durch die Nase ein und aus und erinnerte mich daran, dass sie heute Abend und die ganze Nacht mir gehörte.

Und Gott, ich konnte es kaum erwarten.

Diesel

Schweigend saßen wir auf der Couch. Unsere Gedanken umkreisten Milana. Ihre giftgrünen Augen, ihre betörende Stimme – sie war die Muse, die unsere Gedanken und Träume beherrschte. In unseren Köpfen kämpften wir einen ständigen Wettstreit um ihre Aufmerksamkeit.

Plötzlich ertönte ein Klingeln, das uns zurück in die Realität riss. Ich stand auf und öffnete die Tür. Ryleigh stand da, ihre braunen Augen fixierten mich.

»Was willst du hier?«, fragte ich abweisend.

Ohne ein Wort zu sagen, betrat sie das Apartment. Ihre Blicke wanderten zwischen mir und Cieran hin und her.

»Ich wollte mich vergewissern, dass ihr nichts Dummes getan habt«, erklärte sie mit ihrer nervig hohen Stimme.

Wir alle wussten, was sie damit meinte. Ryleigh wollte sich

vergewissern, dass wir Mitternacht nicht am East River waren, um Milana zu treffen.

»Wir wissen, was wir tun«, entgegnete Cieran genervt. »Und wir brauchen deine Ratschläge nicht.«

Ryleigh ignorierte ihn und wandte sich an mich. »Du solltest dir gut überlegen, mit wem du dich einlässt. Manche Menschen können sehr gefährlich sein.«

Ich hätte beinahe über die Ironie gelacht. Sie war diejenige, die sich auf zwei Psychopathen eingelassen hatte, welche ein Drogenkartell leiteten. Wie gut sie sich das wohl überlegte?

Denn wer war sie schon, dass sie dachte, sie habe das Recht, mir Milana auszureden?

»Du solltest dir lieber selbst gut überlegen, mit wem du dich einlässt, Ryleigh.« Ich trat näher an sie heran und raunte bedrohlich: »In deinem Fall könnte es nämlich tödlich für dich enden.«

Die Worte hingen schwer im Raum. Ihr Gesicht wurde blass. Sie öffnete den Mund, um etwas zu sagen, aber es kamen keine Worte heraus.

»Halt die Klappe, Ryleigh«, warnte ich, »und versuch ja nie wieder, mich von ihr fernzuhalten.«

Sie war noch ein paar Sekunden lang sprachlos, dann setzte sie an: »Diesel, ich – «, wurde jedoch unterbrochen.

»Ich wusste, dass ich diese nervige Stimme kenne«, ertönte auf einmal Milanas Stimme im Wohnzimmer und Ryleigh fuhr unscheinbar in sich zusammen.

Sofort richteten sich die Augen auf sie. Wir waren alle drei überrascht, dass sie bis auf ihre Unterwäsche nackt war.

Sie schien es nicht zu stören. Lässig verschränkte sie die Arme und lehnte sich gelassen an den Türrahmen.

Ryleigh war offensichtlich fassungslos. Zu fassungslos, um zu sprechen oder irgendetwas anderes zu tun. Vielleicht auch zu verängstigt. Wie ein Fisch, stumm und starrend, guckte sie Milana an.

»Noch nie eine Frau nackt gesehen?«, fragte diese bissig.

»M-Milana Pe...trova«, stammelte Ryleigh.

»Die einzig Wahre«, entgegnete Milana mit einem giftigen Lächeln und wandte sich an Cieran und mich.

»Habt ihr vor, mir Klamotten zu besorgen? Oder soll ich den ganzen Tag nackt durch die Wohnung laufen?« Sie wusste, dass uns das gefallen hätte.

Und mir und Cieran war die Anwesenheit eines anderen nicht wichtig genug, um es zu verheimlichen.

»Das fände ich gut.« Er ging zu ihr rüber, wollte sie an sich ziehen, doch Milana machte einen Satz zurück.

Ich hörte sie etwas auf Bulgarisch sagen. Gott, ich liebte es, wenn sie es sprach. Sie klang zehnmal heißer als, wie wenn sie Englisch mit ihrem scharfen bulgarischen Akzent sprach. Es nervte mich nur, dass ich nie wusste, was sie sagte. Ich hatte angefangen, Bulgarisch zu lernen, aber das beschränkte sich größtenteils auf die Grundlagen und nicht auf das Gefluche, das sie vermutlich von sich gab.

»Du würdest mir auch in meinen Sachen gefallen, Kätzchen.« Ich beobachtete, wie er ihr eine nasse Haarsträhne hinters Ohr strich, und etwas in mir regte sich. Neid? Der Anblick gefiel mir jedenfalls nicht.

Milana sah zu mir hinüber, dann wieder zurück zu Cieran und schließlich noch einmal zu mir. »Es macht dir nichts aus, wenn ich einen von deinen Hoodies nehme?«, sprach sie zu mir. Ihre Stimme ging am Ende hoch, doch eigentlich klang es weniger nach einer Frage, sondern mehr nach einer Feststellung.

Sie wusste von unserer Eifersucht, von unserer Besitzgier auf sie, und sie spielte mit uns wie eine Katze mit einem Hund. Mal gab sie ihm Aufmerksamkeit und spielte mit mir, dann schenkte sie mir ihre Beachtung und spielte mit ihm. Sie hatte dieses Spiel vom ersten Moment an durchgezogen. Sie war alles, was mein Bruder und ich je wollten, und sie wusste das nur zu gut.

Die Regung von zuvor beruhigte sich wieder. Ich wusste, dass sie gerade nur meinen Bruder provozieren wollte, dass sie mit ihm spielte, doch solange das für mich ihre Aufmerksamkeit bedeutete, nahm ich es in Kauf.

Auf den Fersen drehte sie sich um. Ihr blondes Haar wirbelte durch die Luft und peitschte gegen Cierans Brust.

Dass sie meinen Hoodie tragen wollte, passte ihm überhaupt nicht und er folgte ihr. »Du bekommst einen von mir«, sagte er und sie verschwanden auf dem Flur.

Ich spürte, wie mein Blutdruck stieg. Ich wollte ihnen nachlaufen, da stellte Ryleigh sich auf einmal in meinen Weg. »Folge ihnen nicht, Diesel.«

Unberührt starrte ich auf sie herunter. Hatte sie es immer noch nicht kapiert?

Ich schob sie rücksichtslos zur Seite und lief den Flur hinunter in mein Schlafzimmer, wo ich Milana und Cieran reingehen sah.

Ein leises Raunen hallte durch den Flur, gefolgt von einem dumpfen Schlag.

»Nimm deine dreckigen Hände weg von mir«, fauchte Milana und zerrte an seinen Händen, die sich wie Eisenklammern an ihre Taille legten, während er sie gegen die Schranktür drückte.

Er beugte sich zu ihr runter. »Hör verdammt noch mal auf, mit mir zu spielen, Milana. Provozier mich nicht«, fuhr er sie an. »Zieh nicht seine verfickten Sachen an!«

»Sonst was?« Mit einem leichten Anheben ihrer Brauen und einem kaum merklichen Lächeln forderte sie ihn heraus. In ihrer Miene lag eine Mischung aus Neugier und Entschlossenheit, die ihn provozierte.

Cierans Augenbrauen zogen sich zusammen, seine Kiefermuskeln spannten sich an. In seinen Augen loderte ein Feuer, das ich nur zu gut kannte – das Feuer der Eifersucht.

Ein ständiger Schatten der Eifersucht und des Neids hing über uns. Wir beide wollten sie. Wir waren besessen von ihr. Nein. Besessenheit war ein zu schwaches Wort, um unsere Gefühle für Milana auszudrücken. Sie war wie ein Feuer, das in uns brannte, unaufhörlich und verzehrend.

»Beruhig dich«, hauchte sie und strich mit den Fingerspitzen über den weichen Stoff. »Es ist nur ein Hoodie.« Alles, was sie tat, war reine Provokation.

»Es ist *sein* Hoodie.« Cieran klang ungesund angespannt.

»Ja, richtig.« Sie hob ihre Hand und hielt sich den

Kapuzenpullover an ihre Nase. Langsam atmete sie den Duft ein, ohne die Augen dabei von Cieran zu lösen. »Und er riecht so gut nach ihm.«

Seine Augen blitzten vor kalter Wut. Seine Kiefer festigten sich, als er sich den Hoodie schnappte, ihn durch den Raum schleuderte und Milana fester an den Schrank presste.

Mit geballten Fäusten kam ich auf ihn zu. Nicht, weil ich glaubte, Milana hatte meine Hilfe nötig, sondern weil ich seine Hände auf ihrem nackten Körper nicht länger ertragen konnte.

»Cieran«, sprach ich mit einem Ton von Warnung. »Geh weg von ihr.«

Er warf mir einen finsteren Blick zu. »*Geh weg von ihr?*«, wiederholte er mit einer Stimme, die vor Verachtung bebte. »Geh du weg von ihr. Du hattest sie die ganze Nacht. Jetzt gehört sie mir.«

Wir standen einander gegenüber, die Luft zwischen uns elektrisch aufgeladen von einem Mix aus Hass, Wut, Neid und Besitzgier. Zwischen uns lag ein Abgrund aus ungesagten Worten und unausgesprochenen Vorwürfen.

Mein Blick bohrte sich in seinen, und ich konnte die Flammen der Feindschaft darin tanzen sehen. In seinem Gesicht spiegelte sich das gleiche Feuer wider, das in mir loderte.

Doch mehr als der Hass, der zwischen uns stand, war die Gestalt von Milana, die wie ein Schatten zwischen uns vorbeihuschte.

Ein leises Rascheln erfüllte den Raum, als sie den Hoodie vom Boden aufhob, um ihn sich überzustreifen, aber Cieran und ich hörten nicht auf, einander anzustarren.

Die Stille zwischen uns wurde durchbrochen von ihrem leisen Seufzen, das wie eine scharfe Klinge durch den dichten Nebel schnitt, der uns umgab, und zurück in die Gegenwart holte.

Zeitgleich wanderten unsere Augen zu ihrer Gestalt, die beinahe in meinem Hoodie unterging. Der Stoff war zu groß für sie, hing ihr schlaff bis zu den Oberschenkeln herunter.

Cierans Blick wanderte über ihre Figur, und seine Augen verdunkelten sich.

»Gefällt dir der Look?«, wollte Milana wissen und wandte sich dem Spiegel zu, um sich selbst zu betrachten. »Schwarz sieht so sexy an mir aus. Findet ihr nicht auch?«

Ich war so gefangen von ihrem Anblick in meinem Oberteil, dass ich nicht schnell genug handeln konnte, als Cieran sie am Handgelenk packte, an sich riss, über seine Schulter warf und aus dem Zimmer stürmte.

Sobald ich es realisierte, kochte die Wut in mir hoch. Meine Muskeln spannten sich sofort an, bereit, ihm zu folgen. Ich eilte hinter ihnen her, den Flur entlang.

Die Tür zu seinem Schlafzimmer knallte zu, und bevor ich sie erreichen konnte, hörte ich das Klicken des Schlosses.

Mein Herz raste in meiner Brust, als ich an die Tür trat und gegen sie hämmerte. »Lass sie raus, verdammt nochmal!«, brüllte ich, meine Stimme erfüllt von Zorn.

Doch meine Worte wurden nur vom Schweigen des Raumes verschluckt. Ich konnte das dumpfe Murmeln ihres Gesprächs auf der anderen Seite der Tür hören, aber es war unmöglich zu entschlüsseln, was sie sagten.

Mein Verstand tobte, während ich nach einem Ausweg suchte, einem Weg, diese verfluchte Tür zu öffnen.

Steif und fest schlug meine Faust weiter gegen die Tür, doch sie blieb unerbittlich verschlossen. Ein Gefühl der Ohnmacht überkam mich, als mir klar wurde, dass ich nicht in der Lage war, Milana von dem Griff meines Bruders zu befreien. Noch mal: Ich glaubte nicht, dass sie meine Hilfe brauchte, ich glaubte nicht, dass sie mich brauchte, um sich aus seinem Griff zu befreien, aber die Bilder von dem, was hinter dieser Tür passieren könnte, verbrannten mich.

Milana

»Du willst seine Sachen tragen? Schön. Aber dann vergiss nicht, wer dich darin fickt.« Seine Worte hingen wie eine drohende Wolke über mir, dunkel und erdrückend.

Doch ich ließ mich nicht einschüchtern oder in die Enge treiben. Ich war nicht die Art von Frau, die sich in dem Schatten eines Mannes verbarg. Ich war diejenige, die das Licht auf sich zog, diejenige, die ihre eigenen Regeln aufstellte und sie nach Belieben brach.

Cieran spielte gerne mit dem Feuer, aber er hatte nicht erwartet, dass ich die Flammen genauso beherrschen konnte wie er. Er liebte das Spiel, die Führung und den Sieg. Aber ich war eine furchtlose Frau, kaltblütig und unerschrocken in meiner Art, eine unschlagbare Gegnerin.

Er, ein Mann von vermeintlicher Macht und Einfluss, stand

vor mir, seine Augen funkelnd vor Wut und Verärgerung, weil ich mich für ein Kleidungsstück eines anderen entschieden hatte.

Und ich liebte es, diese Emotionen in ihm zu entfachen, ihn aus der Reserve zu locken und seine Reaktion zu studieren.

Das Beste: Sein Bruder war genauso. Zugegebenermaßen nicht ganz so extrem wie er, aber dennoch unterhaltsam.

In meinen dunklen Gedanken lag eine gewisse Befriedigung darin, Männer wie ihn zu reizen, sie aus ihrer gewohnten Komfortzone der Überlegenheit herauszuholen und sie mit ihren eigenen Begierden zu konfrontieren.

Es war ein Akt der Befreiung für mich, eine Demonstration meiner Unabhängigkeit und meiner Macht über sie, aber auch über meine eigenen Entscheidungen. Selbst jetzt, wo ich gefangen war.

»Du willst Diesel?«, fragte er. »Schön. Aber dann vergiss nicht, wer dich am lautesten zum Schreien bringt.« Er lehnte sich zu mir hinunter, seine Lippen berührten mein Ohr, als er raunte: »Vergiss nicht, für wen du gemacht bist.«

Ich drehte den Kopf, sodass sich unsere Lippen fast streiften. »Oh, ich werde nicht vergessen, wer mich darin fickt, und auch nicht, wer mich lauter zum Schreien bringt. Aber wer sagt, dass ich überhaupt vorhabe, seine Sachen anzubehalten?« Mein Tonfall war herausfordernd, verführerisch, und ich genoss, wie seine Augen aufblitzten. Erregung. Lust. Vorfreude. Ungeduld. Ein kleines bisschen Überraschung.

In einer ruckartigen Bewegung schnappte er mich und stieß mich gegen die bodentiefe Glasfront. Der Nebel waberte zwischen den Wolkenkratzern wie ein gespenstisches Meer, das die Stadt zu verschlingen drohte. Die Sonne kämpfte sich mühsam durch die graue Decke und tauchte die Stadt in ein fahles Licht.

Tief unten pulsierte die Metropole. Autos und Menschen strömten wie Ameisen durch die Straßen, ein unaufhörliches Summen und Brummen drang herauf. In der Ferne hupten Schiffe im Hafen, und der leise Klang von Sirenen mischte sich mit dem Stimmengewirr.

Aber alles, worauf ich mich konzentrieren konnte, war der Mann hinter mir. Ich konnte die Hitze seiner Berührung förmlich spüren, als würde sie sich durch meine Haut brennen und direkt zu meinem Inneren vordringen

Sein Körper presste mich noch fester an das kalte Fenster, ich spürte seinen erregten Schwanz an meinem Hintern und seinen heißen Atem an meinem Hals.

»Behalt sie an«, verlangte er mit einem rauchigen Tonfall. »Ich will meine Wichse darauf verteilen, wenn ich mit dir fertig bin.«

Mein Verlangen nach ihm wurde mit jeder Sekunde intensiver, und ich wollte mich zu ihm umdrehen, seine Lippen auf meinen fühlen und mit seiner Zunge kämpfen wie vorhin, doch er ließ es nicht zu. Er wollte die Kontrolle behalten, wollte mich beherrschen.

Seine Berührungen waren grob und gierig. Mit einer schnellen Bewegung schob er meinen Tanga herunter. Die kühle Luft traf auf meine erhitzte Haut und mein Puls flatterte zwischen meinen Innenschenkeln.

Eine Hand drückte meinen Kopf unerschütterlich gegen die Fensterscheibe, die andere schob sich unter Diesels Hoodie, folgte den Konturen meines Bauches und erkundete jede Kurve, als ob er mich lesen wollte wie ein Buch.

Tief seufzend hob ich die Arme hinter mich, um seinen Kopf zu halten, als seine Lippen meinen Hals bearbeiteten und an meiner Haut sogen. Meine Finger verhakten sich in seinen Haaren, zogen an den schwarzen Wellen, während seine Finger nach unten zwischen meine Beine glitten und in meine feuchte Mitte eintauchten.

Ich hörte ein kehliges Brummen hinter mir, fühlte die Vibration in meinem Nacken und ein Schauer der Lust lief durch meinen Körper zu meiner Vagina hinunter, ehe er seinen Mund von meiner Haut löste.

»Siehst du, kleines Kätzchen. Siehst du, wie sehr deine kleine Pussy mich will?«

Neckisch bewegte ich meine Hüften entgegen seiner Hand, um ihn weiter zu provozieren und um etwas mehr Reiz zu erlangen. Ich konnte meine Erregtheit nicht leugnen. Und ich versuchte es auch nicht. Denn selbst wenn ich nicht total auf ihn abfuhr, war ich angeturnt und wollte ihn ficken.

»Oh, fuck«, murmelte Cieran und ich schwor, zu spüren, wie sein Schwanz härter wurde.

Doch dann entfernte er sich zusammen mit seinen Händen und er drückte stattdessen sein Knie an meinen Hintern, während er seine Hose und Boxershorts auszog.

Ungeduldig wartete ich darauf, dass er fertig wurde.

Elektrisierende Funken durchflossen meine Adern. In mir kribbelte eine unaufhaltsame Erregung, die meine Sinne erfasste und mich beinahe um den Verstand brachte.

Es fühlte sich viel zu lange an, als er endlich seinen Penis und seine Hände wieder dorthin zurückschob, wo sie zuvor waren, obwohl er sich sicher beeilt hatte.

»Deine Pussy ruft nach mir«, wisperte er tief und kraftvoll mit einer Stimme, die vor Verlangen vibrierte. »Und ich werde antworten. Und du, Milana, wirst meinen Namen schreien, wenn ich es tue.« Er ließ keinen Raum für Widerstand. Es war, als ob seine Stimme allein die Macht besaß, meine innersten Sehnsüchte und Begierden zu entfesseln, und ich konnte nicht anders, als mich von seiner Dominanz und Kontrolle ergriffen zu fühlen.

Ich wollte immer diejenige sein, die das Sagen hatte. Ich wollte immer die Kontrolle haben. Aber in diesem Moment schuf Cieran die unerschütterliche Gewissheit, dass ich mich ihm in den nächsten Minuten vollkommen hingeben würde wie ich es noch nie zuvor getan hatte.

Die glatte Spitze seines Schwanzes drückte gegen mich, öffnete meine Schamlippen, drängte sich zwischen meine Wände und raubte mir den Atem. Mit einem Keuchen suchte ich Halt an der Fensterscheibe.

»Du bist zu klein, verdammt.« Ohne ein weiteres Wort nahm er seine Hand, die auf meiner Klitoris lag, zurück an meinen Bauch, schlang seinen Arm um meine Rippen und zog mich nach oben. Meine Füße hoben vom Boden ab, und Cieran hielt mich mit nur einem Arm hoch, als wäre es das Leichteste der Welt, als wäre *ich* das Leichteste der Welt.

Ich konnte seinen Herzschlag fühlen, schnell und ungestüm, im Einklang mit meinem eigenen, der wild vor Verlangen pochte.

Dann wanderte seine zweite Hand, die meinen Kopf immer noch am Fenster hielt, zu der Stelle, an der sich seine andere Hand zwischen meinen Schenkeln befunden hatte, und fing an, meine Klitoris zu umkreisen.

Keuchend ließ ich meinen Kopf auf seine Schulter zurückfallen.

Sofort saugte sein Mund an meinem Hals. Ich spürte, wie meine Haut unter seinen Lippen prickelte, wie mein Herz schneller schlug und meine Atmung flacher wurde.

Sein Penis zog zurück, stieß tief zu, zog sich wieder raus und stieß dann kurz zu, traf meinen G-Punkt und brachte mich fast um den Verstand. Bei jedem einzelnen Stoß stöhnte ich auf. Meine Beine zitterten, meine Pussy krampfte vor Verlangen.

Ich war noch nie in meinem Leben so nass, so laut und so bereitwillig, mich kontrollieren zu lassen.

»Sag es«, atmete er schwer. Mehr brauchte er nicht zu sagen. Ich wusste, wovon er sprach. Er wollte, dass ich seinen Namen sagte. Seinen Namen schrie. Aber ich war nicht bereit, ihm diese Befriedigung zu geben.

»Fick dich«, brachte ich zwischen zwei Stößen hervor.

Seine Bewegungen wurden härter. Das Aufeinanderschlagen unserer Körper vermischte sich mit dem leisen Knurren, das seinem Mund entkam. »*Ich* ficke *dich*, Milana, und jetzt sag es.«

Ich weigerte mich. Ich presste die Lippen zusammen, um

keinen Mucks von mir zu geben.

»Wer fickt dich?« Seine Hände packten mich fester. Sie drückten, bis es weh tat.

Widerwillig schüttelte ich den Kopf.

Er traf immer wieder denselben Punkt in mir. Und jeder Treffer, jeder Stoß wurde heftiger. Rücksichtslos fickte er mich und eine prickelnde Wärme breitete sich in meinem Unterleib aus. Es war, als ob mein Körper sich darauf vorbereitet, sich vollständig dem Verlangen hinzugeben.

Das Kribbeln wurde zu einem pulsierenden Gefühl der Lust, das sich in meinem Bauch sammelte und durch meine Nervenbahnen bis in meine Zehenspitzen ausbreitete. Jeder Atemzug wurde tiefer und schneller, während sich meine Muskeln weiter anspannten.

Plötzlich brach die Hitze in meinem Unterleib aus. »Ah!«, schrie ich. »Cieran!«

Im nächsten Moment erschütterte mich die erste Zuckung, gefolgt von einer weiteren und einer weiteren, in Wellen, die so schnell und verheerend kamen, dass ich sie nicht mehr abschütteln konnte.

Cieran stieß weiter in mich. Er stieß gegen meinem pulsierenden Wände an. Solange, bis auch er zum Höhepunkt kam.

Ich keuchte immer noch und fühlte mich benommen und atemlos, als er sich aus mir heraus zog, meinen Bauch losließ und ich zurück auf den Boden sank.

Dann entkam ihm ein tiefes Stöhnen, und obwohl ich mich

nicht umdrehte, wusste ich, dass er seine Ladung auf den Hoodie spritzte, den ich trug.

Cieran

Ich stand da und beobachtete, wie Milana sich hinunterbeugte, ihre Bewegungen fließend und anmutig. Ihr nackter Hintern kam in Sicht, eine perfekte Rundung, die mich in ihren Bann zog. Wie gefesselt sah ich dabei zu, wie sie ihren Slip vom Boden aufhob.

Es war noch keine Minute her, dass ich gekommen war, und dennoch sehnte ich mich danach, es erneut zu tun. Mein Schwanz war bereit, es wieder zu tun. Ich spürte das Blut durch meine ganze Länge rauschen.

Als sie den Tanga allmählich anzog, spürte ich, wie mein Herz schneller schlug. Ihre Bewegungen waren so geschmeidig, so verführerisch, dass ich mich kaum noch beherrschen konnte. Jeder Zentimeter ihrer blassen Haut schien von einer magnetischen Anziehungskraft zu sein, die mich unwiderstehlich anzog.

Die Hitze des Verlangens breitete sich wie ein Lauffeuer in meinem Inneren aus, und ich konnte dem Drang nicht widerstehen, ihr näher zu kommen, ihr näher zu sein.

Entschlossen trat ich hinter sie, meine Hände unter Diesels Hoodie schiebend, um ihn ihr über den Kopf zu ziehen. Doch bevor ich es tun konnte, wandte sie sich um, und ihre giftig grünen Augen bohrten sich wie Eissplitter in meine Seele.

Ein Moment der Stille legte sich über uns, gebrochen nur vom leisen Rascheln des Stoffes. Ihr Blick durchdrang mich, und ich spürte, wie die Kälte mich bis ins Mark traf. Das Feuer von vor wenigen Minuten war erloschen.

»Ich kann mich selbst ausziehen«, sagte sie knapp, bevor sie sich abwandte und Richtung Tür ging.

Sofort landeten meine Augen auf dem großen weißen Fleck, der auffällig auf dem dunklen Stoff prangte. Er stellte symbolisch meine vergangene Befriedigung dar.

Ich sah zu, wie Milana die Arme aus den Ärmeln zog und den Pullover schließlich selbst über den Kopf streifte. Das sanfte Rascheln erfüllte die Luft, als der Hoodie langsam zu Boden glitt, und mein Blick folgte automatisch der Enthüllung ihres Rückens.

Sie trug immer noch nur ihre Unterwäsche – ein schwarzes Set aus feiner Spitze.

Mein Schwanz schwoll bei dem Anblick ihres Arsches darin an, der nicht mehr halb von dem Hoodie meines Bruders bedeckt wurde. Eine Sekunde lang bereute ich es doch, sie damit gefickt zu haben. Ich hätte diese Aussicht die ganze Zeit über haben können. Ich hätte zusehen können, wie mein Penis in ihrem

Arsch verschwand.

Milanas Hand, die nach der Türklinke griff, riss mich aus meinen Gedanken. Ein impulsives Verlangen überkam mich und umklammerte ihre Hand fest und zerrte sie von der Tür weg, weg von dem Flur, der sie zu Diesel führte.

Sie war überraschend still, als ich anfing, mein Hemd aufzuknöpfen, und ihre Augen folgten meinen Bewegungen mit nichts außer Leere. Ohne Widerspruch streifte sie es anschließend über ihre Arme.

Ich öffnete eine Schublade und holte eine meiner Jogginghosen heraus. Milana zog sie über ihre Beine, und dann war sie fertig, gekleidet in meinen Sachen – so wie es sein sollte. Sie waren ihr zu groß. Das Hemd reichte bis zur Mitte ihrer Oberschenkel und die Hose rutschte von ihrer Hüfte, doch es war perfekt, als ob sie nie für jemand anderen bestimmt waren.

Erst jetzt erlaubte ich ihr zu gehen. Erst jetzt durfte sie Diesel unter die Augen treten. Erst jetzt, wo sie mein war.

Das leise Knarren durchbrach die Stille, als sie die Tür öffnete und über den Flur schritt. Doch ihre Bewegungen wurden plötzlich unterbrochen, als Diesel sich wie ein Schatten aus der Dunkelheit heraus auf sie stürzte.

Sein Blick fiel sofort auf sie, und ein Ausdruck des Missfallens machte sich auf seinem Gesicht breit.

Ich spürte die Zufriedenheit in meiner Brust, während ich beobachtete, wie er Milana musterte, offensichtlich unzufrieden damit, dass sie nun meine Sachen trug und nicht länger seine. Die Spannung in der Luft war fast greifbar, als er sich näherte und sie mit einem skeptischen Ausdruck überprüfte.

Unsere Blicke trafen sich und ein stummer Kampf um die Dominanz entbrannte.

»Was ist passiert?« Seine Frage richtete sich eher an sie als an mich, doch ich machte mir das Vergnügen, ihm zu antworten: »Ich habe sie gefickt.«

Ein Zucken ging durch seinen Körper, seine Kiefermuskeln reagierten augenblicklich mit einem Zucken und seine Nasenflügel bebten. Jedes Atom seines Körpers schien von einer unerbittlichen Feindseligkeit durchdrungen zu sein, die sich in seinem starren Blick zu erkennen gab.

Ich trat hinter Milana. »Und mein Name kam so erregt aus diesem perfekten Mund«, raunte ich mit einer Stimme, die wie kaltes Eisen klang, während ich meine Hand an ihr Kinn legte und mein Daumen über ihre Unterlippe fuhr.

Plötzlich spürte ich ein Stechen. Sie biss mich. Ein Grinsen zog an meinem Mundwinkel.

»Ziemlich trotzig, hm? Das sah vor ein paar Minuten noch ganz anders aus«, sagte ich. »Du konntest nicht genug von mir kriegen.«

Meine Hand wanderte von ihrem Kinn zu ihrem Hals und ich drückte sie gegen die Wand. »Willst du dich selbst probieren, Kätzchen?« Ich schob meine Finger, an denen immer noch ihre Lust klebte, zwischen ihre Lippen. »Willst du, dass ich dich daran erinnere, wie angeturnt du von mir warst?«

Ich wusste nicht, warum, aber plötzlich spürte ich eine Spur von Wut in meiner Brust. Milana wollte so tun, als ob nichts passiert wäre, als ob sie unter meinen Berührungen gerade eben nicht völlig durcheinander war.

Sie wollte es vor Diesel verstecken. Und ich wollte, dass er es erfuhr, alles, jedes einzelne Detail. Ich wollte, dass die Bilder ihn Tag und Nacht jagten, ich wollte, dass sie sich in sein Gedächtnis einbrannten. Ich wollte, dass er wusste, dass ich sie hatte.

Milana röchelte, bekam kaum noch Luft. Ich lockerte meinen Griff um ihre Kehle ein wenig, gerade so viel, dass sie in den nächsten Minuten nicht ersticken würde.

Sie sagte etwas, das sich wie »Fick dich« anhörte, aber ich konnte mir nicht ganz sicher sein, da meine Finger ihre Worte dämpften. Es hätte genauso gut »Fick mich« sein können, was bei dem hasserfüllten Funkeln in ihren giftgrünen Augen jedoch unwahrscheinlicher war.

Diesel stieß einen wütenden Fluch aus, während er die Szene beobachtete, und setzte sich in Bewegung.

»Nimm die Finger weg von ihr.« Mit wütenden Schritten kam er auf uns zu.

Als er wieder zum Stehen kam, packte er meinen Arm, und versuchte ihn, wegzureißen. Ich spürte den starken Zug, hielt aber dagegen, meine Finger noch immer in ihrem Mund.

Auf einmal holte Milana aus. Ihre weiche Handfläche landete unsanft auf meiner Wange. Es fühlte sich an wie ein Hieb mit der Peitsche. Ein stechender Schmerz durchzuckte meinen Arm. Ich löste meine Finger aus ihrem Mund, und spürte einen scharfen Schmerz, gefolgt von einem dumpfen Pochen. Mein Kopf drehte sich zur Seite, und für einen Moment war alles verschwommen.

»Du verdammter Bastard!«, rief sie mit einer Stimme, die vor Hysterie bebte, und die Luft vibrieren ließ. Ihr Gesicht war verzerrt von einer Mischung aus Wut und etwas, das ich nicht identifizieren konnte.

Die Stille, die auf ihren schrillen Schrei folgte, war fast greifbar. Der Schock über ihre plötzliche Reaktion, der Ausdruck in ihrem Gesicht hielt mich gefangen.

»Was zum Teufel…?«, murmelte ich, unfähig, meine Gedanken zu ordnen, als Diesel von mir losließ und Milana mich mit einem Blick ansah, der mich bis ins Mark durchdrang. Ihre feuchten Augen flackerten zwischen Zorn und dem Unbekannten. Ihr Atem zitterte. Ich hatte sie noch nie so gesehen – so gebrochen und doch so kraftvoll.

Inmitten dieses Sturms aus Wut, Verwirrung und Gewalt fühlte ich mich wie gelähmt, unfähig zu handeln oder klar zu denken. Mein Herz raste, und ein warmer, metallischer Geschmack breitete sich in meinem Mund aus, als meine Lippe gegen meine Zähne drückte. Langsam hob ich meine Hand, um das Blut wegzuwischen.

Milana stand da, ihr Atem noch immer unregelmäßig, ihre Augen suchend und doch leer. Ich konnte den Zorn in ihr sehen, der sie dazu gebracht hatte, mich zu schlagen, aber dahinter lag etwas anderes, etwas Zerbrechliches, das mich verdutzte.

Meine Gedanken rasten, versuchten, die Ereignisse der letzten Sekunden zu entwirren, aber sie blieben wie verheddert Fäden in meinem Verstand stecken.

Was war passiert?

Auf einmal ergriff sie die Flucht, ihre Silhouette verschwamm im Halbdunkel des Flurs, während ich regungslos dastand, unfähig zu begreifen, was gerade geschehen war. Die Leere, die sie hinterließ, war erdrückend, und ich spürte, wie sich ein Kloß in meinem Hals bildete.

Diesel lief sofort los.

Kurzdarauf eilte ich ihnen zur Wohnungstür nach, mein Herz pochte wild in meiner Brust, als ich versuchte, mit jedem Schritt den Abstand zwischen uns zu verringern.

Milana zog sich hastig ihre Stiefel und ihren Pelzmantel über, ein Ausdruck der Entschlossenheit lag auf ihrem Gesicht. Sie wirkte entschlossen, die Wohnung zu verlassen, doch Diesel hielt sie zurück. Sanft umfassten seine Hände ihre Schultern, und seine Worte waren leise, aber bestimmend. »Bleib hier.«

Sie schüttelte heftig ihre Schultern, als könnte sie seine Berührung nicht ertragen. Fast so, als würde sie ihr wehtun.

Ich konnte die Anspannung in der Luft spüren, während die beiden miteinander rangen – er, der versuchte, sie aufzuhalten, und sie, die verbissen schien, ihren eigenen Weg zu gehen.

»Fuck, Milana, was ist los mit dir?« Mein Griff war grob, als ich sie am Oberarm packte, und ich spürte, wie sie sich unter meiner Berührung wand.

Doch meine Frage blieb unbeantwortet, während sie sich mit aller Kraftanstrengung von mir losriss.

»Fasst mich verdammt noch mal nicht an!« Ihr Ton war voller Wut und Verzweiflung, ihre Augen funkelten, aber es war nicht nur der Zorn, es waren vor allem die Tränen.

Ich sah zu Diesel hinüber, und in seinem Blick lag die gleiche Gefühlskälte und Verständnislosigkeit wie in meinem eigenen. Wir kapierten nicht, was vor sich ging. Wir waren nicht dazu imstande, ihre Gefühle zu begreifen. Und sie schien es genauso wenig. Milana war ein einziges Durcheinander.

Sie riss die Tür auf, um zu entkommen. Mein Arm schnellte über ihren Kopf, und mit einem kräftigen Knall stieß ich die Tür zu. Ich lehnte mich zu ihr runter und sagte: »Es ist mir scheißegal was zum Teufel gerade nicht mit dir stimmt.« Meine Stimme war unerbittlich. »Du gehörst uns. Du bleibst hier. Und wenn du wie ein scheiß Baby heulen musst, dann tust du das hier, in unserer Wohnung, vor unseren Augen.«

Die Worte hallten in der Stille wider, und ich sah Milana direkt in die Augen, mein Blick hart und unbeugsam. Ihre Augen funkelten vor Wut, doch all der Zorn und all der Hass konnten das andere nicht verstecken.

Ich wartete, meine Muskeln angespannt, bereit für ihren Angriff, denn ich wusste, dass es einen geben würde. Milana hatte es selbst gesagt; sie war eine Katze, sie kämpfte für ihre Freiheit, und wenn man sie ihr nahm, fuhr sie ihre Krallen aus.

Spürbar baute sich die Energie um sie herum auf, bevor sie schließlich zuschlug. Ein Blitz aus Bewegung und Wut, mit der Entschlossenheit einer Raubkatze, die ihre Beute verteidigte. Ich spürte den Aufprall, als sie mich traf, ihre Krallen ausgefahren. Sie war bereit, sich gegen alles zu verteidigen, was versuchte, sie einzusperren.

Doch ich war genauso vorbereitet. Meine Reflexe reagierten

unverzüglich. Aber in diesem Moment war sie mehr als nur eine Frau oder eine Raubkatze in meinem Griff – sie war eine Kraft der Natur, eine unbezwingbare Wildheit, die sich gegen alles wehrte, was versuchte, sie zu zähmen.

Milanas Hand schoss nach meinem Hals, ihre Finger pressten sich gegen meine Kehle, und ich spürte den unerbittlichen Druck, der meinen Atem abschnürte. Genau wie ich es bei ihr getan hatte. Ihre Fingernägel gruben sich tief in mein Fleisch, hinterließen brennende Spuren auf meiner Haut.

Ich gönnte ihr noch ein paar Sekunden dieses Gefühl des Sieges, dann riss ich ihre Hand von mir.

Zu den Kratzern von ihr in meinem Gesicht kamen nun noch welche an meinem Hals hinzu. Aber ich liebte es. Es fühlte sich an, als wäre ich von ihr gezeichnet, markiert. Es war wie ein Versprechen für eine gemeinsame Zukunft, in der wir uns vollständig und bedingungslos ineinander verlieren konnten. Jeder Kratzer war ein Zeichen, eine Erinnerung unserer Leidenschaft und unserer Intensität.

Es gab einen Grund, warum in Leidenschaft das Wort »Leiden« steckte, und diese Frau war das lebendige Manifest dafür.

Nachdem sie mir die Haut aufgerissen hatte, schlug sie mir mit voller Wucht die Faust ins Gesicht und ich taumelte rückwärts.

Eine Welle von Überraschung und Entsetzen durchflutete meine Gedanken, gefolgt von einem dumpfen Dröhnen in meinen Ohren, das den Klang des Aufpralls nachhallen ließ. Mein Gehirn pochte gegen meinen Schädel.

141

Mit verschwommener Sicht sah ich zu, wie sie Diesel ebenfalls außer Gefecht setzte.

Auf dem Absatz machte sie kehrt und peilte die Tür an.

»Milana«, brachte mein Bruder qualvoll hervor, doch sie würdigte uns keines Blickes mehr.

Ich konnte das Schlagen meines eigenen Herzens in meinen Ohren spüren, während ich hilflos dastand, unfähig, ihr zu folgen, unfähig, die Worte zu finden, die sie zurückhalten würden.

Die Wohnungstür fiel ins Schloss, ein dumpfer Klang, der wie ein Hammerschlag in der Stille lag. Die Luft war plötzlich schwer, als würde sie von unsichtbaren Gewichten niedergedrückt. Wir standen da, mitten im Flur, der sich ohne sie wieder fremd und leer anfühlte.

Keine 24 Stunden. Wir schafften es keine 24 Stunden sie bei uns zu behalten. Wir hatten sie wieder verloren, und jetzt war sie fort, als wäre sie nie da gewesen

Milana

Ich rannte so schnell ich konnte, meine Schritte im Einklang mit dem wilden Trommeln meines Herzens, das in meinen Ohren pochte. Die kühle New Yorker Morgenluft fühlte sich wie Balsam auf meiner erhitzten Haut an, und sie brannte wie ein Feuer in meinen Lungenflügeln. Doch der Schmerz war nichts im Vergleich zu dem Chaos, das in meinem Inneren herrschte.

Die Lichter der Stadt glitzerten im Morgendunst, und ich spürte den Pulsschlag der Stadt um mich herum. Menschen eilten an mir vorbei. Geschäftsleute in eleganten Anzügen und mit Aktentaschen, Künstlerseelen mit zerzaustem Haar und farbenfroher Kleidung, Touristen mit Fotoapparaten um den Hals und Stadtplänen in der Hand, Obdachlose, die in den Schatten der Hochhäuser auf Pappkartons saßen. Ihre Gestalten verschwammen zu einem wirbelnden Meer aus Bewegung und

Lärm.

Der Geruch von Kaffee und Backware hing in der Luft, vermengte sich mit dem Duft von Abgasen und Regen, der die Straßen durchdrang.

Meine Gedanken wirbelten in einem Strudel aus Emotionen, während ich versuchte, einen klaren Gedanken zu fassen. Die Worte – auch die unausgesprochenen – hallten noch immer in meinem Kopf wider, die Wut, die Verletzlichkeit. Der Schmerz meines Kampfes mit Cieran und Diesel brannte noch immer in meinem Fleisch, aber noch schlimmer war der Schmerz meines verwundeten Inneren.

Ich wusste nicht, wohin ich lief oder was ich vorhatte, doch in diesem Augenblick war es egal. Alles, was zählte, war die Flucht vor den Dämonen meiner Vergangenheit, die Flucht vor den Schatten, die mich verfolgten, vor den Schatten, die mich einsperren wollten. Ich konnte nicht bleiben, ich musste weg, weit weg von all dem.

Das Rennen ließ mich nicht entfliehen. Jeder Schritt, den ich machte, fühlte sich an wie ein Kampf gegen unsichtbare Fesseln, die mich zurückzogen, mich daran hindern wollten, frei zu sein.

Eine heiße Träne bahnte sich ihren Weg über meine Wange. Sie vermischte sich mit dem Schweiß auf meiner Haut, und ich spürte den salzigen Geschmack auf meinen Lippen, während ich weiter lief, immer weiter, ohne ein Ziel vor Augen.

Außer Atem hielt ich vor Erschöpfung an, meine Lungen schmerzten, und meine Beine fühlten sich an wie Blei.

Ich war gefangen in meinen Gedanken, als plötzlich der

Geruch von Gebäck und gebrühtem Kaffee meine Sinne erreichte. Langsam hob ich den Blick und erkannte, dass ich vor einer gemütlichen Bäckerei stand.

Eine Frau trat mit einem warmen Lächeln aus der Bäckerei heraus, wobei ihre runden Pausbacken zum Vorschein kamen. Ihre strahlendblauen Augen waren voller Mitgefühl, als sie mich sah. Sie schien meine Erschöpfung zu spüren, meine Verlorenheit, und ohne ein Wort zu sagen, reichte sie mir etwas – einen frisch gebackenen Bagel, warm und duftend, und einen Pappbecher mit dampfendem Kaffee.

Meine Finger zitterten leicht, als sie den Bagel in meine Handfläche legte, und ich sie verständnislos musterte. Was tat sie da? Warum tat sie das? War es Mitleid?

Ein Gefühl der Verärgerung stieg in mir auf, dass mich jemand bemitleidete, und ich spürte einen Stich des Zorns in meinem Inneren. Ich war nicht schwach. Ich war niemand, den man bemitleiden sollte.

Mein Griff löste sich. Klatschend fiel die Tüte mit dem Gebäckstück und der Becher Kaffee auf den schmutzigen Asphalt.

Stille lag zwischen uns, während ich die Frau mit finsterer Miene anstarrte, meine Augen hart und unnachgiebig. Ich konnte die Verwirrung in ihrem Blick sehen, das Zögern, das sich in ihre Züge schlich, als sie meine Reaktion bemerkte.

Ein Gefühl der Leere breitete sich in mir aus, als ich sie dort stehen sah, ihre sanften Augen voller Unverständnis. Ich spürte den bitteren Geschmack der Taubheit auf meiner Zunge. Sie hatte versucht, mir etwas Gutes zu tun, und ich hatte es weggestoßen, wie ich alles andere in meinem Leben weggestoßen hatte.

Gutmütig wanderte ihr Blick über mich, blieb an meinem Hals hängen. Ich hatte noch nicht in den Spiegel geschaut, aber ich war mir sicher, dass Cieran sich in meine Haut eingeprägt hatte.

Ich spürte wieder seine Hand an mir, den Ansturm der Erinnerungen, die auf mich einprasselten, das Gefühl des Erstickens. Schwerschluckend verdrängte ich das Gefühl.

Zaghaft trat die Frau einen Schritt nach vorne, ihre Hand streckte sich mir entgegen, doch ich zog meine Schulter zurück.

»Es ist okay«, sagte sie und schmunzelte mich halbherzig an. »Es wird besser.«

Die Worte trafen mich wie ein Schlag ins Gesicht. Wie konnte sie das wissen? Wie konnte sie glauben, zu verstehen, was ich erlebt hatte, und noch mehr; wie konnte sie glauben, es nachempfinden zu können?

Die Wut brodelte in mir, ein Feuer, das von ihrem scheinbar oberflächlichen Mitgefühl genährt wurde. Sie hatte keine Ahnung!

Meine Hand schnellte vor und packte ihren Arm, meine Finger gruben sich hart in ihre Haut, während ich sie an mich riss. Ein Schwall von Aggression durchflutete mich, und ich spürte, wie mein Herz wild gegen meine Brust hämmerte.

Mordlust. Ich musste wieder töten.

Schock und Überraschung vermischten sich auf ihrem Gesicht mit Furcht. In diesem Augenblick realisierte sie, dass sie keinem

Opfer, sondern einer Täterin gegenüber stand.

Mit brutaler Gewalt verkrallte ich die Fingern in ihren Haaren und schlug ihren Kopf gegen das Glasfenster ihrer Bäckerei. Ein lautes Krachen erfüllte die stille Morgenluft, gefolgt von einem regelrechten Hagel aus splitterndem Glas, das wie Diamanten im Sonnenlicht funkelte. Die Scherben schnitten meine Haut auf. Ich spürte den scharfen Schmerz auf meinem Handrücken.

Die Gäste, die an den Tischen saßen, schrien auf, erstarrten vor Schreck, und die Passanten auf der Straße wandten sich erschrocken um, um das Geschehen zu beobachten.

Ich stand da, atemlos vor Zorn und Adrenalin, mein Herz hämmerte wild in meiner Brust, als ich auf das Bild vor mir starrte – die Frau, benommen und blutend, eingehüllt in das Chaos, das ich angerichtet hatte. Sie schrie vor Schmerz und Angst, ihre Augen weit aufgerissen. Doch der Schmerz und die Angst, die ich in ihren Augen sah, entfachten meine größte Leidenschaft, ließen mich weiterhin gnadenlos auf sie einschlagen.

Aber trotz allem, was geschehen war, lag ein Ausdruck der Entschlossenheit in ihren Augen, ein Funken des Widerstands, der sich weigerte, zu erlöschen.

»Du musst das nicht tun«, presste sie über ihre Lippen. »Ich…« Ein Tritt in ihre Magengrube und sie röchelte. Für den nächsten und letzten Tritt holte ich aus. Die Worte: »Kann dir helfen«, schwangen durch die Luft, nachdem ich mit meinem Absatz ihren Schädel zerschmetterte.

Blut tropfte von ihrer entzweigeschlagenen Stirn, vermischte sich mit den Tränen, die ihre Wangen hinunterliefen, und ich spürte einen bittersüßen Triumph, als ich sah, wie sie leblos vor mir erstarrte. Kein Funken von Reue auffindbar.

Ein Augenblick der Stille folgte dem Aufprall, ein Augenblick der Erschütterung, in dem die Welt still zu stehen schien. Doch dann brach das Chaos los, die Menschenmenge schwoll an, die Stimmen wurden lauter, und ich wusste, dass ich nicht länger bleiben konnte.

Mit einem letzten Blick auf die Frau, die am Boden lag, wandte ich mich um und ging, meine Schritte schnell und zielgerichtet. Die Menschen traten beiseite, ihre Gesichter voller Entsetzen, als ich mich durch die Masse bahnte.

Ihre Stimmen um mich herum verschmolzen zu einem undeutlichen Gemurmel, während ich mich bemühte, meinen Weg durch das Labyrinth aus Gassen und Gehsteigen zu finden.

Die Gebäude schienen sich über mir zu neigen, und ich fühlte mich wie ein verlorenes Kind in einer fremden Welt. Ich hatte keine Ahnung, wo ich hingelaufen war, und ich hatte keine Ahnung, wie ich zu meiner Wohnung finden sollte.

Mein Verstand war ein Wirrwarr aus Emotionen und Gedanken, das mit einem Mal von den grellen Polizeisirenen durchbrochen wurde, die wie ein Messer durch das monotone Treiben drangen und meine Nerven bis ins Mark zerschnitten.

Panik stieg in mir auf, ein eisiger Griff, der meine Kehle zuschnürte. Meine Augen flackerten zum hellen Blaulicht, das wie ein böses Auge durch die Straßen huschte.

Stimmen drangen gedämpft aus der Ferne zu mir heran, tiefe Männerstimmen, die Befehle brüllten und ihren Fahndungstrupp koordinierten.

Sie waren da. Sie suchten nach mir.

Mein Herz hämmerte in meiner Brust, übertönt vom Sirenengeheul, das wie mein Todesurteil durch New York hallte. Die kalte Feuchtigkeit des Morgens klebte an meiner Haut, vermischt mit meinem Schweiß.

Ich presste mich in die Schatten einer verwitterten Hauswand, versuchte meine Gestalt mit den zerfetzten Plakaten und dem abblätternden Putz zu verschmelzen.

Meine Finger krallten sich um die Kante der Wand, als ob ich mich festhalten wollte, um nicht in den Strudel der Panik hineingezogen zu werden.

Aber sie schnürte trotzdem meine Kehle zusammen, als ich die schweren Stiefel der Polizisten auf dem Asphalt dröhnen hörte.

Sie waren so nah. Ich konnte ihre angespannten Atemzüge hören, das Rascheln ihrer Funkgeräte, das Flüstern ihrer Befehle.

In meinem Kopf flimmerten Bilder von Zellen und Handschellen, von Verhören und Gerichtsverfahren. Ich wollte nicht ins Gefängnis wandern. Ich war nicht willig, meine Freiheit aufzugeben.

Langsam, ganz langsam, hob ich den Kopf und spähte um die Ecke. Meine Augen fielen auf einen schmalen Fluchtweg – eine steile Feuertreppe, die hinauf zu einem rostigen Dach führte. Das war vielleicht meine einzige Chance.

Mit katzenhaftem Geschick sprang ich aus meinem Versteck hervor und rannte los, meine Beine wie Gummi. Die schweren

Stiefel der Polizisten stampften hinter mir auf, ihre Rufe hallten durch die engen Gassen.

Ich erreichte die Feuertreppe und hastete hinauf, die Stufen knarrten unter meinem Gewicht. Mein Atem brannte in meiner Lunge, aber ich presste weiter, Stufe um Stufe.

Oben angekommen, stolperte ich auf das Dach und duckte mich keuchend hinter einen alten Schornstein. Mein Herz raste, mein Körper war von kaltem Schweiß bedeckt. Ich presste mein Gesicht gegen das raue Ziegeldach und wagte einen Blick nach unten.

Die Polizisten hatten den Eingang zur Feuertreppe erreicht und brüllten. »Los! Sie ist da oben!«

Ich musste verschwinden. Sofort!

In einem meisterhaften Sprung glitt ich vom Dach und landete hart auf dem kalten Steinboden. Noch bevor ich mich aufrappeln konnte, spürte ich zwei starke Hände, die mich packten und mit sich zerrten.

Verdammt!

Der kräftige Arm klemmte um meinen Oberarm. Rücksichtslos zog er mich durch die enge Gasse. Meine Füße schleiften über den schmutzigen Boden, und ich stürzte fast, als er abrupt um die Ecke bog.

»Diesel«, keuchte ich, als ich endlich einen Blick auf sein vertrautes Gesicht erhaschte.

»Lass mich los«, zischte ich, doch seine Augen glühten vor wilder Entschlossenheit, sein Griff war eisenfest.

Die kalte Luft peitschte in mein Gesicht, während ich

verzweifelt versuchte mich zu befreien.

»Hör auf dich zu wehren, Milana. Wir retten dir deinen verdammten Arsch«, brummte er genervt und zog mich mit rasender Geschwindigkeit durch die Gassen.

»Ich will nicht gerettet werden«, fauchte ich zurück. Ich musste nicht gerettet werden. Ich konnte gut auf mich selbst aufpassen.

Meine Lungen brannten, meine Beine versagten fast, aber Diesel riss mich unaufhaltsam weiter, bis ich in der Ferne eine bekannte Silhouette erblickte. Ungeduldig wartete Cieran an seinem Wagen, der am Straßenrand einer Wohnsiedlung stand.

Diesel warf ihm einen Blick zu. Sofort sprang er auf den Fahrersitz, während sein Bruder sich mit mir auf den Rücksitz drängte.

Summend sprang der Motor zum Leben, und Cieran trat aufs Gaspedal. Instinktiv klammerte ich mich an den Sitz, als wir mit quietschenden Reifen losrasten. Der plötzliche Schub drohte, mich aus dem Gleichgewicht zu bringen, doch Diesel war schneller. Er schlang seinen Arm um mich und hielt mich fest.

Mit bebenden Händen griff ich nach dem kühlen Metall in der Innenseite meines Pelzmantels – mein einziger Hoffnungsschimmer. Ich zückte es. Doch noch bevor ich einen Gedanken fassen konnte, mich damit zu verteidigen oder zu fliehen, riss Diesel mir das Messer aus der Hand und warf es mit einem wütenden Fluch nach vorne auf den Beifahrersitz.

»Wir retten dir dein Leben, Milana. Wir retten dich vor dem verdammten Knast!« Diesels Stimme war schwer vor Verärgerung, während er mich auf den Sitz zog, um meinen Gurt anzulegen, als wollte er mich damit von einem weiteren Fluchtversuch abhalten. Seine Worte hallten in meinem Kopf wider, und ich konnte kaum glauben, was ich hörte.

»Ihr rettet mich vor dem Knast? Davor, eingesperrt zu werden?«, fragte ich mindestens genauso aufgebracht. Die Ironie dieser Situation schien mich zu erdrücken. »Das kann nicht euer Ernst sein! Ihr seid für mich ein Gefängnis, genau wie das, in das mich die Polizei stecken möchte.« Meine Stimme zitterte vor aufgestauter Wut. »Ihr seid so besessen von mir, dass ihr mir meine Freiheit raubt, mich in euer Apartment sperrt und zu eurer Gefangenen macht!«

Keiner von ihnen antwortete. Keiner von ihnen konnte es abstreiten. Es war die Wahrheit. Ich war ihre Gefangene. Wie ein Häftling im Knast.

Diesel

Als wir endlich in der Tiefgarage ankamen, war mein Herz noch immer rasend vor Aufregung. So etwas hatte ich noch nie gefühlt. Milana war verschwunden, dann fanden wir sie auf den Überwachungskameras, wie sie vor etlichen Zeugen eine Frau zu Tode schlug, und schließlich schnappten wir sie inmitten einer Polizeijagd.

Ich zog sie aus dem Wagen und führte sie zum Aufzug. Jeder Schritt war wie ein Kampf gegen die Dunkelheit, die sich in meinem Inneren ausbreitete.

Seit dem Moment, als ich sie das erste Mal sah, hatte sie eine Macht über mich, die ich nicht erklären konnte. Eine Macht, die mich dazu trieb, alles für sie zu tun, selbst wenn es bedeutete, gegen meine eigenen Prinzipien zu verstoßen.

»Finger weg von mir«, hörte ich sie gereizt wispern, während sie ihr Handgelenk aus meinem Griff riss.

Cieran lehnte sich lässig neben sie an die Innenwand des Fahrstuhls, verschränkte die Arme vor der Brust und sagte: »Gern geschehen. Es war uns ein Vergnügen, deinen hübschen Hintern zu retten.«

»Fickt euch.«

Nach einem leisen Klingeln öffneten sich die Türen. Rücksichtslos stieß Milana uns beiseite und drängte sich an uns beiden vorbei auf den Flur.

Cieran schloss die Tür auf, während Milana sich bereits in das Innere der Wohnung stürzte. Sie bewegte sich wie ein wildes Tier, das in die Enge getrieben wurde. Sie riss sich ihren Mantel von den Armen, öffnete schnell den Reißverschluss ihrer Stiefel und streifte sie dann ab.

Ohne ein weiteres Wort verschwand sie in meinem Schlafzimmer, die Tür fiel mit einem lauten Krachen hinter ihr zu. Ein dumpfer Hall erfüllte das Apartment, und für einen Moment herrschte Stille.

Ich tauschte einen Blick mit Cieran, und wir verharrten einen Augenblick lang regungslos im Flur. In unseren Blicken lagen Unverständnis und ein wenig Verärgerung. Was zum Teufel war in sie gefahren?

Schließlich lösten wir uns aus der Starre, zogen ebenfalls Jacken und Schuhe aus, ehe wir uns meinem Schlafzimmer näherten.

Der Klang von Milanas hastigen Atemzügen drang gedämpft durch die geschlossene Tür.

Als wir eintraten, bot sich uns ein Bild der Verwüstung. Kleidungsstücke lagen überall verstreut, das Bettzeug war zerknittert, und Milana saß auf dem Fußboden, den Rücken an den Kleiderschrank gelehnt.

Ihr Atem kam immer noch in unregelmäßigen Schüben, und ihre Hände zitterten vor Aufregung.

Die giftgrünen Augen landeten auf uns und sie griff sofort nach der Jeans, die neben ihr auf dem Boden lag, um damit nach uns zu werfen. »Verschwindet!«, rief sie.

Cieran und ich duckten uns und die Hose flog über unsere Köpfe hinweg auf den Flur.

Ratlos guckten wir einander an. Wir hatten absolut keinen Plan, wie wir damit umgehen sollten. Emotionale Zusammenbrüche waren für uns nichts Vertrautes. Das Einzige, was wir jemals empfanden, war Wut. Und wir konnten uns selbst nicht mal helfen, wenn wir sie spürten. Und ja, Milana war auch wütend, aber irgendwie spürten wir noch etwas anderes. Etwas, das größer war als ihr Zorn, doch wir konnten es nicht zuordnen.

Milana war normalerweise so beherrscht, so stark. Aber jetzt, in diesem Moment, wirkte sie ganz anders.

»Steh auf«, forderte Cieran sie auf.

Milana rührte sich nicht, regungslos saß sie auf dem Boden, ihre Augen starr auf einen Punkt an der Wand gerichtet und ballte ihre Hände zu zwei zittrigen Knäueln. Ich spürte die Spannung, die von ihr ausging und mich umschloss.

Wir tauschten einen weiteren ratlosen Blick aus. Was sollten wir tun? Mit Gewalt würde man hier nicht weiterkommen.

Milanas Psyche war wie ein Minenfeld, ein falscher Schritt und alles explodierte.

»Milana«, versuchte ich es sanfter, kniete mich vor ihr hin und legte meine Hand auf ihren Arm.

Sie warf mir einen stechenden Blick zu, voller Hass und Zorn. »Verpisst euch!«, stieß sie hervor, ihre Stimme zitterte. »Ich will euch nicht sehen!«

Ein prickelndes Gefühl der Wut durchflutete meine Venen, vermischt mit einem seltsamen Stechen in meiner Brust. Ihre Worte trafen mich wie ein Schlag in den Magen.

Ich wollte sie schütteln, sie rütteln, sie zur Vernunft bringen. Aber gleichzeitig spürte ich eine tiefe Hilflosigkeit. Ich wusste nicht, wie ich mit ihren Gefühlen umgehen sollte, wie ich die Mauer durchbrechen konnte, die sie um sich herum errichtet hatte.

»Du kannst uns nicht einfach so wegschicken, Milana«, entgegnete ich erzürnt. »Du gehörst uns, ob du es willst oder nicht.«

Fester als beabsichtigt, griff ich nach ihrem Arm und zog sie hoch. Sie zischte vor Schmerz, versuchte sich loszureißen, doch ich hielt sie fest.

»Lass mich los!«, schimpfte sie. Ich schenkte den Worten keine Beachtung und zwang sie an mich.

»Du gehörst uns«, wiederholte ich messerscharf, während ich sie an mich hielt und in ihre mit Gift sprühenden Augen guckte. »Und es ist mir scheißegal, was du davon hältst. Ich werde dich nicht gehen lassen. *Wir* werden dich nicht gehen lassen. Du kannst uns also weiter anschreien, dass wir verschwinden sollen, aber sei dir bewusst, dass wir das niemals tun werden.«

Milanas Kiefer verkrampften sich, ihre Fingernägel gruben sich tief in ihre Handflächen. Sie starrte mich an, ihre Augen funkelten vor Zorn.

Ein Moment der Stille hing zwischen uns, nur das dumpfe Pochen meines eigenen Pulses hallte in meinen Ohren wider.

»Du hast keine Ahnung, wovon du redest«, knurrte sie schließlich, ihre Stimme rau vor Emotionen. »Ihr beide... ihr seid nichts als eine Last, die ich trage. Ein verfluchter Anker, der mich daran hindert, frei zu sein. Und wagt es nicht zu glauben, ihr wärt stark genug, um mich zurückzuhalten.« Sie stellte sich auf ihre Zehenspitzen, um sich bedrohlich nah an mein Gesicht zu lehnen. Der eisige Hauch ihrer Worte streifte meine Haut, während sie fortfuhr: »Nichts kann mich zurückhalten.«

In einem einzigen fließenden Bewegungsschwung befreite sie sich aus meinem Griff und drehte sich um. Ein Wirbelwind aus seidig blonden Strähnen tanzte um sie herum. Ein süßer, betörender Duft wie der einer verbotenen Frucht schlug mir in einem Mix mit einer dunklen, erdigen Note von Tod und Verderben ins Gesicht. Es war ein Geruch, der gleichzeitig anziehend und abstoßend wirkte. Mein Körper und meine Seele sehnten sich nach ihm, aber mein Verstand rebellierte. Alles, nach dem er roch, war Gefahr.

Ihre Bewegungen zogen meine Blicke an, als sie den Raum verließ. Wie ein Magnet, der unaufhaltsam alles um sich herum anzog, wanderten meine Augen an ihrer Gestalt entlang, bis sie letztlich auf ihrem Arsch ruhten. Fuck, war das ein geiler Arsch. Selbst in Cierans Jogginghose, die viel zu groß für Milana war und locker an ihrem schlanken Körper saß, behielt er seine unwiderstehliche Form.

Unwillkürlich schossen Bilder von diesem Hintern aus der letzten Nacht in mein Gedächtnis. Der einzige Unterschied war, dass er da keine weite Hose hatte, die ihn bedeckte, sondern entblößt, vollkommen nackt war.

Innerhalb von wenigen Augenblicken spürte ich, wie sich mein Schwanz versteifte. Ich spürte, wie er gegen meinen Reißverschluss drückte und darum bettelte, in Milanas Pussy gesteckt zu werden. Es war so verdammt frustrierend, dass ich sie gestern Nacht nicht richtig ficken konnte. Nicht nur für meinen Schwanz, auch für mich.

Wir mussten dringend einen Weg für die Verhütung finden, weil fuck, ich war absolut nicht bereit, einen Schreihals in mein Leben zu lassen, aber ich hielt es auch nicht länger aus, meinen Penis von ihr fernzuhalten.

Als ich wieder aus meinen Gedanken auftauchte, war ich allein in meinem Schlafzimmer. Cieran musste Milana bereits gefolgt sein. Der Anblick ihres Arsches schien ihn nicht besonders berührt zu haben.

Seufzend ging ich rüber ins Wohnzimmer, wo sie es sich auf der Couch bequem gemacht hatten. Nun, auf den zweiten Blick sah es doch nicht mehr so bequem und behaglich aus. Milanas Miene war nach wie vor von einer unübersehbaren Gereiztheit geprägt. Mit verschränkten Armen saß sie da, ihre Augen auf meinen Bruder gerichtet und funkelnd vor Verachtung.

Er beugte sich über sie herüber und raunte: »Weißt du, es macht mich an, wenn du mich so ansiehst.« Ich wusste, was er meinte, denn ich fühlte dasselbe. Vielleicht war es die Intensität ihrer Emotionen, die wie ein Magnet meine eigenen tiefsten Instinkte anzogen.

»Und weißt du, mich widert es an, wenn du mir so nahe kommst.« Sie presste die Worte durch zusammengebissene Zähne, während ihre grünen Augen vor Abscheu funkelten.

Ich spürte, wie sich die Spannung im Raum verdichtete, wie die elektrische Ladung vor einem gewaltigen Gewitter, doch ich rührte mich keinen Zentimeter. Es war, als ob ich zwischen zwei sich anziehenden Polen steckte, gefangen in ihrem Sog, unfähig, mich zu lösen.

Mein Bruder lachte, aber es war ein kaltes Lachen. Ein Lachen, das die Anspannung nur noch verstärkte.

Sie schienen in einem Tanz der Verführung gefangen zu sein, allerdings war dieser Tanz mehr wie ein Kampf, ein Ringen um Dominanz und Kontrolle.

Sie sprach mit Worten, die wie scharfe Klingen durch die Luft schnitten, während Cierans wie ein Feuer loderten, und doch lag darunter eine unbestreitbare sexuelle Anziehungskraft, die sie beide erfasst hatte.

Es war, als ob Milana in einer Schlacht zwischen Lust und Ablehnung gefangen war. Und sie entschied sich für Ablehnung. Plötzlich stand sie auf, ihre Bewegungen waren abrupt und entschlossen.

»Ich gehe duschen«, sagte sie knapp und wandte sich zum Gehen um. Mein Bruder griff nach ihrem Arm. Sie riss sich los und verschwand auf dem Wohnungsflur.

Die Tür fiel mit einem dumpfen Klang ins Schloss, und für einen Moment herrschte Stille im gesamten Apartment. Cieran und ich tauschten einen verstohlenen Blick aus.

Schließlich brach er das Schweigen. Seine Stimme war rau und voller Verärgerung. »Verdammt, was ist nur los mit ihr?« Suchend wanderten seine Augen durch den Raum, als hoffte er, dort die Antwort zu finden.

Ich zuckte mit den Achseln und zog mich in die Küche zurück, wo ich uns etwas zu essen machte.

Während ich die Zutaten raussuchte, konnte ich spüren, wie die Spannung in der Luft hing. Der Unmut meines Bruders war förmlich greifbar, und ich konnte verstehen, warum. Seit Monaten rannten wir dieser Frau hinterher, wir hätten alles erdenkliche für sie getan und bekamen nichts zurück.

Als ich das Gemüse schnitt, ließ ich Cierans Frage in meinem Kopf nachhallen. Was war mit Milana los? War es etwas, das wir falsch gemacht hatten? Oder gab es etwas Tieferliegendes, das sie beschäftigte? Ich seufzte leise und warf das Gemüse in die Pfanne.

Plötzlich durchbrach das Klingeln meines Handys die Stille. Ich trocknete meine Hände ab und griff nach dem Gerät, um zu sehen, wer anrief. Es war Ryleigh.

Sofort spürte ich einen Stich der Verstimmung. Was wollte sie? Wieder versuchen, mir Milana auszureden?

Ich lehnte den Anruf ab und widmete mich wieder dem Kochen, doch als es ein zweites Mal klingelte, hob ich mit einem Ächzen ab.

Ehe ich sie zu Wort kommen ließ, brummte ich genervt in den Hörer: »Ich kann jetzt nicht.«

Ryleighs Stimme drang durch das Handy, mit einem Hauch von Dringlichkeit und Anspannung, nicht dem nervigen Gequietsche wie sonst. »Hör zu«, atmete sie angestrengt aus, als wäre sie gerade einen Marathon gelaufen. »Ich weiß du bist immer noch sauer, aber es ist wichtig. Die Polizei ist auf dem Weg nach Essex County.« Meine Hand erstarrte um das Telefon. »Keine Ahnung, wie sie es herausgefunden haben, aber sie wollen eine Razzia durchführen.«

Fuck! Jahre des sorgfältigen Aufbaus, der Täuschung, alles stand kurz vor dem Zusammenbruch.

Adrenalinschübe durchzuckten meinen Körper. Mein Herz hämmerte in meiner Brust, während ich verzweifelt nach einer Lösung suchte. Dass sie unser Drogenlager fanden, führte sie nicht zwangsläufig zu uns. Trotzdem war es ein hohes Risiko, das wir nicht eingehen konnten.

»Sag allen, sie sollen alles packen, was sie kriegen können, und von dort verschwinden. Sie müssen das Lager niederbrennen, bevor die Polizei da ist. Wir haben keine andere Wahl.« Die Worte klangen hohl in meinen eigenen Ohren, aber ich wusste, dass es die einzige Möglichkeit war. Wir hatten zu viel zu verlieren, um auch nur einen Moment zu zögern.

Ryleigh bestätigte meinen Befehl mit einem knappen

»Verstanden« und legte auf.

Ein schneller Blick auf die Uhr verriet mir, dass wir keine Zeit zu verlieren hatten. Jede Sekunde, die wir zögerten, brachte uns näher an die Gefahr heran. Ich ließ das Handy sinken und drehte mich zu Cieran um, der aus seinem Arbeitszimmer stürzte und ebenfalls gerade von der Razzia erfahren haben musste.

»Wie haben sie es herausgefunden?«, fragte ich ihn. Seine Antwort war ein einziger Name. »Archer Crimson.«

Milana

Archer Crimson. Dieser Name brannte sich wie Säure in ihre Gedanken. Der Mann, der ihr Imperium ins Wanken gebracht, ihr sorgfältig aufgebautes Drogenkartell in Schutt und Asche verwandelt hatte.

Ich musste zugeben, ich war neidisch. Ich wäre gerne diejenige gewesen, die das tat.

Cieran stieß ein kehliges Knurren aus. »Dieser Mistkerl«, fauchte er, »er wird dafür büßen.«

Sein Bruder starrte nur schweigend aus dem Fenster. Die Skyline von New York glitzerte im fahlen Mondlicht, doch in Diesels Augen spiegelte sich nur kalte Wut. Er presste die Hände zu Fäusten, seine Knöchel weiß vor Anspannung.

»Er hat dafür bezahlt«, sagte Diesel schließlich und drehte sich wieder um, seine Stimme kalt und leer. »Seine Männer sind tot.« Doch der Funke in seinem Blick verriet etwas anderes.

Auch nach einer Woche hatten sie sich nicht abgeregt. Der Mord an Archer Crimsons Gefolgschaft konnte das Feuer nicht erlöschen. Die Luft im Apartment war immer noch dick vor Spannung, und ihre dunkelbraunen Augen glühten weiter vor Hass. Wut brannte tief in ihnen, ein verzehrendes Feuer, das keine Ruhe fand.

Er wandte sich mir zu. Meine Augen waren leer, mein Gesicht eine Maske aus Apathie. Am Anfang war ihr Zorn noch aufregender zu beobachten. Nach sieben Tagen wurde es langweilig. Die billige Sitcom im Fernsehen war interessanter.

Mit einem Seufzer nahm Cieran meinen Arm, als er seinen Blick auf mir bemerkte. »Wir gehen ins Bett«, bestimmte er, ohne Fragezeichen, ohne Raum für Diskussion, und zog mich von der Couch, dann durch den dunklen Apartmentflur. Seine Schritte hallten in der Stille.

»Ich bin nicht müde«, sagte ich zu ihm, doch das machte ihm nichts aus. Er ignorierte meinen Protest, seine Augen wie zwei schwarze Tunnel, die nur ein Ziel kannten: das Schlafzimmer. »Ich auch nicht«, erklärte er, »aber ich will nicht länger über diese Scheiße nachdenken. Und du bist die Einzige, die mich davon abbringen kann.«

Ein Gewitter der Genervtheit zog über mir auf. Dunkle Wolken sammelten sich in meinem Kopf, Blitze zuckten in meinen Augen und Donner grollte in meiner Brust.

Ruckartig riss ich mich aus seinem Griff. Ich weigerte mich

dagegen, mich wie ein Sexspielzeug benutzen zu lassen, das er jederzeit herausholen konnte, wenn er auf andere Gedanken kommen wollte.

Seine Augen verfinsterten sich und funkelten mich wutentbrannt an. »Was soll das?«, knurrte er und versuchte erneut nach meinem Arm zu greifen, den ich jedoch schneller wegzog.

»Milana, lass den Scheiß.« Seine Stimme entwich seinen Lippen wie giftige Dämpfe, die die Luft um uns herum verpesteten.

Dennoch blieb ich standhaft, meine Entschlossenheit ungebrochen. Sein Befehl klang wie ein dumpfer Groll in meinen Ohren, doch ich weigerte mich beharrlich, seinem Willen nachzugeben.

Ich spürte, wie sich die Atmosphäre um uns herum verdichtete, ein unsichtbares Band aus Spannung und Konfrontation, das uns miteinander verstrickte.

Plötzlich schlang er seinen Arm um mich, holte mich mit Schwung an sich heran und warf mich über seine Schulter.

Vergebens strampelte ich mit den Beinen, wollte mich aus seiner Umklammerung befreien, aber er war viel zu stark.

Mich ignorierend preschte er den Flur entlang. Mein Kopf drehte sich, Übelkeit stieg in mir auf.

Mit einem dumpfen Aufschlag landete ich auf der Matratze. Cieran warf sich auf mich und presste seinen Körper auf meinen.

»Hör auf rumzuzicken.« Sein Atem roch nach Alkohol und Zigarettenrauch, sein Gewicht drückte mich fast zu Boden. »Ich will jetzt Sex.«

»Dann geh und besorg dir eine Hure«, spuckte ich ihm wie schimmliges Brot entgegen, während ich versuchte mich unter ihm zu winden.

Schelmisch grinsend legte er seine Lippen an mein Ohr und wisperte: »Du bist meine Hure, kleines Kätzchen.« Seine Worte waren wie eine kalte Dusche, die mich bis auf die Knochen durchdrang.

Ohne eine weitere Sekunde zu verschwenden, schob er seine Hände unter Diesels Hoodie und zog ihn mir über den Kopf.

»Hör auf, verdammt!« Ich drückte gegen seinen harten Oberkörper, doch er war wie eine Mauer, die sich nicht bewegen ließ. Er war wie besessen, sein Verlangen wie ein wildes Tier, das gezähmt werden musste.

Grob öffnete er meinen BH und riss ihn von meinem Körper. Sofort stürzten sich seine Hände und Lippen auf meine Brüste.

Ein Keuchen entkam mir, als ich die unsanfte, fast schmerzhafte Berührung spürte.

»Cieran«, brachte ich angestrengt hervor und stemmte die Hände gegen ihn, aber es war genauso sinnlos wie meine letzten Versuche.

Sein Gewicht war erdrückend, presste mich tiefer in die Matratze, erstickte jeden Atemzug. Adrenalin schoss durch meine Adern, lähmte meine Gedanken.

»Es wird dir gefallen«, raunte er an meine Haut, während ich spürte, wie sich seine Finger von meinen Brüsten lösten und langsam über meinen Bauch glitten. Sie krochen unter den Hosenbund und schoben ihn runter.

Meine Weiblichkeit betrog mich, als ich seine Berührung an meiner intimsten Stelle spürte. Ein sehnsüchtiger Laut wich über meine Lippen und meine Augen rollten zurück.

So sehr ich es auch hasste, es zuzugeben, ich sehnte mich nach ihm. Mein Körper verlangte nach ihm.

»Na also«, hörte ich ihn leise sprechen. Sein heißer Atem kitzelte an meinem Hals. »Da haben wir's doch.« Langsam schob er seine Finger in meine Pussy und legte seine Lippen zeitgleich an meinen Kiefer.

Ein stummer Schrei erstickte in meiner Kehle, als seine Finger tiefer glitten und mein Verstand in einem Meer aus Lust versank.

Die Zeit schien still zu stehen, während er mein Inneres erkundete, meine Reaktionen studierte wie ein Künstler sein Werk. Seine Berührung war elektrisierend und dennoch erschreckend vertraut.

Jeder Nerv in meinem Körper brannte vor Verlangen, und trotzdem war da auch die drängende Frage, ob ich das wirklich wollte. Aber jede Faser meines Seins schrie nach mehr, nach diesem unstillbaren Hunger, den im Augenblick nur er zu stillen schien.

Er zog seine Finger aus mir heraus, und ich spürte, wie sich die Leere einschlich. Ich wollte meine Augen öffnen, noch im selben Moment spürte ich allerdings, wie er mich wieder ausfüllte. Dichter und tiefer. Es waren nicht mehr seine Finger. Ich musste meine Augen nicht öffnen, um zu wissen, dass jetzt sein Penis in mir drinnen war.

Cierans Atmung wurde schneller, als er spürte, wie ich mich

unter seinem Eindringen wand, wie meine Zurückhaltung schwand und sich dem Feuer seiner Leidenschaft ergab.

Ein leises Stöhnen entrang sich mir, als er anfing, sich zu bewegen, und mich zu neuen Höhen führte, mich an den Rand des Abgrunds brachte und mich gleichzeitig vor dem Fall bewahrte.

Sein Atem auf meiner Haut, sein Griff um meine Taille, sein Schwanz in meiner Pussy – all das ließ mich in einem Rausch aus Empfindungen versinken. Mein Verstand wehrte sich nicht länger gegen den Sog der Lust, meine Sinne waren vollkommen überwältigt von der Intensität.

Ein Seufzer entkam mir, als seine Lippen meinen Hals entlang glitten, Feuer entfachend, wo immer sie meine Haut berührten. Ich verlor mich selbst, die Welt um mich herum verschwamm im dichten Dunst, während ich mich nur noch auf ihn konzentrierte und meine Beine sehnsüchtig um ihn schlang. Die Hitze seines Körpers verschmolz mit meiner eigenen. Unsere Bewegungen waren synchron in einem Tanz der Leidenschaft.

»Ich höre jetzt nicht mehr auf«, keuchte er schwer, ohne seine Bewegungen zu unterbrechen. »Wir holen dir morgen die Pille danach«, erklärte er mit einem harten Stoß, der mich laut aufstöhnen ließ. »Und du wirst anfangen, die Antibabypille zu nehmen. Weil fuck – «

Meine Nägel gruben sich schmerzhaft in seine Schultern. »Ich brauche sie nicht«, murmelte ich und konzentrierte mich weiter auf das explosive Gefühl in meinem Unterleib. »Ich habe die Spirale.« Die Vorstellung, jeden Tag Sex mit ihnen zu haben, war auf einmal nicht mehr so abscheulich wie es vor anderthalb Wochen war, als ich Diesel zwang, aufzuhören.

»Gut«, stieß Cieran aus. »Denn ich lasse mich von nichts und niemandem davon abhalten, dich zu ficken. Weder jetzt noch sonst irgendwann.«

Sein Atem wurde schwerer, sein Griff fester. Die Explosion in meinem Unterleib rückte näher. Sie war nicht mehr aufzuhalten.

Die Hitze zwischen uns erreichte einen Höhepunkt, als seine Bewegungen schneller wurden, rhythmisch und kraftvoll. Jede seiner Berührungen sandte Wellen von Vergnügen durch meinen Körper, und ich konnte das Verlangen spüren, das uns beide verzehrte.

Mit einem letzten Stoß brachte er den Stau, der sich in meinem Unterleib angebahnt hatte, zum Bruch. Er explodierte und brachte mich zum Schreien, während das überwältigende Gefühl durch meine Adern strömte und sich in jedem Winkel meines Körpers bemerkbar machte.

Cieran stieß ein raues Stöhnen hervor. Seine Lust ergoss sich in mir und seine Hüften verharrten, wo sie waren.

Eine plötzliche Stille legte sich über den Raum, nur unterbrochen von dem Pochen meines Herzens, das jedes Mal, wenn eine der Wellen, die durch meine Muskeln zuckten, erbebte, einen Sprung machte.

Oh, mein Gott. So etwas hatte ich noch nie zuvor erlebt.

Ich atmete tief durch, um mich zu beruhigen, löste meine Finger von seinen Schultern und entdeckte die blutigen Hautfetzen unter meinen Nägeln.

Er folgte meinem Blick und schien überrascht. »Fuck«, sagte er und griff an seine Schulter. Er war so gefangen in dieser Leidenschaft, dass er es nicht gemerkt hatte.

An diesem Abend, zwischen Lust und Zorn, zwischen Himmel und Hölle, wusste ich, dass es kein Zurück gab. Dass ich mich verloren hatte in meinem eigenen Spiel aus Begierde, Hass und Verführung, das uns beide – uns alle drei – gefangen hielt und zugleich befreite.

Cieran

Sex mit ihr war der beste Sex meines Lebens. Ich konnte nie allein durch den Anblick einer Frau, die einen Orgasmus hatte, selbst zum Kommen gebracht werden. Aber gerade jetzt fühlte es sich so an, als würde genau das passieren.

Milana und ich hatten die ganze Nacht lang gevögelt. Wir hatten nur ein paar Stunden Schlaf abbekommen. Und jetzt, während die Morgensonne auf ihrer wunderschönen, blassen Porzellanhaut glänzte, fickte ich sie wieder mit meinen Fingern.

Ich hatte den Überblick verloren, wie oft ich sie in den letzten zwölf Stunden schon hatte kommen sehen, aber an ihrem Gesichtsausdruck erkannte ich, dass es gleich wieder geschehen würde. Die Falte zwischen ihren Augenbrauen wurde tiefer, das O, das sie mit ihren Lippen formte, wurde länger und ihr Griff an meiner Haut wurde fester.

Ich gab ihr noch sieben Sekunden, bevor es soweit war. Und ich war sowas von bereit, sie vergehen zu lassen.

Meine Finger schlugen härter und in kürzeren Abständen gegen diese eine Stelle in ihrer Pussy, die ich heute Nacht gefunden hatte.

Sieben... Sie hob ihre Brust, auf der die Beweise dieser leidenschaftlichen Nacht prangten, und drückte ihren Kopf tiefer in die Kissen. Sechs... Ihr rechtes Bein winkelte sich an. Fünf... Ihre Hüften bewegten sich mir entgegen. Vier... Ihre Bauchmuskeln spannten sich an. Drei... Ihr Körper erstarrte. Zwei... Ihr Kiefer klappte noch ein kleines Stück weiter auf. Eins... Ein heftiges Zucken durchfuhr ihren perfekten Körper, der sich daraufhin wölbte, und ein unvergesslicher, von Lust verzehrter Schrei drang über ihre weit geöffneten Lippen, während ihre Pussy um meine Finger herum verkrampfte.

Mein Schwanz bebte unter der Bettdecke. Es fühlte sich wirklich so an, als würde ich gleich selbst kommen.

Langsam zog ich meine Finger aus ihrem Inneren heraus und verteilte ihre eigene Nässe auf ihren Schamlippen, während ich die Nachwirkungen ihres Orgasmus' spürte.

Seufzend schlug sie ihre Augen auf und sah mich eindringlich, doch gleichzeitig mit einer gewissen Distanz an. Sie rollte sich auf den Bauch, und meine Hände entfernten sich automatisch von ihrem Körper, nur um sofort wieder zu ihrer Taille und ihrem Rücken zu wandern, als Milana sich in Position gebracht hatte.

Sie hatte die Hände unter das Kissen geschoben und ihr Kopf ruhte erschöpft darauf. Die langen Strähnen ihres seidigen blonden Haares waren ihr ins Gesicht gefallen, konnten ihre Schönheit jedoch nicht verdecken.

Unwillkürlich schob ich sie hinter ihr Ohr. Ihre Augen öffneten sich und ich blickte in zwei tiefe, grüne Löcher, die drohten, mich jeden Augenblick zu verschlingen.

»Fass mich nicht an«, sagte sie plötzlich mit einer Kälte, die mir eisig über den Rücken lief. »Kätzchen, ich habe dich die ganze Nacht lang anfassen dürfen. Meinst du nicht, es ist ein bisschen zu spät dafür?« Sie überlegte nicht eine einzige Sekunde. »Nein.«

Geradezu neckend wanderten meine Finger hinunter zu ihrem Arsch. Milana konnte mir die kalte Schulter zeigen, aber wenn ich nur die richtigen Stellen ihres Körpers berührte, schmolz sie dahin und ergab sich mir.

Als sie die Berührung spürte, entrang sich ihr ein Summen, und meine Mundwinkel zuckten zufrieden. Doch dann schlug sie meinen Arm auf einmal zur Seite und rappelte sich auf.

Sie stieg aus dem Bett und tappte zu meinem Kleiderschrank, aus dem sie einen der Slips herauszog, die ich ihr vor ein paar Tagen aus ihrer Wohnung geholt hatte. Ich hätte nicht gedacht, dass es so aufregend sein würde, in ihrer Unterwäsche zu wühlen. Aber zu jedem Stück, das ich fand, formte sich ein Bild von ihr darin in meinem Kopf.

Geschmeidig schlüpfte sie in den grauen Spitzentanga und ich betrachtete sie nachdenklich. So hatte ich es mir nicht vorgestellt. Damals hatte ich sie allerdings auch noch nicht völlig nackt, bedeckt mit den Spuren meiner Begierde, gesehen. Dieser Anblick übertraf alles, was ich mir in meinen Vorstellungen jemals hätte zusammenfügen können.

Sie hob Diesels Hoodie vom Boden auf und zog ihn an, bevor sie im Badezimmer verschwand.

Eine Weile blieb ich noch im Bett liegen. Mein Blick war starr auf die Tür zum Bad gerichtet, doch als Milana nach einer viel zu langen Zeit immer noch nicht rauskam, die Dusche anging, und mein Blick zu dem Wecker auf meinem Nachttisch huschte, der bereits elf Uhr zeigte, stand ich ebenfalls auf, zog mich an und ging in die Küche.

Diesels Stimme kam aus seinem Arbeitszimmer. Ich hörte einen Moment zu. Es schien, als spreche er mit jemandem wegen eines neuen Lagerhauses. In diesem Moment schlug die Realität, der ich in den letzten zwölf Stunden entkommen konnte, schwer auf mich ein.

Ich schenkte mir von dem kalten Kaffee ein, der in der Küche stand, und trank ihn in einem Zug leer. Als ich mich ein paar Minuten später mit meinem Frühstück an den Esstisch setzte, trat mein Bruder in den Raum.

»Wilde Nacht, hm?«, fragte er, während er mit verschränkten Armen in der Tür lehnte und mich betrachtete. Er war offensichtlich nicht erfreut über die »wilde Nacht«, die ich mit Milana hatte.

Ich entgegnete nichts und er fuhr fort: »Ich gehe mir ein Lager ansehen.« Stumm nickte ich. »Ich dachte, ich könnte sie vielleicht mitnehmen.«

Meine Zähne hörten auf zu kauen. Mein Blick richtete sich auf Diesel. »Nein.« Es war zu riskant. Milana hätte einfach weglaufen können. Außerdem war sie eine verfickte Serienmörderin. Sicherlich hätte sie sich diese Gelegenheit nicht entgehen lassen, jemanden zu töten und Aufsehen zu erregen.

Er musterte mich kurz, als ob er meine Antwort erwartet hätte, doch das hielt ihn nicht auf. »Lassen wir sie entscheiden«, meinte er.

»Diesel, bist du verrückt? Sie wird weglaufen und wir verlieren sie wieder. Wenn du Zeit mit ihr verbringen willst oder so ein Scheiß, dann gehe ich das Lager besichtigen. Aber Milana wird dieses Apartment nicht verlassen.«

Während er mich mit einem abwägenden Blick ansah, spürte ich die Spannung. Wenn er damit nicht einverstanden war, wäre es das erste Mal gewesen, dass wir wirklich aneinandergerieten, denn es bestand keine Chance, mich zu überzeugen. Milana Petrova war eine tickende Zeitbombe, und ich würde nicht riskieren, dass sie da draußen hochging.

Diesel zögerte noch einen Moment, bevor er schließlich nickte. »In Ordnung«, stimmte er zu. »Du gehst das Lager ansehen und ich bleibe hier bei ihr.«

Ich wäre viel lieber Zuhause bei ihr geblieben, aber wenn es der einzige Weg war, sie hier zu behalten, ging ich.

Mit einem knappen Nicken stand ich auf und peilte mein Schlafzimmer an. Aus dem Schließfach in meinem Kleiderschrank nahm ich meine Pistole heraus und steckte sie in meinen Gürtel.

Gerade als ich mich umdrehte, um zu gehen, trat Milana aus dem Bad. Unsere Augen trafen sich, und ich erkannte in ihnen denselben leeren, distanzierten Blick wie vor einer halben Stunde.

»Ich gehe«, teilte ich ihr mit. »Diesel bleibt bei dir. Stell nichts Dummes an.«

Ihr Lächeln war scharf wie eine Klinge. »Was?«, spottete sie. »Etwa so etwas wie deinen Bruder töten?« Ihre Worte schnitten durch die Stille wie scharfe Dolche, und ihre Herausforderung lag schwer in der Luft.

Sie trat näher, bedrohlich nah, und ich spürte die Hitze, die von ihrem Körper ausging, eine Hitze, die verzehrend war wie die Flammen der Hölle. »Würde dir das nicht sogar gefallen?«, flüsterte sie. »Keine Konkurrenz. Du hättest mich ganz für dich allein.«

Ein unheilvolles Knistern erfüllte den Raum, als ihre Worte in der Stille verhallten. Vielleicht, weil ein dunkler Teil von mir wusste, dass es die Wahrheit war? Dass ich mir tatsächlich wünschte, diese Bedrohung für immer aus dem Weg zu räumen, auch wenn es bedeutete, in den Abgrund meiner eigenen Moral zu stürzen.

Ich meine, ich hatte nicht wirklich eine Moral, aber wenn es um meinen Bruder ging, waren die Dinge etwas anders. Ich konnte es nicht richtig beschreiben… wir hatten einfach schon immer diese gewisse Art von Verbundenheit.

Doch wir alle wussten auch, dass diese Frau mit ihrem Eintritt in unser Leben diese Bindung auf eine harte Probe stellte. Sie hatte uns bereits gegeneinander aufgehetzt. Und keiner von uns konnte sich sicher sein, wie doll sie unsere Bruderschaft noch stören konnte.

Ein leises Knarren der Tür ließ mich herumfahren. Diesels Augen huschten zwischen Milana und mir hin und her, und ich konnte den Funken der Erkenntnis in seinem Blick sehen. Er hatte uns reden gehört.

Es herrschte Stille, und ich spürte, wie sich die Spannung zwischen uns wie ein unsichtbares Netz ausbreitete.

»Was ist mit dir?«, fragte Milana ihn schließlich. »Würdest du wollen, dass er stirbt, damit du mich für dich behalten könntest?«

Schweigen legte sich nach ihren Worten wie eine schwere Decke über uns. Sein Gesicht war eine undurchdringliche Maske, aber ich konnte sein Gehirn hinter seiner Stirn förmlich arbeiten hören.

»Interessant«, sagte sie, als er nach einer Weile immer noch nicht geantwortet hatte, und peilte die Tür an. Bevor sie jedoch verschwand, meinte sie: »Ihr seid euch so ähnlich.«

Milanas Worte hingen in der Luft, schwer und voller Bedeutung. Sie hallten unaufhaltbar in meinem Kopf wider.

Ich starrte Diesel an, versuchte seinen Blick zu deuten, aber seine Augen waren wie zwei tiefe, undurchschaubare Seen. Was dachte er? Was ging in seinem Inneren vor? Wollte er meinen Tod, um sie für sich zu haben? Waren wir uns deshalb ähnlich?

»Willst du nichts sagen?«, brach ich die unerträgliche Stille.

»Was soll ich sagen?«, murmelte er. »Sie hat Recht. Wir sind uns ähnlich. Beide besessen von etwas, das uns zu zerstören droht.« Damit ging er an mir vorbei und tauchte ebenfalls in der Dunkelheit des Flurs unter.

Also, ja? Er hätte meinen Tod in Kauf genommen?

Ächzend schob ich die Gedanken beiseite. Es spielte sowieso keine Rolle. Ich hätte mich niemals töten lassen, denn das hätte bedeutet, dass ich Milana nie wieder sah.

Ich ging zur Apartmenttür, zog mir Schuhe und Jacke an und machte mich auf den Weg zu der Adresse, die Diesel mir zugeschickt hatte.

Milana

Ich liebte es, wie ich sie gegeneinander ausspielen konnte. Ich liebte es, wie viel Macht und Kontrolle ich über sie hatte. Diesel und Cieran waren so besessen von mir, dass sie sich für mich gegenseitig umgebracht hätten.

Ja, besessen.

Cieran, ein Vulkan brodelnder Intensität, dessen Hitze und feurigen Worte über mich hinwegflossen. Sie waren wie glühende Lava, die auf meiner Haut brannten und mein Inneres entzündeten. Seine Gegenwart war elektrisierend, voller roher Energie und unbezwingbarer Anziehungskraft. Er tanzte am Rande der Kontrolle, ein Flackern in seinen Augen verriet das Verlangen in ihm, mich völlig zu verschlingen. Es war nur eine Frage der Zeit, bis er ausbrach und alles um sich herum einzig und allein für mich zerstörte. Sollte er ruhig alles auf seinem Weg verbrennen, solange die Asche einen Thron für mich baute.

Und Diesels Hingabe, die so intensiv, so ungezähmt war, wie die Wellen, die an eine Küste prallten. Sie war eine Naturgewalt, die alles in ihrem Weg fortspülte und mich in ihren Strudel riss. Er, die unerbittliche Flut, ließ sich nicht unterkriegen. Er betete den Boden an, auf dem ich lief, seine Besitzgier war wie ein unsichtbares Gefängnis, aus dem es kein Entkommen gab. Seine Bewunderung war so intensiv, dass sie in jedem seiner Worte, jedem seiner Blicke und jeder seiner Berührungen spürbar war. Alles, was er tat, war von dieser grenzenlosen Hingabe geprägt.

Marionetten, alle beide, die an den Fäden meiner Aufmerksamkeit zappelten. In jedem neidischen Blick, den sie einander zuwarfen, sah ich den bittersüßen Sieg über ihre Begierden, ein Beweis für die Macht, die ich ausübte.

Nur ein leichter Ruck an der feinen Schnur versetzte Cieran in eine feurige Raserei, und bloß ein Hauch von Aufmerksamkeit gegenüber Diesel peitschte ihn in einen Rausch der Hingabe. Es waren zwei herrliche Stürme, und ich war das ruhige, berechnende Auge, das den Wirbel und das Chaos genoss, das ich inszeniert hatte.

Der Druck von Diesels Küssen an meinem Hals holte mich in die Gegenwart zurück. Er war nicht länger eine Metapher für die tosenden Wellen in der Brandung, sondern die Realität, seine Lippen eine Sturmflut auf meiner Haut.

Cierans Bild, ein kochender Vulkan, der kurz vor dem Ausbruch stand, flackerte für einen gefährlichen Augenblick in meinem Verstand auf, bevor ich es rücksichtslos beiseite schob.

Die Berührungen waren grob und besitzergreifend. Ich ließ meinen Kopf in den Nacken fallen und genoss es, wie Diesels heiße Küsse eine Gänsehaut über meinen Körper jagten. Ich ließ ihn den Sturm sein, für den Moment, denn im Moment war ich gefesselt in diesem von mir selbst geschaffenen Hurrikan, unfähig, mich zu befreien oder zu entkommen.

Ich begegnete seinem Blick, ein dunkles, habgieriges Funkeln in seinen Augen, und ein teuflisches Lächeln breitete sich auf meinen Lippen aus. »Lass die Flut steigen, Diesel«, hauchte ich, meine Stimme ein heiseres Plätschern. »Lass die Wellen über uns hereinbrechen.«

Seine Augen leuchteten in einem stürmischen Braun und spiegelten die unbändige Sehnsucht in seinem Inneren. Ein leises Knurren grollte in seiner Brust, ein Geräusch, das mir einen Schauer über den Rücken jagte.

»Für dich tue ich alles, Kätzchen«, murmelte er und seine Stimme klang rau vor kaum unterdrücktem Verlangen.

Der Griff um mich wurde fester, er verankerte mich an sich, als hätte er Angst, ich könnte ihm entgleiten, und wisperte in mein Ohr: »Sag mir einfach, wo du es haben willst.«

»Überall«, erwiderte ich atemlos.

Er verschwendete keine Zeit mehr und verschlang meinen Hals. Seine Küsse vertieften sich, waren keine hektischen Erkundungen mehr, sondern gezielte Forderungen.

Diesel fuhr mit einer Hand über meinen Rücken, und die Wärme seiner Berührung stand in starkem Kontrast zu der Kühle des Sturms draußen – eines Sturms, der das Echo des Unwetters zu sein schien, das sich in uns zusammenbraute.

Wind tobte und heulte um das Gebäude, seine Stimme ein bedrohliches Crescendo, das die Fensterfront erzittern ließ. Regen prasselte gegen das Glas wie tausend winzige Hämmer, die darauf pochten, Einlass zu finden. Die Wolken, schwer und dunkel, hingen tief am Himmel und schienen die Stadt zu erdrücken.

Ein greller Blitz erhellte das Wohnzimmer und warf lange, dunkle Schatten an die Wände. Ein wütendes Donnergrollen folgte, sein Echo schien sich in den entferntesten Ecken des Raumes zu verlieren. Unscheinbar fuhr ich zusammen. Doch meine Herzfrequenz blieb unverändert, mein Atem ruhig. Ich war nicht verängstigt, nur überrascht.

Diesels Griff geriet für einen Herzschlag ins Wanken, seine Augen flackerten von meiner Gestalt zum Fenster. Ein paar schweigsame Atemzüge lagen zwischen uns, während er nach draußen sah. Nur das Treiben des Sturms war zu hören.

Ein paar schwere Atemzüge später drehte er sich wieder zu mir, beugte sich vor und seine Lippen berührten mein Ohr hauchzart. »Küss mich, bis der Blitz erlischt und fick mich, bis der Donner verstummt«, raunte er. »Unser Sturm. Unsere Leidenschaft. Lass sie toben, Kätzchen.«

Seine Worte hallten in meinen Ohren, tief und verführerisch, und elektrisierten jede Faser meines Körpers, während ein Schauder der Erregung über meinen Rücken glitt. Ich schmiegte mich fester an ihn, als würde ich eins mit ihm werden wollen, spürte die Hitze seiner Haut durch den Stoff seiner Kleidung.

Er umfasste meinen Nacken, und ein Verlangen, das so stark war, dass es schmerzte, durchströmte mich. Als seine Lippen endlich die meinen berührten, explodierte etwas in mir. Es war ein Feuerwerk aus Leidenschaft und Verlangen, das uns beide verzehrte.

Der Kuss war wie der Sturm draußen, wild und unbezwingbar. Nichts konnte uns trennen – nicht einmal die Wohnungstür, die sich öffnete, und Cieran, der reinkam.

Als er begann, mich auszuziehen, war es wie ein Akt der Hingabe. Jeder Griff, jeder Druck seiner Finger auf meiner erhitzten Haut ließ mich vor Verlangen erbeben. Es war roh, es war stürmisch, aber zugleich war es auch zutiefst intim und leidenschaftlich.

Diesels Hände wanderten an meinen Armen hinauf, streichelten meine Haut, zogen mich noch enger an sich, und ich konnte das Pochen seines Herzens gegen meines spüren.

Seine Kraft, sein Hunger, er verschlang mich, und ich erwiderte ihn mit gleicher Intensität. Meine Hände fuhren durch sein Haar, kratzten seinen Nacken, erkundeten seinen Körper unter dem dicken Pullover, bis sie bei seinem Hosenbund ankamen.

Ohne den Kuss zu unterbrechen, öffnete ich den Reißverschluss. Er hob seine Hüften an und ich zog die Jeans herunter. Meine Finger ertasteten die Beule in seiner Boxershorts und ich fuhr sanft mit meinen Nägeln darüber. Ein leises Brummen entrang sich ihm und gelangte direkt in meinen Mund.

Seine Lippen lösten sich von meinen und wanderten an

meinem Kiefer entlang zu meinem Hals. Ich keuchte, als ich seine Zähne spürte, die an meiner Haut nagten.

Geschmeidig glitten seine Hände unter meinen Tanga, hoben mich hoch und zogen ihn zusammen mit der Jogginghose über meine Beine. Ich hörte Schritte, ignorierte sie jedoch, während ich Diesels Boxershorts unter seinen Schwanz schob.

Das Wohnzimmer schien sich zu verdichten, die Luft war dick von der Hitze, die Cieran von der anderen Seite des Raumes ausstrahlte – oder vielleicht war es auch nur Diesels besitzergreifender Eifer.

Hier waren sie, das Inferno und die Flut, beide zum Greifen nah.

Diesels Lippen saugten an meinem Hals und ich reagierte mit einem genussvollen Stöhnen. Es war ein strategischer Schachzug, ein Weg, ihn zu fesseln, während ich unauffällig einen Blick zu seinem Bruder schickte.

Meine Finger strichen an seinem muskulösen Arm hinunter und berührten seine Hand – eine Frage, eine Einladung. Würde er den Kuss abbrechen, weil seine Hingabe meine ungeteilte Aufmerksamkeit verlangte? Oder würde er weitermachen, angespornt vom unausgesprochenen Wettbewerb?

Ein wohliger Schauer lief mir über den Rücken, als ich spürte, wie er sich für letzteres entschied, in dem er mich an den Hüften packte und auf seinen Schwanz setzte.

»Du spielst ein gefährliches Spiel, aber ich liebe jede verdammte Sekunde davon«, wisperte er in meine Halsbeuge und drückte seine Finger in meinen Hintern. »Und jetzt fang an, mich zu reiten.«

Wie er befahl, aber nicht weil er es befahl, setzte ich mich in Bewegung. Der Raum war erfüllt von dem Geräusch unserer gegeneinander schlagenden Häute und unserem schweren Atmen und Schnaufen.

Bei jedem Senken spürte ich, wie sein Schwanz tief in meinen Körper eindrang, und Lust durchzuckte mich. Bei jedem Heben glitt er durch meine Vagina, und ich fühlte mich ihm näher, als ob unsere Körper miteinander verschmolzen.

Die rhythmischen Bewegungen ließen die Welt um uns herum verschwimmen, und ich war vollständig in diesem Moment gefangen.

Trotzdem entging mir Cieran nicht, der mit einem finsteren Blick unsere Körper durchbohrte. Sein Gesichtsausdruck verriet Eifersucht, Zorn und Verlangen, während seine dunkelbraunen Augen Funken sprühten, die auf meiner nackten Haut brannten.

Diesels Lippen saugten an meinen Brüsten und lenkten meine Aufmerksamkeit wieder zurück zu ihm. »Oh, mein Gott«, atmete ich kaum lauter als ein Flüstern aus und ließ meinen Kopf in den Nacken fallen. Ich krallte mich an seinen Schultern fest, schloss die Augen und konzentrierte mich voll und ganz auf das Gefühl, das er in mir auslöste.

Ich spürte, wie meine Brustwarzen unter seinem zarten Griff härter wurden, sich nach ihm sehnen, nach mehr. Meine Finger gruben sich tiefer in seine Schultern, ich drückte ihn fester an mich, als wollte ich ihn in meinen Körper pressen, um jede Empfindung seiner Berührung aufzusaugen.

Mein Atem stockte, als er seine Zunge auf einmal ins Spiel brachte. Zart umkreiste er meinen Nippel, zeichnete einen feuchten Kreis auf meiner Haut, der mich schaudern ließ. Dann kamen seine Zähne, und ein köstlicher Schmerz durchzuckte mich.

Und die ganze Zeit über ritt ich weiter auf seinem Schwanz. Jedes Mal, wenn ich mich auf und ab bewegte, fühlte ich ein starkes Prickeln, das von meinem Inneren bis zu meinen Zehenspitzen reichte.

Ich wollte mehr, so viel mehr. Ich stöhnte auf, mein Körper wand sich, während er meine Brüste weiter küsste, leckte und anknabberte.

Mein Atem beschleunigte sich, mein Herz pochte wild in meiner Brust, und ich konnte förmlich nach der Hitze zwischen uns greifen. Es war, als ob jede Bewegung eine Welle von elektrisierender Energie freisetzte, die uns in ein sinnliches Zusammenspiel hüllte. Nicht nur Diesel und mich, sondern auch Cieran.

Er stand nur da und guckte uns zu, aber das reichte schon. Sie waren wie eine Welle, die endlich ihren Höhepunkt erreicht hatte und nun über mich hinwegrollte.

Meine Bewegungen gerieten ins Stocken und meine Pussy schmiegte sich um Diesels Penis herum, während ich lauthals aufstöhnte und meine Finger verzweifelt tiefer in seine Haut bohrte.

Ein tiefes Gefühl der Befriedigung durchströmte mich. Seufzend ließ ich mich in die Couchpolster sinken und schloss für einen Moment die Augen. Mein Brustkorb bewegte sich hastig, mein Herz raste darin.

Plötzlich spürte ich etwas Warmes, Flüssiges auf meiner Haut. Ein Schauer durchlief meinen Körper, als ich die Hitze auf meinem Bauch wahrnahm, und meine Sinne wurden schlagartig wieder wach gerüttelt.

Ich öffnete die Augen und sah Diesels Gesicht über mir. Seine Augen glänzten vor Lust und Zufriedenheit. Schelmisch grinste er mich an.

Ausgerechnet er. Cieran, ja, von ihm hätte ich so etwas vielleicht erwartet. Aber Diesel… er hatte mich auf Händen getragen, in der ersten Nacht küsste er meine Füße, nur um das hier zu kriegen, und jetzt spritzte er seine Wichse auf mich wie auf eine wertlose Hure.

»Du widerst mich an«, zischte ich. Mit einem missmutigen Blick zu ihm hin, richtete ich mich auf. Sofort rann die weiße Flüssigkeit zwischen meine Schenkel.

Er grinste weiter, seine Augen glänzten vor Lust. »Ist das so?«, fragte er mit rauer Stimme und lehnte sich unangenehm nah an mich heran. »Das sah vor einer Minute noch ganz anders aus.«

Verärgert schob ich ihn von mir, stand auf und wischte mir den Ekel mit seinem Hoodie von der Haut. »Ja, das ist so«, stieß ich hervor. »Du widerst mich an. Mit deiner widerlichen Arroganz und deinem respektlosen Verhalten.« Ich schleuderte ihm seinen Pullover entgegen und fauchte: »Ich bringe dich um, wenn du mich noch einmal anfasst.« Mit diesen Worten machte ich auf den Fersen kehrt, stapfte ins Badezimmer und knallte die

187

Tür hinter mir zu.

Diesel

Es passte ihr so gar nicht, dass ich auf sie wichste. Obwohl ich vor zwei Tagen noch glaubte, damit klar zu kommen, war ich mir da jetzt nicht mehr so sicher.

Letzte Nacht schlief sie wieder bei Cieran, ich hörte sie durch die Wände hindurch stöhnen. In der Nacht zuvor, als sie in meinem Bett lag, ließ sie mich nicht näher als einen halben Meter an sich heran. Ich lag am Rand meines Bettes, die verdammte Kante stach in meine Rippen und Frustration nagte an mir wie ein hungriger Wolf und das schmerzhafte Gefühl der Ohnmacht.

Jetzt lag sie wieder neben mir, den Rücken mir zugekehrt, und ihre Haut wärmend gegen meine war nur noch eine schwache Erinnerung, die langsam verblasste.

Ein leiser Seufzer entwich meinen Lippen, vermischte sich mit der kühlen Luft und zerfiel in der Stille.

Ich streckte die Hand nach ihr aus, ein verzweifelter Versuch, die verlorene Verbindung wiederherzustellen. Für einen flüchtigen Moment spürte ich die vertraute Wärme und Zärte ihrer Haut unter meinen Fingerspitzen, bevor ein scharfer Schmerz durch sie pulsierte, als Milana meine Berührung zurückwies.

Frustriert senkte ich meinen Arm wieder und ließ ihn schwer auf der Bettdecke ruhen, während sich ein Gefühl der Einsamkeit in mir ausbreitete.

Zwölf verdammte Wochen – länger kannte ich sie nicht. Zwei verdammte Wochen – länger hatten wir sie nicht in unserer Gewalt. Und doch fühlte ich diese Einsamkeit, als ob sie schon seit einer Ewigkeit meins war.

Seit dem Tag, an dem sie in unser Leben trat, war nichts mehr wie zuvor. Sie war ein Wirbelwind aus Geheimnissen und Verführung, ein Rätsel, das ich verzweifelt zu lösen versuchte. Ihre Anwesenheit durchdrang mich, aber selbst in den Augenblicken, in denen sie mich sich berühren ließ, blieb sie wie der Mond am Himmel, schön, aber unerreichbar.

Wir waren in einem Tanz aus Anziehung und Abstoßung gefangen, ein Spiel, das nur sie zu beherrschen schien. Mal war sie so nah, dass ich ihren Atem auf meiner Haut spüren konnte, und dann wieder so fern, dass ich dachte, sie sei nur eine Illusion, entsprungen aus meiner eigenen Sehnsucht.

Aber ich konnte nicht leugnen, dass ich sie wollte. Mehr als alles andere auf dieser verdammten Welt wollte ich sie besitzen, sie verstehen, sie… Ach, scheiße, keine Ahnung!

Sie war hier, direkt neben mir, nur einen halben Meter entfernt, und dennoch immer noch so weit weg. Ich wollte sie festhalten und niemals wieder loslassen. Doch das schien so unmöglich wie den Mond zu erreichen.

Ich zwang mich, tiefer zu atmen, und da erklang ihre Stimme plötzlich in der Dunkelheit des Zimmers: »Sag mir, was du willst.« Ihr Ton war rau und hörte sich leicht gereizt an. Jedes einzelne Wort hing schwer in der Luft.

»Was ich will?«, wiederholte ich ein wenig beirrt. Es war doch mehr als offensichtlich, was ich wollte. »Ich will dich, Milana, nur dich«, erklärte ich, »und ich hasse diese Grenze, die du zwischen uns gezogen hast. Ich will dich wieder berühren, ich will dich spüren und gottverdammt, ich will dich endlich wieder ficken.«

In der Stille der Nacht flüsterte das Rascheln der Decken, ehe ihr blasses Gesicht vom sanften Schimmer der Stadtlichter getaucht wurde, die wie Geister durch die Vorhänge huschten.

Langsam neigte sie sich zu mir, und für eine Sekunde wähnte ich, unsere Lippen würden sich endlich berühren. Zentimeter trennten uns, der Kuss zum Greifen nah. Doch ihr abruptes Innehalten und der eisigkalte Atem auf meiner Wange ließen alle Hoffnungen wie Seifenblasen zerplatzen.

Ihr Blick war durchdringend, und ihre Stimme klang ruhig, aber mit einem Hauch von Verachtung. »Du willst mich also?« Sie ließ die Frage für mehrere Augenblicke unkommentiert in der Luft hängen, als ob sie jedes ihrer Worte mit einem unsichtbaren Messer zerlegte. »Interessant, dass du das jetzt erkennst, nachdem du mich das letzte Mal wie eine billige Hure behandelt hast.«

Ich erinnerte mich an vorgestern. Hatte ich sie wirklich so behandelt? Wie eine billige Hure? Ich versuchte, mich zu verteidigen, aber die Worte stockten mir in der Kehle und Milana fuhr fort.

»Du kapierst nicht im Geringsten, was es bedeutet, mich zu wollen«, meinte sie, ihre Stimme ein Hauch von Samt und Gift. Doch sie log. Ich wusste es genau.

Milana Petrova zu wollen, bedeutete, sich in einem Sturm zu verlieren, der mich mit voller Wucht gegen die Felsen schleuderte. Es bedeutete, in einem Höllenfeuer zu verbrennen, dessen Flammen so heiß loderten, dass sie meine Seele zu verzehren drohten. Es bedeutete, sie auf Händen zu tragen, sie zu umwerben wie eine Königin, für ihre Aufmerksamkeit zu kämpfen, besessen zu sein von ihrer Finsternis, ihrer Seele, ihrem ganzen Wesen. Es bedeutete, bedingungslos zu geben, ohne Erwartungen, ohne Garantien, nur mit der reinen Hingabe an ein unbändiges Verlangen. Ich musste in einem Abgrund untergehen, so tief, dass ich niemals wieder ans Licht fand.

Ich war bereits dort gewesen. In der Dunkelheit ihres tiefsten Abgrunds. Und ich war immer noch da gefangen. Und ich war bereit, es ihr zu zeigen. Bereit, in ihr zu versinken und zu ertrinken, ohne Hoffnung auf Rettung.

»Kätzchen, ich weiß, was es bedeutet, dich zu wollen«, flüsterte ich, mein Ton rau und voller Verlangen. »Es bedeutet den freien Fall in die Tiefe deiner Leidenschaft, den gefährlichen Tanz in den Flammen deiner Seele.« Trotz der Gefahr, trotz der Ungewissheit ihrer Reaktion, streckte ich meine Hand aus und strich ihr seidiges Haar aus ihrem wunderschönen Gesicht. »Ich bin bereit, in den Abgrund zu springen und niemals wieder aufzutauchen, wenn es bedeutet, für immer an deiner Seite zu sein.«

Mein Herz rief nach ihr und jede Faser meines Körpers verlangte danach, sie zu berühren. Der Duft ihres Parfums umhüllte mich, betäubte meine Sinne, und auf einmal konnte ich nicht anders, als mich über sie zu lehnen.

Sehnsüchtig trafen meine Lippen auf ihre weiche, zarte, perfekte Porzellanhaut, woraufhin ein angenehmes Kribbeln durch meine Adern rauschte. Sie erkundeten ihren Körper, zeichneten sanfte Linien auf ihrer warmen Haut. Milana war wie ein Kunstwerk, jeder Zentimeter ein Meisterwerk der Natur, das ich mit Ehrfurcht und Verlangen befühlte.

Fuck! Ich hatte ja keine Ahnung, wie sehr ich das tatsächlich vermisst hatte, wie sehr ich das brauchte.

Mein Mund erreichte ihr Schlüsselbein und meine Zähne knabberten zärtlich an ihnen. Der leichte Schmerz löste bei ihr ein Stöhnen aus. Ich konnte ihren Widerstand in diesem Klang regelrecht schwinden hören.

Meine Hände streiften über ihren Bauch, zeichneten Kreise um ihren Nabel und wanderten weiter nach oben, bis sie die weiche Unterseite ihrer Brüste erreichten. Ihre Haut war warm und seidenweich, und ich spürte, wie sich ihre Brustwarzen unter meinen Berührungen verhärteten.

Langsam hob ich ihr T-Shirt hoch, enthüllte ihre Titten. Der Anblick ließ mir den Atem stocken. Sie waren perfekt geformt, zwei runde Kugeln, die sanft nach oben wiesen.

Ich beugte mich vor, drückte mein Gesicht gegen sie und küsste jede Brust einzeln. Meine Zunge kreiste um die zarten Spitzen ihrer Brustwarzen, die wie kleine Kirschen aussahen, während meine Hände ihre Seiten streichelten. Sie keuchte leise vor Lust, und ihre Hüften hoben sich leicht von der Matratze.

Nach einer Weile fuhr ich mit meinen Küssen weiter. Ihre Haut war glatt und straff unter meinen Lippen, und ich zeichnete mit meiner Zunge eine Linie von ihrem Nabel bis hinunter zu ihrem Schambein.

Als ich mit meiner Zungenspitze nur ihre Öffnung antippte, stöhnte sie erneut auf und drückte sich noch weiter mir entgegen. Ich spürte ihren süßen Duft, schmeckte ihre Lust. Gott, der Scheiß machte mich verrückt.

Ich presste meinen Mund fester auf ihre Haut und tauchte tiefer ein, erkundete ihre feuchten Geheimnisse mit meiner Zunge. Sie stöhnte und wand sich unter mir, ihre Hände griffen in meine Haare und zogen mich näher.

Sie stand kurz vor dem Höhepunkt, und ich wollte sie dorthin bringen. Meine Bewegungen beschleunigten sich, meine Zunge tanzte wilder in ihrem Inneren, während meine Hände ihre Hüften fester packten und sie in Richtung meines Mundes drückten.

»*Bozhe moi!*« Kein Plan, was das bedeutete, aber ihre Stimme war voll von Ekstase.

Ich gab ihr, was sie wollte, was sie brauchte, und in einem Moment puren Glücks explodierte sie vor Lust, ihr Körper zitterte und ihre Hüften hoben sich in einem Krampf der Hingabe. Genüsslich saugte ich ihren Nektar auf, bis ihr Zittern nachließ und sie erschöpft in den Kissen lag.

Mein Penis fühlte sich in meinen Boxershorts steinhart an. Es war schmerzhaft. Sie zu beobachten, sie zu hören, zu riechen, zu schmecken und sie endlich wieder anzufassen war so verdammt gut – und so verdammt geil.

»Lass sie an«, sagte Milana plötzlich, ihre Augen auf die Beule in meiner schwarzen Boxershorts gerichtet. »Ich lasse deinen Schwanz nicht in meine Nähe.«

Fuck. Mein Herz krachte in meiner Brust zusammen. Sie ließ mich schön ihre nasse Pussy lecken und weigerte sich dann, mir im Gegenzug nur ein wenig Erlösung zu verschaffen. Richtig; keine Erwartungen, keine Garantien.

Mit Leichtigkeit würde sie mich für den Rest meines Lebens mit einem Ständer herumlaufen lassen. Sie würde es lieben, mich leiden zu sehen. Ich würde in einem Meer aus Sehnsucht ertrinken, meine Seele würde nach Erlösung schreien, doch sie würde taub für meine Bitte bleiben.

Ich fühle mich verloren, gefangen in einem endlosen Labyrinth meines eigenen Verlangens. Wie ein Hungernder, der vor einem verschlossenen Vorratsschrank stand, dessen Schlüssel in den Händen eines unnahbaren Peinigers lag. Und ich wusste, dass ich niemals weggehen, mir etwas aus dem Schrank einer anderen holen würde. Weil ich wusste, dass sie mich nicht befriedigen könnte. Ich hatte es versucht. Es weckte in mir nur noch mehr Verlangen nach *ihr*.

»Verdammt«, fluchte ich und strich frustriert durch meine dunklen Wellen, die von ihrem Griff immer noch wirr und zerzaust auf meinem Kopf lagen.

Milana zupfte an der Decke, ehe sie ihren Körper wieder darunter vor meinen Augen verbarg.

»Verdammt«, entkam es mir erneut, ein Seufzen der Frustration. Mein Herz schlug schneller, und mein Schwanz wurde schlaffer, als sich Verärgerung in mir breitmachte. »Du machst mich verdammt noch mal wahnsinnig«, knurrte ich genervt und stand auf.

»Ich weiß«, lächelte sie zuckersüß. Ihre Stimme war wie ein unsichtbares Netz, das mich gefangen hielt.

Ein Kampf tobte in mir, zwischen dem Verlangen, sie zu packen und zu küssen, und dem Drang, sie von mir wegzustoßen. Diese Achterbahn der Gefühle machte mich verrückt, und ich wusste nicht, wie ich ihr entkommen sollte. Und irgendwie wollte ich ihr auch nicht entkommen.

Die Luft war dick von der ungelösten Spannung. Ich spürte, wie sie meine Lungen füllte, mich fast erstickte. Ein Entschluss formte sich in mir. Ich musste einen klaren Kopf bekommen, sonst wäre ich in diesem Strudel aus Frustration, Zorn, Verwirrung und Sehnsucht ertrunken.

Fest entschlossen trat ich vom Bett weg. Ihr Blick traf meinen. Überraschung und vielleicht sogar ein bisschen Enttäuschung zeichnete sich darin. Milana hatte wahrscheinlich gehofft, dass ich vor ihr auf die Knie ging, um zu betteln oder ihr wieder die Füße zu küssen. Aber nicht heute Nacht. Heute Nacht gab es nichts bei ihr zu holen. Heute Nacht würde sie mich nicht an sich heranlassen.

Ich verließ das Schlafzimmer und steuerte die Küche an. Der Kühlschrank öffnete sich mit einem leisen Zischen, und ich griff nach einem kalten Bier. Der erste Schluck war wie Balsam für meine gereizten Nerven. Der kühle Trank rann meine Kehle hinunter und ließ die Hitze meines Ärgers und der Verzweiflung langsam abklingen.

Ich lehnte mich gegen die Arbeitsplatte, ließ den Blick durch den Raum schweifen und versuchte, meine Gedanken zu sortieren.

Doch kaum war der letzte Schluck getrunken, überkam mich wieder die Unruhe. Mein Verstand war ein Durcheinander aus Gedanken. Ächzend suchte ich nach einem Ausweg, einem Moment der Ruhe.

Mein Griff streifte über die Küchentheke, bis er schließlich auf eine Schachtel Zigaretten stieß. Sie lag dort, halb versteckt unter einer Zeitung, die schon lange nicht mehr gelesen wurde. Die Packung war schlicht, dunkelgrau und abgenutzt, ihre Oberfläche von unzähligen Fingerabdrücken gezeichnet.

Mit einem Ruck öffnete ich sie und entnahm eine Zigarette, die ich zwischen meine Lippen klemmte. Mein Blick wanderte zum Feuerzeug, das neben der Schachtel lag, und ich zündete die Zigarette an, während ich meinen Weg zum Balkon fand.

Die kalte Nachtluft schlug mir entgegen, als ich die Balkontür öffnete. Der Himmel über New York war ein Meer aus funkelnden Lichtern, die sich bis zum Horizont erstreckten. Die

Skyline zeichnete sich dunkel gegen den Nachthimmel ab, und der ferne Klang der Stadt erfüllte die Luft.

Ich inhalierte tief, als ob der Rauch mir Klarheit bringen könnte, als ob er die Grübeleien, die wie Geister in meinem Kopf herumspukten, vertreiben könnte. Doch so einfach war es nicht. Sie ließen sich nicht vertreiben. Stattdessen mischten sie sich mit dem Rauch, der in die Nacht aufstieg, und verwirrten sich in einem undurchdringlichen Geflecht aus Frust und Sehnsucht.

Meine Augen landeten auf dem beleuchteten Pool unter mir, dessen Wasser ruhig und still dalag. Ein Ort der Ruhe und doch so voller Leben, ein Kontrast zu der inneren Unruhe, die mich erfüllte.

Ich blieb dort stehen, am Rand des Balkons, umgeben von der Kälte der Nacht und dem Glanz der Stadt, und versuchte, einen Augenblick der Klarheit zu finden in diesem Ozean aus so vielen Dingen, die ich nicht kannte. Verzweiflung, Unsicherheit, Sehnsucht… Gefühle?

Scheiße, das war irre. So etwas wie Gefühle besaß ich nicht einmal. Alles, was ich vielleicht *fühlen* konnte, war Wut.

Milana

Tag und Nacht Sex mit Cieran, Diesel am langen Hebel halten, ihm dabei zusehen, wie er völlig verzweifelte, in dieser Wohnung, in diesem Gefängnis, mit nichts als grauen Wänden und schwarzen und braunen Möbeln gefangen sein.

Jeder Tag war eine Kopie des vorherigen, ohne jegliche Überraschung, ohne jegliche Aussicht auf Veränderung. Immer wieder derselbe triste Scheiß. Ich war gefangen in einem Hamsterrad.

Wenn es eine Sache gab, die ich nicht ausstehen konnte, dann waren es Langeweile, Routine, Eintönigkeit. Und mein Leben war nun langweilig, routiniert und eintönig. Also beschloss ich, dass es an der Zeit für einen neuen Twist war. Ich haute ab. Kein Plan, kein Ziel, kein Geld. Nur der Wille, der Langeweile zu entfliehen und endlich wieder das Leben zu spüren.

Ich schlüpfte in einen von Cierans Hoodies, um mich gegen die kühle Brise zu wappnen, und steckte meine Hände in die Taschen seiner Hose, die ich trug. Ein Hauch von ihm umgab mich, als ich aus dem Schlafzimmer schlich, in dem der Geruch von wilden, verheißungsvollen Nächten hing. Ich konnte es nicht mehr riechen. Ja, der Sex war gut, aber er war nicht genug.

Die kalte Luft der Nacht traf mein Gesicht, als ich aus dem Apartmentkomplex trat. Seine und Diesels Worte hallten noch in meinen Ohren, ein gedämpftes Versprechen, dass sie mich niemals wieder gehen lassen würden. Das Versprechen war gebrochen ebenso wie die Illusion, sie könnten mich Einsperren.

Die Dunkelheit umhüllte mich wie ein undurchdringlicher Schleier, während ich durch die belebten Straßen von New York streifte. Die neonbeleuchteten Schilder und das gedämpfte Summen der Stadt umgaben mich, aber ich fühlte mich dennoch isoliert, als ob ich in meiner eigenen Blase existierte.

Meine Gedanken kreisten um Cieran, dessen warmen Körper ich vor kurzem verlassen hatte. Der Geschmack von ihm lag noch auf meinen Lippen, aber es war nicht genug, um die Leere in mir zu füllen. Der Drang, etwas zu fühlen, etwas zu erleben, trieb mich hinaus in die Weite.

Ziellos wandelte ich durch die Nacht, tauchte in die labyrinthartigen Gassen des East Village ein, vorbei an verfallenen Häusern und obskuren Bars. Irgendwo in der Ferne heulte eine Sirene. In einem Hinterhof sprang ich über einen Haufen Müll und landete in einem kleinen Park.

Ein paar Obdachlose lagen in Wolldecken gehüllt auf Bänken

und dösten vor sich hin. Ich musterte sie, wägte ab, ob ich einen von ihnen zu meinem nächsten Opfer erklären sollte. Ich entschied mich dagegen. Mein erstes Opfer nach so langer Zeit sollte kein obdachloser Narr sein, der alles in seinem Leben versaut und verloren hatte.

Weiter ging es durch die menschenleeren Straßen, der kalte Wind pfiff mir um die Ohren. Die Stadt war wie ausgestorben, nur das Rattern der U-Bahn in der Ferne und das Klackern meiner Absätze, das in den menschenleeren Gassen widerhallte, brachen die Stille.

Wo waren all die sorglosen Yuppies, die betrunkenen Partygänger, die reichen Geschäftsleute? Gab es in dieser Stadt wirklich keine ahnungslosen Opfer mehr?

Plötzlich erblickte ich sie. In einem schwach beleuchteten Hauseingang, zusammengekauert auf einer zerfledderten Decke, saß eine junge Frau. Ihr Gesicht war schmutzig, ihre Haare strähnig, ihre Kleidung abgetragen und zerrissen. Sie schien allein zu sein, verloren und verletzlich.

Augenblicklich begann mein Herz schneller zu schlagen. War sie es? Das perfekte Opfer?

Mit Vorsicht näherte ich mich ihr, die Schritte leise auf dem kalten Asphalt. Je näher ich kam, desto deutlicher wurde ihr Zustand. Sie zitterte vor Kälte, ihre Augen waren glasig und leer.

Sie war es. Zwar konnte ich nicht genau benennen, was es an ihr war, das mich so anlockte, aber ich spürte es in jeder Faser meines Körpers. Mordlust.

Sie war schwach, wehrlos, ausgeliefert. Ein Opfer, wie es

perfekter nicht sein konnte. Doch etwas stimmte nicht. Normalerweise reizte mich genau das Gegenteil. Ich genoss den Kampf, das Aufblitzen von Angst in den Augen meiner Opfer, bevor ich sie endgültig in meine Gewalt brachte.

Aber diese Frau... sie war anders. In ihren leeren Augen spiegelte sich nicht nur Verzweiflung, sondern auch eine tiefe Traurigkeit, die mich seltsam berührte. In einem kurzen Moment der Klarheit blitzte mir eine schockierende Idee durch den Kopf. Die Idee, dass sie das war, was ich einmal war, dass sie alles verkörperte, was ich einst an mir verabscheute, immer noch verabscheute.

Ein unerwarteter Schauer durchzog meinen Körper, als mir klar wurde, dass ich nicht nur mein nächstes Opfer vor mir sah, sondern auch eine Reflexion meiner eigenen Vergangenheit.

Und plötzlich tat sich Zorn in mir auf. In dieser Welt war kein Platz für Menschen wie sie. Weder für sie, noch für mich damals. Schwache, verängstigte, deprimierte Menschen.

Fest entschlossen griff ich nach ihr, bereit, meine Wut an ihr auszulassen. Doch in ihren Augen, als sie ihren Blick hob, sah ich etwas anderes. Kein Flehen um Gnade, keine Verwundbarkeit und keine Angst, sondern eine stille Stärke, die mich innehalten ließ. In diesem Blick war kein Opfer zu sehen.

Ich ließ sie los, mein Griff so zaghaft wie ein Gebet. Ich machte auf dem Absatz kehrt und ging. Meine Schritte waren hastig, als könnte ich nicht schnell genug von dort wegkommen. Wie von selbst trugen mich meine Beine fort, weg von der jungen Frau, weg von der Konfrontation mit meiner eigenen

Vergangenheit.

Was war da gerade geschehen? Warum zögerte ich? Wie konnte diese elende Gestalt eine solche Macht über mich haben? Ein Blick in ihre leeren Augen, und meine ganze Welt geriet ins Wanken. Die Sicherheit, die Kontrolle zerbröselte wie Sand in meinen Händen.

Nein! Ich durfte nicht schwach sein. Ich war eine Jägerin, die in dieser Welt voller Grausamkeit überleben musste. Mitleid war Gift, das mich schwächer machte.

Ich drehte um, beschleunigte mein Tempo, getrieben von einem unbändigen Willen, die Kontrolle zu behalten. Zurück zu ihr! Zurück zu dem Opfer, das mir zeigen würde, dass ich stark war. Die Absätze meiner Stiefel hämmerten auf den kalten Asphalt, jedes Hämmern ein weiterer Schritt näher zu der zerbrechlichen Gestalt.

Als ich vor ihr zum Stehen kam, hob sie den Kopf. Ihre braunen Augen sahen mich an, doch ehe sie die Situation deuten konnten, zückte ich die Pistole, die ich aus Cierans Schließfach gestohlen hatte, aus meiner Manteltasche und drückte ab.

Ich tötete meine Opfer nie mit einem Schuss. Ein Schuss war nichts, was ich wirklich genießen konnte. Er war etwas, das ich dann benötigte, wenn es schnell gehen musste, wenn ich schnell handeln musste, weil ich in der Ferne schon die Sirenen heulen hörte oder Schritte näher kamen. Jetzt musste es schnell gehen, weil ich befürchtete, sonst meine Meinung wieder zu ändern. Und das konnte ich nicht zulassen.

Die Kugel raste durch ihren Schädel und sie sackte innerhalb eines Wimpernschlags zusammen. Sie war tot. Der Rhythmus meines Herzens beruhigte sich. Ich hatte sie getötet…. Ich hatte die Komplikation aus meinem Weg geräumt. Mehr war sie nicht. Nur eine Komplikation.

Der Lärm der Stadt, ein ohrenbetäubendes Orchester aus Hupen, Sirenen und fernen Stimmen, prallte gegen meine Ohren, doch ich nahm es kaum wahr. In meinem Kopf herrschte Stille. Nur mein eigener Atem, das Klacken meiner Schritte und das Pochen meines Herzens füllten meinen inneren Raum. Es ist eine wohltuende Stille. Es war Freiheit.

Noch vor zwei Tagen war ich gefangen gewesen. In einem Netz aus Leidenschaft und Lust, das mich erstickte und meine Freiheit raubte. Doch dann kam die Nacht. Und mit ihr die Freiheit.

Es war mir zur Gewohnheit geworden, nachts durch New York zu laufen. Die frische Luft füllt meine Lungen und belebt meine Sinne.

Ich war frei. Frei zu atmen. Frei zu laufen. Frei zu leben. Und ich genoss jeden einzelnen Moment davon.

»Milana Petrova?« Mein Name hallte in meinem Kopf wider, prallte gegen die Wände meiner inneren Welt. Ein Wirbelsturm der Emotionen erfasst mich, und ich fegte auf meinen zehn-

Zentimeter-Absätzen mit ihm herum.

Eine tiefe Falte zog sich über seine Stirn, und seine Lippen waren zu einem dünnen Strich zusammengepresst, als er meinen Namen aussprach.

Seine Statur war beeindruckend, groß und muskulös, und sein Auftreten strahlte eine Aura der Macht und Entschlossenheit aus. Sein Gesicht war hart geschnitten, mit markanten Zügen, die von Jahren des Kampfes zeugten. Dunkle Augen funkelten unter buschigen Augenbrauen.

Ich erkannte ihn sofort. Archer Crimson. Der größte Konkurrent und Feind der Revamonte-Brüder in dieser Stadt. Und nicht viel anders als ihnen eilte auch ihm der Ruf eines Psychopathen voraus.

»Na, sieh mal einer an.« Seine Stimme war tief und rauchig, begleitet von Überheblichkeit. »Das kleine Spielzeug meiner Lieblingsbrüder.«

Von ganz alleine ballten sich meine Hände zu Fäusten, und ich zischte: »Ich bin kein Spielzeug. Und schon gar nicht ihres.«

Ein spöttisches Lächeln umspielte seine Lippen, als er mich herausfordernd ansah. »Oh, glaub mir, ich weiß, dass du viel mehr als das bist, Milana Petrova«, sagte er langsam, sein Blick wie ein Messer, das mich durchbohrte. »Aber für sie bist du nichts weiter als ein Spielzeug, mit dem man spielen kann, ein Ding, mit dem man ficken und das man kontrollieren kann.« Seine Worte trafen mich wie ein eisiger Windstoß, und ich spürte, wie mein Herz vor Zorn und Empörung pochte.

»Ich lasse mich von niemandem kontrollieren.«

Sein beißendes Grinsen wurde breiter. »Aber sie haben dich gefangen, dich eingesperrt. Und sie haben dich gefickt, nicht wahr?«

»Und ich habe gewonnen«, entgegnete ich mit fester Stimme. »Ich bin entkommen. Ich habe mich befreit. Und du wirst mich auch nicht kontrollieren oder gefangen halten können.«

»Oh, keine Sorge, Liebes. Ich bin nicht so dumm. Ich weiß, dass ein Wildtier viel nützlicher ist, wenn es in Freiheit lebt.« Ich konnte den kalten Glanz in seinen Augen sehen, der mir sagte, dass er keine Absicht hatte, mich einfach so gehen zu lassen.

»Was willst du von mir?«, fragte ich.

»Ich möchte dir ein Streichholz geben und zusehen, wie sie in dem Feuer untergehen.« Er blickte auf eine ferne Rauchwolke, die sich am Horizont erhob. »Genau wie sie deine Wohnung im Feuer untergehen lassen.«

Meine Wohnung? Sie brannten das Haus ab?!

Ein sengender Blitz der Hitze durchfuhr meine Adern, als er die Worte aussprach. Meine Wohnung, mein Zuhause, mein Zufluchtsort – in Flammen aufgegangen? Unfassbar. Wie ein Lauffeuer rasten meine Gedanken durch den Kopf.

Die Wärme des Feuers, das er da beschrieb, schien sich auf meine Haut zu übertragen, flimmerte und brannte. Doch es war keine wohlige Wärme, sondern eine beißende Kälte, die sich in meine Knochen fraß.

Ich wollte es ihnen heimzahlen. Diesel und Cieran hatten es verdient. Sie hatten versucht, mich einzusperren, mich zu besitzen. Es war an der Zeit für sie zu erkennen, dass ich nicht unter ihrer Kontrolle stand.

Aber ich hatte mich nicht von zwei Psychopathen losgerissen, nur um von einem anderen gesteuert zu werden. Archer konnte glauben, dass wir zusammenarbeiten, von mir aus sogar, dass ich für ihn arbeitete. In Wahrheit verfolgte ich jedoch meinen eigenen Plan.

»Gut.« Ich setzte mich in Bewegung und ging an ihm vorbei. »Ich leihe mir dein Auto aus.« Meine Finger griffen in seine Jackentasche und ich zog den Schlüssel zu einem Audi heraus.

Auf einmal packte er mich am Arm und nahm mir den Schlüssel wieder weg. »Sie haben dir dieses Verhalten durchgehen lassen, weil ihre Schwänze süchtig nach dir sind, aber ich werde das nicht tun.«

Meine rechte Augenbrauen zuckte hoch. »Also…« Ich blickte mit einem Augenaufschlag, dem bisher noch kein Mann widerstehen konnte, zu ihm, während mein Knie zu der Beule in seiner Hose fand. »Will dein Schwanz mich nicht?« Er war hart. Archer wollte mich auf jeden Fall.

Meine Lippen formten ein spitzbübisches Lächeln, als ich seine Reaktion bemerkte. Es war immer dasselbe Muster. Ein Blick, ein Hauch von Verführung, und sie waren mir hoffnungslos verfallen. Männer waren so vorhersehbar, und ich hatte schon immer gewusst, wie ich ihre Schwächen ausnutzen konnte.

Seit meiner Jugend hatte ich diese Gabe, Männer um den Finger zu wickeln. Es lag vielleicht an meiner Ausstrahlung, meinem Aussehen, an diesem Funken in meinen Augen, der sie faszinierte, gleichzeitig abstieß, manchmal sogar beängstigte, doch er fesselte sie, er weckte ihr Verlangen. Archer war keine Ausnahme. Seine Reaktion, sein erregtes Zittern, sprach Bände. Er wollte mich, mehr als alles andere in diesem Moment. Und ich konnte ihn fühlen, seine Begierde, seine Sehnsucht.

»Oh, fuck«, hörte ich ihn murmeln.

Ja, Männer waren leicht zu manipulieren, und ich war die Meisterin dieses Spiels. Es war ein Teil meiner Natur, ein Talent, das ich perfektioniert hatte und das ich immer wieder zu nutzen verstand.

»Siehst du.« Auf meinem Absatz machte ich kehrt, doch ich kam keinen Meter weit, damit rechnete ich allerdings auch nicht. Seine Begierde war geweckt, als hätte er mich niemals einfach gehen gelassen. Er zerrte mich an sich. Ich stieß mit ihm zusammen. Sein heißer Atem strich über meinen Hals. Mein Blick hielt an seinem fest, während die Spannung sich immer weiter aufbaute.

»Sag deinem Kumpel da drüben, er soll uns filmen«, meinte ich mit einem rauen, verführerischen Unterton. »Diesel und Cieran wird dieser Film nicht gefallen.«

Mit einer einzigen Handbewegung zu dem Kerl, der ein paar Meter von uns entfernt stand, bedeutete er ihm, zu tun, was ich sagte, ehe seine Hände unter meinen Pelz wanderten, um meine Kurven zu befühlen, und seine Zunge eindrang, um meinen Mund zu erkunden.

Cieran

Die Luft war schwer von der Feuchtigkeit des nahenden Regens, als Diesel und ich uns am Rande des verlassenen Hafens trafen. Unsere Gesichter waren von Verärgerung gezeichnet, von Frust. Wir hatten die ganze verfickte Stadt auf den Kopf gestellt, wir hatten ihre verfickte Wohnung niedergebrannt, in der Hoffnung, sie würde dann wieder zu uns zurückkehren.

Aber das tat sie nicht. Natürlich nicht. So einfach war sie nicht aus der Reserve zu locken.

Zwei wenige kostbare Wochen, die wie ein flüchtiger Hauch dahingegangen sind, hatten wir sie, bevor sie sich wie ein finsterer Schatten zwischen unseren Fingern hindurchschlängelte.

Ich hätte es spüren müssen, als sie sich davonschlich! Meine Wachsamkeit, meine Besitzgier über sie, alles versagte in diesem einen Moment. Ausgerechnet in diesem einen Moment, wo es zählte! Ich hätte es spüren müssen, ihren Atem, ihr Flüstern, die leise Bewegung des Lakens. Aber ich schlief, gefangen in den Fesseln des Schlafes, während sie sich unwiederbringlich in die Dunkelheit entfernte.

Vielleicht hatte sie mich aus diesem Grund besonders hart rangenommen, damit ich zu tief schliefe, um ihre Flucht zu bemerken. Vielleicht hatte sie mich deshalb zu einer zehnten Runde verführt, nachdem sie erkannt hatte, dass ich nach der sechsten schon völlig ausgelaugt war. Auch wenn ich es nicht zugeben wollte.

»Fuck«, brummte ich. Meine Hände ballten sich zu Fäusten, so fest, dass sich meine Fingernägel in meine Handflächen gruben. »Wie konnten wir sie entkommen lassen?!« Meine Stimme bebte vor Wut.

Bevor Diesel antworten konnte, vibrierten unsere Handys. Zeitgleich griffen wir in unsere Hosentaschen und holten sie raus. Eine unbekannte Nummer leuchtete auf den Bildschirmen auf.

Mein Bruder und ich tauschten einen Blick aus. Misstrauisch drückte ich auf die Nachricht, und ein Video begann abzuspielen.

Ein langer Pelzmantel, schimmerte im trüben Licht der Gasse, und seidig blondes Haar, wehte im sanften Wind. Es brauchte nur den Bruchteil einer Sekunde, bis ich sie erkannte. Milana.

Das Bild, das sich mir offenbarte, traf mich wie ein eiskalter Schlag. Es war, als würde die gesamte Kälte des Universums in diesem einen Moment auf mich einstürzen. Meine Haut erstarrte, mein Atem stockte, und mein Herz gefror in meiner Brust.

Sie stand in einer verlassenen Gasse, eng umschlungen mit irgendeinem Kerl. Seine Hand war unter meinem Hoodie, den sie noch immer trug, sein Mund an ihrem Hals, auf dem mein Handabdruck prangte, während sie den Kopf in einem lauten Stöhnen zurückwarf.

Ein dumpfer Klang erfüllte meine Ohren, als ich die Faust gegen einen Container schlug. Schmerz pochte in meiner Hand, Wut durchströmte meinen Körper. Meine Augen verengten sich zu schmalen Schlitzen.

Dann blitzten ihre Gesichter auf dem Display auf, und der Eisblock in meiner Brust schien in tausend Stücke zu zerspringen.

Ich erkannte ihn sofort – Archer fucking Crimson. Sein zynisches Lächeln brannte sich in mein Gedächtnis ein, und ich ballte die Fäuste erneut. Sein Gesicht war eine Fratze der Arroganz, als er Milana festhielt und ihr etwas ins Ohr hauchte, woraufhin sie ihn heißblütig küsste.

»Dieser dreckige Bastard«, stieß Diesel zwischen

zusammengebissenen Zähnen hervor.

Die Sekunden verstrichen wie Stunden, während wir das Video immer wieder ansahen, nicht dazu in der Lage, unsere Blicke von den Bildschirmen abzuwenden. Jede Bewegung, jedes Stöhnen schien mir wie ein Dolchstoß in den Rücken zu sein.

»Fuck!«, brüllte ich, als ich zum fünften Mal dabei zusah, wie sie ihren Höhepunkt mit einem erregten Aufschrei seines verfickten Namens erreichte.

Machte sie absichtlich mit ihm rum? Weil sie wusste, wie sehr wir diesen Kerl hassten? Weil sie wusste, dass von allen Männern dieser Welt er der Letzte war, den wir auch nur ansatzweise in ihrer Nähe wollten?

Und warum tat sie das überhaupt? Was war in dieser Nacht geschehen? Wir hatten unglaublichen Sex, mehrere Stunden, danach schob sie mich zum ersten Mal nicht von sich weg, als wir zur Ruhe kamen und uns schlafen legten. Wir kuschelten nicht oder so ein Scheiß. Das hätte ich selbst nicht gewollt. Aber meine Hände lagen auf ihrem Körper und ihre auf meinem.

Und jetzt lagen die Hände dieses Wichsers an ihrem Körper und ihre auf seinem.

Die Wut brannte heiß in meinen Adern, und der Wunsch nach Vergeltung brannte wie eine Flamme in meinem Inneren. Vergeltung an Acher. Milana würde ich einfach wieder zu Sinnen ficken, bis sie diesen Bastard vergessen hat und die Rückstände, die er in ihr hinterlassen hatte, durch meine ersetzt wären.

In quälender Langsamkeit verstrichen die Tage. Eine endlose Woche des Suchens war vergangen, die von einer unaufhaltsamen Flut von Videos begleitet wurde. Jeder Tag brachte ein neues Video, wie ein perverses Ritual, jede Aufnahme ein weiterer Stich in meiner Brust. Trotzdem konnte ich nicht anders, als sie anzusehen, jedes verdammte Mal.

Wie ein Ungeziefer fraß sich die Frustration in mein Innerstes, während ich jede Minute meines Tages damit verbrachte, nach ihr zu suchen, sie zu finden.

Die Suchaktionen wurden immer aussichtsloser, unsere Anstrengungen immer vergeblicher. Jeder Hinweis, den wir verfolgten, jeder Schatten, den wir jagten, führte uns ins Nichts. Milana schien wie vom Erdboden verschluckt, und die einzige Verbindung zu ihr waren diese verfickten Videos.

Das erste war wie ein Schlag in die Magengrube, das

zweite ein Stich in die Brust. Doch mit jedem weiteren Video schien etwas in mir zu brechen, eine Grenze zu überschreiten, die ich nie für möglich gehalten hätte.

Ich war so abhängig von ihr, so verzweifelt nach einem Anker zu ihr, dass ich es hinnahm, Archer zu sehen, wie er sie nahm, wie er sie besaß, während ich nur ein Zuschauer ihrer Leidenschaft war und mir selbst einen runterholte.

Jede Berührung, jeder Kuss, den sie mit ihm teilte, war wie ein Messerstich in meine Eingeweide, und dennoch konnte ich nicht damit aufhören, es mit anzusehen, dieses abstoßende Schauspiel.

Scham erstickte mich, als ich mich in diesen Momenten der Schwäche verlor, mich selbst verfluchte für meine Abhängigkeit, meinen Mangel an Stärke.

Aber inmitten dieser Dunkelheit gab es nur sie, nur Milana, und ich wollte alles tun, um sie zu finden, um sie zurückzukriegen, selbst wenn es bedeutete, dass ich mein letztes bisschen Würde daran verlor.

Die Suche nach ihr wurde zu einer Obsession, zu einem dunklen Fleck in meinem Verstand, der mich trieb und verzehrte, bis von mir nichts mehr übrig war als ein Schatten meiner Selbst.

Diesel erging es genauso.

Wir redeten nicht darüber. Und wir waren nicht fähig zu fühlen, was der andere fühlte, aber als wir zusammen aufwuchsen, hatten wir immer eine besondere Verbundenheit. Wir hatten nie Worte gebraucht. Wir wussten immer, was der andere dachte, wie es ihm ging, ohne es aussprechen zu müssen.

Immer, wenn wir ein neues Video erhielten, spürte ich die Spannung in der Luft, seine Muskeln hart wie Stahl.

In den wenigen Stunden, in denen er nicht durch die Straßen streifte, war er im Fitnessstudio, seine Wut und Frustration in die Gewichte legend, bis sein Körper brannte und sein Atem rasselte.

Es war, als ob er seine Verzweiflung in körperliche Anstrengung umwandelte, als ob er glaubte, dass er durch die Kraft seiner Muskeln und die Ausdauer seines Körpers Milana zurückerobern könnte. Doch selbst die Erschöpfung nach Stunden des Trainings konnte seine inneren Dämonen nicht besiegen, die unablässig an seinem Verstand zerrten.

In seinen Augen loderte ein Feuer, das nicht erlöschen konnte, eine Mischung aus Verzweiflung, Wut und einem brennenden Verlangen nach Rache – und nach ihr.

Mir war nicht klar, wie groß der Teil war, den sie in unserem Leben eingenommen hatte, wie bedeutend sie bereits für uns war, wie nah sie uns gekommen war.

»Vielleicht ist es besser so«, meinte Ryleigh. Diese Aussage traf uns wie ein weiterer Schlag in die Fresse, ein nicht völlig unerwarteter Verrat, der das Fass endgültig zum

Überlaufen brachte.

In Diesel und mir brodelte die Wut, eine lodernde Flamme, die unsere Sinne vernebelte und uns blind machte.

»Was weißt du schon darüber?!«, brüllte er, seine Stimme ein donnerndes Echo in der Stille des Raumes. Seine Augen glühten vor Zorn, und seine Muskeln spannten sich unter seiner Haut, bereit, jede Herausforderung anzunehmen.

Ich spürte die Hitze seines Zorns, und meine eigenen Emotionen... nein, mein eigener Zorn brodelte in meinem Inneren. »Du hast keine Ahnung«, fügte ich in einem Grollen hinzu, das die Luft erzittern ließ. »Die hattest du nie.«

Ryleighs Blick wich zurück, ihre Worte verloren in der Intensität unserer... ach, scheiß drauf, es waren Emotionen. Es war zu spät für Reue, zu spät für Entschuldigungen. Das Fass war längst übergekocht, und nichts konnte den Sturm des Ärgers aufhalten, der über uns hinwegfegte.

Ein scharfes Zischen durchschnitt die Luft, als meine Hand nach dem Küchenmesser griff, das auf dem Tresen lag, und ich enthüllte seine glänzende Klinge.

Die Hitze meiner Wut und meiner Verzweiflung pulsierte in meinen Adern, und mein Blick war gefüllt mit einer dunklen Entschlossenheit, die alles andere überflügelte. In diesem Moment gab es nur noch mich und das Messer. Es war eine Verlängerung meines Willens, bereit, alles zu durchtrennen, das sich zwischen mich und Milana stellte.

Im Raum herrschte Stille, gebrochen von meinem rasenden Herzschlag, als ich das Messer fest umklammerte, bereit, meinen Gefühlen freien Lauf zu lassen

»Nein«, hörte ich Ryleigh nuscheln. Ungläubig schüttelte sie den Kopf, als ginge sie nicht davon aus, dass ich ihr etwas antun würde, doch gleichzeitig trat sie zurück.

Diesel machte einen Satz zur Seite und mit dem nächsten Schritt, den sie rückwärts setzte, stieß sie in seinen Körper.

Dann geschah alles in einem Wirbel aus Bewegungen. Ich stürzte mich auf sie, rammte das Messer mit voller Wucht in ihren Hals, ihr Schrei erstickte kaum war er ertönt, ihre Augen weiteten sich, dann sackte sie reglos in die Arme meines Bruders.

Ein tosendes Schweigen legte sich über den Raum, als die Realität dessen, was geschehen war, unausweichlich wurde. Der Anblick von Ryleighs leblosem Körper auf dem Boden, Diesel, der über sie gebeugt dastand, sein Gesicht eine Maske der Gleichgültigkeit, und ich, nach wie vor bebend und zitternd vor Zorn.

Der Mord an Ryleigh war ein Zeugnis unserer Frustration, der Wut, dem Verlagen und der Sucht nach ihr – Milana Petrova.

Milana

»Sie drehen völlig durch wegen dir.« Mit seinem Handy in der Hand setzte Archer sich neben mich auf die Couch. Er warf mir einen Blick zu, der zwischen Begierde und Bewunderung schwankte, so als hätte ich die Hauptrolle in einem Drama übernommen.

Unbeeindruckt von seinem Kommentar zuckte ich nur die Schultern, entgegnete: »Natürlich tun sie das. Was hast du erwartet?«, und schob ein Stück Schokolade in meinen Mund. Die Süße des Riegels vermischte sich mit der Bitterkeit meiner Gefühle.

Er seufzte und ließ seine Handy auf den Couchtisch fallen. »Es ist, als ob du einen Zauber auf sie legst. Sie können einfach nicht genug von dir bekommen«, murmelte er, während er mich mit einem durchdringenden Blick fixierte.

Ich guckte ihn an, die Schokolade schmolz langsam auf meiner Zunge. Die Spannung war greifbar, wie ein unsichtbares Band, das uns verband und gleichzeitig auseinanderzog. Mehrere Momente sahen wir einander schweigend an, ehe er sich zurücklehnte und sagte: »Es ist Zeit für ein neues Video.«

Allein die Tatsache, dass er gerade sein Handy weggelegt hatte und jetzt nach Sex fragte, war Beweis genug, dass er es nicht aus Rache an Diesel und Cieran tat. Es war offensichtlich, dass er seine eigenen Gründe hatte. Er tat es für sich selbst, weil er angefangen hatte, Gefallen an unseren kleinen »Sessions« zu finden.

»Sie haben genug Videos«, meinte ich und knüllte das Papier zusammen. Zwölf Videos, in denen ich mit ihrem Erzrivalen vögelte und meine Lust so laut herausstöhnte, dass es selbst Pornostars erröten lassen würde, waren definitiv genug.

Prompt kam seine Antwort, begleitet mit einem selbstgefälligen Grinsen: »Du bist aber nicht diejenige, die das Sagen hat.«

Ein Hauch von Herausforderung lag in der Luft, als ich ihn unberührt anblickte. »Also willst du mich vergewaltigen?« Meine Worte waren ruhig ausgesprochen, ich war gelassen, doch der Unterton verriet, dass ich keine Scheu davor hatte, ihn zu konfrontieren.

Archer lachte auf. Das Lachen hatte einen bedrohlichen Beiklang, der den Funken von Gefahr in seinen Augen widerspiegelte. »Nicht die schlechteste Idee«, kommentierte er. »Ich wette, das würde sie noch mehr durchdrehen lassen.«

Gott, war er ein Idiot. Klar, die Revamonte-Brüder wären ausgetickt, aber glaubte er allen Ernstes, ich hätte mich als das Opfer hinstellen lassen?

»Komm schon, Milana.« Er beugte sich zu mir rüber. Sein Blick bettelte förmlich darum, von mir gefickt zu werden. »Die Videos wirken«, sagte er. »Lass uns noch eins machen.«

Ich drückte mich an der Lehne ab und stand von der Couch auf. »Halt einfach die Klappe. Du hörst dich an wie ein notgeiler Teenager, der sein erstes Mal nicht abwarten kann.« Damit ging ich an ihm vorbei in die Küche, warf das Papier meines Schokoriegels weg und öffnete den Kühlschrank.

Meine Augen scannten die Fächer, auf der Suche nach etwas Essbarem, als ich seine Anwesenheit wieder spürte. »Komm schon«, murmelte er, während seine Hände sehnsüchtig an meinen Kurven entlang glitten und sich sein harter Schwanz ungeduldig an meinen Hintern drückte.

»Ich habe nein gesagt«, erwiderte ich gereizt und schob seine gierigen Pranken von mir. Doch Archer ließ sich nicht so einfach abwimmeln. Plötzlich spürte ich, wie er meine Handgelenke packte und sie hinter meinem Rücken zusammenhielt.

»Tut mir leid, Liebes«, flüsterte er, doch sein Ton trug keine Spur von Reue oder Bedauern. Seine Stimme klang kalt und berechnend. »Es sieht so aus, als würden sich unsere Wege hier trennen. Von jetzt an verfolge ich meine eigenen Pläne und du bist nur noch ein Hilfsmittel für mich.«

Ich wusste, es würde nicht funktionieren. Ich hätte mich nicht auf ihn einlassen sollen. Ich war schon immer besser darin gewesen, allein zu kämpfen.

Mit einem genervten Ächzen versuchte ich, mich von ihm zu befreien, aber Archers Griff war unabwendbar.

»Vorsichtig, Milana«, warnte er. »Du wirst dir nur selbst wehtun.« In einer ruckartigen Bewegung riss er mich vom Kühlschrank weg. Meine Arme zogen schmerzhaft an seinen kräftigen Griffen, während er mich ohne jegliche Rücksicht durch die Wohnung schleifte. Schließlich warf er mich auf die Couch zurück, als wäre ich nichts weiter als eine leere Hülle, die man achtlos wegwerfen konnte. Hart landete ich in den weichen Polstern. Ein stechender Schmerz durchzuckte meinen Rücken, wo ich unsanft auf der Kante gelandet war. »Ich werde dich verdammt noch mal umbringen«, fauchte ich.

Archer stand über mir, sein Gesicht ein hungriges Zerrbild, das nur so vor Lust strotzte. »Das werden wir ja sehen.« Seine Knie sanken auf die Couch und er stützte sich über mich. Seine Hände packten mich an den Schultern, seine Finger gruben sich schmerzhaft in mein Fleisch.

Doch Angst war mir fremd. Nur ein eisiger Zorn brannte in meinen Adern. Mit aller Kraft versuchte ich mich gegen seinen Griff zu wehren, doch seine Hände waren wie stählerne Bänder, die mich festhielten. Seine Stärke war überwältigend, seine Kontrolle absolut. Er war ein Raubtier, das seine Beute gefangen hielt. Genau wie ich.

»Du bist nichts«, raunte er. »Von jetzt an bist du nur noch meine kleine Schlampe.«

Doch in mir brodelte eine Macht, die er unterschätzte. Ein

Funken, der tief in meiner Seele glühte, entfachte sich zu einem lodernden Feuer.

Mit einem plötzlichen Ruck riss ich meinen Kopf nach vorne und stieß meine Stirn gegen seine Nase. Er keuchte vor Schmerz und lockerte seinen Griff einen Moment lang – genau das, was ich brauchte.

Ich nutzte die Gelegenheit, um meine Knie anzuziehen und ihm einen kräftigen Tritt gegen den Bauch zu verpassen. Archer verlor das Gleichgewicht und fiel von der Couch. Ich sprang auf, das Adrenalin schoss durch meinen Körper, und blickte auf ihn hinab. Blut tropfte von seiner Nase, sein Blick war vor Wut verzerrt.

»Du unterschätzt mich«, zischte ich und wich zurück, während ich nach einem Gegenstand griff, den ich als Waffe nutzen konnte. Meine Finger fanden eine schwere Tischlampe. Ich packte sie fest und hob sie drohend in die Luft. Archer rappelte sich auf, seine Augen glühten vor mörderischer Absicht. »Das wirst du bereuen«, knurrte er und kam wieder auf mich zu. Aber diesmal war ich vorbereitet.

»Das habe ich kein einziges Mal.« Mit aller Kraft schwang ich die Lampe, doch Archer war schnell und wich aus. Die Lampe krachte auf den Boden und zerbrach, aber der kurze Moment der Ablenkung reichte aus, um ihn erneut aus dem Gleichgewicht zu bringen. Ich nutzte die Verwirrung, um ihm einen weiteren Tritt zu verpassen, diesmal gegen sein Knie.

Archer taumelte und fiel schwer zu Boden. Keuchend stand ich über ihm, meine Brust hob und senkte sich heftig. »Ich werde niemals deine Schlampe sein«, sagte ich mit eisiger Entschlossenheit. »Es sieht eher danach aus, als wärst du jetzt meine.«

Ein Moment der Stille hing in der Luft, gespannt wie der Bogen eines Jägers, bevor er seine Beute entfesselte. Dann, mit einem schnellen Ruck, setzte ich meinen Fuß auf seinen Hals, mein Gewicht ein Symbol der Macht, die ich über ihn hatte. Archer keuchte auf, sein Gesicht verzerrt vor Schmerz, während er verzweifelt nach Luft rang.

Ein finsteres Grinsen kroch auf meine Lippen. »Lässt du mich ein bisschen Spaß mit dir haben?«, fragte ich mit einem Hauch von Spott in meiner Stimme, während mein Fuß langsam über seinen Oberkörper zu seinem Schwanz glitt, wie eine Raubkatze, die ihre Beute beschnüffelte.

Archer versuchte sich aufzurichten, seine Muskeln angespannt vor Anstrengung, aber ich ließ ihm keine Chance. Ich erhöhte den Druck auf seinen Penis und er quiekte wie ein verdammtes Baby.

Ein metallisches Klirren drang durch die Wohnung, gefolgt von gedämpften Stimmen, die sich dem Eingang näherten.

Ich runzelte die Stirn. Was war das? Wer war das?

Meine Augen wandten sich dem Geräusch zu, für einen flüchtigen Moment ließ ich meine Wachsamkeit sinken, und in dieser Sekunde nutzte Archer seine Gelegenheit.

Mit einem Ruck packte er meine Handgelenke und riss mich zu Boden, meine Arme waren gefangen, meine Verteidigung gebrochen. Die Luft wurde aus meinen Lungen gedrückt, als mein Rücken den harten Boden in einem dumpfen Aufprall traf, und er war über mir, seine Gestalt eine bedrohliche Silhouette gegen das dämmrige Licht.

Er riss mein T-Shirt auf, die Stofffasern zerrissen unter seinen Händen, und ein kalter Schauer des Ekels durchfuhr meinen Körper, als seine gierigen Augen meine Brüste fixierten. Archers Augen hatten sie schon zu oft gesehen, viel zu oft, und trotzdem widerte es mich immer noch an.

»Schöne Dinger hast du da«, zischte er, seine Stimme gefährlich nah an meinem Gesicht. Ein abartiges Grinsen verzerrte seinen Mund, während er sich über mich beugte, seine Hände grob und fordernd. Sie waren wie eiserne Klauen auf meiner Haut. Jeder Griff war ein Angriff, jeder Kontakt eine Demütigung.

Ich versuchte mich zu wehren, meine Beine traten wild umher, meine Hände suchten nach einem Ausweg aus seiner Umklammerung. Aber Archers Kraft war überwältigend, sein Griff eisern, und meine Bemühungen vergeblich gegen seine Wut auf mich und Entschlossenheit, mich hier und jetzt zu ficken.

»Lass los, du verdammter Bastard«, presste ich zwischen zusammengebissenen Zähnen hervor. Mein Finger krallten sich an seine Kleidung, zerrten, doch es half nichts.

»Oh, nein«, grinste er. »Wir werden jetzt jede Menge Spaß haben.« Ich spürte seinen harten, verlangenden Schwanz an meinem Bauch. Stöhnend presste er ihn in meinen Unterleib. »Korrigiere: Ich werde jede Menge Spaß haben.«

Der Zorn und Ekel waren ein brennendes Feuer in meinen

Adern, und ich fühlte mich gefangen, gefangen in einem Albtraum ohne Ausweg. Zum ersten Mal seit langer Zeit fühlte ich mich machtlos.

Doch dann, ein Donnerschlag in der Stille, die Tür wurde mit brachialer Gewalt eingetreten, und zwei Gestalten stürmten herein. Es brauchte keinen zweiten Blick in ihre Richtung, um sie zu erkennen. Ich erkannte es mit einem einzigen Wimpernschlag.

Mein Herz raste. Es war, als hätte das Schicksal höchstpersönlich beschlossen, meine Welt in diesem Moment zu erschüttern.

Ihre Blicke bohrten sich in mich hinein. Sie sahen mich. In meiner Schwäche. Hilflos, kampflos. Zum allerersten Mal. Ein Bild, das ich mir selbst nie hätte malen wollen.. Worte, die ich niemals mit mir selbst in Verbindung gebracht hätte. Worte, die nun wie ein Echo in meinem Kopf hallten.

Verdammt!

Ich biss die Zähne zusammen und stieß ein angestrengtes Keuchen hervor, während ich Archer einen Stoß versetzte. Er rührte sich nicht.

Ich wollte schreien, wollte sie alle wegstoßen, wollte ihnen zeigen, dass ich nicht so war, wie sie mich sahen. Aber mein Körper gehorchte mir nicht mehr. Er war wie gelähmt, gefangen in Archers Griff und in der Demütigung dieses Moments.

Nach der Überraschung folgte der Zorn. Diesels und Cierans dunkelbraune Augen schienen sich noch einmal zu verfinstern und Wutblitze flackerten darin auf.

Ohne ein einziges Wort zu verlieren, stürzten sich die beiden mit einem Mal wie ein Sturm auf uns. Schroff packte Cieran meinen Arm, nahe der Schulter, um mich aus Archers Griff und auf die Beine zu zerren, als wäre ich nur eine Puppe. Seine Finger gruben sich in mein Fleisch, fest und unerbittlich, wie die Klauen einer Bestie. Gleichzeitig griff Diesel nach Archer, um ihm mit der Faust ins Gesicht zu schlagen. Die Bewegung war so schnell, dass Archer nicht mehr ausweichen konnte. Er sah die Faust auf sich zukommen, spürte den Wind in seinem Gesicht, als sie durch die Luft schnitt. In dem Bruchteil einer Sekunde schloss er die Augen und spürte den unvermeidlichen Aufprall.

Die Hände vor das Gesicht gepresst, taumelte er zurück und brüllte vor Schmerz und Zorn.

Cieran zog mich zurück. »Bist du verletzt?«, fragte er und ließ seine Augen über meinen Körper gleiten. Als sie bei meinen enthüllten Brüsten landeten, zuckten seine Kiefer.

Gereizt schüttelte ich seine Berührung ab. Er tat so, als wäre ich schwach gewesen, als wäre ich ein Opfer. Er sah mich an, als wäre ich eins. Ich trat von ihm zurück und zischte: »Mir geht's gut.«

Plötzlich schlug Archer wild um sich. Die Kontrolle über seine Emotionen hatte er völlig verloren. Sein Gesicht war rot angelaufen, die Muskeln angespannt. Er war entschlossen, sich an Diesel zu rächen.

»Verschwinden wir von hier«, hörte ich Cieran noch sagen, ehe er mich in einer blitzschnellen Bewegung über seine Schulter warf. »Wir treffen uns in der Lagerhalle«, meinte er noch zu seinem Bruder, dann trat er vor die Wohnung und stieß die Tür zu.

»Lass mich runter«, protestierte ich, doch er stieg unaufhaltsam die Stufen hinunter. »Cieran!« Meine geballte Hand schlug in voller Wucht gegen seinen Rücken. Er zuckte nicht mal. »Verdammt«, murmelte ich verzweifelt und fing an, mit den Beinen zu zappeln. »Ich hasse dich!« Ich hasste, dass er und Diesel mich so gefunden hatten, dass sie mich so gesehen hatten... so schwach und wehrlos.

Auf einmal rutschte ich von seiner Schulter auf seine starken Unterarme. Er trug mich im Brautstyle durch die Eingangstür. »Ich habe dich gerettet. *Wir* haben dich gerettet«, sagte er leicht zornig.

»Das habt ihr nicht«, widersprach ich genauso aufgebracht. »Ich muss nicht gerettet werden. Ich kann mich selbst retten.«

»Das sah da drinnen gerade ganz anders aus.«

Wir funkelten einander an. Meine Zähne knirschten und ich sog die Luft scharf durch die Nase ein.

Cieran öffnete die Tür seines Mustangs und drängte mich durch die Beifahrertür auf den Sitz. Als er sie zuschlug, war das Schloss verriegelt. Vergeblich versuchte ich sie aufzudrücken.

Er machte die Fahrertür auf und duckte sich ins Auto. »Lass mich raus«, forderte ich ihn mit einem scharfen Unterton auf.

»Damit du wieder wegrennst und ich dich wieder verliere?«, wollte er wissen und startete den Motor. »Nein. Ich lasse dich nie wieder entkommen.« Starr war sein Blick auf die Straße gerichtet, als wir losrollten. Er würdigte mich keines Blickes.

Er war wütend. Und man musste nicht zur intellektuellen Elite gehören, um zu verstehen, wieso. Die Videos. Er war wütend wegen den Videos. Hätte ich nicht gewusst, dass er ein Psychopath war, hätte ich womöglich sogar enttäuscht oder verletzt gesagt. Aber er war einer und damit war alles, was er fühlte Wut.

Genervt verschränkte ich die Arme vor der Brust. Erst jetzt fiel mir wieder ein, dass mein Oberteil zerrissen war. Ich warf einen Blick über die Schulter und entdeckte auf der Rückbank eine schwarze Lederjacke. Mit einem Seufzer streckte ich mich nach hinten und zog das Teil vom Sitz. Als ich sie mir überzog, spürte ich das kühle Leder auf meiner Haut. Die Jacke roch nach Rauch und Diesel.

Diesel... Warum zur Hölle war er eigentlich nicht hier? Warum blieb er bei Archer? Wahrscheinlich um ihn zu töten. Aber das hätte er einfach mit einem schnellen Kopfschuss erledigen können. Nein, sie hatten mehr mit ihm vor. In der Lagerhalle. Und ich wäre nur zu gerne dabei gewesen, allerdings schien Cieran auf ein anderes Ziel zuzusteuern.

Wir kamen von der Riverside Residence zum Stehen. »Aussteigen«, war alles, was er sagte, und drückte den Knopf, der das Türschloss entriegelte. Er ließ mich hier raus? Alleine? Was war mit seiner Befürchtung, ich würde wegrennen geschehen?

Ich hinterfragte ihn nicht weiter und nutzte meine Chance. Meine Finger legten sich an den Griff, ich schob die Tür auf und stieß mit frischer Luft zusammen. Gerade als ich aus dem Auto steigen wollte, spürte ich seine Hand um meinen Arm, der mich zurückhielt. Also ließ er mich doch nicht einfach gehen.

»Wir werden dich finden, Milana.« Seine Stimme war genauso ernst wie sein Gesichtsausdruck. »Ganz egal, wo du hingehst und wenn es das Ende der Welt ist.« Seine Worte drangen in mein Inneres und seine Augen bohrten sich in meine, ein kaltes Versprechen in ihrem dunkelbraunen Funkeln. »Wir. Finden. Dich. Und wenn wir dich haben, Milana…«, seine Stimme senkte sich zu einem gefährlichen Raunen, »...dann wird dir dein Fluchtversuch bitter leidtun.«

Ich dachte einen Moment lang darüber nach und beschloss, nicht wegzulaufen, jedenfalls nicht jetzt. Nicht, weil ich fürchtete, dass es mir später leidtun würde, sondern ganz einfach, weil ich nirgendwo anders hingehen konnte. Diesel und Cieran hatten meine Wohnung mit all meinen Sachen darin eingeäschert, ich hatte keinen Platz zum Schlafen, kein Geld und keine vernünftige Kleidung. Ich würde ihnen entkommen, wenn ich alles zurückbekommen hatte, was ich brauchte.

Stumm drückte Cieran mir den Schlüssel in die Hand und löste seine Finger von mir. Ich stieg aus dem Wagen, ohne ein Wort zu sagen. Dumpf fiel die Tür hinter mir zu, und ich stand allein da, in der kalten Dämmerung, die von den grellen Lichtern der Stadt erhellt wurde.

Ein eisiger Wind pfiff um die Hochhäuser, und ich zog Diesels Lederjacke enger um mich, um der Kälte zu trotzen. Ich ging zum Hauseingang. Der kalte Metallgriff der Tür fühlte sich klamm und unfreundlich in meiner Hand an. Ein steriler Geruch von Marmor und Reinigungsmitteln schlug mir entgegen, als ich eintrat.

Seufzend betätigte ich den Knopf für den Aufzug. Die Türen öffneten sich mit einem sanften Surren und ich trat hinein, drückte die Taste für die oberste Etage.

Die Fahrt nach oben war kurz. Nach wenigen Augenblicken erreichte ich das Stockwerk und trat aus dem Fahrstuhl. Ich näherte mich der Penthouse-Tür und schloss sie auf. Ein tiefer Atemzug entfuhr mir, als ich die Schwelle überschritt. Das hier... dieses Apartment fühlte sich so vertraut an. So verboten vertraut.

Ich ließ die Jacke von meinen Armen gleiten, legte den Schlüssel auf den Esstisch und ging direkt ins Badezimmer, um mich abzuduschen. Das kühle Wasser prasselte über meinen Körper, ich spülte die Anspannung und Ereignisse des Tages von meiner Haut, während meine Gedanken darum kreisten, was Diesel und Cieran gerade wohl mit Archer anstellten.

Es bestanden keine Zweifel, dass er das, was sie mit ihm machten, nicht überleben würde, aber ich hätte nur zu gerne gewusst, was genau das war.

Cieran

»Sie gehört uns. Du hast sie uns genommen, Archer«, knurrte Diesel, seine Stimme gefährlich ruhig, doch ich spürte die Wut beben. »Du hast sie uns weggenommen.«

Spöttisch lachte der Bastard auf, ein selbstgefälliges Grinsen auf seinem Gesicht. »Ich habe sie euch nicht weggenommen«, entgegnete er mit einer gehässigen Betonung. »Sie ist von euch weggerannt und zu mir gekommen.«

Mein Magen zog sich zusammen, als die Worte in der muffigen Luft der Lagerhalle widerhallten. Vielleicht weil ich wusste, dass es die Wahrheit war? Weil ich wusste, dass niemand außer uns selbst schuld daran war, dass Milana wegrannte? Und weil ich den Gedanken daran nicht ertragen konnte.

»Ihr wisst, dass man sie nicht festhalten kann. Wenn Milana nicht bleiben will, geht sie.« Schief grinsend ergänzte er: »Sie ging von euch und blieb bei mir.«

Krampfartig spannten sich meine Muskeln an und ich ballte die Hände zu Fäusten. Mein Bruder tat es mir gleich. Ich spürte die Wut, die in ihm aufkochte, in meinem eigenen Inneren.

»Vielleicht solltet ihr die Leine etwas lockerer lassen«, spottete er, als er unsere versteinerten Gesichter sah. Sein überhebliches Lachen schnitt wie eine Klinge durch die Stille. Seine hässliche Fratze war verzerrt von einem Ausdruck der Arroganz und Verachtung, der meinen Zorn nur noch weiter entfachte.

Ohne ein weiteres Wort zu verlieren, ließ ich meiner Wut freien Lauf. Ein Schlag, impulsiv und kraftvoll, traf sein Gesicht mit einer Wucht, die den Raum erzittern ließ. Ein Moment der Befriedigung erfüllte mich, als ich seine Nase brechen hörte.

»Spar dir den Scheiß!«, fuhr Diesel ihn an. »Wir haben der ganzen verfickten Welt deutlich gemacht, dass Milana Petrova uns gehört. Und du hast sie uns weggenommen.«

Wutentbrannt griff ich nach dem Kanister, der neben dem Stuhl auf dem dreckigen Betonboden stand. Meine Hand zitterte vor aufgestautem Zorn, und mein Herz hämmerte wild in meiner Brust.

Ich schraubte den Deckel auf, das metallische Klicken hallte wie ein warnendes Echo in der stickigen Luft wider. Der Geruch von Methanol stach mir in die Nase, während ich den Kanister mit Entschlossenheit anhob.

Archers Gesicht verzog sich zu einer Mischung aus Panik und Furcht, als er meine Absicht erkannte. Doch ich war schon längst über den Punkt hinaus, an dem Vernunft oder Mitleid eine Rolle spielten.

Ein bitterer Geruch von Rache erfüllte die Luft, als sich die ätzende Flüssigkeit ihren Weg über seine Haut bahnte. Sie ergoss sich über sein Gesicht, über seine Kleidung, durchdrang jede Pore seiner Existenz.

Der laute Schrei, der aus seiner Kehle drang erfüllte mich mit einer angenehmen Wärme. Jeder Tropfen, der auf ihn fiel, schien die Flammen meiner Wut höher steigen zu lassen, bis sie zu einem unkontrollierbaren Inferno anschwoll.

Die letzten Reste des Kanisters liefen über sein Gesicht, seine Schreie verhallten in der Nacht und ich wusste, dass ich mein Ziel erreicht hatte. Seine Augen, die das gesehen hatten, was nur uns gehörte, würden nie wieder *irgendetwas* sehen.

Als nächstes waren seine Hände an der Reihe, mit denen er angefasst hatte, was nur wir so anfassen durften. Ich brach jeden einzelnen Finger.

Sein Flehen und Betteln erreichten meine Ohren, doch sie fanden keinen Widerhall in meinem Inneren. Ich hatte keine Gnade für ihn übrig.

Als der letzte Finger gebrochen war, griff Diesel wütend nach seinem Messer. Seine Augen funkelten vor Entschlossenheit, als er begann, die Lippen des Mannes aufzuschneiden, Lippen, die es gewagt hatten, *unsere* zu berühren.

Ein warmes Gefühl breitete sich in mir aus, als das scharfe Metall seine Haut durchschnitt und Blut in Strömen floss.

Es war, als ob jede Schnittwunde eine Erinnerung an das war, was er mit Milana getan hatte.

Er sollte die Konsequenzen seines Handelns spüren, so wie wir sie gespürt hatten.

Wir sahen zu, emotionslos, bis seine Schreie verstummten und sein Körper leblos zusammensackte.

»Niemand wagt es unseres zu nehmen und sie zu seinem zu machen.«

Milana hob eine Augenbraue. »Eures?« Sie ließ einen schnippischen Ton mitschwingen. »Seit wann gehört *eures* nicht mehr mir?«

Diesels Nasenflügel bebten. »Du weißt genau, dass ich damit – «

»Meinen Körper meine?«, unterbrach Milana ihn mit einem kalten Lächeln. »Oh, ja, das weiß ich. Aber ich bin keine Sache, Diesel. Ich gehöre niemandem.«

Ein zynisches Lachen entwich seinen Lippen. »Ach ja?«, fragte er. »Du gehörst mir mehr, als du dir eingestehen willst.«

Widerwillig schüttelte sie den Kopf. »Ich gehöre niemandem. Weder dir noch ihm.« Sie wandte sich mir zu, ihre Augen trafen meine. »Ich bin meine eigene Frau.«

Hitze durchströmte meinen Körper, als würde die pure Wut in meinen Adern brennen. Meine Finger verkrampften sich vor Zorn, wobei meine Nägel in meine Haut drangen. »Nein, das bist du nicht.« Ich packte sie. Ein dumpfes Dröhnen in meinen Ohren übertönte alles, außer diesem einen Gedanken. »Du gehörst uns.«

Milana spürte den Griff um ihren Arm und sah in meine Augen, die vor Zorn brannten. Sie versuchte, sich loszureißen, doch meine Hand umklammerte sie nur fester.

»Lass mich los, Cieran!«, zischte sie zwischen zusammengebissenen Zähnen hindurch.

Ich zog sie an mich. »Du gehörst uns, Milana. Du kannst nicht einfach gehen und tun, was immer dir gefällt.«

Von Aggression und einer tiefen, brennenden Verachtung erfüllt, sprühten ihre giftgrünen Augen Funken der Abscheu. Jedes Augenlid zuckte vor Wut, und die Adern auf ihrer Stirn pulsierten wie heiße Lava, bereit, jeden Moment auszubrechen.

Ihre Worte, durchdrungen von einer unüberhörbaren Verbitterung, trafen mich wie eiskalte Dolche. »Ich hasse dich«, fauchte sie. Es war, als hätte sie ihr ganzes Gewicht in diese drei Worte gepackt, und sie mit einem unerbittlichen Ernst beladen.

Doch bevor sie noch mehr sagen konnte, bevor sie weitere Giftspritzer durch die Luft schleudern konnte, drückte ich meine Lippen auf ihre und küsstest sie mit einer Intensität, die ihr fast den Atem raubte.

Milanas Herz begann zu rasen, nicht nur vor Wut oder Hass, sondern auch vor Verwirrung und einem Hauch von Verlangen, den sie nicht leugnen konnte.

»Du liebst es«, murmelte ich an ihre Lippen, ehe ich mich an ihr Ohr lehnte. »Du willst es«, wisperte ich und saugte an ihrem Ohrläppchen. »Du willst *uns*«, hörte ich Diesel, der sich an der anderen Seite ihres Halses festsaugte, während er ihre Schleife öffnete und die Hose von ihren Beinen glitt.

Sie stieß einen bebenden Atem aus. Mit ihrem Verstand verweigerte sie sich uns, aber nicht mit ihrem Körper. Ihr Körper erlebte unter unseren Berührungen. Und es würde nicht mehr lange dauern, bis wir auch ihren Verstand brechen würden.

Widerwillig schüttelte sie den Kopf, ihre Lippen formten ein entschiedenes »Nein«, doch ihre zittrigen Hände verrieten die Wahrheit, die sie zu verbergen suchte.

Meine Hand wanderte zu ihrem Arsch, Diesels zwischen ihre Schenkel. »Und warum ist dann dein Tanga durchnässt, Kätzchen?«

Oh, mein Gott.

Mein Blick fiel auf den feuchten Abdruck in ihrer Unterwäsche, der ihre Erregung offenbarte, und ein Fluch entwich meinen Lippen: »Fuck.« Automatisch fuhren meine Finger über ihre Spalte zu ihrer Mitte. Ich musste es einfach fühlen. Ruckartig stieß ich in sie hinein und tauchte in einen Pool aus Lust und verleugneter Sehnsucht, in dem ich beinahe unterging.

»Du bist unser kleines Kätzchen«, raunte ich. Meine Finger erkundeten jeden Zentimeter ihres Inneren, während sie sich keuchend an unsere Schultern klammerte. »Versuch nicht, es abzustreiten.« Meine Stimme war ein leises Flüstern, das den Raum mit elektrisierender Spannung erfüllte.

Atemlos brachte sie erneut hervor: »Ich gehöre euch nicht«, doch ihre Worte verblassten angesichts der Wahrheit, die ihr

Körper offenbarte. Es war bedauerlich, dass sie ihre Energie für Lügen verschwendete.

»Dein Körper erzählt eine ganz andere Geschichte«, erwiderte Diesel mit einem raunenden Unterton, der die Luft zwischen uns noch heißer machte. Ihr Körper erzählte nicht nur eine ganz andere Geschichte, er kommunizierte auch auf einer völlig anderen Sprache.

Unsere Hände, immer fordernder werdend, erkundeten jeden Winkel ihres Körpers, als wollten sie jeden Widerstand brechen und jede Unsicherheit vertreiben.

Ich spürte bereits, wie ihre Muskeln um meine Finger herum zuckten, und ich wusste, dass die Mauer, die sie um sich herum errichtet hatte, bröckelte, und dass sie jeden Augenblick in sich zusammenfallen würde.

»Du gehörst uns, Milana«, presste Diesel angespannt hervor. »Dein Körper ist nur unser zum Anschauen, zum Anfassen und vor allem zum Ficken.«

»Sag es«, befahl ich mindestens mit derselben Anspannung, Dringlichkeit und Intensität.

Sie erwiderte nichts. Alles, was ich von ihr hörte, war das Stöhnen, das sie herunterschluckte.

Unsanft stieß ich meine Finger in ihre Pussy. Ein scharfer Aufschrei entrang sich ihrer Kehle, begleitet von dem bittersüßen Schmerz ihrer Nägel, die sich in unsere Schultern gruben und rote Spuren hinterließen. Ihr Körper bebte vor Schmerz, Lust und Verlangen, während sie versuchte, dem unerbittlichen Sog unserer Leidenschaft zu widerstehen. »Sag es!«

»*Mrazya vi i dvamata.*« Keine Ahnung, was das bedeutete, aber es war sicher nicht »Ich gehöre euch.«

Ein weiterer Stoß, tiefer, intensiver, ein Ausdruck der ungestümen Sehnsucht, die uns beherrschte. Ihr Körper reagierte auf meine Bewegungen mit einer Mischung aus Schmerz und Vergnügen, ihre Muskeln spannten sich an, und ein ersticktes Stöhnen wich über ihre Lippen.

Beim dritten Mal stieß ich mit einer Härte und Tiefe in sie, die meine eigenen Grenzen überschritten. Meine Hand schmerzte, und kurz hatte ich das Gefühl, meine Finger gebrochen zu haben. Ein dumpfes Klatschen hallte wider, begleitet von Milanas kehligem Schrei, der die Luft um uns herum vibrieren ließ.

Die Sorge um meine eigenen Finger verblasste. Es war mir gleich, ob ich mich verletzte – nichts konnte mich von meinem Ziel abbringen. Mein Verlangen nach ihr, nach ihrer Hingabe, trieb mich an, noch schmerzhafter und fester zuzustoßen, bis jede Faser ihres Seins erzitterte und jede Barriere zu bröckeln schien. Ich würde nicht aufhören, nicht nachlassen, bis sie die drei Worte aussprach, die meine ganze Welt verändern würden.

Mit jeder Bewegung, jedem stoßenden Impuls, drängte ich sie näher an ihre Grenzen, zwang ihre Mauern, ihre Widerstände, zum Einsturz. Es war ein Tanz auf dem schmalen Grat zwischen Vergnügen und Schmerz, zwischen Hingabe und Verweigerung.

Ihr Körper bebte unter der Gewalt, ihre Atmung wurde hastiger, unregelmäßiger, doch die Schläge gegen die Festung ihres Verstandes waren nicht stark genug. Diesel und ich waren nicht stark genug. Wir konnten ihre Mauer nicht zum Sturz bringen. Nur sie allein hatte die Kraft dazu.

Rotes Blut lief über meine Hand. Ich spürte die Spannung in der Luft, die erdrückende Hitze, als mein Bruder und ich Blicke austauschten.

Wir wollten, dass sie sich uns unterwarf, und wenn das bedeutete, ihr ein bisschen Schmerz zuzufügen, war das in Ordnung, aber das hier war zu viel. Sie hatte nicht nur ein bisschen Schmerz.

Wir hörten auf. Unsere Hände lösten sich von ihr, und sie geriet aus dem Gleichgewicht. Unkontrolliert zitterten ihre Schenkel, an denen ihr Blut entlangrann.

Sofort umschlangen wir sie wieder, unsere Arme sie stützend. Milana senkte ihre glänzende Stirn auf Diesels Schulter, und ihre Atmung kam in unregelmäßigen, hastigen Schüben.

Sie war verdammt noch mal irre! Warum hatte sie sich das angetan, wenn sie es so einfach hätte beenden können? Warum hatte sie nicht einfach diese verfickten drei Worte gesagt? Warum war das so schwer für sie?

Warum konnte sie nicht einfach sagen, was Sache war? Wir wollten doch nur, dass sie die verfickte Wahrheit aussprach, dass sie zu dem stand, was sie wirklich fühlte! Stattdessen spielte sie dieses verdammte Spiel mit uns, ließ uns an ihren Grenzen rütteln, aber sich nie richtig fallen. Ich verstand es einfach nicht.

»Verdammt!«, brach es wutentbrannt aus mir heraus, begleitet von einem dumpfen Aufprall, als meine Faust die Wand traf. Die Frustration brodelte in mir wie ein Vulkan kurz vor dem Ausbruch, ein Gefühl der Machtlosigkeit angesichts der undurchdringlichen Mauer, die Milana um sich herum aufgebaut hatte.

»Komm runter«, sagte Diesel, doch seine Miene verriet genauso viel Ratlosigkeit wie meine eigene. Wir waren beide gefangen in diesem Strudel aus Verlangen, Verwirrung und Frust, ohne zu wissen, wie wir weiterkommen sollten.

Langsam ließ ich meinen Atem zur Ruhe kommen, zwang die brodelnde Wut zurück in die Dunkelheit meines Inneren. Ein schwerer Seufzer entwich meinen Lippen, als ich mich von der Wand abwandte, meine Hand von Milanas erhitzter Haut entfernte und einen Schritt zurücktrat.

Ich hatte genug von diesem Scheiß. Es war klar, dass hier gerade nichts zu holen war. Milana war in ihrer eigenen Welt gefangen, und ich hatte keinen Bock mehr, darin herumzuirren wie ein jämmerliches, verlorenes Schaf.

Also ging ich, ließ sie zu zweit auf dem düsteren Flur zurück. Vielleicht war es die einzige Möglichkeit, meinen eigenen Verstand zu bewahren, bevor ich mich vollständig in diesem Strudel aus Lust und Sehnsucht verlor.

Diesel

Behutsam hob ich ihren erschöpften Körper hoch und presste sie fest an mich. Milana war so leicht, so zerbrechlich in meinen Armen. Bei ihrem selbstsicheren Auftreten, ihren dicken Pelzen und den hohen Absätzen vergaß ich immer, wie zierlich sie eigentlich war.

Vorsichtig trug ich sie ins Schlafzimmer, mit jedem Schritt spürte ich ihre Schwäche, und ließ sie schließlich auf der Matratze runter. Sanft legte ich ihren Kopf auf ein Kissen, ihr Haar fiel wie ein goldener Wasserfall über ihre Schultern.

Aus dem Badezimmer holte ich ein Handtuch, mit dem ich das Blut von ihren Beinen wischte. Ihre Haut war noch kälter und blasser als gewöhnlich, ihre Atmung flach und kaum wahrnehmbar. Ich presste das Handtuch zwischen ihre Schenkel, um die Blutung zu stillen.

Dann setzte ich mich zu ihr, an den Rand des Bettes, zog die Decke über sie und strich über ihren Arm. Ich brauchte ihre Nähe, sehnte mich danach, ihren Körper zu spüren, ihre Wärme zu fühlen, auch wenn es nichts mit Sex zutun hatte.

Doch sie schien meine Zuneigung nicht zu erwidern. Ihr Körper blieb steif, ihre Augen geschlossen. Ein leises Stöhnen entrang ihren Lippen, voller Schmerz und Genervtheit.

»Brauchst du irgendwas?«

Kurz öffnete sie ihre wunderschönen Augen, ihr Blick leer und distanziert. »Meine Ruhe«, nuschelte sie mit einer Stimme, die voller Abwehr war. »Also halt die Fresse und verpiss dich.«

Ich zögerte einen Moment. Sie allein zu lassen, war das letzte, was ich in diesem Augenblick tun wollte. »Ich bleibe«, entschied ich und bekam bulgarisches Gemurmel zurück: »*Tozi chovek me pobŭrkva*«, ehe sie mir den Rücken zukehrte. Ihre Worte, so kalt und abweisend, prallten gegen meine Brust wie eisige Geschosse.

Ich war wie gelähmt, starrte auf ihren Rücken, versuchte, ihre Worte zu begreifen. Nachdem ich sie kennengelernt hatte, begann ich, Bulgarisch zu lernen. Damals waren wir uns nicht sicher, wie gut ihr Englisch war. Aber ich wollte mit ihr reden können. *Tozi chovek me pobŭrkva.* »*Tozi Chovek*« bedeutete dieser Mann, »*me*« mich. Das half nicht.

Aufgebracht fuhr ich mit den Fingern durch meine Haare.

Ein Psychopath? Empathielos? Gefühlskalt? War ich das wirklich? In diesem Moment fühlte ich mich alles andere als das. Verzweifelt, aufgewühlt, zerrissen zwischen dem Wunsch, ihr beizustehen, und dem Bedürfnis, sie für alles mögliche anzubrüllen – dass sie es uns so schwer gemacht hatte, weglief, sich mit Archer Crimson verbündete, sich von ihm ficken ließ, und dass sie es uns jetzt wieder so schwer machte.

Ich saß am Bettrand, den Blick leer auf die zerknitterte Bettwäsche gerichtet, unter der sich ihr Körper abzeichnete. Meine Gedanken kreisten wie ein Wirbelsturm um Milana, und jedes Mal, wenn ich glaubte, sie zu fassen, entglitt sie mir wieder.

Sie war kompliziert. So unfassbar kompliziert. Warum musste sie immer so verschlossen sein? Warum diese Mauer um sie, die so unüberwindbar schien? Warum war sie so verdammt kompliziert? Warum musste sie sich gegen alles und jeden wehren? Warum konnte sie nicht einfach mal akzeptieren?

Fragen über ihre Vergangenheit brannten in meinem Kopf. Was hatte sie erlebt, das sie so misstrauisch und verschlossen gemacht hatte? Was verbarg sie so ängstlich? Welche Wunden trug sie in ihrer Seele?

Ich hatte die Narben auf ihrer Haut gesehen, also konnte mir keiner erzählen, dass sie nicht auch in ihrem Inneren welche trug. Und ich hatte die Angst in ihren Augen gesehen – die Todesangst –, bevor sie das erste Mal aus der Wohnung stürmte und diese Frau ermordete, also konnte mir auch keiner erzählen, dass sie so eiskalt war, wie sie sich gab.

Ein einziges verdammtes Rätsel. Undurchdringlich und voller Widersprüche.

Je tiefer ich in diesem Rätsel versank, desto mehr schwand das Tageslicht. Als ich endlich aus meiner Grübelei auftauchte, aufstand, um ans Fenster zu treten, bemerkte ich, dass die Sonne bereits unterging. Ein flammendes Rot und Orange färbte den Himmel, während die ersten Sterne zu funkeln begannen.

Die Schatten wurden länger und zogen sich wie unheilvolle Finger über den Boden. New York – unsere Stadt – wirkte fremd. Die einst so pulsierende Metropole, die niemals zu schlafen schien, wirkte nun seltsam ruhig, fast träge. Es war, als ob die Stadt den Atem angehalten hätte, in Erwartung eines unbekannten Schicksals.

Es war Milana. Die Frau, die mein Leben auf den Kopf gestellt hatte, seit sie vor Monaten in mein Leben getreten war. Seit sie da war, war nichts mehr wie es einmal war. Seit ihrer Ankunft spürte ich eine ungewohnte, tiefe Unruhe in mir wachsen.

Alles, was mir einst wichtig war, schien an Bedeutung zu verlieren. Nur Milana zählte noch. Ihre Blicke, ihre Berührung, ihre Stimme – sie verfolgten mich wie Geister in meinen Träumen und wachen Stunden. Ich war besessen von ihr, getrieben von einem unstillbaren Verlangen, sie zu besitzen. Aber sie machte es so verdammt schwierig. Ihre Gegenwart war wie ein Feuer, das in mir brannte, mich gleichzeitig quälte und belebte.

Ich hatte keine Ahnung, wohin mich dieser Weg führen würde, aber ich konnte mich ihr nicht entziehen.

Mit einem tiefen Atemzug wandte ich mich vom Fenster ab und beschloss, ihr etwas zu essen zu holen, da begegnete ich ihren giftgrünen Augen, die mich intensiv musterten, und hielt inne.

Milanas Blick bohrte sich in meinen. Er war leer, ohne jegliches Gefühl, und doch spürte ich eine Tiefe darin, die jedoch genauso unergründlich schien wie ihr Verhalten.

Langsam löste ich mich aus meiner Starre und trat ein paar Schritte vor. »Ich mach dir etwas zu essen«, teilte ich ihr mit, ehe ich das Schlafzimmer verließ.

Cieran saß auf der Couch. »Wie geht's ihr?«, fragte er nach, aber der Ton, in dem er sprach, klang wenig interessiert oder bekümmert.

»Ihr geht es gut.« Körperliche Schmerzen schienen ihr nicht viel auszumachen. Und das war es, was er wissen wollte; ob er ihr doll wehgetan hatte – zu doll.

Kurz nickte er und ich ging weiter. In der Küche versuchte ich, meine Gedanken zu ordnen, aber Milanas Gesicht war noch immer in meinem Kopf, eine stoische Maske aus Gleichgültigkeit, die meilenweit entfernt wirkte, während ich ihr ein Sandwich belegte.

Jedes Wort, jede Geste, alles prallte an ihrer Mauer ab, unerwidert, ungehört. Ich wusste nicht, wie ich diese Mauer durchbrechen sollte. Aber ich war so darauf versessen, zu ihr durchzudringen.

Das einzige Mal, dass ich einen Riss in ihrer Fassade sah, war, als Cieran sie würgte. In diesem Moment brach er zu ihr durch. In diesem Moment war ihre Kontrolle zerbrochen, ihre rohe Verletzlichkeit zum Vorschein gekommen. Musste ich sie würgen, wenn ich wollte, dass sie sich öffnete?

Seufzend klappte ich das Sandwich zusammen und legte es auf einen Teller, mit dem ich in mein Schlafzimmer zurückkehrte. Die Wohnung war still, beklemmend still. Nur das leise Ticken der Uhr im Flur unterbrach die Stille.

Milana saß aufrecht im Bett. In ihren Augen lag kein Hunger, nur Leere. Sie nahm den Teller entgegen, ohne ein Wort zu sagen, und begann zu essen.

Ich setzte mich ihr gegenüber auf die Bettkante und beobachtete sie schweigend. Sie war so besonders, so anders als alles, was ich bisher kannte. Ihr einfach nur beim Essen zuzusehen, schien mir aufregender als die meisten Dinge, die ich mir vorstellen konnte.

Schließlich schluckte sie den letzten Bissen herunter und stellte den Teller auf dem Nachttisch ab. Sie wandte den Blick zu mir und ihre Augen trafen meine.

Ich streckte meine Hand aus und berührte ihre Wange. Ihre Haut war kalt und fahl. Sie zuckte nicht zusammen, reagierte nicht auf meine Berührung, guckte nur starr geradeaus.

Langsam näherte ich mein Gesicht ihrem. Der Duft von verführerischem Parfüm und der leisen Präsenz des Todes umhüllte mich, vermischt mit einem Hauch von Bitterkeit. Ich konnte ihren Atem auf meiner Haut spüren, ein sanftes Kitzeln, das mich nach ihr schmachten ließ.

Stumm beugte sie sich ebenfalls vor und küsste mich. In diesem Kuss lag mehr Leidenschaft und Intensität, als ich je in meinem Leben erlebt hatte. Endlich ließ sie mich sie wieder spüren.

Meine Lippen erkundeten jede Kontur ihrer, während mein Herz wild gegen meine Brust hämmerte. In diesem Augenblick vergaß ich all meine Zweifel und Grübeleien. Ich wusste nur noch eines: Ich brauchte diese Frau, ich musste sie besitzen, jede Faser von ihr mit jeder Faser von mir. Und ich hätte alles getan, damit es so sein würde.

Meine Hände wanderten über ihren Rücken, und ich zog sie näher an mich heran, als ob ich sie nie wieder loslassen wollte.

Unsere Küsse wurden intensiver, leidenschaftlicher, während wir uns immer tiefer in diesem unendlichen Ozean aus Lust und Verlangen verloren.

»Leg dich hin«, raunte ich in ihren Mund hinein. Ihre Lippen formten ein leises Seufzen, als ich sie sanft in die Matratze drückte.

Ihr Körper fühlte sich warm und vertraut unter meinen Händen an, und ich konnte das leise Rascheln der Bettdecken hören, als wir uns näher kamen. Ihre Augen glühten vor Verlangen, und ich konnte das pulsierende Verlangen zwischen uns spüren

Meine Lippen begannen sich ihren Weg über Milanas Körper zu bahnen. Ich ließ sie über ihren Hals wandern, spürte den sanften Rhythmus ihres Pulses. Sie erreichten ihre Titten, und ich spürte ihren Herzschlag schneller werden. Voller Gier umspielten meine Lippen ihre erregten Nippel. Ich erkundete jeden Millimeter ihres weichen Fleisches, während meine Hände über ihre Haut glitten.

Leises Stöhnen ertönte, als ich mich weiter nach unten bewegte, mein Mund die Linie ihres Bauches nachziehend. Und dann, als ich zwischen ihren Schenkeln ankam, griff ich nach dem Handtuch, das zwischen uns lag, und warf es auf den Boden, enthüllte ihre nackte Schönheit vor mir.

Der Duft ihrer Erregung stieg mir in die Nase, und ich konnte kaum den Drang unterdrücken, sie zu verschlingen. Sehnsüchtig presste ich einen Kuss auf ihre Pussy. Sie schmeckte salzig und leicht metallisch von dem Blut, das an ihrer Haut klebte.

Mit meiner Zunge begann ich, ihre Lust zu erkunden. Ihr Bauch hob und senkte sich im Einklang mit ihrem rasenden Herz. Sie wölbte sich unter mir und ich packte sie an der Hüfte, zog sie noch dichter an mich heran, drang noch tiefer in sie ein.

Ein dumpfes, lustvolles Murmeln entwich ihren Lippen. Ihr Verlangen brannte heiß unter meiner Berührung, und ich wollte nichts mehr, als in diesem Moment für immer verloren zu gehen.

Und ich verlor mich vollkommen. Rückhaltlos küsste, leckte, saugte und fickte ich sie nur mit meiner Zunge. Alle 36 Billionen Zellen meines Körpers waren in Aufruhr. Meine Sinne waren berauscht von ihrem Duft, ihrem Geschmack, ihrem Verlangen. Milanas Lustsäfte waren wie eine Droge für mich.

Ich konnte fühlen, wie sie sich unter mir wand und sich mir entgegenreckte, verzweifelt nach mehr. Es war, als würden wir in einem Tanz der Sinne verschmelzen, jede Sekunde intensiver als die letzte, bis wir den Gipfel erreichten.

»Ah, Diesel!«, stöhnte sie laut auf und ihr Körper wurde von einer Welle erfasst, der sie zum Krümmen brachte.

Milana fucking Petrova stöhnte meinen Namen. Nein, sie schrie ihn. Fuck! Das war mehr als nur ein Laut der Lust; es war ein Ausdruck ihrer Hingabe, ihres Verlangens nach mir. Ich fühlte mich wie der verdammte König der Welt. Die Reaktion war, Blut, das durch die zusätzlichen zwanzig Zentimeter meines Körpers schoss.

Wildbewegt stürzte ich mich wieder auf ihren Mund. Unsere Zungen formten Spiralen, die sich umeinander wanden wie Liebende, die sich nicht mehr loslassen wollten.

Ihre Finger verhedderten sich in meinen Wellen und sie zog daran. Ich spürte einen leichten Schmerz in meinen Haarwurzeln, doch war zu berauscht von ihr, um mich darum zu scheren.

»Ich liebe den Geschmack von Blut«, wisperte sie. Ihre Worte, so dunkel und verlockend, ließen mein Herz schneller schlagen, während ich mich noch enger an sie presste.

»Und ich liebe den Geschmack von dir«, erwiderte ich in einem tiefen Raunen, ehe ich in ihre Lippe biss. Der Geschmack von flüssigem, warmen Eisen prickelte auf meiner Zunge.

Seufzend leckte Milana ihr eigenes Blut. Ihre Hand strich über meinen Oberkörper zu ihrem Schenkel, an dem mein Penis ruhte. Ohne ihre Zunge meiner zu entwenden, öffnete sie den Knopf, den Reißverschluss und schob den Hosenbund unter meiner Beule.

Ich knurrte an ihre Lippen. »Wenn du so weitermachst, werde ich mich nicht mehr zurückhalten können«, warnte ich, aber schien zu vergessen, dass diese Frau keine Furcht kannte. »Ich möchte nicht, dass du dich zügelst.« Sie stieß meine Zunge aus ihrem Mund, zog meine Boxershorts runter und richtete sich auf.

In einer fließenden Bewegung zog ich mir das Shirt über den Kopf, vergrub das Gesicht sehnsüchtig in ihrer Halsbeuge und atmete den Geruch ihres Haares ein.

»Du bist verletzt«, murmelte ich an ihre Haut. Doch obwohl ich das sagte, war ich mir zu 99 Prozent sicher, dass ich an einem Punkt war, an dem ich mich sowieso nicht mehr aufhalten konnte. Ich brauchte Erlösung. Und ich brauchte sie von ihr. Sie musste sie mir geben. Unwichtig in welcher Form – ein schneller Fick, ein Handjob, ein Blowjob – es war scheißegal, Hauptsache ich bekam es von Milana.

Geschickt wie eine Katze kroch sie unter mir heraus und setzte sich auf mich. Sie verschwendete keine Zeit und führte meinen Schwanz in ihre Feuchtigkeit. Dann ritt sie. Oh, fuck, und wie sie das tat!

Ihre Titten hüpften auf und ab, ihre nackte Haut prallte klatschend gegen meine, ihre Pussy hatte die perfekte Größe für mich, und ihre giftgrünen Augen waren wie Pfeilspitzen auf mich gerichtet, bereit, jeden Moment loszuschießen.

»Fuck«, knurrte ich und wollte meine Hände an ihre Taille legen, doch sie packte mich an den Handgelenken und drückte diese hinter mir in die Matratze, sodass ich mit dem Rücken auf das Bett sank.

Verdammt, das war das heißeste, was ich je gesehen hatte. Das einzige, was störte, war ihr Pullover, der runter gerutscht war. Ich nahm ihn am Saum und schob ihn über ihren Kopf. Jetzt hüpften ihre nackten Brüste über meinem Gesicht. Ein leises Brummen entfuhr mir. Sie würde mich noch um den Verstand bringen.

Mit einem plötzlichen Ruck riss ich mich aus ihrem Griff frei, richtete mich auf, legte meine Hände an ihren Hintern und ließ meine Finger darin versinken.

Sie versuchte, mich zurück in die Matratze zu drängen, doch ich wehrte mich und drehte uns in einer schnellen Bewegung um, sodass sie wieder unter mir lag. Dann stieß ich rückhaltlos in sie rein, glitt wieder raus, bevor ich erneut stoßartig in sie eindrang.

Milanas Atem verschmolz mit meinem genau wie ihr Körper. Keuchend krallte sie sich an mir fest. Zwischen ihre Augenbrauen legte sich eine tiefe Falte, ein weiteres Zeichen ihrer Lust. Ich hatte vergessen, wann ich dieses Gesicht zuletzt gesehen hatte, aber es war viel zu lange her.

Ich konnte fühlen, wie sich die Lust in meinem Unterleib aufbaute, ein immer stärker werdendes Verlangen, das darauf wartete, entfesselt zu werden. Ich spürte ein Prickeln in meinem Penis, spürte meine Ladung, die darauf wartete, jeden Augenblick herauszuschießen.

Drei Stöße. Drei Mal stöhnte sie noch auf, dann kam ich, dann kam sie. Der Höhepunkt war wie ein Orkan, der über mich rollte, eine Explosion der Lust, die mich durchströmte. Mein Körper zuckte und bebte in einer Woge ungezügelter Begierde, und meine Sinne wurden von einem blendenden Licht überflutet, das mich alles um mich herum vergessen ließ – alles bis auf sie.

Ihr Gesichtsausdruck war ein Abbild der Lust, ihre Augen geschlossen, ihr Mund geöffnet in einem stummen Aufschrei. Jeder Muskel ihres Körpers spannte sich an.

Gott, war sie schön.

In diesem Moment gab es nur sie und mich, verbunden durch das Feuer unserer Leidenschaft. Kein Gedanke, keine Sorge konnte diesen Moment trüben.

Die ganze Spannung, die sich über die letzte Woche ohne sie angestaut hatte, ließ nach und ich fühlte mich zum allersten Mal seit Monaten wieder entspannt.

Als ihr Orgasmus abklang, öffnete sie langsam ihre Augen und sah mich an. Mit ihren verdammten grünen Augen sah sie mich an, und ich glaubte, den Verstand zu verlieren.

Diese Frau! Ich konnte es nicht in Worte fassen. Sie war wie ein Sturm, der mein Innerstes durcheinanderwirbelte, der mich zu den dunkelsten und zugleich aufregendsten Abgründen der Menschlichkeit brachte. Sie trieb mich in den Wahnsinn – auf die besterdenkliche und kränkste Weise. Milana Petrova war die Verkörperung all meiner Sehnsüchte, und doch war sie auch das Rätsel, das ich niemals zu lösen vermochte.

»Ich werde dich nicht noch einmal entkommen lassen«, sagte ich zu ihr. »Alles, was du willst, deine Freiheit, dein Wille – sie bedeuten mir nichts. Aber ich werde dir alles geben, ich werde alles tun, ich werde dir die ganze verdammte Welt zu deinen Füßen legen, wenn du dich mir hingibst.« Meine Worte hallten durch das düstere Schlafzimmer, und ich spürte, wie die Spannung zwischen uns elektrisch wurde.

Ihre Mundwinkel kräuselten sich. In ihren Augen lag ein unheilvolles Glitzern. »Ich habe es euch schon gesagt«, hauchte sie und legte ihre Hand auf meine Brust. Langsam fuhren ihre Finger die Konturen meiner Tattoos nach, ihre Augen verfolgten die Bewegung. »Es gibt nichts, was ihr mir geben könnt, was ich mir nicht selbst geben könnte.« Der Ton war ruhig, aber voller Selbstgewissheit.

Ich spürte, wie mein Herz schneller schlug, und befürchtete, dass sie es auch spürte. Ein Feuer der Begierde loderte in mir auf. Sie war unbeschreiblich. Unberechenbar, unnahbar, unwiderstehlich, faszinierend, gefährlich.

»Du bist mein Untergang«, flüsterte ich und beugte mich vor, um ihre Lippen zu kosten. Sie erwiderte den Kuss mit einer Leidenschaft, die mich erneut erfasste und mitriss.

Meine Arme legten sich um ihren nackten Körper und pressten diesen an meinen eigenen. Die Welt schien stillzustehen, doch die Uhr auf dem Nachttisch zeigte bereits Mitternacht, als wir uns voneinander lösten, ich mir sicher war, dass ich alles tun würde, um sie zu behalten. Selbst wenn es bedeutete, mich selbst zu verlieren.

Cieran

Sonnenstrahlen kämpften sich durch die dicke Wolkendecke am Himmel, blinzelten durch die Glasfront des Apartments und tauchten die Küche in ein warmes Licht.

Ich saß am Küchentresen, eine Tasse dampfenden Kaffee in der Hand, und blätterte in den Unterlagen, die sich vor mir auftürmten.

Milanas Erscheinen ließ unsere Geschäfte in den Hintergrund wandern. Dann Ryleighs Tod. Normalerweise hatte sie sich um diesen Papier-Scheiß gekümmert, aber sie konnte ihre verdammte Klappe ja nicht halten.

Diesel kam herein. Er war gerade dabei, seine Pistole im Hosenbund zu verstauen. Ich erhaschte einen kurzen Blick auf seine stahlharten Bauchmuskeln, ehe er seinen Hoodie darüber zog.

Im Gegensatz zu mir wirkte er wie ausgewechselt. Entspannt. Gelassen. Wegen Milana. Er hatte sie gestern Abend gefickt. Es war nicht zu überhören.

Ich brauchte diese Behandlung auch. Dringend.

»Ich bin weg«, hallte Diesels Stimme durch die Wohnung, bevor die Tür mit einem dumpfen Knall ins Schloss fiel. Stille umhüllte mich, gebrochen nur vom leisen Rascheln des Papiers, als ich die Unterlagen auf dem Tisch bearbeitete.

Er musste sich um ein paar Dinge kümmern, die den Mord an Archer betrafen. Die Sache musste sauber abgewickelt werden. Wir konnten nicht riskieren, dass einer seiner Verbündeten uns plötzlich in den Rücken fiel und Rache nahm.

Mit einem Seufzen richtete ich den Blick wieder auf das Wirrwarr aus Unterlagen und Dokumenten, die meine Aufmerksamkeit forderten. Jede Seite schien eine Geschichte für sich zu erzählen, eine Geschichte von Geld, Deals, Verträgen und Vertuschungen.

Die Zeit verstrich, ohne dass sich etwas regte. Meine Augen wanderten über die Zeilen, als irgendwann das leise Plätschern von Wasser die Stille durchbrach. Milana musste wohl duschen.

Mein rechter Mundwinkel zuckte für einen kurzen Augenblick, und meine Gedanken schweiften unweigerlich zu ihr ab. Vor meinem geistigen Auge zeichnete sich ihr Bild ab, so klar und deutlich, als wäre sie direkt vor mir gewesen. Ihre verführerischen Konturen, die zarten Linien ihres Körpers…

Hitze überkam mich. Ich stellte mir vor, wie das Wasser über ihre weiche Haut glitt, sie umhüllte und reinigte. Es war, als ob sie mich mit jeder Bewegung in ihren Bann zog, mich dazu verleitete, meine Gedanken von den Geschäften zu ihr wandern zu lassen wie sie es schon so oft getan hatte.

Und sie schaffte es. Mal wieder. Ich legte den Stift beiseite. Der leise Wasserstrahl war wie ein verführerisches Flüstern, dem ich folgte. Mit entschlossenen Schritten ging ich den Flur entlang, stieß Diesels Schlafzimmertür auf und steuerte durch den Raum. Die Tür zum Bad stand einen Spaltbreit offen, ich konnte den Dampf der Dusche durch die Öffnung hindurchquellen sehen.

Ohne zu zögern, schob ich die Tür auf. Ein Hauch von Diesels Parfüm lag in der Luft, vermischt mit dem Duft von Milanas Shampoo. Von einem unsichtbaren Sog getrieben, der mich unaufhaltsam zu ihr zog, trat ich ein.

Den Rücken zum Eingang gewandt, stand sie unter der Dusche. Ihr Haar war nass und fiel ihr wie ein Wasserfall über die Schultern. Ihre Silhouette verschmolz mit dem Dampf und dem Lichtspiel, das durch das Fenster hereinfiel.

Ein stiller Moment, der die Zeit anhielt, herrschte, bevor sie sich auf einmal umdrehte. Ihr Blick landete direkt auf mir – als hätte sie meine Anwesenheit gespürt, als hätte sie gewusst, dass ich der Versuchung nicht widerstanden hätte, wenn ich das Rauschen des Wassers hörte.

Das Rauschen des Wassers, das auf ihrer Haut glitzerte und im Licht schimmerte. Mein Blick folgte den kleinen Perlen, die abwärts zu ihrer Mitte rollten. Ihr Körper war perfekt, und ich spürte, wie ich mehr und mehr erregt wurde.

Ein Gefühl der Unbändigkeit übermannte mich. Ich konnte

nicht länger widerstehen, zog meinen Hoodie aus und schob meine Hose zusammen mit den Boxershorts zu Boden.

Sofort fiel ihr Blick nach unten. Ein Flackern huschte durch ihre grünen Augen, die auf meinen steifen Penis starrten. Ihr Verlangen brannte hell in ihrem Blick. Sie wollte es. Sie war so verdammt geil auf meinen Schwanz.

Mit jedem Meter, den ich ihr näher kam, schlug mein Herz härter gegen meine Rippen. Als ich endlich zu ihr hinter die Duschwand trat, drohte mein Herz durch die enge Hülle aus Rippen zu brechen.

»Du siehst so verdammt geil aus«, raunte ich, als unsere Körper sich endlich berührten, sich unser Atem in der feuchten Luft vermischte. Ihre Haut war warm und feucht unter meinen Händen, und ich konnte spüren, wie ihre Sehnsucht auf meine eigene traf.

Ich drückte meine Lippen auf ihre. Wir begannen uns leidenschaftlich zu küssen, unsere Körper pressten sich aneinander, während das heiße Wasser über uns hinwegfloss, die Hitze zwischen uns nur noch mehr steigerte.

Ihre Hände wanderten über meinen Rücken und zogen mich näher zu sich, meine Hände glitten an ihrem nassen Körper hinunter. Ich berührte ihre Titten und reizte ihre Brustwarzen. Ich konnte spüren, wie ihr Verlangen mit jeder meiner Berührungen anwuchs, wie sie sich mir entgegen presste.

»Ah«, stöhnte sie in meinen Mund. Ich schluckte den Klang hinunter, und er füllte meinen Bauch mit einem warmen, prickelnden Gefühl, das sich in meinem Unterleib anstaute.

Hart stieß ich sie gegen die Glaswand, meine Lippen wanderten an ihrem Hals hinunter und über ihre Brust. Meine Hände ließen keinen Teil an ihr aus. Ich spürte ihre zarte, erhitzte, feuchte Haut unter meinen Handflächen.

Sie fuhr mit ihren Fingern durch mein Haar, trieb mich an, und ich ging auf die Knie, um ihren Bauch hinunter zu küssen. Scheiße, ich hätte nie gedacht, dass ich jemals so tief sinken würde – im wahrsten Sinne des Wortes.

Ich vergrub mein Gesicht zwischen ihren Schenkeln, probierte sie. Genussvoll saugte ich an ihren Schamlippen und umkreiste ihren Kitzler mit meiner Zunge. Ich spürte, wie sie sich dichter an mein Gesicht drückte, wie sie mehr von meiner Zunge in sich haben wollte. Und das gab ich ihr. Meine Zunge verschwand vollständig in ihrer Pussy.

Keuchend und verzweifelt nach ein bisschen Halt, klammerte sie sich am Duschhebel fest, ihre Glieder zitterten, als ich ihr das beste Lecken gab, das sie je bekommen hatte. Und Gott sie schmeckte so verdammt gut.

Als ich wieder aufstand, drückte ich sie zurück an die Wand. Während ich ungeduldig in sie eindrang, spürte ich, wie ein Beben ihren Körper durchlief. Milana schlang ihre Arme um meinen Hals und ließ ihren Kopf nach hinten fallen. Sofort stürzte sich mein Mund auf ihren Hals.

Doch sie war so nervig klein, dass ich sie packte und höher ziehen musste. Unsere Körper waren nass und glitten aneinander. Ihre Muskeln spannten sich an, um mich noch näher an sich zu ziehen.

Die Dusche wurde zu einer Wolke aus Wasser, Dampf und Leidenschaft, in der wir uns gemeinsam bewegten und ineinander verloren. Unser Stöhnen, unsere Häute, die aneinander schlugen, vermischte sich mit dem Plätschern des Wasserstrahls.

Milanas Atem kam in unregelmäßigen, schnellen Stößen, ihre Augen rollten zu der Rückseite ihres Schädels, als ich sie mit jeder Bewegung härter gegen das kühle Glas drückte.

Jede Berührung, jeder Stoß sandte elektrisierende Wellen der Lust durch uns hindurch. Ihre Haut glühte unter meinen Fingern, und ich spürte ihre Nägel, die sich in meinen Nacken gruben.

»Schrei«, forderte ich sie auf.

Sie sah mich nur mit einem leeren Blick an.

»Du hast für ihn geschrien«, brachte ich angespannt zwischen zwei heftigen Stößen hervor. »Jetzt schrei für mich.«

Mit kaltem Spott in ihrer Stimme entgegnete sie: »Er weiß eben, wie man eine Frau zum Schreien bringt. Er muss nicht darum betteln.«

Wut. Eifersucht. Meine Nasenflügel bebten und meine Kiefermuskeln spannten sich an. Schnell zog ich meinen Schwanz aus ihrer Pussy, drehte sie um und stieß sie mit roher Gewalt gegen die Wand.

Sie bluffte. Archer war nicht so gut, wie sie behauptete. Sonst hätte sie es nicht so dringend nötig gehabt, sich gestern Abend direkt von Diesel durchnehmen zu lassen und jetzt von mir. Aber obwohl ich wusste, dass sie log, konnte ich diese Verärgerung nicht verdrängen.

Ich schob sie ein Stück höher, hörte sie keuchen, und als ich in sie eindrang, gleich noch mal. Ohne Gnade oder Zurückhaltung rammte ich mich immer wieder tief rein und raus in ihr kleines, enges Loch, dehnte es und missbrauchte es. Milana presste die Lippen aufeinander, biss die Zähne zusammen, aber immer wieder entkam ihr ein Keuchen, Stöhnen oder Wimmern.

Mein Verlangen erreichte einen brennenden Höhepunkt, und ich konnte fühlen, wie sich ihre engen Wände im selben Augenblick um mich herum zusammenzogen. Ihr Aufschrei erfüllte jede Faser meines Körpers.

»Fuck!« Die ganze Lust, die ganze Hitze, das ganze Prickeln, das sich in meinem unteren Bauchraum gesammelt hatte, brach in einer gewaltigen Flut aus. Meine Hüften verharrten, während die Flut mich durchströmte und in Milanas Anus landete. Ein tiefes Knurren floss über meine Lippen.

Ohne uns ein paar Sekunden zu geben, zog ich mich wieder aus ihr heraus, ließ sie zurück auf den Boden sinken, packte dann ihre Taille, drehte sie um und stieß sie an mich. Ich blickte hinunter in ihre funkelnden Augen.

»*Ti si zadnik.*« *Du bist ein Arsch.* Ich hatte ein paar bulgarische Fluchwörter nachgeschlagen. »Nein«, entgegnete ich und beugte mich zu ihr runter. »Ich habe dich nur gerade in deinen Arsch gefickt.«

Ihre Augen sprühten vor Hass. Ihre Zähne knirschten. Sie verließ die Dusche, ohne ein weiteres Wort zu verlieren, sie hüllte ihren nassen Körper in ein Handtuch – Diesels Handtuch, dann wickelte sie ein zweites um ihre Haare.

Milana ging aus dem Zimmer, ließ mich alleine zurück. Nur

das Wasserrauschen war noch zu hören. Ich stellte es ab, schnappte mir ebenfalls ein Handtuch und folgte ihr.

Ich setzte den ersten Fuß aus dem Badezimmer, da entdeckte ich sie bereits vor Diesels Kleiderschrank. Ein Zucken des Zorns durchfuhr mich. Mit schnellen Schritten kam ich auf sie zu, legte meine Hand an ihre Schulter und riss sie zurück.

Geschickt befreite sie sich von dem Griff und fauchte: »Fass mich nicht an.«

»Du trägst nicht seine Sachen.«

»Daran hättest du vielleicht denken sollen, bevor ihr meine Wohnung niedergebrannt habt.« Womöglich hatte sie damit recht. Wir hätten wenigstens ein paar ihrer Sachen retten können, bevor wir ihre Wohnung in Brand setzten. Aber wir hatten einen Tunnelblick und dachten nur daran, sie zurückzuholen. Wir dachten, wenn wir all ihre Sachen abfackelten, wenn sie nichts mehr hätte, würde sie zu uns zurückkommen. Doch das tat sie nicht. Stattdessen rannte sie zu Archer Crimson.

Ich riss ihr seinen Hoodie aus der Hand und beförderte ihn zurück in den Schrank. »Du bekommst neue Klamotten«, sagte ich zu ihr, ehe ich meine Arme um sie schlang, mich hinkniete, um Milana über meine Schulter zu legen. »Aber jetzt trägst du meine.«

Sie trat mit den Füßen um sich und schrie, dass ich sie runter lassen solle. Unbeirrt trug ich sie in mein Schlafzimmer, zog ein paar Teile aus meinem Kleiderschrank und warf ihren federleichten Körper schließlich auf mein Bett. Dann öffnete ich das Handtuch um ihren Körper. Ich sah meine Wichse aus ihr herauslaufen. Mein Penis zuckte bei dem Anblick, bereit, ein zweites Mal abzuspritzen.

Und Milana wusste es nur zu gut. Sie lag auf dem Bett, ihre Porzellanhaut wurde von dem schwachen Licht, das durch die dichte Wolkendecke fiel, beleuchtet. Jede Bewegung, die sie machte, schien durchdacht und absichtlich, als wäre sie eine Zauberin, die einen Bann über mich erlegte.

Ich stand am Rande des Bettes, fasziniert von ihrer Schönheit und doch hin- und hergerissen von dem Bewusstsein der Gefahr, die darin lauerte, ihren Reizen zu verfallen. Doch so sehr ich mich auch bemühte, ich konnte meinen Blick nicht von ihrer Gestalt losreißen, von der Rundung ihrer Hüfte bis zum sanften Heben und Senken ihrer Brust bei jedem Atemzug, den sie tat.

Ihre Haut war wie weißer Marmor. Sie sah so zierlich aus, so schwach. Aber Gott! Es war eine höllische Täuschung. Unter dieser engelsgleichen Hülle verbarg sich der Teufel. Ich wusste, was hinter dieser scheinbaren Unschuld lag. Ich wusste, welches Feuer in dieser zarten Hülle brannte. Diese Frau war eine Sirene, ein verführerisches Wesen, das Männer in den Abgrund zog. Ihre Schönheit war nur ein Köder, um ihre Opfer anzulocken.

Ein leises Stöhnen drang über ihre Lippen, als sie sich auf den Bauch rollte, um mir ihren perfekten Arsch entgegenzustrecken, aus dem immer noch mein Sperma floss.

Wir hatten gerade erst gefickt, aber fuck! Wie hätte ich widerstehen sollen? Wie hätte ich widerstehen *können*?

Das Absurde daran war, dass ich sie nicht einmal selbst ficken wollte. In diesem Moment wollte ich sie einfach nur sehen, sie in ihrer ganzen Anmut, Schönheit und tödlichen Gefahr betrachten.

Als hätte sie meine Gedanken gelesen, ließ sie ihre Hände über ihre weiche Haut fahren. Sie knetete ihren Arsch, dann winkelte sie ihr rechtes Bein an, zog das Knie nach oben, und ich hatte freie Sicht auf ihr zartes, rosa Fleisch.

Ihre Finger wanderten über ihren Hintern und zu ihrer nassen Mitte. Es war nur eine leichte Berührung, doch sie seufzte leise und ihr Rücken wölbte sich. Ihre linke Hand krallte sich in die Bettdecke, während ihre andere begann, ihre Pussy zu fingern.

Mein Schwanz drückte gegen das Handtuch, das ich um meine Hüfte trug. Ich spürte das raue Material und nutzte die Reibung.

Ich verlor mich in dem Moment, sah Milana dabei zu, wie sie sich selbst genoss. Keine Ahnung, wie viele Minuten vergangen waren, keine Ahnung, wann Diesel zurückkam, aber plötzlich wurde die Tür aufgerissen, ich aus dem Augenblick herausgezerrt und er stand da.

Als ich zurück sie Milana sah, berührte sie sich weiterhin. Entweder war es ihr egal oder sie bemerkte nicht, dass er hereinkam. Bei ihrem verträumten Gesichtsausdruck hätte ich beinahe auf Letzteres getippt, aber sie war eine Killerin. Auch wenn sie gerade wie das ruhigste Wesen auf Erden aussah. Sie war aufmerksam, immer auf der Hut.

»Verpiss dich«, wisperte ich ihm zu, doch er verharrte im Türrahmen. Eine ganze Weile, bis er irgendwann den Entschluss traf, dass er mitmachen wollte, und neben mich trat.

Hemmungslos öffnete er seine Hose, um seinen Schwanz herauszuholen, und fing an, es sich zu besorgen.

Fluchend wandte ich den Blick von ihm und sah wieder zu der nackten Schönheit auf meinem Bett, während ich ebenfalls meinen Penis in die Hand nahm. Sie richtete sich auf. Mit dem Rücken zu uns saß sie da und ritt ihre Finger.

»Dreh dich um«, raunte Diesel, aber Milana schien zu verloren in ihrer eigenen Lust, um ihn zu hören. Nach wenigen Momenten machte er ungeduldig einen Satz nach vorne, packte sie und wirbelte sie herum.

Wut verzerrte ihr Gesicht. Sie nahm die Finger aus ihrer Pussy. »Fick dich«, sagte sie zu ihm, ehe sie aus dem Bett stieg, sich den Hoodie überzog, den ich ihr hingelegt hatte.

Sie wollte gehen, doch mein Arm schlang sich um ihren Bauch und brachte sie zum Stehen. »Du dich auch«, fuhr sie mich zischend an, dann riss sie meinen Arm weg und verließ mein Schlafzimmer.

»Ich gehe später mit ihr shoppen«, sagte Diesel, seine Augen starr auf den Kapuzenpullover gerichtet, den sie trug.

Mit einem Schnauben wandte ich mich von ihm ab. Ich ging in mein Badezimmer und knallte die Tür hinter mir zu. Er hatte verdammt noch mal alles ruiniert!

Milana

Der Geruch von Benzin und verbranntem Gummi hing schwer in der Luft, vermengt mit dem Rauch meiner Zigarette, der in kleinen Schwaden aufstieg.

Ein eisiger Wind fegte durch mein Haar und ließ mich erschaudern. Ich zog meinen Pelzmantel – den einzigen, den ich noch hatte – enger um mich.

Mein Blick wanderte durch die leeren Gänge der Tankstelle, vorbei an den leuchtenden Werbetafeln und blieb bei den schmutzigen Fensterscheiben hängen, durch die ich Diesel beobachtete, der sich mit dem Tankwart unterhielt.

Das grelle Neonlicht flackerte über seiner Gestalt, und ich konnte das leise Murmeln ihrer Stimmen durch das Glas hindurch hören. Es ging um Geld, um illegale Geschäfte.

Ich stieß den Rauch aus meiner Lunge, wandte mich ab und

sah hinaus in die graue Welt. Der Himmel war bedeckt, ein kalter Wind pfiff durch die kahlen Äste der Bäume. An der Tankstelle herrschte reger Betrieb. Autos und Lastwagen fuhren vor und davon, Motoren brummten, Hupen dröhnten.

Das dumpfe Geräusch der Tür, als sie sich öffnete und wieder schloss drang an meine Ohren. Ich drehte mich um und Diesel kam mit einer finsteren Miene und einem Ausdruck der Entschlossenheit auf mich zu.

»Wir fahren«, verkündete er mit knappen Worten, bevor er die Tür zum Fahrersitz aufriss und sich hineinsetzte. Sein Blick war hart und unerbittlich.

Mit einem Seufzer nahm ich einen letzten Zug von der Zigarette und stieg ins Auto. Doch bevor ich die Tür schloss, warf ich den Zigarettenstummel an die Zapfsäule ein paar Meter weiter. Ein leises Zischen ertönte, als die Glut auf das Benzin traf.

»Scheiße, Milana.« Diesel schob den Schalthebel auf Drive und drückte das Gaspedal durch, seine Hände fest am Lenkrad.

Ein lauter Knall erschütterte die Umgebung, gefolgt von einem grellen Feuerball, der den düsteren Himmel erleuchtete. Die Druckwelle traf das Auto, ließ es schwanken, aber Diesel behielt die Kontrolle.

Ich sah im Rückspiegel, wie die Tankstelle in einem Inferno versank. Flammen und Rauch schossen in den Himmel.

»Musste das sein?«, fragte er angespannt nach einer Weile, seine Augen funkelten immer noch vor Zorn.

»Ihr habt meine Wohnung in Brand gesetzt. Also, ja, das musste sein«, entgegnete ich ruhig. Das war nur fair.

Ein leises Fluchen entwich seinen Lippen und er setzte den Blinker für die nächste Ausfahrt, als das Heulen der Sirenen in der Ferne ertönte.

»Wo fährst du hin?«, fragte ich.

Mit düsterer Miene antwortete er: »Irgendwohin, wo uns niemand findet.«

»Warum?«

»Weil du gerade eine verdammte Tankstelle in die Luft gejagt hast, Milana«, erklärte er mit einem bitteren Unterton.

»Also bist du jetzt ein Feigling?« Meine Worte waren wie eisige Nadeln.

Abrupt riss er das Lenkrad rum, und ich erkannte das Zucken der Muskeln in seinem Kiefer. »Gut«, sagte er zynisch. »Aber ich werde deine Kaution nicht bezahlen, wenn sie dich schnappen.«

Ein selbstsicheres Grinsen schlich sich auf meine Lippen. »Oh, wir beide wissen, dass du das tun würdest«, konterte ich, meine Stimme voller Überzeugung und einer Spur von Herausforderung. »Du und Cieran würdet keine Stunde ohne mich aushalten.«

Diesel schwieg. Er wusste, dass es stimmte. Seufzend wandte ich den Blick von ihm und lehnte mich gelassen zurück, beobachtete die vorbeiziehenden Gebäude. »Außerdem würden sie dich auch verhaften«, fügte ich hinzu, um ihn daran zu erinnern, dass er genauso schuldig war wie ich. Immerhin hatte er mir bei der Flucht geholfen.

Wir fuhren Richtung Innenstadt, Richtung Einkaufszentrum. Nachdem Diesel und Cieran beschlossen hatten, meine

Wohnung mit all meinen Besitztümern abzufackeln, brauchte ich ein paar neue Sachen.

Er lenkte in eine Tiefgarage, parkte den Wagen und führte mich in die glitzernde Welt der Mall.

Das grelle Licht der Neonröhren flimmerte über uns. Ein ohrenbetäubender Lärmpegel aus Musik, Stimmengewirr und dem Rattern von Rolltreppen umhüllte uns. An den Wänden prangten die Logos berühmter Designermarken, und der Duft von Parfüm, Kaffee und Leder hing in der Luft.

Ein Meer aus Menschen strömte an uns vorbei, ihre Gesichter angespannt und geschäftig. Diesel klebte wie ein Schatten an meiner Seite, seine massige Gestalt wirkte bedrohlich und beschützend zugleich. Er kämpfte uns einen Weg gegen den Strom frei, um zum ersten Laden zu gelangen.

Der Boden war aus glänzenden Fliesen, der die Schritte der Passanten spiegelte. Rolltreppen führten in die Höhe, gläserne Aufzüge glitten geräuschlos an den Wänden entlang. An den Seiten reihten sich Geschäfte aneinander, die ihre Waren in kunstvollen Auslagen präsentierten. Kleider, Schuhe, Schmuck, Elektronik – es gab alles.

Schließlich erreichten wir das Geschäft. Scheinwerfer tauchten den Raum in ein grelles Licht. Kleiderstangen und Regale voller Klamotten säumten den Weg, den wir gingen.

Ich spürte die Augen der Verkäufer auf mir, als ich zwischen den Reihen voller Kleidungsstücke wanderte, meine Finger über die Stoffe gleiten ließ und nach den perfekten Teilen suchte. An den Ständern hing ein Meer aus Farben und Formen, doch nichts schien zu mir zu sprechen.

Diesel musterte mich ebenfalls mit stechenden Augen, seine Lippen zu einem dünnen Strich gepresst, seine Unlust war unverkennbar. Wie aus dem Klischeebuch entsprungen, strahlte er pures Desinteresse aus. Plötzlich zupfte er nach einem Kleid aus dunkelrotem Samt. Es war tief ausgeschnitten und schmiegte sich verführerisch an den Körper. »Das«, stieß er mit rauer Stimme hervor, »würde dir gut stehen.«

Sein Blick war intensiv, voller Entschlossenheit, und ich konnte die Hitze seiner Worte spüren, als sie meinen Verstand durchdrangen.

Ich ließ meine Augen über das Kleid gleiten, bevor ich ihm wieder den Rücken zukehrte und antwortete: »Mir würde alles stehen, Diesel.«

Mit einem entschiedenen Griff nahm ich drei Kleider von der Stange, gefolgt von drei Röcken, zwei Strickpullovern und einem weiteren Oberteil. »Hier.« Alle neun Teile drückte ich Diesel in die Arme. Ohne ein Wort zu sagen, nahm er die Sachen an sich, und ich spürte die Wärme seines Körpers, als ich sie ihm übergab.

Ich ging weiter. Meine Absätze klackten auf dem Boden. Meine Augen studierten das Sortiment. Ich trat an eine weitere Kleiderstange heran. Diesmal fügte ich dem Berg, den er trug, fünf neue Teile hinzu. Auf dem Weg zur Kasse gingen vier weitere mit.

Diesel legte alle achtzehn Kleidungsstücke auf den Tresen. Die Verkäuferin, eine junge Frau mit perfekt gestylten Haaren und makellosem Make-up, musterte mich mit einem missbilligen

Blick. Ich konnte den Stich des Neids in ihren Augen sehen, als sie bemerkte, dass Diesel alles für mich bezahlte, obwohl ich ihn nicht mit dem Arsch ansah.

Sie scannte die Codes, packte die Kleider in vier große Tüten und nannte den Preis. Diesel hielt seine Kreditkarte an das Gerät. Ich schenkte ihr ein zynisches Lächeln, ehe ich mich von ihr abwandte und zum Ausgang ging, während Diesel meine Einkäufe hinter mir her trug.

Der nächste Laden, den ich betrat, war eine Parfümerie. Nachdem ich meine Standartprodukte rausgesucht hatte, wandte ich mich den Lippenstiften zu. Ich testete verschiedene Töne auf meinem Handrücken.

Genervt seufzte Diesel, als ich in ein weiteres Regal griff. »Milana, du hast schon sechs Lippenstifte in dieser Farbe ausgesucht.«

Ich widmete ihm keine große Aufmerksamkeit. Meine Augen analysierten die Farben, während ich ihm erklärte: »Erstens, die Woche hat sieben Tage.« Sieben Tage bedeutete mindestens sieben Lippenstifte. »Zweitens, sie haben nicht alle dieselbe Farbe.« Es gab große Unterschiede zwischen Ruby-Rose, Cherry-Charm und Rosewood-Romance. »Drittens, wenn ihr nicht meine Wohnung mit all meinen Sachen darin abgebrannt hättet, müsste ich nicht so viel neu kaufen. Viertens, Hand her.« Ich winkte ihn zu mir.

Mit einem Ächzen reichte er mir seine Hand. Sie war warm und vertraut in meiner, als ich die verschiedenen Farben auf seinen Handrücken malte, die leuchtenden Pigmente gegen seine

270

braune Haut.

Nach einigen Momenten des Abwägens entschied ich mich für den letzten, den siebten Lippenstift, den er mir kaufen würde. Cherry-Charm. Der Farbton war tief und sinnlich, ein Hauch von Leidenschaft eingefangen in einem glänzenden Stift.

Diesel zahlte, dann verließen wir den Laden und betraten den nächsten. Ein Hauch von Luxus und Exklusivität stieß mir entgegen, als Diesel mir die Tür aufhielt und ich eintrat. Das Licht, das aus den prachtvollen Kronleuchtern in den Raum fiel, glitzerte auf den polierten Marmorfliesen des Bodens.

Ein Paradies für Frauen. An den Wänden hingen Pelzmäntel in allen erdenklichen Farben und Formen, von tiefem Schwarz bis hin zu leuchtendem Rot und sanftem Beige. In den Vitrinen funkelten glitzernde Accessoires, die von Diamanten bis hin zu Perlen reichten.

»Willkommen bei *Opulentia*«, empfing uns eine junge Frau mit einer weichen, melodischen Stimme. »Mein Name ist Nellie, und ich werde Sie gerne durch unser Sortiment führen.« Sie hatte glattes, platinblondes Haar, das ihr bis zu den Schultern reichte. Als sie lächelte, kam eine Reihe glänzendweißer Zähne zum Vorschein, und ihre hellbraunen Augen glänzten vor Begeisterung, während sie uns durch den Laden führte.

Ich ließ meinen Blick über die reich verzierten Pelze schweifen, die in verschiedenen Stilen präsentiert wurden. Sie fühlten sich unglaublich weich an und strahlten eine unvergleichliche Eleganz aus.

Nachdem ich mir einige davon genauer angesehen und

anprobiert hatte, entschied ich mich schließlich für vier Pelze in verschiedenen Farben: ein sattes Burgunderrot, ein zartes Cremeweiß, ein kräftigeres Braun und ein zeitloses Schwarz.

Nellie nickte zufrieden, als ich meine Auswahl traf, und führte uns zur Kasse. Auf dem Weg passierten wir eine der gläsernen Vitrinenschränke, die mit funkelnden Schmuckstücken gefüllt waren. Ringe mit funkelnden Diamanten, Halsketten aus feinstem Gold und Armbänder mit glitzernden Smaragden.

Doch es war ein einzelner Ring, der in der Mitte der Vitrine platziert war und meine Aufmerksamkeit auf sich zog. Er war von einem silbernen Band umrahmt und von einem glitzernden Diamanten gekrönt, der im Licht der Scheinwerfer funkelte.

Die Verkäuferin bemerkte mein Interesse. »Dieser Ring ist ein wahres Meisterwerk und von Hand gefertigt«, erklärte sie und öffnete die Vitrine mit einem leisen Klicken. »Auf einem filigranen Band aus Platin, thront ein perfekt geschliffener Diamant.«

Vorsichtig holte sie die Schachtel heraus, aber noch bevor ich einen genaueren Blick auf den Diamanten werfen konnte, ertönte eine Stimme hinter mir: »Wir nehmen ihn.«

Cieran.

Stirnrunzelnd drehte ich mich um. Mit den Händen in den Hosentaschen und einer ausdruckslosen Miene auf dem Gesicht kam er neben seinem Bruder zum Stehen.

»Was machst du hier?«, wollte dieser wissen.

Achselzuckend meinte er: »Ich habe gehofft, ihr dabei zuzusehen, wie sie ein paar sexy Dessous anprobiert.«

Aus dem Augenwinkel erkannte ich, wie die Verkäuferin nervös auf ihrer Unterlippe kaute. Entweder fand sie Cieran total heiß, diese Situation war ihr unangenehm oder sie realisierte allmählich, wer vor ihr stand. Zitternd hielt sie die Mäntel und die Schachtel in die Höhe. »Ich gehe das dann mal einpacken.« Sie hatte realisiert, wer vor ihr stand.

»Ich wollte ihr diesen Ring kaufen.« Mit blitzenden Augen sah Diesel ihn an.

»Dann such dir doch einen anderen. Es gibt genug hier.« Cieran ging an ihm vorbei, nahm ihm die Edelpelze ab, stieß ihn absichtlich mit der Schulter an und trat dann an den Ladentisch heran.

»Der Preis«, sagte er, seine Stimme war rau und gebieterisch.

Hektisch tippten Nellies schlanke Finger auf dem Kassengerät. Ihre makellos weißen Gelnägel glänzten im Licht. »86.992,00 Dollar.«

Wie sein Bruder bezahlte auch er, ohne zu zögern, wandte sich dann von der Kasse ab und in meine Richtung. Für einen kurzen Moment ruhten seine Augen auf mir. Ein kaltes Lächeln huschte über seine Lippen, bevor er den Ring aus der Schachtel nahm, nach meiner Hand griff, um ihn mir anzustecken. Das Metall war kalt und schwer genau wie Cierans Berührung.

Er beugte sich zu mir runter. Seine Lippen waren an meinem Ohr. »Jetzt gehörst du mir.« Ein eisiger Hauch von Besitzanspruch lag in seiner Stimme. Es war ein Flüstern, aber trotzdem laut genug, dass Diesel es hören konnte. Ich spürte seinen hasserfüllten Blick regelrecht in meinem Nacken.

Cieran legte seine Hand an meinen Rücken und raunte: »Jetzt lass uns Unterwäsche anprobieren.«

Cieran

Warm ruhte meine Hand auf Milanas Taille, während ich in der anderen ihre Einkaufstaschen trug. Das Gefühl ihrer schlanken Figur unter meiner Handfläche war berauschend, ein verlockender Hauch von Versuchung, der meinen Puls beschleunigte. Jeder sanfte Druck meiner Finger auf ihrer zarten Haut weckte eine Welle der Begehrlichkeit in mir, die mich sehnsüchtig nach mehr von ihrer Nähe verlangen ließ.

An einem Schaufenster blieb sie abrupt stehen, ihre Augen fixiert auf ein Paar hohe Lederstiefel, die in verführerischem Rotlicht präsentiert wurden.

»Ich will sie haben«, war alles, was sie sagen musste. Mich erfüllte es mit einem brennenden Verlangen, ihr diesen Wunsch zu erfüllen, ihr Vergnügen zu bereiten und ihre Bedürfnisse zu befriedigen. Und die Vorstellung, sie in diesen Stiefeln zu sehen, entfachte ein Feuer in mir, das meine Sehnsucht nach ihr nur noch stärker machte.

Wir betraten den Laden. Sie suchte sich die passende Größe raus und probierte die Stiefel an. Sie umschmeichelten ihre Beine in geschmeidigem, hochwertigem Leder, das meine Sinne erregte, und das Verlangen, sie zu berühren, sie zu packen, wurde mit jedem Augenblick, in dem ich sie musterte, größer.

Im Spiegel traf mein Blick auf vertraute Augen. Begierig betrachtete Diesel sie. Im selben Moment wanderte sein Blick zu mir. Wir starrten einander an. Funken leuchteten in unseren Augen, gefüllt mit einem stummen Wettstreit, der zwischen uns tobte.

Es war seltsam, denn obwohl wir Brüder waren und uns schon immer nahestanden, schien die Anziehungskraft, die diese Frau auf uns ausübte, uns weiter voneinander zu entfernen, anstatt uns zu vereinen wie wir es erwartet hatten. Wir wurden zu Rivalen, unsere Begehren nach ihr entfachten einen stillen Kampf um ihre Zuneigung, der uns langsam auseinandertrieb. Und es war mir egal, ob dieser Kampf einen von uns an sein Lebensende treiben würde. Es war mir egal, ob er starb. Wenn ich dafür Milana bekam, nahm ich seinen Tod in Kauf.

»Ich nehme sie.« Ihre Stimme drang durch den dicken Schleier der Feindseligkeit, der sich zu lichten schien, und Diesels und meine Augen lösten sich voneinander. »In allen Farben.«

Bevor ich reagieren konnte, kniete Diesel plötzlich vor Milana nieder. »Was immer du willst, Kätzchen«, sagte er und streifte die Stiefel von ihren Füßen.

In diesem Augenblick wurde mir klar, dass dieser Konflikt zwischen uns tiefer ging als nur um die Gunst einer Frau. Es war ein Kampf um Anerkennung, Macht, ein Ringen um Selbstwert und Würde, darum, wer von uns beiden der bessere war – der bessere für sie.

Schnell griff ich nach den Stiefelpaaren, alle in Größe 38, ehe Diesel die Gelegenheit hatte, auch das zu übernehmen.

Als er ihr ihre eigenen Stiefel angezogen hatte, gingen wir schweigend zur Kasse. Die Spannung zwischen uns war greifbar. Ich zahlte, er trug die Schuhkartons.

Der nächste Laden, den wir betraten, war ein Schrein der Versuchung, gesegnet mit einer Fülle von zarter Spitze, reizvollen Schnitten, sinnlichen Stoffen und funkelnden Verzierungen. Ein Hauch von Luxus umhüllte den Raum, als wir durch die Reihen von fein gearbeiteter Unterwäsche schlenderten. Das Licht war gedämpft, um eine intime Atmosphäre zu schaffen. An den Wänden hingen Reihen von BHs und Slips. Die Regale waren gefüllt mit seidigen Kimonos, verführerischen Babydolls und aufwendig verzierten Korsetts. Überall im Laden lagen sorgfältig gefaltete Stapel von Dessous, bereit, entdeckt zu werden.

Es war ein Ort der Sinnlichkeit und der Verführung, der die Grenzen zwischen Wirklichkeit und Fantasie verschwimmen ließ.

Wahllos griff ich in ein Regal und drückte Milana die weichen Stoffe in die Hand. Ich musste sie in diesen Dessous sehen, musste ihren Körper in den weichen Stoff gehüllt sehen, musste das Funkeln in ihren Augen sehen, wenn sie sich in diesem intimen Moment selbstbewusst und verführerisch fühlte.

Ihre Finger strichen über das Material, während ihre Augen die verschiedenen Muster aufnahmen. »Ich wusste nicht, dass du auf Neon stehst«, sagte sie schließlich und hob den Kopf.

Ich stand nicht auf Neon. Ich war eher der Typ für dunklere, schlichtere Farben. Aber ich war mir sicher, dass, wenn jemand so ein knalliges Pink gut aussehen lassen konnte, dann war es sie. In meiner Vorstellung malte ich mir bereits aus, wie sie in diesem hellen Pink vor mir stand, und verdammt, ja. Das sah höllisch gut aus.

Milana machte auf dem Absatz kehrt und ging voran zu den kleinen Ankleidekabinen, die mit schweren Samtvorhängen geschmückt waren und inmitten des Geschäfts standen. Ich und Diesel folgten ihr, unsere Blicke fest auf ihren eleganten Gang gerichtet.

In diesen Sekunden schien der Raum um uns herum stillzustehen. Es war, als ob jede Bewegung, jeder Schritt, jeder Augenblick in Zeitlupe ablief.

Als sie den Vorhang zurückzog, hineintrat, spürte ich einen Anflug von Erregung in der Luft. Es war, als wäre der Raum von einer elektrischen Spannung erfüllt, während mein Puls in Erwartung dessen, was gleich geschehen würde, in Schwung kam.

Diesel und ich standen angespannt vor der Umkleidekabine. Ungeduld vibrierte in jedem Muskel meines Körpers, zerrte an meinen Nerven und Sehnsucht erfüllte jede einzelne Faser.

Die Stille im Geschäft war ohrenbetäubend, nur unterbrochen vom leisen Rascheln von Milanas Bewegungen hinter dem Vorhang. Die Luft war elektrisch geladen, voller knisternder

Energie und kaum verhohlener Begierde. Die Zeit schien quälend langsam voranzuschreiten. Wenige Minuten vergingen wie etliche Stunden.

Dann endlich, nach einer gefühlten Ewigkeit, schob sich der Vorhang zur Seite, und Diesel und ich hielten gleichzeitig den Atem an. Sie war noch schöner, als wir es uns erhofft hatten.

Das Licht der Umkleidekabine umrahmte ihre makellose Figur, und ihre blasse Haut strahlte. Eine Andeutung eines Lächelns huschte über Milanas Lippen, als sie uns sah. Sie genoss unsere Blicke, die offensichtliche Begierde in unseren Augen.

Langsam drehte sie sich, präsentierte uns ihre verführerischen Kurven in all ihrer Pracht. Der hauchzarte BH aus Spitze setzte ihre Brüste perfekt in Szene, und der Tanga zeigte genau die richtige Menge von ihrem Hintern – nämlich alles.

Wir konnten unsere Blicke nicht von ihr abwenden. Sie klebten auf ihr wie Tropfen an einem reifen Pfirsich, die sanft auf der Haut ruhten und den unwiderstehlichen Wunsch weckten, sie zu kosten. Wir waren wie hypnotisiert von ihrer Schönheit.

In diesem Moment war alles andere vergessen. Die Welt um uns herum existierte nicht mehr. Es gab nur noch sie und uns, vereint in diesem intimen Moment voller Leidenschaft und Sinnlichkeit.

Diesel trat einen Schritt vor, seine Augen brannten vor Verlangen. Milana lächelte ihm verführerisch zu und strich mit ihrer Hand über seine Brust.

Die Spannung knisterte in der Luft, und es war klar, dass es nur noch eine Frage der Zeit war, bis die Leidenschaft explodieren würde.

Ein prickelndes Gefühl der Eifersucht durchzog mich.

Sie versanken in einem leidenschaftlichen Kuss, ihre Körper eng aneinander gepresst. Ich beobachtete sie im Stillen, mein Herz hämmerte in meiner Brust.

Ich trat zu ihnen in die Kabine. »Ich habe dir gesagt, du sollst aufhören, mich zu provozieren«, raunte ich an ihr Ohr, während ich meine Hand an ihren Bauch legte.

Sie reagierte nicht. Sie küssten sich weiter.

Ruckartig riss ich Milana an mich. Ihre Rückseite stieß schwungvoll an meine harte Front, und ein Keuchen floh aus ihrem Mund.

Ihre grünen Augen blickten zu mir auf, ihr Kopf ruhte weiterhin an meiner Brust. »Was willst du dagegen tun?«, hauchte sie. Ihr heißer Atem berührte meine Wange. »Wie willst du mich dazu bringen, aufzuhören?«

Ohne ein weiteres Wort glitt meine Hand unter die feine Spitze. Ich wusste, dass ich sie nicht aufhalten konnte, aber ich hatte einen Plan, um sie zu bestrafen.

Ich tauchte in ihre Pussy ein, und konnte mit dem Rücken meines Oberarms, der auf ihre Brust drückte, spüren, wie sich ihr Herzschlag erhöhte. Ich fühlte ihre Nässe, ihre Erregung.

Dann begann ich, meine Finger gegen ihre G-Zone zu rollen. Es brauchte nur ein paar Berührungen mit diesem Punkt, bis ihre Knie weich wurden.

Sachte strich ich ihr Haar zurück, wobei meine Fingerspitzen ihre erhitzte Haut berührten und sich die feinen Härchen in ihrem Nacken aufstellten, dann senkte ich mein Gesicht in ihre Halsbeuge. Meine Zähne knabberten an ihrem Ohrläppchen und meine Lippen nippten an ihr.

»Sieh dich an«, wisperte ich, während ich meinen Blick auf ihr Spiegelbild richtete, ohne mich einen Zentimeter von ihr zu entfernen oder meine Finger aus ihr zu nehmen.

Milana schaute sich selbst an, und ich konnte sehen, wie sie sich in ihrem eigenen Abbild verlor.

»Du bist atemberaubend«, flüsterte ich. Die Spannung in der Umkleidekabine verdichtete sich weiter. »Und so geil.«

Sie schnappte nach Luft, als meine Finger erneut gegen ihre Wand stießen, ein leises Keuchen entfuhr ihren Lippen. Ihr Körper spannte sich an, und sie wartete auf den nächsten Stoß. Jede Berührung elektrisierte sie, ihre Haut prickelte vor Erregung.

Voller Ungeduld begann sie, ihre Hüften in einem verzweifelten Versuch zu bewegen, ein Stückchen näher an der ersehnten Stimulation. Sie sehnte sich nach mehr, nach dieser erlösenden Welle der Lust, die sie überwältigen würde.

Für einen Moment verharrte ich regungslos, und die Stille wurde nur von ihrem heftigen Atmen durchbrochen. Dann zog ich langsam meine Finger aus ihr heraus. Ihre Spuren blieben auf meinen Fingern zurück und ich verrieb sie.

Sie sah mich an. Jeder Funke in ihren giftgrünen Augen sprühte vor Verlangen.

Doch dann, in einem Augenblick, der so schnell verging wie ein Blitz am Himmel, legte sich ihr Schalter um. Die Glut in ihren Augen erlosch abrupt, und ein Schleier der Kälte senkte sich über ihre Züge.

Sie drehte sich mit dem Rücken zu Diesel, ihre Bewegungen fließend und bestimmt. Ihre flinken Finger legten sich um ihr Haar und sie strich es beiseite.

Es brauchte keine Worte, um zu verstehen, was sie wollte. Diesel öffnete den BH. Ein leises Klicken und das sanfte Rascheln von Stoff begleiteten seine gehorsame Handlung, während ich still beobachtete, wie ihre Brüste sich von der Befreiung beugten.

Milana bückte sich hinunter, um ihren eigenen BH zu nehmen. Ihre Titten bewegten sich mit ihr genau wie unsere Augen. Geschickt bewegten sich ihre Finger, um die vertrauten Haken zu schließen, und ihre Titten wurden von dem dunklen Spitzenstoff umarmt.

Auch das lebhafte Neonpink, das ihre Weiblichkeit verhüllte, tauschte sie gegen ihren eleganten schwarzen Slip aus. Meine Augen fixierten sich auf das V zwischen ihren Beinen, als sie den Tanga von ihrer Hüfte strich und zu Boden fallen ließ.

Ein prickelndes Gefühl durchströmte mich, als ob tausend kleine Nadeln meine Haut kitzelten. Jeder Nerv schien elektrisiert zu sein, pulsierend vor aufsteigender Hitze, die meinen Atem beschleunigte und mein Herz in wildem Takt schlagen ließ.

Ein plötzliches Gefühl ihrer Nähe durchzog mich, als sie sich mir näherte, ihre Stimme wie ein sanfter Hauch in der Stille des Raumes. »Pink ist nicht meine Farbe«, flüsterte sie und erregte meine Sinne.

Mit einer eleganten Bewegung griff sie hinter mich, wo ihre

Kleidung lag. Sie zog sie an, als würde sie eine Show abziehen.

Plötzlich dämmerte es mir, dass die Rollen vertauscht worden waren. Vor nicht mal einer Minute tropfte sie noch auf meine Finger. Jetzt sabberte ich ihr nach. Es war, als ob sie die Regie führte, während ich nur noch eine Figur in ihrem fesselnden Drama war.

Fuck, ich konnte nicht leugnen, dass ich darauf reagierte. Jeder Blick, jedes Wort, das sie sprach, schien wie ein verführerischer Köder, der mich tiefer in ihr Netz der Versuchung zog. Es war, als ob sie die Kunst der Verführung beherrschte, mit einer Meisterschaft, die ich noch nie zuvor gesehen hatte.

Dann zog sie den Vorhang auf und ging. Weder ein Blick noch ein Wort wurden ausgetauscht. Ein stiller Moment des Innehaltens blieb zurück, als ihre Abwesenheit sich wie eine feine Melodie in der Luft verlor.

Diesel und ich setzten uns schließlich in Bewegung und folgten ihr durch den Laden. Sie suchte sich ein paar der Teile aus, die auf den Tischen ausgestellt lagen. Strings, BHs und ein Nachtkleid. Am Tresen überreichte sie die feinen Stoffe der Kassiererin.

Ich wollte bezahlen. Ich wollte derjenige sein, der die Stücke kaufte, die ihre nackte Haut berührten. Aber ich war zu langsam, in Gedanken noch in der Umkleidekabine, und Diesel zog seine Karte.

Mit einer weiteren Tasche verließen wir erst den Laden und dann die Mall.

Milana

Sie schienen noch gieriger zu werden. Jeder Tag, der verging, erfüllte sie mit mehr Begierde. Es waren zehn Tage, seit ich zurückkam, und sie waren zehnmal geiler als am ersten Tag.

Diesels Hände umschlangen meine Taille. Seine Lippen küssten meinen Hals, hauchzart zuerst, dann mit wachsender Intensität. Sein Atem flüsterte heiße Worte in mein Ohr.

Cierans Hand war unter meinen Pullover gewandert, seine Berührung fordernd. Die rauen Fingerkuppen fuhren über meinen Bauch und zogen Kreise um meinen Nabel.

Der Film auf dem Flachbildfernseher verblasste. Mit ihnen überall an mir war das einzige, worauf ich mich konzentrieren konnte, der aufsteigende Missmut.

Ihre Blicke ruhten unersättlich auf mir, als könnten sie mich mit ihren bloßen Augen verschlingen.

»Kriegt eure verfickten Schwänze unter Kontrolle.« Genervt schob ich ihre Pranken von mir, stand auf, doch zwei große, kräftige Hände legten sich an meine Taille und zogen mich zurück, so als ob ich ein Spielzeug wäre, das er nicht loslassen wollte. Mit Schwung fiel ich zurück auf ihre Beine.

»Unsere Schwänze sind unter Kontrolle.« Diesels Gesicht schwebte nur wenige Zentimeter über meinem, und sein heißer Atem streifte meine Wange. »Deiner Kontrolle.«

Ich spürte, wie Cieran meine Hose öffnete. Meine Muskeln spannten sich an, bereit, ihn zu stoppen, doch sein Bruder hielt mich zurück.

»Lass los.« Mit funkelnden Augen starrte ich direkt in Diesels. Er zeigte keine Anzeichen, sich zu bewegen.

Die Hitze ihres Verlangens umgab mich wie ein unsichtbares Band, während sie mich mit ihren gierigen Händen festhielten, ihre Berührungen ungeduldig und ihre Blicke hungrig.

Ein warnendes Augenfunkeln war alles, was ich ihnen gab – eine Spur meiner Verärgerung, die wie ein Vulkan kurz vor dem Ausbruch unter der Oberfläche brodelte.

»Lass los, habe ich gesagt!« Wutentbrannt legte ich meine Hand an seinen Hals, stieß Cierans Arme mit den Füßen von mir und richtete mich auf.

»Willst du, dass ich dich umbringe?« Blitze schossen in meinen Augen. Mein Griff um seinen Hals festigte sich.

Auf einmal schlich sich ein Grinsen auf seine Lippen. In seinen Augen glänzte ein Mix aus Schmerz, Belustigung und Lust, während er meinen Zorn scheinbar genießend ertrug. »Das wäre der geilste Tod, den ich mir vorstellen kann«, sagte er verschmitzt.

Ich biss die Zähne zusammen und drückte noch fester gegen seine Kehle, grub meine Nägel noch tiefer in seine Haut, bis er keuchte.

»Kätzchen, beruhige dich.« Der Kosename sandte einen Schauer über meinen Rücken. Cierans Hand legte sich um meine. Er versuchte, sie zu lösen, doch mein Griff blieb unnachgiebig. »Wir spielen doch nur.«

»Ich spiele auch nur«, entgegnete ich. »Ich habe gerade so viel Spaß an diesem Spiel.«

Plötzlich löste er meine Hand mit einem kraftvollen Zug von seinem Bruder, drückte meinen Arm in die Polster und lehnte sich über mich. »Aber du wirst niemals gewinnen, es wird niemals enden.«

Ein bitteres Lächeln huschte über meine Lippen. »Du denkst also, du hast die Kontrolle über alles?«, spottete ich. »Über dieses Spiel? Über mich?« In meinen Augen loderte noch immer die Glut der Wut.

»Die Kontrolle?«, fragte er. »Nein, Kätzchen.« Sanft strich er mit dem Daumen über meinen Arm. Seine dunkelbraunen Augen starrten direkt in meine Seele. »Wenn es um dich geht, habe ich nichts in mir mehr unter Kontrolle.« Cierans Worte hallten in meinen Ohren wider, während sein Blick mich durchdrang und meine Haut kitzelte. »Aber ich spiele gerne mit dem Feuer«, raunte er, »besonders, wenn es so heiß ist wie du.«

Die Spannung zwischen uns war wie ein flackerndes Feuer, dessen Flammen sich wild in alle Richtungen züngelten. Seine

Nähe war betörend, seine Berührung elektrisierend. Ich spürte, wie mein Herz schneller schlug, als ob es im Takt seiner Finger über meine Haut schlug. Doch ich weigerte mich, mich ihm hinzugeben.

»Und was ist dein Ziel in diesem Spiel?«, fragte ich, mein Blick fest auf Cieran gerichtet.

Ein funkelndes Lichtspiel tanzte in Diesels Augen, als er sich aufrichtete und neben seinem Bruder über mich lehnte. Seine Stimme klang wie ein düsteres Versprechen, als er sagte: »Dich zu besitzen.«

Meine Augen verdunkelten sich, und meine Lippen formten eine Entschlossenheit, die in der Luft zu knistern schien. »Ich sagte doch, das einzige Spiel, das ich spiele, ist *Leben oder Tod*.« Mit jeder Silbe stärkte sich meine Haltung, meine Stimme wurde zu einem Flüstern, als ich mich ihnen entgegenstreckte und erklärte: »Und das Ziel ist euer Tod.«

Ein scharfes Lachen durchbrach die bedrohliche Stille, als Cieran seine Worte wie Dolche schleuderte: »Dann bist du verdammt scheiße in diesem Spiel, Milana. Du warst nie auch nur annähernd davor, einen von uns zu töten.«

Wie von selbst wanderte mein Blick an den Kratzern entlang, die sich von der ersten Nacht, in der wir uns getroffen hatten, über seine linke Gesichtshälfte zogen. Aber er hatte recht. Es war nicht tödlich. Weil ich noch nicht wollte, dass es tödlich war. Weil ich noch ein bisschen mit ihnen spielen wollte.

In der Finsternis des Wohnzimmers hallte meine Stimme mit einem eindringlichen Unterton wider. »Weil ich noch nicht fertig mit euch bin«, entgegnete ich, meine Worte wie Schatten, die sich um sie herum schlängelten. »Euer Tod ist das Ende. Doch das Spiel ist noch nicht vorbei. Es hat gerade erst begonnen.«

Diesel und Cieran tauschten einen flüchtigen Blick aus, ein stummes Verständnis zwischen Brüdern, das ich nicht verstehen konnte. Schließlich sagte Diesel: »Wir sind bereit, jederzeit zu sterben, solange du es bist, die unser Leben für immer an sich nimmt.« Cieran fügte hinzu: »Aber solange wir noch am Leben sind, wollen wir jede einzelne Minute damit verbringen, dich zu sehen, anzufassen, zu schmecken oder zu ficken.«

Ihre Worte waren wie ein nebelhafter Schleier, der meine Sinne umhüllte, und bevor ich reagieren konnte, spürte ich, wie er meine Hose herunterzog, ein Zeichen seiner impulsiven Leidenschaft.

Schweigend lehnte ich mich dicht an sein Gesicht heran. Mein Atem vermischte sich mit seinem in der Luft zwischen uns. »Dann versucht es doch.«

Ich glitt über die Sofalehne, landete sicher auf dem Boden und verschwand in Cierans Schlafzimmer, wo ich meine Klamotten abstreifte.

Ein paar Minuten später berührten meine nackten Füße den angenehm warmen Holzboden, während ich wieder an Diesel und Cieran vorbeilief, die im Wohnzimmer saßen. In dem Moment, in dem sie mich registrierten, waren ihre Augen auf mich fixiert.

Ich war es, die das Spiel spielte. Ich war diejenige, die führte. Sie waren nur ein paar belanglose Figuren auf meinem Brett, ein paar weitere Bauern, die ich schmeißen würde.

Cierans Augenbrauen hoben sich in einem amüsierten Ausdruck. Diesel musterte mich unverhohlen. Seine Augen wanderten über meine Haut, von meinen Schultern bis hin zu meinen Beinen, und sein Blick verweilte auf meinen Brüsten, die in der kühlen Luft leicht zitterten.

Ich spürte ihre Augen wie eine feurige Berührung auf meiner Haut, und ein prickelndes Gefühl durchzog meinen gesamten Körper.

Der kühle Wind streichelte meine Haut, als ich auf den Balkon hinaustrat und den beheizten Pool unter mir sah. Die Dunkelheit wurde durchbrochen von einem warmen Schimmer, der vom beleuchteten Pool ausging. Der Dampf stieg auf, eine mystische Wolke, die sich mit der Kälte der Nacht vermischte. Das Wasser glühte im sanften Schein der Unterwasserbeleuchtung.

Ich tauchte meinen Fuß ein, dann glitt ich mit dem Rest meines Körpers in das Becken, und das Wasser umschloss mich, warm und einladend. Der Dampf stieg um mich herum auf.

Langsam zog ich durch den Pool, wartete darauf, dass sie anbissen, als ein leises Rascheln mich aufblicken ließ, und ich Diesel und Cieran auf dem Balkon stehen sah, ihre Blicke auf mich gerichtet. Begehren glühte in ihren Augen.

Beide hatten sich bis auf das letzte Stück ausgezogen. Der Anblick ihrer nackten Körper war wie ein Gemälde der Sinnlichkeit und Stärke. Die Konturen ihrer Muskeln zeichneten sich kraftvoll gegen das Licht ab. Tattoos zierten ihre Haut, und Adern zogen sich wie Flüsse über sie, pulsierend mit Leben und

Energie.

Jede Bewegung war fließend und kraftvoll, als sie zu mir in den Pool stiegen. Ich spürte, wie eine heiße Welle durch meinen Magen direkt zwischen meine Schenkel rauschte.

Diesel umschloss meine Taille, und zog mich an sich. Seine Hände waren rau und heiß. Unsere Körper waren so nah, dass ich seine Wärme spüren und seinen Atem auf meiner Haut fühlen konnte.

Er beugte sich zu mir runter, und es begann mit einem zarten Berühren der Lippen, das schnell in einem stürmischen Zusammentreffen ausartete. Unsere Lippen pressten sich fest gegeneinander, verlangend nach mehr, während sich unsere Zungen ineinander verwoben.

Cierans Hände legten sich von hinten auf meine Schultern, und er stellte sich so dicht an mich heran, dass ich seine Härte an meinem Hintern spürte. Seine Lippen saugten an meinem Hals, und seine Zunge leckte über meine Haut.

Das klare Wasser des Pools umgab mich wie ein heißer Kokon, während ich zwischen den beiden Brüdern trieb.

Ihre Hände glitten behutsam über meine Haut, erkundeten jede Kurve meines Körpers. Die Berührungen ihrer Finger lösten ein prickelndes Verlangen in mir aus, das jeden Atemzug schwerer machte.

Ein Stöhnen entkam mir, als einer der beiden anfing, meine Nippel zwischen seinen Fingern zu reiben, und ich warf den Kopf nach hinten an Cierans Brust.

Es war ein Tanz der Sinne, ein Spiel von Feuer und Eis, bei

dem jede Berührung ein Funkensprühen auslöste. Die Hitze stieg unaufhaltsam, die Leidenschaft brannte wie ein loderndes Feuer, das uns drei verzehrte.

»Spürst du das?«, brummte er in mein Ohr. Sein dicker, harter Schwanz drückte fester gegen meinen Hintern, und meine Klitoris pochte vor Lust.

Ich legte meine Hand auf seine an meinem Bauch und führte sie nach unten, dorthin, wo ich sie am meisten brauchte. »Spürst du das?«, fragte ich zurück.

»Fuck.« Erst umfasste er mich nur, dann strich er mit seiner flachen Hand von vorne bis nach ganz hinten zwischen meinen Pobacken. »Du bist so nass, Kätzchen, und das ist nicht das Wasser.«

Ohne eine weitere Sekunde verstreichen zu lassen, stieß er von hinten in mich hinein.

Sofort schob ich meine Hände über Diesels Brust nach oben, griff in seinen Nacken und hielt mich an ihm fest.

Unsere Stirnen ruhten aneinander, unsere Augen fixierten sich, als Cieran sich schonungslos in mir bewegte und mich zum Stöhnen brachte.

»Ich dachte nicht, dass ich es so sehr genießen würde, dabei zuzusehen, wie mein Bruder dich fickt.«

»Halt die Klappe«, keuchte ich und presste meine Lippen auf seine.

Meine rechte Hand löste sich von seinem Nacken, tauchte ins Wasser, wo sie seine Erektion an meinem Bauch fand und sie rieb.

Diesel presste einen tiefen Laut der Sehnsucht über seine Lippen, bevor er seine eigene Hand nach unten brachte, um seinen Penis zu meinem zweiten Eingang zu führen. Mit der Spitze rieb er darüber, bevor er ihn hineinschob und sich im Einklang zu seinem Bruder bewegte.

Sie zogen sich heraus, stießen hinein, wobei sie immer zeitgleich gegen meine Wände prallten. Jedes einzelne Mal floh sich ein Stöhnen aus meiner Kehle.

Mein Griff verengte sich in Diesels Nacken und ich krallte meine Nägel tief in seine Haut. Mein Kopf ruhte immer noch an Cierans Brust.

»Oh«, atmete ich aus, als sie parallel von vorne und hinten in mich eindrangen, »mein Gott.«

Jeder Nerv meines Körpers schien zu vibrieren, jede Berührung verstärkte die Woge der Lust, die mich überwältigte.

Es war ein Moment voller Intensität, in dem sich alle Sinne zu einem einzigen Punkt verschmolzen. Mein Atem beschleunigte sich, mein Herzschlag pulsierte wild in meinen Ohren, und ich fühlte, wie sich eine unbeschreibliche Welle der Befriedigung durch meinen Körper ausbreitete.

Mein Kiefer klappte auf und ein genussvolles Stöhnen rang hervor, während ich unter dem Orgasmus erzitterte und sich meine Muskeln zusammenzogen.

Cieran schloss seinen Arm um meinen Bauch und hielt mich auf meinen Beinen. Seine Atemzüge in meinem Nacken kamen schneller und kürzer. Seine Muskeln spannten sich ebenfalls an, und es fühlte sich an, als würde ich mich gegen eine steinerne

Wand lehnen.

Ich konnte spüren, dass er gleich kommen würde. Seine Bewegungen wurden härter, drängender, aber gleichzeitig auch nachlässiger.

Auch Diesel schien kurz davor zu stehen, seinen Höhepunkt zu erreichen. Sein Gesichtsausdruck spiegelte die Intensität seiner Empfindungen wider. Seine Augen waren geschlossen und ich konnte sehen, wie er sich ganz der Lust hingab.

Ihre Körper bebten, raue Klänge drangen aus ihren Kehlen, Cierans Hände verkrampften sich an mir, und ein Ausdruck tiefer Befriedigung huschte über Diesels Gesicht.

Ein raues Stöhnen kam von hinter mir, als Cieran seinen Schwanz aus mir rauszog. »Ah, fuck.« Sein Bruder tat es ihm gleich und zog sich ebenfalls aus mir heraus. Eine weiße Substanz vermischte sich mit dem klaren Chlorwasser und trübte es.

Cieran hielt mich immer noch fest im Arm, und ich spürte, wie sich seine feuchten Lippen an mein Ohr legten. »Ich will nie wieder sehen, wie du von einem anderen Mann gefickt wirst«, raunte er. »Und ich hoffe, dir ist jetzt klar, dass du dasselbe willst. Denn kein Mann wird dich jemals so gut ficken wie wir. Kein Mann wird deinen Körper je so gut kennen wie wir.« Ich spürte, wie seine Finger sanft über meinen Nacken streichelten, während ein anderer auf meine Klitoris drückte und ich nach Luft rang. »Und kein Mann wird deinen Körper so gut befriedigen wie wir.«

Damit fühlte ich in einem plötzlichen Moment der Trennung und des Verlustes, wie jede einzelne Hand, die mich zuvor berührt hatte, sich unerwartet von mir löste. Eine kalte Leere kroch über meine Haut und die feinen Härchen an meinen Armen und Beinen stellten sich auf. Es war, als ob mein ganzer Körper sich sehnsüchtig das Gefühl der Nähe zurücksehnte, das ihm abrupt entzogen worden war.

Mein Blick wanderte über die glitzernde Skyline von New York. Die Lichter der Wolkenkratzer tanzten im Dunkel und malten ein faszinierendes Bild am nächtlichen Himmel.

»Wunderschön«, flüsterte Diesel, seine Stimme kaum mehr als ein Hauch in der kühlen Nachtluft. Auf einmal stand er neben mir, seine Nähe ließ mich innehalten. Seine Haut berührte meine, und ein Kribbeln durchzog meinen Körper. Es war, als hätte seine bloße Anwesenheit die Leere gefüllt, die sich in mir breitgemacht hatte.

Als ich den Kopf hob, nur um festzustellen, dass er nicht auf die funkelnde Stadt blickte, sondern auf mich, wurde das Kribbeln stärker. Wir schwiegen einen Moment. Dann, gemächlich, legte er seinen Arm um mich, zog mich an sich.

»Ich habe dich vermisst, kleines Kätzchen.« Seine Worte waren klar und vermischten sich mit dem leisen Plätschern des Wassers. Sachte fuhr er mit den Fingern über meinen Arm und bemerkte die Gänsehaut. »Lass uns reingehen«, wisperte er und hob mich hoch. Meine Fußsohlen lösten sich von dem Beckenboden, meine Beine schlangen sich automatisch um seinen Körper.

Ich spürte seine feuchte Haut auf meiner nackten Pussy. Jeder Schritt, den er machte, erzeugte ein wenig Reibung. Ein leises Seufzen entkam mir. Gott, auch wenn ich es nicht zugeben wollte, ich hatte ihn genauso vermisst. Mein Körper hatte ihn vermisst, hatte das hier vermisst.

Diesel stieg die Treppen hoch und die kalte Nacht setzte sich auf meinem nassen Körper ab. Nach etwas mehr Wärme verlangend, drückte ich mich näher an ihn. Zwischen unseren Häuten war nicht einmal mehr Platz für ein einziges Atom.

Im Wohnzimmer wartete Cieran bereits mit einem Handtuch, um seinen Bruder abzulösen. Die heutige Nacht gehörte ihm. Doch anstatt mich von ihm in sein Schlafzimmer tragen zu lassen, lockerte ich meine Beine um Diesels Rumpf und stellte mich auf meine eigenen Füße. Dann schnappte ich mir das Handtuch, wickelte mich darin ein und tappte den dunklen Flur entlang. Ich hörte ihr Gemurmel hinter mir, konnte aber keine Worte verstehen.

Die Mühe, mir die Zähne zu putzen, machte ich mir nicht. Ich war zu müde. Nachdem ich mich abgetrocknet hatte, kroch ich unter die Decke und kuschelte mich an das weiche Kissen.

Wenig später machte Cieran es sich neben mir im Bett gemütlich. Seine Hand legte sich an meine Hüfte und ich spürte, wie er versuchte, mich dichter an sich zu ziehen, doch ich blockte ab. Ich hatte keine Lust auf Kuscheln.

Diesel

Sie langweilte sich, ein Gefühl, das Milana schon lange nicht mehr erlebt hatte. Seit zwei Wochen hatte sie nicht mehr getötet und wurde launisch. Sie sehnte sich nach der Aufregung des Kampfes, nach dem Adrenalinschub, der ihren Puls rasen ließ und ihre Sinne schärfte.

Ihre Hände zitterten vor Ungeduld, und ihr Verstand war wie ein gefesselter Wolf, der unermüdlich gegen seine Ketten ankämpfte. Sie konnte es nicht ertragen, länger untätig zu bleiben. Der Sex mit uns war nicht mehr genug. Die leidenschaftlichen Berührungen und wilden Küsse konnten nicht die Leere füllen, die in ihr klaffte. Sie brauchte einen anderen, stärkeren Reiz.

Cieran hatte ihr einen der Junkies mitgebracht, der seine Rechnung noch nicht bezahlt hatte. Doch Milana verweigerte ihn.

»Ich brauche mehr als nur einen Körper, der bereit ist zu sterben«, erklärte sie mit einer Stimme, die vor Entschlossenheit bebte. Ohne eine Antwort abzuwarten, wandte sie sich abrupt ab und griff nach ihrem Mantel, der an der Garderobe hing.

»Milana, du bleibst hier.« In meiner Stimme lag Warnung. Sie ignorierte sie und zog sich ihre Stiefel an. »Ich brauche die Jagd«, entgegnete sie, »das Spiel zwischen Jäger und Beute, das Knistern der Spannung.«

Ein Fluch entwich Cieran, als sie die Tür aufriss. Schnell griff er nach dem Messer, das auf dem Küchentresen lag, rammte es dem Junkie in den Hals, schnappte sich den Autoschlüssel, ehe wir auf den Hausflur stürmten.

In diesem Augenblick schloss sich der letzte Zentimeter der Aufzugtüren. Mein Herz schlug schneller vor Panik, als ich hektisch auf den Knopf drückte, in der verzweifelten Hoffnung, dass sich die Türen wieder öffnen würden. Doch es war vergeblich. »Milana!« Mein Schrei hallte durch die leeren Flure, doch es kam keine Antwort.

»Fuck!«, schimpfte Cieran. Ohne zu zögern, stürzten wir zur Treppe und rannten die Stufen hinunter, unsere Schritte im Einklang mit dem Klopfen meines Herzens. Er eilte in die Tiefgarage, um den Wagen zu holen, während ich Milana zu Fuß folgte.

Panisch ließ ich meinen Blick durch die Straße wandern. Im schwachen Schein der Laterne erkannte ich ihre Silhouette. Der Pelzmantel umhüllte sie wie eine zweite Haut, sein weiches Fell schimmerte im fahlen Licht und verlieh ihrem Lauf eine anmutige

Leichtigkeit. Die Länge des Mantels flatterte hinter ihr her und tanzte im Wind.

Sofort rannte ich los und fischte dabei mein Handy aus der Hosentasche. Cierans Name leuchtete auf dem Display. Ich nahm den Anruf an und keuchte: »Sie läuft nach Süden. Richtung Lower East Side.«

Meine Schritte waren schwer und unkoordiniert in dem Bemühen, mit ihr mitzuhalten. Der eisige Wind peitschte mir den Niesel ins Gesicht und raubte mir beinahe den Atem, während meine Gedanken wild durcheinander wirbelten wie Blätter im Sturm.

Keine Ahnung, wie lange ich schon rannte. Die Straßen wurden leerer und die Häuser verschwommen in der Dunkelheit, nur das gedämpfte Licht der Laternen warf unregelmäßige Schatten auf den Boden. Der Klang meiner eigenen hastigen Schritte hallte von den engen Mauern wider.

Milanas Gestalt verschwand beinahe im Nebel der Nacht, nur der flüchtige Anblick ihres langen Pelzes, der im Wind wehte, verriet mir ihre Richtung.

Mein Herz pochte in meiner Brust, der Atem brannte in meinen Lungen, doch der Gedanke, sie zu verlieren, trieb mich weiter voran. Wie ein verschwommener Traum zogen die fremden Gebäude an mir vorbei, während meine Sinne von einem Gefühl der Dringlichkeit erfüllt waren.

Plötzlich verschwand sie hinter einer Ecke. Krampfartig zog sich meine Brust zusammen. Ich beschleunigte. Meine Beine brannten. Ich beschleunigte mehr.

Als ich mit so viel Schwung um die Hausecke bog, dass ich beinahe das Gleichgewicht verlor, entdeckte ich sie wieder. Sie stand am Straßenrand und redete mit einer jungen Frau in einem babyblauen Fiat.

»Verdammt«, murmelte ich vor mich hin. Ich trat näher heran, meine Schritte schwer und behaftet mit meiner Erschöpfung.

Milana wandte sich mir zu, ein schelmisches Schmunzeln auf ihren perfekten Lippen. Die junge Frau im Fiat drehte den Kopf, ein finsterer Blick in ihrem Gesicht, als sie mich entdeckte.

»Steig ein«, sagte sie zu Milana, ohne den Blick von mir abzuwenden. Sie schien nicht besonders begeistert von meiner Anwesenheit zu sein, und ihre düsteren Augen verrieten eine gewisse Unruhe. Aber sie hatte ja keine Ahnung, dass sie das viel schlimmere Monster gerade in ihr Auto einlud.

Die Spannung lag spürbar in der Luft, als sie die Tür öffnete und sich auf den Beifahrersitz gleiten ließ. Mit einem verschmitzten Lächeln, als ob sie meine Gedanken lesen könnte, sah sie mich durch die Windschutzscheibe an. Ihre Augen funkelten im Halbdunkel des Wagens, und ich konnte nicht anders, als mich von ihrer Ausstrahlung gefangen nehmen zu lassen.

Ehe ich es realisierte, rollte das Auto los.

Ich hatte sie wieder verloren. Fuck!

Plötzlich hielt ein schwarzer Mustang vor mir. Mein Bruder saß am Steuer, sein Blick entschlossen und finster zugleich.

Ohne ein Wort stieg ich ein, spürte die Anspannung in der Luft. Die Stille zwischen uns war drückend, während wir uns ohne Worte verständigten. Ein Nicken, ein Blick – und wir wussten, was zu tun war. Wir mussten Milana finden.

Die Straßen flogen an uns vorbei, das Adrenalin pulsierte in meinen Adern. Irgendwann tauchte der babyblaue Fiat wieder auf, und wir klemmten uns an ihn. Wohin uns diese Fahrt führen würde, konnte ich nur erahnen.

Schließlich bremste Cieran abrupt. Das Auto kam zum Stillstand. Vor uns lag eine dunkle, verlassene Gasse. Beinahe verschluckte die Dunkelheit die zwei Gestalten, die aus dem Wagen vor uns ausstiegen.

Auf einmal durchdrang ein grelles Leuchten die Nacht. Giftgrüne Augen starrten uns an, voller Gier und Mordlust. Verdammt. Es machte sie so heiß, endlich wieder jemanden töten zu können.

Reglos saßen Cieran und ich im Auto, unsere Blicke gefangen von der Szene, die sich vor uns abspielte. In Schweigen gehüllt beobachteten wir sie. Die Stille war fast greifbar, durchdrungen von dem dumpfen Klang unseres Herzschlags.

Milanas Augen leuchteten in einem bösartigen Glanz, als sie die junge Frau mit einer unerbittlichen Entschlossenheit niederstreckte. Das metallische Klirren der Klinge durchschnitt die Stille wie ein Schrei in der Nacht. Das Blut spritzte in alle Richtungen.

Cieran neben mir verlor sich ebenfalls in diesem morbiden Schauspiel. Sein Blick war fest auf Milana gerichtet, als sie das Messer zurückzog. Es war, als ob sie das Leiden, das dieses Messer verursachte, in vollen Zügen genoss, als ob sie die Macht über Leben und Tod in ihren Händen spürte. Sie leckte das Blut von ihrer Klinge und sah dabei aus wie eine teuflische Gottheit.

Ihr Lächeln war ein Versprechen von Unheil, eine Verheißung von Lust und Zerstörung, die uns in ihren Bann zog und uns gleichzeitig erdrückte.

In diesem Moment waren wir eins mit ihr, verbunden durch unsere dunklen Begierden und unsere unstillbare Sehnsucht nach der Dunkelheit. Denn in der Finsternis fanden wir unsere wahre Natur, unsere wahren Gefühle, die uns in die Abgründe der menschlichen Seele führten.

Und so saßen wir da, unsere Blicke auf Milana gerichtet, die in der Dunkelheit wie eine diabolische Göttin thronte, umgeben von Tod und Verderben, und wir liebten sie dafür, liebten das Spektakel, das sie für uns inszenierte, und liebten es zu sehen, wie sehr sie es liebte.

Jeder Schnitt ihrer Klinge, jeder gequälte Schrei durchdrang die Finsternis und hallte in unseren Köpfen wider, verstärkt durch die unheilvolle Stille der Nacht.

Die junge Frau am Boden war nur noch ein Schatten ihrer selbst, ein Spielball in Milanas Händen, die mit jeder grausam eleganten Bewegung eine neue Welle des Schreckens entfesselte. Ihr Lächeln wurde breiter, ihre Augen glänzten vor unheilvoller Freude, während sie die Grenzen des menschlichen Leids immer weiter auslotete.

Als Milana mit ihr fertig war, war die Frau nicht mehr wiederzuerkennen. Ihr ehemals sanftes Gesicht war verzerrt von Schmerz und Verzweiflung, die Züge entstellt durch die brutale

Handlung, die über sie hinweggegangen war. Das einst so makellose Fleisch war nun von tiefen Schnitten und blutigen Wunden übersät, die Haut aufgerissen und zerfleischt, als ob sie von den Klauen eines wilden Tieres erwischt worden wäre. Dunkles Blut floss in Rinnsalen über ihre gebräunte Haut. Ihre Augen, früher lebendig und voller Freude, waren nun stumpf und leer, der Glanz des Lebens erloschen und von der Grausamkeit der Welt erstickt.

Langsam richtete Milana sich auf, ihre Gestalt von einer Aura der Macht umgeben. Ohne ein Wort, stiegen wir beide aus. Wir konnten sie nicht gehen lassen, wir konnten sie nicht schon wieder verlieren. Ein unstillbarer Hunger nach ihrer Nähe und nach der Dunkelheit, die sie mit sich trug, trieb uns dazu, sie festzuhalten, sie in unserer Mitte einzuschließen, auch wenn es bedeutete, uns selbst weiter in den Abgrund zu ziehen.

Mit schnellen Griffen schnappten wir nach ihr, unsere Hände fest um ihre Arme geschlossen, als ob wir sie an unsere dunklen Seelen fesseln wollten.

Sie drehte sich zu uns um. Eine unnahbare, leere Maske hatte sich wieder über ihr Gesicht gelegt, die Erregung und die Freude waren verschwunden. Das getrocknete Blut auf ihrer blassen Haut war die einzige Spur, die geblieben war.

»Lasst los«, sprach sie in einem warnenden Ton. Aber wir konnten nicht loslassen. Unsere Körper erlaubten uns nicht, sie loszulassen. Sie brauchten sie.

Wir starrten sie an. Sie starrte uns an. Der Moment der Stille dehnte sich aus, während wir uns gegenseitig fixierten. Die finstere Nacht schien sich um uns zu verdichten, als ob sie uns verschlucken und für immer in ihrem Bann halten würde.

Ein kalter Wind strich durch die Häuserschluchten, ein unheilvolles Flüstern, das die Stille durchdrang und Milana antrieb. Mit voller Wucht trat sie nach uns und riss an ihren Armen. Vergebens.

Es gab Momente, in denen sie uns entkommen konnte. Jetzt nicht mehr. Jetzt, da wir wussten, wie es mit und ohne sie war, ließen wir sie nie wieder gehen. Die Begierde von uns beiden, unsere Sehnsucht nach ihr war stärker als ihr Freiheitsdrang.

Mühsam verfrachteten wir sie in den Kofferraum. Die Rückbank war zu riskant. Im Kofferraum hatte sie keine Chance, zu entfliehen, und auch keine Chance, uns alle in den Tod zu stürzen indem sie das Lenkrad rumriss oder auf den Fahrer losging.

Ihre Augen funkelten vor Wut. »Wagt es ja nicht – « Cieran schlug die Heckklappe zu. »Tut mir leid, kleines Kätzchen«, sagte er. »Ich kann dich nicht noch mal verlieren.«

Milana

Gewaltsam stieß Cieran mich gegen die Fensterscheibe. Der Aufprall ließ mich kurz die Luft anhalten.

»Siehst du das?«, brüllte er mich an, sein Atem heiß gegen mein Ohr. »Das ist unsere verfickte Stadt. Sie liegt dir zu Füßen.«

Seine Worte hallten in meinen Ohren wider, während ich den Blick aus dem Fenster auf die düsteren Straßen warf. Die Lichter New Yorks leuchteten wie funkelnde Sterne in der Nacht.

»Das ist unsere Stadt, Kätzchen. Hier können wir alles sein, was wir wollen. Hier gibt es keine Grenzen, außer denen, die wir uns selbst auferlegen.« Jetzt war seine Stimme ein gefährliches Versprechen, ein lockendes Angebot und eine drohende Warnung zugleich.

»Du musst nur endlich aufhören, vor uns wegzulaufen.« Frustriert schlug er seine Hand gegen die Fensterscheibe. Ich zuckte nicht einmal mit der Wimper. Er trat zurück und ich drehte mich zu ihnen um.

»Du gehörst uns«, hörte ich Cieran sprechen, seine Stimme ein gefährliches Flüstern. »Und solange du das nicht akzeptierst, wird es für dich keine Ruhe geben.«

Ich stemmte mich gegen den Druck seiner Worte, mein Blick fest und unbeugsam. »Eure Stadt?«, spottete ich, ruhig, aber mit einem Schuss Verachtung. »Ihr fühlt euch hier vielleicht wie die Könige, aber das heißt noch lange nicht, dass ihr es wirklich seid. Die Straßen mögen eure sein, aber die Herzen und Seelen der Menschen gehören niemandem. *Ich* gehöre niemanden.«

Sein Atem war ein eisiger Hauch, gefährlich nah an meinem Gesicht. Sein Daumen strich über meine Unterlippe. »Du willst es vielleicht nicht, Milana, aber dein Körper schon. Dein Körper will Besitz sein«, raunte er, »Besitz von niemandem außer uns.«

Ich presste meine Lippen zusammen, meinen Blick unverwandt auf seinem ruhend. »Mein Körper gehört einzig und allein mir«, entgegnete ich mit fester Stimme, den Hauch seiner Berührung auf meiner Haut verachtend. »Und ihr werdet ihn niemals einfach wie ein Stück Eigentum beanspruchen können.«

Sein Lachen war ein dunkles Knurren, seine Augen funkelten vor Herausforderung, sein Griff an meinem Kinn verstärkte sich und seine Finger kniffen schmerzhaft in meine Haut. »Dann wollen wir das doch mal sehen.«

»Ja, wollen wir doch mal sehen«, entgegnete ich. »Ich bin bereit, für meine Freiheit zu kämpfen, egal welche Opfer es kostet. Eigentlich würde ich sogar gerne töten. Ich würde gerne eure Schwänze abschneiden und sie in eure dreckigen Münder stopfen.«

Auf einmal spürte ich Diesels Lippen an meinem Ohr, da wisperte er: »Du bist so verrückt nach unseren Schwänzen, Milana.«

Meine Hand schoss in die Höhe, um ihm einen Schlag in seine abartig schöne Fresse zu verpassen, doch er hob seine im selben Augenblick und packte mich am Handgelenk.

Ein paar Sekunden der Stille lagen über uns. Die Luft prickelte mit Spannung, jeder Muskel angespannt, bereit für den unvermeidlichen Zusammenprall.

Dann, wie von einer unsichtbaren Hand ausgelöst, brach der Sturm los. Unsere Bewegungen arteten in einem blitzschnellen Austausch von Schlägen und Hieben aus.

Ich war mir der Zeit nicht mehr bewusst, die Welt um mich herum verschwamm zu einem undeutlichen Bild aus Farben und Geräuschen. Adrenalin pumpte durch meine Adern, meine Sinne waren geschärft wie nie zuvor. Jeder Schlag, jeder Tritt war ein Akt der puren Instinkte, getrieben von dem Willen frei zu sein.

»Scheiß drauf.« Diesels Worte hingen in der Luft, rau und voller Emotionen. In seinem Griff spürte ich die Anspannung, die in ihm brodelte. Seine Augen glühten von einer Mischung aus Wut, Verzweiflung und Entschlossenheit.

Plötzlich löste er sich von mir, als ob er einen Entschluss gefasst hätte. Mit einem ungeduldigen Ruck riss er mich an sich, seinen Körper so nah an meinen gepresst, dass ich seinen heißen Atem auf meiner Haut spüren konnte. Seine Hände legten sich

306

an mein Gesicht, seine Finger gruben sich in meine Haut, als ob er sicherstellen wollte, dass ich ihm nicht entkommen konnte.

Und dann küsste er mich. Der Kuss war wie ein Blitzschlag. Seine Lippen waren grob und fordernd, seine Zunge drang ungeduldig in meinen Mund ein. Hart, fast schmerzhaft, aber gleichzeitig voller Sehnsucht, lagen seine Hände an meinem Gesicht.

Mit einem Mal war mein Körper, der eben noch vor Wut gezittert hatte, wie gelähmt. Meine Muskeln erstarrten, und die Welt um mich herum schien zu verschwinden.

Seine Hände pressten meinen Körper fest an seinen. Er wollte mich in sich hineinpressen, mich zu einem Teil von ihm machen. Seine Zunge erkundete jeden Winkel, eroberte jeden Zentimeter.

Alles, was ich in diesem Moment fühlen konnte, war pure Leidenschaft. Leidenschaft, die so stark war, dass sie mich überwältigte, mich verzehrte, mich vergessen ließ, warum wir uns überhaupt bekämpft hatten, warum ich überhaupt so wütend auf ihn und seinen Bruder war.

In diesem Kuss war alles andere vergessen. Es gab nur uns, zwei Seelen, die sich inmitten des Chaos fanden. Es war wie ein Magnetfeld, das uns unaufhaltsam zueinander zog.

Aber auf einmal überkam mich eine kühle Leere. Es war, als ob etwas fehlte, ein Puzzleteil, das nicht passen wollte. Cieran.

Gerade als es mir klar wurde, spürte ich einen heißen Hauch in meinem Nacken. Meine Haut kribbelte. Ich würde dieses Gefühl nie vergessen oder verwechseln, ich würde nie vergessen, wer es verursachte. Cieran.

Sein Name blitzte ein zweites Mal in meinen Gedanken auf, und dieses Mal spürte ich ihn nicht nur in meinem Nacken. Langsam, wie ein Insekt, krochen seine Finger an meinem Hals empor, streichelten mein Kinn und hoben es an, bis unsere Blicke sich unweigerlich trafen.

Diesels und meine Lippen lösten sich voneinander. Das Gesicht seines Bruders war nur Zentimeter von meinem entfernt, sein Atem streichelte meine Haut. Dann, ohne Vorwarnung, presste er seine Lippen grob auf meine. Dieser Kuss war feurig, voller Leidenschaft und drängender Begierde.

Meine Finger verkrampften sich in seinen Haaren, während ich seinen Kuss erwiderte. Die Hitze in meinem Körper stieg an, und ich spürte, wie Diesel an meinem Hals zu saugen begann.

Ihre Hände erkundeten meinen Körper, hinterließen brennende Spuren auf meiner Haut. Diesels knurrendes Stöhnen mischte sich mit Cierans tiefem Raunen, und in diesem Moment war die Welt um uns herum vollkommen verschwunden.

Das Blut pochte in meinen Adern, und ein köstliches Schaudern durchfuhr mich. Ich stöhnte leise auf, als ich ihre Hände auf meiner Haut spürte. Eine lag um meinen Hals geschlungen, ihre Finger hielten mein Kinn nach oben. Eine andere hielt meine linke Brust in sich. Die anderen beiden Hände fanden jede Kurve meines Körpers und ließen mich vor Vergnügen erzittern. Es war, als würden sie meine geheimsten Sehnsüchte verstehen, darauf reagieren und sie mit jeder Bewegung erwecken.

Jeder Druck, jede Berührung ließ mein Verlangen weiter

anwachsen, bis es fast überwältigend wurde.

In diesem Augenblick gab es kein Gestern, kein Morgen. Es gab nur das Hier und Jetzt, das Gefühl von Haut auf Haut, das Spiel der Sinne, das uns drei verzehrte und gleichzeitig erfüllte.

Dann hielten beide auf einmal inne. Der abrupte Stopp war wie ein Schlag ins Gesicht, der mich aus meiner tranceähnlichen Ekstase riss.

»Dein Körper will sowas von uns gehören«, hauchte Cieran an meine Lippen, bevor er von mir losließ und wegtrat. Zeitgleich lösten sich auch Diesels Hände von mir. Sie ließen mich mit einem Gefühl der Leere, der Kälte, der Unzufriedenheit zurück.

Die Wärme ihrer Berührungen wich einer eisigen Kälte, und die Leidenschaft, die eben noch zwischen uns gebrannt hatte, erlosch wie eine Flamme im Wind.

»Sag einfach, dass du uns gehörst, und wir machen für immer so weiter.« Diesels Worte schnürten Knoten in meinen Magen.

Ein leiser, flüsternder Teil, sehnte sich danach, genau das zu tun. Denn er wollte weitermachen, wollte sich völlig diesem Strudel aus Lust und Verlangen hingeben – ganz egal, was der Preis dafür war. Aber ich wollte nicht. Ich konnte nicht. Ich gab nicht einfach alles auf, wofür ich so hart gekämpft hatte, nur um ein bisschen Leidenschaft zu erleben.

»Fickt euch.«

Ohne das hier, ohne den Sex, ohne die Berührungen, würden sie nicht lange durchhalten – nicht so lange wie ich. Sie brauchten mich mehr. Und das wussten wir alle.

Ich schob mein Kleid zurecht und ging in die Küche. »Ich

schlafe heute Nacht auf der Couch«, teilte ich ihnen mit, und die Spannung in der Luft war greifbar, als meine Worte widerhallten.

»Nein, tust du nicht«, widersprach Diesels Stimme hinter mir, seine Schritte verrieten seine Annäherung. »Heute ist meine Nacht. Heute schläfst du bei mir«, sagte er mit einer Entschlossenheit, die keinen Widerspruch duldete. Doch meine Entschlossenheit war ebenso fest.

Ich öffnete den Kühlschrank, um nach etwas Essbarem zu schauen. »Nein«, brachte ich hervor, meine Stimme ruhig, aber bestimmt, während ich nach einer Banane griff.

Sein Atem streifte meinen Nacken, als er näher trat, und ich spürte seinen Blick auf meinem Rücken, obwohl ich mich nicht umdrehte.

»Mein Körper gehört niemandem außer mir«, wiederholte ich mich, meine Hand fest um die Banane geschlossen, und wandte mich zu ihm um. »Ich entscheide, wo er nachts liegt.«

Ein Moment der Stille folgte, während sich unsere Blicke trafen, ein stummer Kampf um Kontrolle.

»Ich bin besser als eine verfickte Banane«, schnaubte er und riss mir die Banane aus der Hand. »Heute Nacht schläfst du bei mir!«

Oh, mein Gott.! War das sein Ernst?

»Was ist falsch mit dir?«, keifte ich, schnappte mir die Banane zurück und setzte mich an den Küchentresen.

»Milana«, presste er hervor. Warnend guckte er mich an. Unsere Blicke kreuzten sich wie scharfe Schwerter. Ich konnte den Druck in der Luft förmlich spüren, als wäre ein Gewitter im

Anmarsch.

»Was, Diesel?«, fragte ich. »Was willst du von mir?!«

Er wollte etwas erwidern, schloss dann aber doch wieder den Mund. Ich wusste, was er dachte. Er wollte mich holen, wenn ich schlief. Und fuck, ja, das konnte er tun. Dann würde ich ihm eine Szene darbieten, die er niemals wieder vergaß.

Diesel

Ich hätte sie in diesem Augenblick ficken können – mit einer Lautstärke, die die Wände zum Beben gebracht hätte. Es hätte eine dieser unvergesslichen Nächte sein können, in der jede Berührung elektrisierte und jede Bewegung ein Versprechen von Ekstase war. Doch Milana entschied sich für die Couch.

Die Stille im Schlafzimmer war beinahe greifbar, so drückend, dass ich fast das Pochen meines eigenen Herzens spüren konnte.

Mein Blick irrte ruhelos durch den Raum, immer wieder zur Tür hinüber. War sie schon eingeschlafen? Konnte ich sie holen?

Scheiß drauf. Ganz gleich, ob sie schlief oder wach war, ich würde sie jetzt holen.

Mit einem Seufzer schlug ich die Decke auf die leere Betthälfte und stand auf. Zielsicher führten mich meine Füße durch das Schlafzimmer.

Doch als ich die Tür öffnete, blieb ich mit klopfendem Herzen stehen. Sanfte, verheißungsvolle Klänge drangen an meine Ohren. Zartes Stöhnen, das meine Sinne schärfte und meine Sehnsucht weiter entfachte. Milanas leise Lustschreie mischten sich mit dem leisen Rascheln, das auf ihre Bewegungen hindeutete.

Vorsichtig schlich ich mich den Flur hinunter. Die Stadtlichter schienen durch die Fensterfront und tauchten das Wohnzimmer in ein mattes Licht. Milana lag auf der Couch. Einzig in ihrem hauchdünnen Nachtkleid, die Decke bis zur Hüfte gezogen. Sie wand sich in lustvollen Wellen hin und her.

Fuck. Sie masturbierte.

Ein Grinsen schlich sich auf mein Gesicht. Ich verschränkte die Arme vor der Brust und lehnte mich an die Wand, um das erotische Schauspiel zu genießen. Ihr Körper bewegte sich in einer anmutigen Choreographie der Lust, ihre Finger erkundeten jeden Zentimeter ihrer Haut.

Milana Petrova in diesem intimen Moment zu beobachten, ohne dass sie davon wusste, fühlte sich so verdammt irreal an.

Mein Verlangen wurde mit jeder Sekunde stärker. Ich konnte nicht mehr einfach nur dastehen und zusehen. Ich brauchte mehr.

Langsam trat ich näher, ohne ein Geräusch zu machen, ließ meinen Blick über ihren Körper gleiten, der im sanften Licht der Stadt schimmerte. Ihre Augen waren geschlossen, zwischen ihren Brauen erstreckte sich eine Falte und ihr Mund formte ein O.

Gott, sie war so heiß.

Meine Augen fixierten ihre Hüften, die sich immer schneller auf und ab bewegten. Ihre rechte Hand lag verborgen unter der Decke zwischen ihren Schenkeln, während ihre linke zittrig über ihren Körper fuhr.

Automatisch streckte ich den Arm aus und griff nach dem weichen Stoff. Ich musste ihre Pussy sehen. Ich musste ihre Finger sehen und was sie taten.

Ein plötzlicher Schauer der Überraschung ergriff mich. Die scharfe Kante einer Klinge blitzte auf, als ich die Decke wegzog und Licht auf das Messer fiel.

Sie fickte sich mit dem Griff eines Küchenmessers? Shit. Warum überraschte mich das überhaupt? Natürlich fickte sich diese Frau nicht einfach mit ihren Fingern oder der Fernbedienung, wie es die meisten getan hätten. Natürlich benutzte sie eine verdammte Waffe.

»Ah«, stöhnte sie auf einmal. Meine Augen schnellten zu ihrem Mund, aus dem dieser wunderschöne Laut gekrochen kam.

»Archer!«

Ihr Schrei, auf den ich mich so gefreut hatte, entpuppte sich als ein Schlag in die Fresse. Archer?! Was für eine Scheiße!

Wutentbrannt legte ich meine Hand um ihre, die das Messer hielt, und schob es noch tiefer in sie. Sie öffnete ihre giftgrünen Augen, wollte gerade etwas sagen, doch ich kam ihr zuvor.

»Fühlst du das?«, fragte ich, während ich den Griff noch weiter in ihre verräterische Pussy schob. »Aber er konnte nie so tief eindringen.« Meine Kiefer spannten sich an. »Sein Schwanz war zu kurz«, knurrte ich. »Wenn du richtig gefickt werden möchtest, brauchst du mich.«

Ich spürte den scharfen Druck der Kante gegen meine Hand, aber das hinderte mich nicht daran, es noch fester in sie zu schieben.

In einem durchdringenden Blick betrachtete ich ihr zuckendes Fleisch. Machte sie das an? Genoss sie es?

Zähneknirschend drückte ich den Griff noch tiefer in ihre enge Pussy. Ein Stöhnen floh sich über ihre Lippen. Es war von Schmerz verzerrt, nicht Genuss oder Erregung. Gut. Denn das sollte kein Vergnügen, sondern Buße sein.

»Na los«, forderte sie mich auf. »Schieb es tiefer.« Ihre Augen funkelten. »Archer kam tiefer.«

Mein Brustkorb bewegte sich im Einklang zu meinem rasenden Herz. Adrenalin pumpte durch meine Adern und trieb mir den Zorn ins Gesicht. Meine vor Wut verspannten Finger griffen fester um die Klinge. Milanas Worte hallten in meinem Inneren wider, als ich das Messer tiefer in ihr Loch trieb, es in den letzten übriggebliebenen Zentimetern von ihr versenkte.

Sie presste die Lippen zusammen und hielt den Schrei zurück, der aus ihrer Kehle dringen wollte. Warum hatte sie mich hierzu aufgefordert? Warum hielt sie mich nicht auf? Warum flehte sie mich nicht an, aufzuhören?

Doch selbst in ihrer Stille konnte ich das Echo ihres Leidens hören, das in meinem Kopf widerhallte wie ein verlorener Seelenruf.

Mit einem schnellen Ruck zog ich das Messer aus ihr heraus, und sie keuchte auf, während der scharfe Geruch von Eisen den

Raum füllte. Ich betrachtete das blutbeschmierte Messer, die Tropfen meines eigenen Blutes darauf glänzend wie rubinrote Perlen.

Für einen Moment herrschte Stille im Raum, nur das leise Tropfen von Blut auf den Boden war zu hören. Die Luft war schwer vor Spannung.

Dann, langsam, stützte sie sich auf, ihre Bewegungen trotz des Schmerzes fließend, ihr Blick immer noch voller Zorn und Trotz. Zorn. Trotz. So viel davon in einer so kleinen Figur, als ob sie die gesamte Wut der Welt in sich vereinte. Aber trotz allem, was ich ihr angetan hatte, trotzte sie mir weiterhin, saß aufrecht in ihrem Leid, wie eine Königin in einem Reich aus Schmerz und Dunkelheit.

Sie schnappte sich das Messer. Ein kaltes Lächeln umspielte ihre Lippen, als sie es betrachtete, als wäre es ein vertrauter Freund gewesen, und mit ihren langen Fingernägel über die blutverschmierte Kante fuhr, als würde sie zärtlich über die Haut eines Geliebten streichen. Ein Hauch von Genugtuung lag in ihrer Berührung.

Für einen Moment schien die Welt um uns herum stillzustehen, während sie das blutige Werkzeug betrachtete. Es war, als ob sie sich in diesem Moment mit ihrer dunkelsten Seite verbündete, als ob sie eins wurde mit der Dunkelheit. Und verdammt.

Sie hob den Kopf. In diesem Augenblick, als sich unsere Blicke trafen und ihre Augen mit Mordlust glänzten, spürte ich wie die Schatten der Nacht über uns hereinbrachen.

Milana erhob sich langsam, das Messer fest in ihrer Hand haltend, während ihre giftgrünen Augen unverwandt auf mir ruhten. Die düstere Atmosphäre im Raum schien sich zu verdichten. Mit jedem Stück, das sie sich mir näherte wurde die Luft dichter.

»Du.« Sie platzierte die Messerspitze an meiner nackten Brust. Ich spürte einen leichten Stich. Doch trotz des drohenden Schmerzes, der von der Spitze des Messers, das sie hielt, ausging, konnte ich nicht anders, als fasziniert von ihr zu sein.

Eine kalte Miene lag auf ihrem Gesicht, während sie die Spitze gegen meine Brust drückte, genug, um eine leichte Spur aus Blut zu hinterlassen. Ihre Augen funkelten gefährlich.

»Hast keine Ahnung, wie viel Schmerz ich ertragen kann«, vervollständigte sie in einem finsteren Wispern, das die Haare in meinem Nacken aufstellte. »Und du hast noch weniger Ahnung, wie viel Schmerz ich dir zufügen kann.« Jedes ihrer Worte schien wie ein gefrorener Tropfen in eine unheilvolle Stille zu fallen. Irgendwann verhallten sie, aber ihr Echo klang unauslöschlich weiter in meinem Kopf.

»Ich kenne alle Methoden der Folter.« Sie stellte sich auf die Zehenspitzen und führte ihre Lippen zu meinem Ohr. »Und ich habe jede einzelne davon selbst ertragen«, flüsterte sie mit einer Stimme, die so kalt war wie der eisige Hauch des Todes. Es war, als ob die Schrecken ihrer Vergangenheit durch sie sprachen, ihre Worte eine Erinnerung an die Dunkelheit, die sie durchlebt hatte. Es war, als ob der Tod selbst durch sie sprach. Oder die Hölle. Denn mir wurde verdammt heiß.

»Dann zeig es mir«, hauchte ich zurück. Ich wollte mehr von dieser Hitze. Mehr von ihrer Hölle.

Langsam trat sie einen Schritt zurück. Ein zufriedenes, fast überlegenes Lächeln umspielte ihre perfekten Lippen, als sie meine Worte vernahm. Es war, als hätte sie auf diese Herausforderung gewartet, als wäre sie darauf vorbereitet gewesen, meine Bitte mit einem gefährlichen Vergnügen zu erfüllen.

Ihre Augen loderten mit einem dunklen Feuer, das jede Faser meines Körpers zu durchdringen schien. Ihr düsterer Blick durchbohrte mich, und ich konnte spüren, wie die Hitze ihres Verlangens sich mit meiner eigenen verstrickte, ein gefährliches Spiel zwischen Lust und Schmerz.

»Foltere mich«, raunte ich. Sie in diesem dünnen Kleid nur ansehen zu können war bereits Folter. Und wenn ihre Folter so aussah, brauchte ich dringend mehr davon. Ich sehnte mich danach, von ihr in die tiefsten Abgründe geführt zu werden, bereit, mich dem Feuer ihrer Hölle zu überlassen.

Sie lächelte, ein raubtierhaftes Glitzern in ihren Augen, und ich wusste, dass ich mich auf dünnem Eis bewegte, dass das, was kommen würde, meine Vorstellungskraft übersteigen würde. Doch in diesem Moment war es genau das, was ich brauchte, um mich lebendig zu fühlen, um die Hitze ihrer Hölle zu spüren und mich in den Flammen zu verlieren.

»Du bist verrückt«, entgegnete sie lediglich und kehrte mir den Rücken zu. Diese Antwort kam unerwartet.

Ihre Zurückweisung brannte wie ein Feuer in meiner Brust,

aber ich ließ mich nicht von der Dunkelheit verschlucken. Mit einem impulsiven Schritt nach vorne griff ich nach ihrer Hand, meine Finger fest um ihr zartes Handgelenke geschlossen.

»Fuck, ja, Milana, ich bin verrückt.« Meine Stimme war gefüllt mit einer Mischung aus Verzweiflung und Verlangen. »Verrückt nach dir.« Ich spürte, wie mein Herz wild in meiner Brust schlug, ein Echo des Sturms, der in mir tobte.

Nach einigen Sekunden, die sich wie Stunden anfühlten, wandte sie sich zu mir um. Ihre Augen trafen meine, und die Welt um uns herum verschwand, als wären es nur sie und ich, gefangen in einem Moment der Sehnsucht.

Ihr Blick war schwer zu deuten. Er war eine leere Hülle. Doch unter der kalten Oberfläche konnte ich einen Funken von etwas erkennen, ein schwaches Leuchten in der Dunkelheit.

Ohne ein weiteres Wort zu verlieren, zog ich sie sanft zu mir. Unser Atem vermischte sich in einem sinnlichen Duett, und ich spürte, wie mein Herz wild gegen meine Brust schlug. In einem Kuss verband ich meinen Mund mit ihrem. Ihre Lippen waren weich und sinnlich, ein Kontrast zu der kalten Düsternis, die sie umgab.

Als sie zurück auf ihre Fersen sank und sich von unserem Kuss löste, konnte ich den Hauch ihres Atems auf meiner Brust spüren, wo das Blut aus der frischen Schnittwunde rann. Kurz blickte sie zu mir hoch, dann strichen ihre Lippen sanft über die Stelle und ihre Zunge nahm das Blut auf.

Ihre Hände wanderten über meinen Rücken, ihre Nägel kratzten über meine Haut, hinterließen tiefe Spuren und einen brennenden Schmerz, der meine Sinne unter Strom setzte.

Milana legte den Kopf ein wenig zurück, um mich mit ihren hypnotisierenden Augen anzusehen. Mein Blick fiel auf ihre Lippen. An ihrem Mundwinkel klebte Blut. *Mein* Blut. In einer fließenden Bewegung leckte ihre Zunge es weg. Genussvoll stöhnte sie auf, ihre Augen nicht von meinen weichend.

Dann, mit einem kalten Ausdruck, hauchte sie die Worte hervor, die wie ein giftiger Liebeszauber über mich kamen, direkt an meine Lippen: »Schmeckst du das? Das ist der Geschmack des Verderbens.« Sie wischte mit ihrem Daumen über die Wunde und machte einen Wimpernaufschlag, der mich beinahe um den Verstand brachte. »Verderbe ich dich?«

»Fuck«, brachte ich einzig hervor, während ein finsteres Schmunzeln über ihre Lippen glitt und sie das Blut von ihrem Daumen leckte. »Ja, du verdirbst mich.« Diese Frau zog mich in eine dunklere, gefährlichere und mörderischere Richtung, als ich es je zuvor gewesen war. Sie brachte mich von meiner Vernunft, von meinen Prinzipen ab. Aber ich hätte es nicht mehr genießen können.

Meine Finger fuhren durch ihr seidig blondes Haar. »Bitte hör niemals auf damit«, raunte ich, ehe ich mich wieder zu ihr runterbeugte, um sie zu küssen. Doch noch bevor sich unsere Lippen berühren konnten, schob sie mich von sich weg und wandte sich ab.

»Ich bin müde«, sagte sie nur und schlüpfte wieder unter die Decke, die ausgebreitet auf der Couch lag.

Das konnte ich so nicht hinnehmen. Ich trat an die Couch

heran, schob die Arme unter ihren Körper und hob sich hoch. »Dann trage ich dich in unser Bett.« *Unser* Bett. Es war nicht mehr nur meins.

Sie fühlte sich warm und leicht, wie eine Feder in meinen Armen an, als ich durch die Wohnung in *unser* Schlafzimmer schritt. Jeder ihrer Atemzüge, der friedlich über meinen nackten Oberkörper strich, war ein sanftes Kribbeln auf meiner Haut, jede Berührung ihres Körpers war ein sanfter Stromstoß, der durch meinen eigenen floss.

Schließlich erreichten wir *unser* Schlafzimmer. Ich ließ sie auf dem Bett runter, legte mich zu ihr und zog die Decke über uns. Ich legte mich auf die Seite, meinen Kopf stützte ich auf meine Hand, um sie besser betrachten zu können. Mein Blick wanderte über ihre wunderschöne Porzellanhaut und ihre blonden Haare, die sich wie flüssiges Gold um ihr Gesicht herum wellten.

»Hör auf, so sanft zu sein«, sagte sie mit einem Unterton, der Abneigung verriet. Dann drehte sie mir den Rücken zu.

Die plötzliche Kälte, die von ihrem Körper ausging, stach durch die Decke und direkt in meine Brust. Ich hätte nie gedacht, dass ich mal so empfinden würde, dass ich überhaupt jemals etwas empfinden würde, aber ich wünschte mir, ich könnte sie mit Zärtlichkeit behandeln und würde dasselbe von ihr zurückbekommen. Wenigstens ein kleines bisschen Zärtlichkeit, nur für einen Moment.

Milana

Im fahlen Licht des verlassenen Gebäudes, durchzogen von Schatten wie dunkle Geister, packte ich meine Messersammlung zusammen.

An einer der scharfen Kanten haftete noch Blut, das ich mit meinen Fingern wegwischte. Ich rieb die rote Flüssigkeit zwischen Zeigefinger und Daumen und atmete den metallischen Geruch ein.

Früh morgens, als das bleiche Licht des Morgengrauens langsam durch die Vorhänge sickerte, war ich neben Diesel erwacht. Sein gleichmäßiges Atmen hatte den Raum erfüllt, während ich leise aus dem Bett glitt. Ich zog mich an, dann verschwand ich. Ich musste wieder töten. Der alte Mann, der mich beinahe angefahren hätte, war das perfekte Opfer.

Plötzlich durchdrang eine Stimme die Stille und riss mich aus den Erinnerungen von heute Morgen. Eine Stimme, die ich nur allzu gut kannte. Ein tiefes, raues Knurren, das mich bis ins Mark erschütterte. »Guten Morgen, Schwester«, sprach sie in meiner Muttersprache.

Mein Herz setzte einen Schlag aus, eiskalte Panik griff nach mir. Langsam drehte ich mich um, versuchte meine Überraschung zu verbergen. Unsere Blick trafen sich, scharf wie die Klingen, die wir mit uns führten.

Vor mir stand er. Hier, um mich zu schnappen, gekommen, um Rache zu üben für das, was ich getan hatte. Seine giftgrünen Augen blitzten vor Hass. Sein blasses Gesicht war ein Spiegelbild der Hölle. Ich hatte vergessen, wie ähnlich wir uns sahen.

»Was willst du von mir?«, fragte ich mit eisiger Kälte in meiner Stimme. Ich wusste genau, was er wollte.

»Ich will dich büßen sehen«, sagte er. »Für das, was du getan hast.« Ich wusste, was ich getan hatte, ich wusste, wovon er sprach. Von dem Verrat, der unsere Familie zerrissen hatte. Ein Verrat, den ich nie bereuen würde.

»Er war grausam, Filip. Er hat uns manipuliert, uns benutzt. Wir haben ihm nie etwas bedeutet. Wir waren nur seine kleinen Spielfiguren.« Die Erinnerungen an all die Nächte, all die helllichten Tage, an denen er mit mir *spielte*, brachten mein Inneres zum Erbeben.

Aber Filip wusste nie etwas davon. Er wusste nicht, dass Tatko sich nach dem Tod unserer Mutter manchmal einsam fühlte und nur das schmerzverzerrte Gesicht seiner Tochter, ein Abbild seiner toten Frau, ihn erfreuen konnte.

»Er hat sie getötet.«

»Nein, sie hat sich selbst getötet«, warf er ein. »Mach ihn nicht zum Sündenbock. Du bist diejenige, die unsere Familie zerstört hat.«

Ich sah ihn fast schon mitleidig an. Filip glaubte wirklich, was er sagte. Er glaubte wirklich, dass unser Vater nichts mit ihrem Tod zu tun hatte. Er dachte wirklich, dass das Messer, mit dem sie ihr Leben beendete, nur zufällig Stoyan Petrovs Messer war.

»Und dafür werde ich dich umbringen«, presste er zwischen zusammengebissenen Zähnen hervor.

»Ich werde mich dir nicht ergeben«, sagte ich und umfasste eines der Messer hinter meinem Rücken.

»Das habe ich nicht erwartet. Tatko hat uns eines Besseren belehrt.« Eine seltsame Schwingung lag in der Luft bei der Erwähnung unseres Vaters. »Aber am Ende wirst du keine andere Wahl haben. Du wirst dich ergeben. Du wirst für das bezahlen, was du getan hast.«

Filip war ein genauso skrupelloser Mann wie sein Vater, der vor nichts zurückschreckte. Nicht einmal davor, seine eigene Schwester zu töten.

Damals hatte ich ihn verschont. Ich dachte, dass wenn Tatko tot wäre, er sich vielleicht auch ändern könnte.

Aber das tat er nicht. Er wurde zu genau demselben Monster wie Stoyan Petrov. Wie ich. Und er war auf einem Rachefeldzug, er wollte mich vernichten.

Sechs Monate hatten ihn offenbar nicht zur Besinnung gebracht. Er war immer noch derselbe – oder sogar noch schlimmer.

Die Erinnerungen an jene Nacht, in der unser Vater starb, brannten wie ein Feuer in meinem Geist. Ich hatte es getan, ich hatte ihn getötet, und Filip schwor, mich dafür zu töten.

Dieses Mal würde ich ihn nicht verschonen. Er hatte es verdient zu sterben.

Das dumpfe Echo unserer Schritte hallte durch den Raum, begleitet vom Klang klirrender Metallwaffen, die bereit waren, Tod zu säen.

Jeder Atemzug war ein Hauch von Spannung, der unsere Lungen füllte, während wir uns mit tödlicher Entschlossenheit gegenüberstanden.

Der Geruch von Blut und Schweiß hing schwer in der Luft, eine unheilvolle Vorahnung auf das, was kommen würde. Einer von uns würde sterben. Es war ein unausgesprochenes Versprechen zwischen uns.

Mit einem blitzschnellen Angriff fegte Filip auf mich zu, seine Klinge glitzernd im schwachen Licht. Meine Sinne waren scharf wie das Stahl, das ich führte, und ich wich seinem Schlag aus.

Adrenalin durchströmte meine Adern.

Zwei von unserem Vater ausgebildete Mörder, Geschwister im Blut und im Verderben, standen sich gegenüber. Unser Kampf war wie ein grausames Spiegelbild voneinander – wir beherrschten die gleichen tödlichen Techniken, die gleiche kalte Entschlossenheit in unseren Augen.

Es war ein Tanz des Todes, ein Kampf ums Überleben in einer finsteren Gegend dieser gnadenlosen Stadt.

Jeder Schlag, jedes Ausweichmanöver, brachte mich näher an den Abgrund, während ich gegen die Dämonen meiner Vergangenheit kämpfte.

Als ich spürte, wie das kalte Metall seiner Klinge meine Haut durchschnitt, wusste ich, dass ich nicht mehr lange durchhalten konnte. Blut tropfte auf den dreckigen Boden, die Wunden brannten wie Feuer. Ich keuchte und riss das Messer raus.

Ein winziger Fehler in Filips Bewegung ermöglichte es mir, meine Klinge tief in seine Verteidigung zu stoßen. Sein Schmerzensschrei zerriss die Stille, als er zurücktaumelte.

In diesem Augenblick ergriff ich die Gelegenheit und sprintete die Treppe hinunter zum Ausgang.

Meine Lungen brannten vor Anstrengung, mein Körper war ein Meer aus Schmerzen, als ich mich durch die Stadt zur Riverside Residence schleppte.

Die Flucht durch die endlosen Straßen war ein Kampf gegen die Zeit und gegen meinen eigenen Atem. Jeder Schritt war eine Hürde, die ich überwinden musste, um meinem Tod zu entkommen.

Aber das Echo von Filips Schmerzensschrei trieb mich an und ich rannte weiter, denn ich wusste, dass der Kampf nur eine vorübergehende Pause einlegte.

Als ich die Tür des Penthouse-Apartments erreichte, mit den Fäusten verzweifelt dagegen hämmerte, spürte ich, wie meine Kräfte sich immer näher dem Ende zuneigten. Erschöpft lehnte ich mich an den Türrahmen und schlug weiter.

Irgendwann öffnete Diesel die Tür.

Ich stolperte an ihm vorbei in die Wohnung, keuchend und voller Schmerzen.

Sie starrten mich mit entsetzten Augen an. »Verdammt, Milana.«

»Ibuprofen«, stieß ich zwischen flachen Atemzügen hervor und taumelte Richtung Badezimmer.

Auf halbem Wege brach ich jedoch zusammen, meine Kräfte verbraucht, mein Geist erschöpft von dem unerbittlichen Kampf mit meinem Bruder. Aber immerhin wusste ich, dass ich hier sicher war – zumindest für den Moment.

Cieran schlang die Arme um mich und riss mich an sich, ehe ich zu Boden ging.

»Was ist verdammt noch mal passiert?«, wollte er aufgebracht wissen und trug mich ins Wohnzimmer.

»*Sinŭt na dyavola me nameri*«, flüsterte ich.

Vorsichtig legte er mich auf der Couch ab.

»Was?«, kam es von Diesel, der vollkommen zersplittert und verloren wirkte, als ob sein Körper in tausend unsichtbare Fäden aufgelöst wäre, die ihn kaum noch zusammenhielten. »Auf Englisch, Milana. Englisch!«

»*Der Sohn des Teufels hat mich gefunden.*« Diese Worte brachte ich mit letzter Kraft hervor. Im nächsten Augenblick flatterten meine Lider zu und die Welt um mich herum tauchte in Schwärze.

Cieran

»*Der Sohn des Teufels hat mich gefunden.*«

»Wovon zur Hölle redest du?«, fuhr ich sie an, doch sie reagierte nicht. Ihre Augenlider flatterten zu, als ob sie gegen die Dunkelheit ankämpften, die sie umhüllte.

Fluchend riss ich ihren dicken Pelzmantel von ihrem Körper, der die Stichwunden auf ihren Armen und die tiefe Wunde in ihrem Bauch verdeckte.

Ein dumpfes Stechen durchzog mich bei dem Anblick ihres blutüberströmten Zustands.

Es hatte mich nie gekümmert, jemanden leiden zu sehen, nicht einmal, wenn es Milana selbst war – weil immer, wenn ich sie leiden sah, war es meinetwegen. Ich war derjenige, der ihr den Schmerz zufügte, und das war in Ordnung. Dieser Schmerz war unter meiner Kontrolle. Der hier nicht.

Jetzt interessierte es mich sehr wohl, dass sie litt. Jetzt interessierte es mich so verdammt sehr, dass meine Brust vor unerträglichem Schmerz brannte. Das Bedürfnis, den zu töten, der ihr das angetan hatte, wurde unauslöschlich.

Wie konnte das passieren? Wie zur Hölle konnte ein Mensch in der Lage sein, diese Frau ernsthaft zu verletzen? Ich dachte, sie sei unverwundbar oder so ein Scheiß.

Es musste wohl der Teufel gewesen sein – oder der Sohn des Teufels.

Aber verdammt, wer sollte das denn gewesen sein? Die Leute in dieser Stadt nannten mich und meinen Bruder die Teufel von New York. Es gab keinen anderen, der mit uns vergleichbar war.

Von wem sprach Milana also?

Diesel presste ein Handtuch an die Blutung an ihrem Bauch, während er mit seiner anderen Hand erst ihren Pullover, danach ihren Rock, der sich mit ihrem Blut vollsaugte, auszog.

Ich schnappte mir das Desinfektionsmittel aus der kleinen Tasche, die er mit dem Handtuch geholt hatte, und begann, die Schnitte an ihren Armen zu behandeln.

Erst jetzt fielen mir die Narben an ihren Handgelenken auf. Aber sie stammten nicht von heute. Sie waren alt. Sie waren dort, deutlich sichtbar die ganzen Monate schon und dennoch von mir bisher unbeachtet. Sie sahen aus wie die Spuren von Handschellen... oder Fesseln.

Wie konnte mir das entgangen sein? Okay, fairerweise musste man sagen, dass es viel verlockender war, auf ihre Brüste oder ihren Hintern zu schauen als auf ihre Handgelenke.

Vielleicht wurde Milana irgendwann mal verhaftet. Immerhin war sie eine Mörderin.

Ich schob die Grübeleien beiseite und konzentrierte mich darauf, ihre Wunden zu reinigen und zu verbinden.

Meine Gedanken versuchten, die Puzzlestücke der Situation zusammenzusetzen. Wer war dieser »Sohn des Teufels«, von dem sie sprach? Und vor allem, wie konnte er so leicht Zugang zu ihr finden?

Seufzend stand ich auf. »Bringen wir sie ins Bett«, meinte ich, öffnete die Reißverschlüsse ihrer Stiefel, die ich daraufhin von ihren Füßen streifte.

Mein Blick fiel auf ihre zarten Knöchel, die durch den durchsichtigen Stoff ihrer Strumpfhose hindurchschimmerten. Zu meinem Entsetzen konnte ich ähnliche Narben wie an ihren Handgelenken erkennen.

Diese Narben stammten sicher nicht von Handschellen oder einer Verhaftung. Mein Herz raste, als ich die Bedeutung dieser neuen Entdeckung erkannte. Diese Vernarbungen waren das Ergebnis von etwas viel Dunklerem, viel Grausamerem. Es war offensichtlich, dass Milana eine Geschichte hatte, von der wir nichts wussten.

Ich spürte eine Welle der Wut in mir aufsteigen, eine Wut gegen denjenigen, der ihr das angetan hatte.

Und warum hatte sie uns nie etwas davon erzählt? Warum wussten wir so gut wie nichts über sie oder ihre Vergangenheit?

Verdammt. Ich riss meinen Blick von den Narben los und sah zu, wie Diesel sie ins Bett trug. *Sein* Bett.

Mit beschleunigtem Puls folgte ich ihm. Eine Welle der Eifersucht und Wut überkam mich. Ein Gefühl der Besitzergreifung durchströmte mich, während ich beobachtete, wie er sie behutsam auf die weichen Kissen legte. Ich wollte, dass sie in meinem Bett lag, von mir beschützt.

»Hast du von ihren Narben gewusst?«, fragte ich.

Er erwiderte nichts. Bedeutete das, dass er etwas wusste? Hatte er mir etwas verheimlicht? Hatten die zwei ein Geheimnis vor mir?

Die Stille zwischen uns wurde unerträglich, und schließlich konnte ich mich nicht mehr zurückhalten. Ich ging auf ihn zu, mein Herz pochte vor Zorn.

»Warum hast du mir das verschwiegen?«, fuhr ich ihn an, meine Stimme zitterte vor Wut.

Schließlich brach Diesel sein Schweigen. »Ich habe sie gesehen«, erklärte er, »aber Milana hat mir nie erzählt, woher sie kommen.«

Er hatte vielleicht nicht gewusst, wo sie die Narben herhatte, aber er wusste, dass sie existierten. Wieso hatte er nie mit mir darüber gesprochen?

In diesem Moment wurde mir klar, dass Milana, seit dem Moment, in dem sie in unser Leben getreten war, einen Keil zwischen mich und meinen Bruder getrieben hatte.

Aber die Spannungen, die zwischen uns brodelten, waren längst nicht mehr nur auf ihre Anwesenheit zurückzuführen, sondern auf die Art und Weise, wie sie unsere Beziehung verändert hatte.

Wir standen uns nie allzu nah. Wir hatten noch nie über Dinge wie unsere Gedanken oder Gefühle oder was auch immer gesprochen. Wir haben uns immer nur über das Geschäftliche unterhalten. Aber wir wussten immer, dass wir uns aufeinander verlassen konnten.

Jetzt war ich mir da nicht mehr so sicher. Nicht nur wegen ihm. Ich war es auch.

Wenn es darum gegangen wäre, ihn oder Milana zu retten, hätte ich mich für sie entschieden. Und ich war mir zu 99 Prozent sicher, dass Diesel die gleiche Entscheidung getroffen hätte. Um ehrlich zu sein, hoffte ich, dass er es getan hätte, denn wenn es um mich oder sie gegangen wäre, hätte meine Antwort »sie« gelautet. Die Antwort hätte immer »sie« gelautet. Ich war bereit zu sterben, wenn sie dafür leben konnte.

Milana bewegte sich und mein Blick richtete sich auf sie. Instinktiv trat ich einen Schritt näher.

Langsam kam sie wieder zu sich. Ihre Augen öffneten sich. Eine Falte legte sich über ihre Stirn, als sie mich und Diesel musterte, versuchte, zu verstehen, was geschehen war.

Sie zuckte zusammen. Der Schmerz brachte sofort alle Erinnerungen zurück, und ich sah einen Ausdruck in ihrem Gesicht, den ich noch nie zuvor gesehen hatte. Verzweiflung? Panik? *Angst?*

Doch nur einen Sekundenbruchteil später kehrte sie zu ihrer kühlen und abweisenden Haltung zurück, die mir nur allzu bekannt war. Es war, als ob sie eine unsichtbare Mauer um sich herum errichtete, eine Mauer, die niemand durchbrechen konnte.

»Hier.« Mein Bruder reichte ihr eine Schmerztablette und ein Glas Wasser. Sie warf die Pille ein und spülte sie mit einem großen Schluck herunter.

»Was ist passiert?«, fragte ich. »Wer hat dir das angetan?«

Milana gab ihm das Glas zurück und wollte sich aufsetzen, doch die Wunde ließ sie erneut zusammenfahren.

»Dieselbe Person, die dich früher schon verletzt hat?«

Ihr Kopf schoss in meine Richtung und sie sah mich ein wenig schockiert an. Also, ja. Es war dieselbe Person.

»Wer. War. Es?«, wiederholte ich mit einem beißenden Unterton. Ich war bereit, diese Person zu jagen und sie millionenmal schlimmer leiden zu lassen, als sie Milana leiden ließ.

»Halt die Klappe, Cieran. Mir brummt der Schädel«, fauchte sie mich an, ehe sie unter die Decke schlüpfte und sie bis zur Nasenspitze zog.

»Gut, dann reden wir eben nicht.« Ich legte mich neben sie auf die Matratze, ohne mich im Geringsten darum zu scheren, dass es Diesels Bett war.

Meine Nähe schien sie nicht zu stören, und doch konnte ich spüren, wie sie sich weiter von mir entfernte, wie eine einsame Insel in einem stürmischen Ozean.

Ich legte meinen Arm um sie und zog sie an mich.

Geräuschlos legte sich Diesel auf der anderen Seite von ihr nieder. Seine Hand ruhte an ihrer Hüfte.

Ich hätte Milana lieber ganz für mich allein gehabt, aber in diesem Moment war es mir scheißegal, ob mein Bruder sie auch hatte, solange ich sie genauso haben konnte.

Unsere Blicke trafen sich und wir gaben uns gegenseitig ein stilles Versprechen.

»Niemand wird dir jemals wieder wehtun, Kätzchen. Wir beschützen dich«, sprach er in die Stille.

»Ich brauche niemanden, der mich beschützt«, entgegnete sie. Vor einer halben Stunde hätte ich noch zugestimmt, aber nachdem sie so in unser Apartment platzte, bezweifelte ich das.

Milana brauchte uns. Zum allerersten Mal. Und das fühlte sich verdammt gut an.

Diesel

Als ich Milana ansah, konnte ich die Anspannung in ihrem Gesicht erkennen, die Verwundbarkeit, die sie zu verbergen versuchte. Doch ihre Augen verrieten mehr, als sie zugeben wollte.

Sie hatte Schmerzen. Sie hatte große Schmerzen, aber sie wollte es nicht zugeben. Jeder Atemzug schien ihr Qualen zu bereiten, doch sie hielt durch, als lehnte sie es ab, Schwäche zu zeigen, als verbot sie sich selbst, zuzugeben, wie sehr sie litt.

Und wir alle wussten, dass dieses Leid nicht nur von den körperlichen Schmerzen kam. Vielleicht war es sogar ihre Vergangenheit, die ihr – uns – mehr wehtat.

Und verdammt, es zerstörte mich, sie so zu sehen.

Ich wollte sie beschützen, ihr helfen, den Schmerz zu lindern. Aber ich wusste auch, dass ich sie nicht zwingen konnte, sich zu öffnen, sich zu zeigen, wie sie wirklich war. Das war eine Entscheidung, die nur sie allein treffen konnte. Also blieb ich einfach neben ihr liegen, meine Hand sanft auf ihrer Hüfte.

»Möchtest du noch eine Tablette?«, fragte ich sie. Eine leise Stimme in meinem Kopf sagte mir, dass es nicht vernünftig war, so viele Schmerzmittel zu nehmen, aber ich konnte es einfach nicht ertragen, sie so zu sehen, ohne etwas zu tun.

Milana schüttelte den Kopf und entgegnete: »Es tut nicht weh.«

Cierans und mein Blick trafen sich. Wir wussten beide, dass das offensichtlich eine Lüge war. Doch er schien genauso hilflos wie ich zu sein.

»Brauchst du irgendwas anderes?«, wollte er wissen.

»Seid einfach endlich ruhig«, zischte sie.

Mit einem Seufzen senkte ich den Blick und bemerkte die Gänsehaut, die sich über ihren Körper erstreckte. Dann erinnerte ich mich, dass wir ihren Pullover und den Rock ausgezogen hatten und sie nur noch ihre Unterwäsche und die dünne Strumpfhose trug.

Meine Augen blieben an ihren Brüsten hängen. Es war wie ein instinktiver Reflex, den ich nicht kontrollieren konnte. Ich unterdrückte diesen Reflex, zog, ohne zu zögern, meinen Hoodie aus und reichte ihn ihr.

Sie schien nicht besonders erfreut über die Geste zu sein, aber ich spürte auch keine Gegenwehr. Vielleicht war es der Schmerz, der sie betäubte, oder vielleicht war es einfach die Tatsache, dass sie zu erschöpft war, um sich dagegen zu wehren.

Ihr Blick war leer, als ob sie in Gedanken weit weg war, gefangen in einem dunklen Gespinst aus Schmerz und Hilflosigkeit.

Ich half ihr, den Hoodie anzuziehen. Ein Moment der Stille legte sich zwischen uns, während ich Milana dabei beobachtete, wie sie sich in den Hoodie hüllte, wie sie versuchte, ein wenig Wärme zu finden. Ihre Körperhaltung steif und distanziert, als ob sie sich von uns beiden abschirmte, als ob sie eine unsichtbare Mauer um sich herum errichtet hatte.

Mit einem einfachen »Geht« brach Milana das Schweigen und füllte die Luft.

Ich spürte eine unerwartete Kälte in meinem Herzen und blickte zu ihr. Ihre Augen glänzten, während sie verzweifelt ihre Gefühle zu beherrschen versuchte. Für einen Augenblick schien ihre Fassade der Kälte und Gleichgültigkeit gefallen zu sein und die verletzliche Seele darunter zum Vorschein zu bringen. Die Mauer, die sie um sich herum aufgebaut hatte, bröckelte, und ich konnte einen flüchtigen Blick auf ihre wahren Gefühle erhaschen.

Mein Bruder erwiderte etwas, ich hörte seine Stimme in der Ferne, wie aus einem Traum.

Doch Milana wiederholte sich, ihre Stimme laut, aber brüchig, als konnte sie das Wort kaum über ihre Lippen bringen. »Geht!«

Wir waren grausam zu ihr gewesen, egoistisch und rücksichtslos. Wir hatten nie wirklich darüber nachgedacht, wie unsere Handlungen sie beeinflussten. Und jetzt, da sie uns zum ersten Mal ihre Verletzlichkeit zeigte, war ich zerrissen zwischen dem Wunsch, bei ihr zu sein, und dem Wissen, dass ich nicht das

Recht hatte, sie für mich zu beanspruchen.

Letztendlich wusste ich, dass es das Richtige war, ihrer Bitte zu folgen. Möglicherweise war es an der Zeit, dass wir endlich Rücksicht auf sie nahmen. Aber ich konnte nicht, ich wollte nicht. Vor allem nicht jetzt.

Jetzt würde ich nicht auf einmal damit anfangen, Milanas Bedürfnisse zu beachten, nicht nach all dem, was geschehen war. Vielleicht war es eigensüchtig von mir, vielleicht war es hart, doch ich konnte nicht anders. Ihre Wunden waren zu tief, um einfach vergessen zu werden.

Cieran trug dieselbe Entschlossenheit in seinen Augen. Er wollte auch nicht gehen und so tun, als hätten wir diese Verletzungen nie gesehen.

Ein Teil von mir wollte ihr helfen, sie trösten, ihr Trost spenden in ihrer dunkelsten Stunde. Aber ein anderer Teil von mir – und von Cieran – war von einer seltsamen Gier erfüllt, einer Gier nach Wissen, nach Wahrheit, nach dem Verständnis der Welt, die sie umgab.

Wir wollten die Wunden ihrer Vergangenheit weit aufreißen, jedes Detail, jeden Tropfen Blut kennen. Wir wollten verstehen, was sie durchgemacht hatte, welche Dämonen sie plagten, welche Narben sie nicht nur auf ihrer Haut, sondern tief in ihrer Seele trug.

»Wer war es?«, wiederholte Cieran seine Frage von vorhin.

Ihre Antwort war ein leises Seufzen, gefolgt von einer langen Stille. Sie verschloss sich vor unseren Fragen und weigerte sich, uns an ihrer dunklen Welt teilhaben zu lassen.

»Milana, wir wollen nur helfen«, wagte ich einen weiteren Versuch. »Wir wollen verstehen, was passiert ist.«

»Das werdet ihr nie! Ganz egal wie tief ihr auch grabt, ihr werdet nie wirklich verstehen können, was ich durchgemacht habe, was ich gefühlt habe, was ich dachte.« Ihre Stimme war voller Abscheu, Hass und Bitterkeit. »Weil ihr zwei kaltblütige Psychopathen ohne Empathie oder Gefühle seid, die Freude daran finden würden, genau das Gleiche mit mir zu machen.«

Die Worte hallten im Raum wider, und ich spürte, wie sich ein Knoten in meinem Magen bildete.

Sie hatte recht. Wir würden nie nachempfinden können, was sie fühlte. Dazu waren wir nicht fähig. Wir würden es wahrscheinlich auch nie nur annähernd verstehen können. Und das war womöglich die härteste Wahrheit von allen. Es war eine bittere Erkenntnis, eine Erkenntnis, die mich mit einem Gefühl des Zorns erfüllte.

»Und jetzt noch mal«, sagte sie bestimmend und abweisend. »Geht!«

Cieran und ich rührten uns keinen Zentimeter. Also tat sie es. Schwungvoll schlug sie die Decke um, dann durchzuckte ein stechender Schmerz ihre Miene. Sie griff instinktiv nach ihrer Wunde, und ein leises Stöhnen entrang sich ihrer Kehle.

Ein Moment der Stille folgte, während sie sich mühsam aufsetzte, der Schmerz in ihren Augen deutlich sichtbar. Ihre Wunde zwang sie innezuhalten.

»Scheiß drauf«, hörte ich sie. Sie wollte einfach weg, von allem, von ihm, von mir, von uns, von dieser beengenden Situation. Es war, als würde sie das Gewicht der Welt auf ihren Schultern tragen, während sie sich langsam von der Matratze erhob.

Doch ehe sie dem Drang der Flucht folgen konnte, schnappte Cieran sie an der Hüfte und zog sie zurück. Ein Schreck durchfuhr sie, als sie in seinen Armen landete. Ich hatte sie noch nie zuvor zusammenzucken sehen. Es war seltsam, sie auf einmal als etwas so Zerbrechliches zu erleben.

»Beweg dich nicht, kleines Kätzchen.« Er strich ihr langes, blondes Haar zurück, das in ihrem vergeblichen Fluchtversuch in ihr Gesicht gefallen war. »Wenn du etwas brauchst, holen wir es dir.«

Aber das konnte sie nicht zulassen. Sie konnte nicht stillhalten, konnte sich nicht einfach in seinem Griff verlieren. Sie sträubte sich gegen seine Umarmung und drückte sich von ihm weg. »Ich brauche Abstand«, erwiderte sie.

Mein Bruder zog sie wieder an sich, und ihre Augen trafen sich in einem stummen Duell. »Dann tut es mir leid, dir sagen zu müssen, dass Abstand das Einzige ist, was wir dir nicht geben werden.« Seine Worte schwebten wie ein unabwendbares Urteil durch den Raum und brachten Milana endgültig zur Verzweiflung.

Ich konnte sehen, wie sie gegen die Tränen kämpfte, die drohten, ihre Augen zu überfluten, wie sie ihre Lippen zusammenpresste, um nicht schwach zu erscheinen.

Sie hatte diesen Teil von sich immer versteckt. Sie hatte sich immer hinter einer Mauer der Kälte versteckt. Doch in diesem Moment stürzte die Mauer ein und die Wahrheit kam zum

Vorschein.

Die Wahrheit lautete, dass sie eine bereits gebrochene Seele war, die sich so lange geweigert hatte, ihre Zerbrechlichkeit zu akzeptieren und ihre Mauer fallen zu lassen, um irgendjemanden hinter diese Fassade der Gefühlskälte und Unnahbarkeit blicken zu lassen. Sie war wie eine Festung, uneinnehmbar und undurchdringlich, selbst inmitten der Verwüstung.

Während ich sie betrachtete, erkannte ich, dass sie nicht die Göttin war, für die ich sie immer gehalten hatte, sondern eine zutiefst verletzte Frau, die sich hinter einer Maske aus Wut und Trotz versteckte. Eine Frau, die verloren umherirrte. Und verdammt, ich wollte sie endlich einfangen und sie für immer, für den Rest ihres Lebens vor allem und jedem bewahren.

Milana

Ich hatte das Gefühl, zu ersticken. Meine Lungen waren schwer wie Blei, meine Kehle fühlte sich wie zugeschnürt an und mein Körper war zwischen ihren eingezwängt wie in einem zu engen Korsett. Ich war wie ein Fisch in einem Netz, unfähig zu atmen oder mich zu befreien. Jede Bewegung war ein Kampf, jede Atmung ein verzweifelter Versuch, Luft zu bekommen.

Die Welt schien in einem erstickenden Nebel aus Hilflosigkeit zu versinken, und ich fühlte mich wie ein einsamer Wanderer in einem endlosen, düsteren Labyrinth, ohne Hoffnung auf einen Ausweg.

»Scht.« Sachte strich Diesel über meinen Rücken. Die Berührung durchfuhr mich wie ein Stromschlag und meine Muskeln spannten sich an.

Mein Herz hämmerte wild in meiner Brust, als ob es versuchte, aus dem eisernen Griff der Verzweiflung auszubrechen. Die Leere in mir breitete sich aus wie ein schwarzes Loch, das alles Licht und Hoffnung verschlang, und ich fühlte mich, als würde ich in einem endlosen Abgrund versinken.

»Milana.«

Bilder vergangener Tage drängten sich in meine Gedanken, wie zerbrochene Glasstücke, die sich schneidend in mein Bewusstsein bohrten. Ich erinnerte mich an die warmen Sonnenstrahlen, die durch das Fenster fielen, und die schweren Gardinen, die Tatko zuzog. Er war ein Schatten, der über meiner Jugend lag, dunkel und bedrohlich. Seine Blicke waren wie Messer, die tief in meine Haut schnitten und Narben hinterließen, die niemals wirklich heilten. In seinen Augen funkelte sadistisches Vergnügen. Seine Hände waren schwer, sein Griff eisern, und sein Lachen war ein kaltes Echo in den dunklen Gängen meiner Erinnerung.

Die Angst war wie ein Gift, das sich langsam durch meine Adern schlängelte und mich erstickte, genauso wie jetzt, in diesem Moment. Ich japste nach Luft, ein verzweifelter Anlauf, gegen die erdrückende Dunkelheit anzukämpfen.

Tränen, salzig und bitter, flossen über meine Wangen. Ich hatte aufgegeben, sie zurückzuhalten. Jede einzelne war ein Symbol für den Schmerz, der sich in meiner Seele breit machte.

»Ich werde den Bastard umbringen«, hörte ich Cieran zwischen zusammengebissenen Zähnen knurren. Seine Finger strichen über die Narbe an meinem Handgelenk. Ich spürte, wie sie vor Wut bebten.

»Er ist schon tot«, nuschelte ich erschöpft und lehnte meinen Kopf an Diesels Brust. Sein Herzschlag pulsierte in einem gleichmäßigen Rhythmus unter meinem Ohr, und ein leises Rauschen begleitete jeden seiner Atemzüge.

»Dann werde ich ihn aus seinem Grab holen und seinen Körper in Stücke hacken.« Unbändiger Zorn schwang in Cierans Stimme mit.

Ich griff nach der Decke und zog sie über meine Schultern. »Sein Körper wurde im Feuer verbrannt.«

Die Flammen tanzten wild, gierig nach jedem Stückchen Holz, das sie kriegen konnten. Rauch waberte durch den Raum, erstickend und undurchdringlich. Ein Inferno, das nicht nur das Holz und die Möbel verzehrte, sondern auch die Erinnerungen, die dieses Zuhause barg.

Ich stand da, inmitten der Hitze, die mich zu umschlingen schien wie die Arme eines wütenden Geistes. Seines Geistes.

Mein Blick fiel auf den leblosen Körper, der auf dem Boden lag. Seine Gestalt war von den Flammen ergriffen worden, und seine Taten schienen ebenfalls im Feuer unterzugehen.

»Was hast du getan?« Filip sah mich an. Die Flammen spiegelten sich in seinen grünen Augen und vermischten sich mit der Wut, die ihn einnahm.

Mein Herz pochte wild in meiner Brust, während ich auf das zerstörerische Werk starrte, das ich entfesselt hatte. Was hatte ich getan? Warum hatte ich es getan? War es Zorn? War es Verzweiflung? Oder war es Angst?

»Aber er war schon vorher so gut wie tot«, erzählte ich versunken in meinen eigenen Gedanken. »Ich habe ihn mit dem Küchenmesser abgestochen.«

»Dein Haar sieht genauso aus wie ihres.« Seine Finger strichen über meine Haarlängen. »Ich habe es geliebt, sie daran zu ziehen.« Ein eiskalter Schauer jagte mir über den Rücken, als seine Worte wie giftige Pfeile einschlugen. Ich konnte seine Berührung auf meiner Kopfhaut spüren, als er sich durch mein Haar grub. Der Gedanke an das, was er ihr angetan hatte, ließ mein Herz schneller gegen meine Rippen hämmern.

Die Klinge vor mir auf der Arbeitsplatte funkelte im Licht.

»Wage es nicht, über sie zu sprechen«, flüsterte ich mit bebender Stimme. Langsam drehte ich mich um, um ihn anzusehen.

Sein Blick war kalt und berechnend, doch unter der Oberfläche brodelte etwas Dunkles und Unberechenbares. Er lächelte, ein grimmiges Grinsen, das mir das Blut in den Adern gefrieren ließ.

»Sie war schwach«, sagte er mit einem Ton, der vor Verachtung triefte. »Aber ich habe es geliebt, sie zu quälen.« Seine Augen verfinsterten sich und er legte den Kopf leicht schräg. »Genauso wie dich.«

Die Worte trafen mich wie ein Schlag ins Gesicht, doch ich zwang mich, standhaft zu bleiben. Mit schwitzigen Fingern ertastete ich das Messer hinter mir und griff danach. Ich spürte die kalte Schwere in meiner Hand.

»Das ist vorbei«, entgegnete ich und spürte, wie der Mut, die Entschlossenheit in mir wuchs. »Du wirst nie wieder jemandem etwas antun.«

Sein Lächeln wurde breiter. »Das werden wir noch sehen«, wisperte er, dann wandte er sich mit einem letzten kalten Blick von mir ab.

Ich atmete tief durch, die Klinge fest in meiner Hand. Es war an der Zeit, die Vergangenheit hinter mir zu lassen und die Dunkelheit zu bekämpfen, die mein Leben so lange beherrscht hatte. Mit festem Entschluss machte ich mich daran, die Spuren meines alten Selbst zu tilgen und einen neuen Weg *zu beschreiten, frei von Angst und Unterdrückung. Frei von ihm.*

»Wen, Milana?« Cierans Frage holte mich aus der Erinnerung zurück.

Wen? Wer war er? Ein kaltblütiger Massenmörder, ein grausamer Mensch, ein Monster, aber wer er nicht war, war ein Vater.

Ich legte seinen Namen auf meine Zunge: »Stoyan Petrov«, und schmeckte seine bitteren Nuancen. Der Klang hallte durch das Schlafzimmer, gefolgt von einer bedrückenden Stille.

Diesel und Cieran, mit ihren nagenden, dunkelbraunen Augen, schienen meine Seele zu durchdringen, als ob sie nach Antworten in den tiefsten Abgründen meines Verstands suchten.

»Dein Vater«, sagte Diesel, doch ich schüttelte den Kopf. »Er war nie ein Vater«, erwiderte ich. »Nicht für mich.« Mein Blick senkte sich, während die Erinnerungen sich wieder in mein Denken schlängelten.

Die Dunkelheit seines Wesens, die Kälte seiner Berührungen, die Schreie derer, die seiner Tyrannei zum Opfer fielen – all das kam wie eine Flutwelle über mich.

Wie konnte Filip das alles übersehen? Wie konnte er seine Augen vor der Wahrheit verschließen? Stoyan hatte sich nie bemüht zu verstecken, was er mir und Mama angetan hatte.

Ich zwang meine Gedanken weg von den Bildern, die sich tief in mein Gedächtnis gebrannt hatten. Mit zittrigen Gliedmaßen versuchte ich mich aufzurichten. Meine Hand wanderte zu meinem Bauch, als mich ein Stechen durchzuckte. In einer schmerzhaften Welle breitete es sich in meinem ganzen Körper aus. Ich presste meine Hand fester auf die Wunde.

»Ich brauche Nadel und Faden«, keuchte ich mühsam. Mein Ton, auch wenn er leise war, ließ keinen Raum für Diskussion.

Trotzdem taten sie nichts. Stille umhüllte mich. Diesel und Cieran sahen einander schweigend an. Ich spürte, wie die Zeit langsam verrann, während sie sich gegenseitig mit unsicherem Blick ansahen, als ob sie sich still fragten, was sie tun sollten.

Genervt ächzte ich und stand selbst auf. Schweigen war kein Heilmittel für meine Verletzung. »Der Verband wird das Blut nicht ewig zurückhalten«, drängte ich. »Die Wunde muss zugenäht werden.«

Cieran legte seinen Arm um mich. Ich stoppte. »Okay«, räumte er ein. »Aber du bleibst hier.« Sie tauschten einen weiteren Blick aus, woraufhin Diesel sich in Bewegung setzte, um mir zu holen, was ich brauchte.

»Milana, wir können einfach ins Krankenhaus – « Ehe er den Satz beenden konnte, unterbrach ich ihn mit einem kompromisslosen »Nein«. Der Gedanke, in einem Krankenhausbett zu liegen, von Ärzten umgeben, die mich tagelang festhielten und Fragen stellten, war für mich unerträglich. Ich konnte meine Freiheit, mein Leben nicht in die Hände irgendwelcher Fremder legen.

Diesel kam zurück. Meine Finger zitterten, als ich die Nadel und den Faden vorbereitete, die er mir überreicht hatte, und ich spürte die unruhigen Blicke auf mir ruhen. Diesel schien der Anblick nicht zu behagen, und ein Fluch entwich seinen Lippen, kaum lauter als ein Hauch. Er nahm mir beides ab, und seine

Hände umklammerten die Werkzeuge voller Entschlossenheit.

»Du musst stillhalten«, sagte er. »Das wird wehtun.« Mit einer finsteren Miene schaute ich ihn an. Zu diesem Zeitpunkt hätte er wissen müssen, dass Schmerz für mich keine große Sache war, dass ich schon so viel davon ertragen hatte, dass es nur ein weiterer Akt in der endlosen Tragödie meines Lebens war.

Meine Atmung war flach, und mein Herz pochte in meiner Brust, während ich vorsichtig in die Matratze sank und meinen Körper Diesel anvertraute.

Die Dunkelheit schien sich um uns zu schließen, als er sich über mich beugte, bereit, das Unvermeidliche zu tun. Erst löste er den Verband, dann spürte ich, wie er die Nadel durch meine Haut stach und den Faden hindurchzog.

Stumm stand Cieran da. Seine dunklen Augen, haftend auf dem glitzernden Werkzeug, sprachen Bände, doch seine Worte blieben ungesagt, als ob er das Geschehen nicht unterbrechen wollte, aus Angst, den zarten Faden des Augenblicks zu zerreißen.

Die Nadel bohrte sich wieder und wieder in meine Haut, und ich presste die Zähne zusammen, um die Schreie zu unterdrücken, die in meiner Kehle lauerten. Jeder Stich war wie ein Blitz, der durch meinen Körper fuhr, doch ich blieb regungslos liegen. Ich erinnerte mich daran, dass es nur ein winziger Tropfen in dem Ozean von Leid war, den ich bereits durchschwommen hatte. Ein paar Einstiche mit einer Nadel waren nichts im Vergleich zu dem, was ich in meinem Leben schon durchgemacht hatte.

»Okay.« Diesel hatte den letzten Stich gesetzt. Mit einem angespannten Kiefer griff er nach einem Klebeverband, um die Wunde abzudecken. Der Verband war rau und kratzig gegen meine Haut, und die Verletzung pochte wie ein wütendes Herz. Ich spürte einen sanften Druck und atmete tief durch, erleichtert darüber, dass es vorbei war. Meine Instinkte schrien danach, aufzustehen, mich zu erheben und weiterzugehen, aber ihre festen Hände hielten mich zurück.

Ein plötzlicher Anflug von Frustration und Ärger durchzuckte mich. »Lasst los«, zischte ich, meine Stimme scharf und ungeduldig. Doch ihre Griffe verstärkten sich nur, und das Gefühl des Machtverlusts, das mich umgab, entfachte mein Temperament wie ein Lauffeuer.

Mein Herz hämmerte in meiner Brust. Meine Muskeln spannten sich an, und ich kämpfte mit dem Drang, mich zu befreien.

»Beruhig dich.« Cieran klang ruhig, fast beschwichtigend, doch seine Worte hallten hohl in meinen Ohren wider. Wie sollte ich mich beruhigen, wenn mein Körper sich wie in Beton gegossen anfühlte und mein Geist vor Ohnmacht brannte?

»Kätzchen.« Er stützte sich über mich und drückte mich sachte in die Matratze. »Du tust dir nur selbst weh.«

Wut und Verzweiflung kochten in mir hoch. Ich wollte schreien, wollte ihnen sagen, dass sie sich irrten. Aber die Worte blieben mir im Hals stecken, erstickt von einem Knoten aus Schmerz.

Diesel strich mein Haar zurück. Seine sanfte Stimme brach

durch den Nebel: »Wir passen auf dich auf.« Die Worte waren wie Honig, trotzdem konnten sie den bitteren Geschmack in meinem Mund nicht vertreiben.

Dennoch spürte ich, wie sich etwas veränderte. War es die Zärtlichkeit in Diesels Stimme, Cierans beschützender Griff? Oder die simple Tatsache, dass ich keine andere Wahl hatte? In diesem Moment der Schwäche, der Hingabe, schlich sich ein Gefühl der Ruhe ein.

Ich starrte in ihre Augen. Dunkelbraun, tief und undurchdringlich wie immer. Doch dieses Mal war da etwas anderes. Etwas, das ich noch nie zuvor gesehen hatte. Ein Hauch von Wärme, der in den Tiefen ihrer Pupillen flackerte. Ein winziges Licht, das die Kälte verdrängte, die sie so lange umhüllt hatte.

Wie war das möglich? Sie waren diagnostizierte Psychopathen. Menschen ohne Empathie, ohne Gewissen, ohne die Fähigkeit, wahre Emotionen zu fühlen. Aber dieses flackernde Licht in ihren Augen… sprach es eine andere Sprache? War es möglich, dass sich selbst in den tiefsten Abgründen ihrer Seelen ein Funke des Guten verbarg? Oder war es eine Täuschung? Ein Schattenspiel des Lichts?

Verwirrung und Zweifel stritten in mir. Ich glaubte nicht an das, was ich da sah. Ich glaubte nicht daran, dass ein Mensch sich um 180 Grad wenden konnte.

»Seht mich nicht so an«, hauchte ich.

Diesel fragte: »Wie sollen wir dich nicht ansehen, Kätzchen?«

»Als ob es euch kümmern würde. Als ob ihr fühlen könntet«,

entgegnete ich, meine Worte von Verweigerung umhüllt. Ich spürte, wie sich die Dunkelheit um mich herum verdichtete, als ob sie meine eigenen Gedanken widerspiegelte.

»Kätzchen«, begann Cieran und lehnte sich weiter zu mir hinunter. In einer hauchzarten Berührung trafen seine Lippen auf meine Stirn.

Ich atmete seinen vertrauten Duft ein. Er umgab mich wie eine warme Decke aus Leder, eine Mischung aus erdigen Noten von Zedernholz und Tabak, durchdrungen von einem Hauch von würzigem Kardamom. Es war ein Geruch, der sofort an Männlichkeit erinnerte, kraftvoll und verführerisch zugleich. Es fühlte sich an, als würde die Hitze seiner Anwesenheit in der Luft schweben.

»Wir haben uns immer um dich gekümmert.« Seine Stimme war wie samtiger Rauch, der sich um mein Ohr wickelte. Ein tiefes Flüstern, voller Wärme und Rauheit. So nah, dass ich seinen Atem auf meiner Haut spüren konnte, jedes einzelne Wort wie eine zärtliche Berührung.

»Du bist das Einzige, worum wir uns je gekümmert haben.« Ich blickte zu Diesel. Seine Augen glühten in der schwachen Beleuchtung wie zwei geisterhafte Laternen, während er sprach. »Das Einzige, was zählt. Das Einzige, was uns etwas Stärkeres als Wut oder Hass empfinden lassen kann.«

Mein Bauch kribbelte, als er sich an mein anderes Ohr lehnte und sich seine Lippen daran legten. »Lust«, raunte er, »Leidenschaft. Begierde. Sehnsucht.«

Ein leises Seufzen entwich meiner Kehle.

»Wir haben uns noch nie nach etwas so sehr gesehnt wie nach dir«, kam es von der anderen Seite. Die Intensität ihrer Gefühle war auf einmal greifbar, ein magnetisches Feld aus Verlangen und Hingabe, das sie umschloss.

»Wir brauchen dich«, sagte Diesel. »Ohne dich waren wir nichts. Ohne dich sind wir nichts. Ohne dich werden wir nie etwas sein.«

»Deswegen kümmern wir uns.« Es klang wie ein Versprechen, das sie bereit waren zu halten, egal was kommen mochte. Doch es prallte gegen die unsichtbare Mauer, die mein Innerstes umgab.

Es war kein Versprechen, das ich erwidern konnte, denn ich gab mich niemandem sonst hin außer mir selbst. Ich war ein Wesen der Unabhängigkeit, ein Geist, der durch die Dunkelheit der Nacht streifte, ohne mich jemals ganz zu binden. Meine Seele war frei wie der Wind, und meine Leidenschaft brannte hell wie ein Sternenhimmel, doch sie gehörte allein mir.

»Findet jemand anderes, um den ihr euch kümmern könnt.« Meine Worte waren kalt. Wie eine eisige Brise brausten sie durch die erhitzte Atmosphäre um uns herum. Ich konnte meine Freiheit nicht aufgeben, auch nicht für das Versprechen von Lust, das in der Luft hing.

Cieran

Ihre Ablehnung traf uns wie ein Tritt in die Magengrube. Wir waren nicht gewohnt, dass man uns abwies. Wir waren die Psychopathen, die Monster, die Angst und Schrecken verbreiteten. Aber Milana sah uns nicht als Monster. Sie fürchtete uns nicht. Sie wollte uns nicht. Sie verweigerte unsere Fürsorge. Sie verweigerte uns.

»Das können wir nicht.« Sie war die einzige Person, um die wir uns kümmerten. Es gab niemand anderen. Wir konnten nicht einfach losziehen und uns jemanden suchen. Es gab keine wie sie. Keine außer ihr konnte uns dazu bringen, etwas zu fühlen.

»Du bist die Einzige«, sprach Diesel mir aus der Seele. Ich spürte, wie er sich neben mir bewegte, seine Anspannung genauso spürbar wie meine eigene. »Du löst etwas in uns aus. Etwas, das wir nicht kontrollieren können.«

Er hatte Recht. Diese Frau hatte etwas in uns geweckt, das wir nie zuvor erlebt hatten. Eine Sehnsucht, ein Verlangen, das so intensiv war, dass es fast schon schmerzte.

Milana sah uns mit einem Ausdruck an, der nichts darauf schließen ließ, was in ihr vorging, ihre Augen wie zwei dunkle Abgründe, die uns zu verschlingen drohten.

Dann, aus heiterem Himmel, brach ein Lächeln auf ihrem Gesicht aus, ein Lächeln, das so eisig und schön war wie Mondlicht auf Eis. Der Laut, der aus ihrer Kehle drang, brachte mich um den Verstand. Er klang wie das Klirren von Kristall, scharf und kalt.

»Ihr seid wirklich süß«, spottete sie mit einem säuerlichen Unterton, der durch den Raum hallte. Ihr Lächeln wurde breiter, aber es erreichte ihre Augen nicht, die weiterhin wie finstere Schatten wirkten. »Zwei große, starke, angsteinflößende Psychopathen, die plötzlich anfangen zu fühlen? Das ist lächerlich. Es ist lächerlich, wie sehr ihr euch um mich bemüht.«

Ich spürte, wie sich eine Mischung aus Wut und Frust in mir aufbaute. Diese Frau war ein Rätsel, eine Herausforderung, die wir nicht zu knacken vermochten. Doch gleichzeitig übte sie eine unwiderstehliche Anziehungskraft auf uns aus, eine magnetische Kraft, der wir uns nicht entziehen konnten.

Gott, und eigentlich wollte ich nur von ihr wegkommen. Ich wusste, dass sie mein Tod sein würde. Aber ich schaffte es nicht, mich von ihr zu lösen.

»Wenigstens sind wir ehrlich«, entgegnete Diesel mit fester Stimme, versucht, seine innere Anspannung nicht zu zeigen. »Du versteckst dich immer noch hinter der hohen Mauer, die du für dich selbst errichtet hast. Du tust immer noch so, als wäre dir alles egal, als würdest du einen Scheiß empfinden.«

Ihr Lächeln schnürte sich zu einem schmalen Strich, ihre Augen blitzten wie Dolche im Licht.

»Aber ich weiß es, Milana. Ich habe es gesehen.« Eine seltsame Stille legte sich über uns. Langsam lehnte Diesel sich zu ihrem Gesicht hinunter. »Du hast Angst. Angst, dass du deine Freiheit verlierst, die Kontrolle verlierst und die Mauer einstürzt«, wisperte er rau. »Denn dann würden wir dein wahres Ich sehen. Wir würden sehen, dass du nichts weiter als ein verletztes und verängstigtes kleines Mädchen bist, und dass du uns verdammt noch mal genauso willst wie wir dich.«

Sie zuckte zusammen, als ob seine Worte einen Nerv getroffen hätten. Ihre Augen weiteten sich für einen kurzen Moment, bevor sie sich wieder verengten. »Du weißt einen Scheiß, Diesel«, zischte sie, doch ihr Gesicht war gefallen, wenn auch nur für einen Sekundenbruchteil, und hatte sie verraten.

In ihrem Blick blitzte die pure Verzweiflung, als sie ihn von sich wegstieß und sich aufrichtete. Sie versuchte es wie Wut und Hass aussehen zu lassen. So wie sie es immer getan hatte.

»Wenn ich euch wirklich so viel bedeuten würde, wie ihr behauptet, würdet ihr mich gehen lassen. Ihr würdet mich nicht wie einen Buchstaben gefangen halten, der im letzten Kapitel eines Buches feststeckt, immer wieder die gleichen Zeilen wiederholt und sich nach einem anderen Ende sehnt.«

»Du hast nicht zugehört, Milana.« Ich begegnete ihrem Blick.

»Das können wir nicht. Wir sind besessen. Wir sind süchtig. Wir brauchen dich wie die Luft zum Atmen.« Die Worte klangen fremd in meiner eigenen Stimme, als ob sie von einem anderen stammten. Doch sie waren wahr, so wahr wie das Pochen meines Herzens in meiner Brust.

»Gut. Dann haltet mich weiter fest«, sagte sie, ihre Augen nun wirklich vor Zorn blitzend. »Aber ich werde mich losreißen und mein eigenes Ende schreiben. Und ich habe es euch gesagt; das Ende, das Ziel, ist euer Tod.«

In diesem Moment war mir klar, dass wir bereit waren, alles zu tun, um bei ihr zu sein, selbst wenn es unseren Tod bedeutete. Milana Petrova hatte etwas in uns geweckt, das tief verborgen lag, und wir würden ihr folgen, wohin auch immer sie uns führen würde.

»Lieber sterben wir mit dir, durch deine Hände, als ohne dich.« Denn sie loszulassen bedeutete, die Atemluft aufzugeben, und ohne Luft überlebte ein Mensch nur zehn Minuten. Die Leere, die ihre Abwesenheit in uns hinterlassen hätte, hätte uns erstickt. Zehn Minuten ohne diese Frau waren unser Todesurteil.

»Ein Messer«, hallte ihr Befehl durch den Raum, durchdringend und entschlossen. »Ich werde es schnell beenden.«

»Oh, nein, Kätzchen.« Ein finsteres Grinsen breitete sich auf Diesels Lippen aus. »Wir werden dich nicht so einfach gehen lassen. Bevor du uns das Vergnügen für immer nimmst, werden wir dich noch mindestens tausendmal ficken, bis deine Seele vor Erschöpfung schreit.« Sein Flüstern waberte wie ein pechschwarzer Nebel um sie herum.

»Vor unserem letzten Atemzug, bevor du überhaupt daran denken kannst, uns zu entkommen, werden wir dich tausendfach durchdringen, in einem Tanz der Lust und des Schmerzes. Und du wirst es lieben. Und wer weiß.« Ein leises Grummeln begleitete meine Worte, meine Stimme ein düsteres Versprechen. »Vielleicht willst du uns danach gar nicht mehr umbringen.«

»Und da ist noch jemand«, raunte mein Bruder, während seine Augen auf die Stelle sanken, an der er ihre Haut zugenäht hatte, »jemand, mit dem wir eine Rechnung offen haben.«

Ich spürte, wie sich ein eisiger Schauer des Zorns über meine Wirbelsäule legte, als ich seinem Blick folgte. Wer auch immer ihr das angetan hatte, war bereits tot. Wer Milana etwas antat, wer es wagte, sich mit ihr anzulegen, legte sich mit uns an. Niemand wagte es, sie zu verletzen und ungestraft davonzukommen. In diesem Moment war der Schatten der Rache bereits über uns gefallen, dunkel und unerbittlich.

Kaum hatte Diesel ausgesprochen, schossen ihre giftgrünen Augen auf uns. »Das geht euch nichts an«, fauchte sie. Ich konnte die Verbitterung in ihr spüren, ihre unendliche Entschlossenheit, selbst damit fertigzuwerden. Aber diesen Kampf ließen wir sie nicht alleine kämpfen. Vor allem nicht in ihrem Zustand.

»Es geht uns sehr wohl etwas an«, erwiderte ich ruhig, doch meine Brust vibrierte vor unterdrückter Wut und die Muskeln in meinem Kiefer zuckten. »Niemand verletzt dich und kommt lebend davon.«

»Niemand kann mich verletzen, Cieran.« Sie lag da mit einer Stichwunde in ihrem perfekten Bauch, anderen Narben auf ihrer zarten Haut, von denen ich besser nie herausfand, wie sie entstanden waren, und einer Schutzmauer höher als der Mount Everest, und dennoch erzählte sie uns, niemand könne sie verletzen. Und wahrscheinlich glaubte sie das auch noch.

»Niemand kann dich verletzen, hm?« Ich schnaubte verächtlich. »Das sehen wir.«

Unsere Blicke trafen sich, Funken sprühten zwischen uns. »Wenn ihr jemanden sucht, auf den ihr aufpassen könnt, dann besorgt euch doch ein paar Babys«, entgegnete sie. »Ich bin kein verdammtes Baby, das vor der Welt beschützt und dessen jeder Schritt überwacht werden muss.«

Nein, Milana war kein schwaches Geschöpf, das nach Fürsorge oder Schutz lechzte. Sie war eine Kämpferin, eine Überlebende in einer Welt, die keine Gnade kannte. Aber das machte sie nicht unverwundbar. Offensichtlich.

»Eigentlich doch. Genau das, Milana.« Diesel saß da, sein Blick fest auf Milana gerichtet, sein Gesicht von Anspannung gezeichnet, als ob er jede Sekunde erwarten würde, dass die Welt um sie herum in sich zusammenfiel. »Denn wenn du so weitermachst, wirst du entweder von der Polizei geschnappt, legst dich mit den falschen Leuten an oder wirst umgebracht.«

Einen Moment lang hielt er inne, wartete darauf, dass sich etwas in ihr regte, doch das tat es nicht. Sie blieb unberührt, und er fuhr fort: »Wir können dich irgendwie vor der Polizei und diesen Leuten retten, aber wenn du tot bist, bist du tot. Dann bist du weg. Und es gibt nichts, was wir noch tun können.«

Sie hörte Diesel, spürte die Schwere, die er mit sich brachte, trotzdem blieb sie unbewegt, ihre Augen fest auf uns gerichtet. »Und selbst wenn«, sagte sie nur. »Das liegt nicht in eurer Hand. Ich werde mein Leben so führen, wie ich es für richtig halte, egal welche Bedrohungen auch kommen mögen.«

»Und das werde ich nicht zulassen!« Seine Stimme wurde mit einem Schlag lauter, und mein Herzschlag beschleunigte, als ich die Spur von Verzweiflung erkannte, die *Emotionen*, die in ihm überkochten. »Fuck, Milana, kapierst du es nicht?! Wir können dich nicht verlieren! Wir können nicht!«

»Warum?«, schrie sie zurück. »Warum geht das nicht?! Warum fällt es euch so verdammt schwer, mich einfach in Ruhe zu lassen?!«

Ich war befeuert von einer Leidenschaft, die ich nie zuvor gekannt hatte, und mischte mich ein: »Weil ich zum ersten Mal seit 32 Jahren nicht diese betäubende Kälte in mir spüre! Weil da zum ersten Mal eine kleine Flamme existiert, die mein Inneres wärmt!« In dem düsteren Schlafzimmer hallte das Geständnis wider, als würde es sich in den Wänden verfangen und als Echo zurückkehren. »Fuck, nein! Es ist ein ganzes verdammtes Feuer. Ein Feuer, das nur du entfachst, Milana!«

Die Worte hallten nach, das Feuer loderte in uns. In diesem Moment war es klar: Diese Auseinandersetzung würde weit über Worte hinausreichen. Es war ein Kampf um Leben und Tod, ein Kampf um das, was am meisten zählte: Sie.

Es war keine zarte Zuneigung, die uns an sie zog, sondern eine ungezügelte Leidenschaft, die uns verzehrte, und eine stürmische Lust, die in unseren Inneren tobte. Es war keine Liebe, die wir fühlten, sondern eine Gier, eine unstillbare Sehnsucht nach dem, was wir nicht haben konnten. Es war eine Verbindung, die von der Dunkelheit genährt wurde, von den Schatten und finstersten Tiefen unserer Seelen. Und wir waren verloren in diesem Strudel aus Lust und Sehnsucht, ohne Aussicht auf Erlösung.

Das Verlangen in Diesels Körpersprache war greifbar. Verzweifelt nach Berührung streckte er seine Hand nach ihr aus, doch Milana wich ihm abrupt aus, als hätte seine Berührung die Macht, sie zu verbrennen. Sie sprang aus dem Bett, da blitzte ein plötzlicher Schmerz an ihrer frischen Wunde auf. Ihr Körper reagierte mit einem Zusammenzucken. Schützend legte sie ihre Hand an ihren Bauch, wo die frische Narbe brannte.

Mit behutsamer Bestimmtheit zog ich sie zurück auf das Bett, mein Griff fest, aber nicht schmerzhaft. Ich beugte mich über sie, meine dunkelbraunen Augen durchdrangen ihre giftig grünen, während ich ihre Handgelenke in die Kissen pinnte. Unter meinen Daumen spürte ich den zarten Puls ihres Lebens, eine Erinnerung daran, wie zerbrechlich ihre Existenz war.

Vergeblich wand Milana sich. Ich hielt sie solange fest, bis ihre Kraft schwand und ihr Widerstand nachließ. »Bleibst du jetzt liegen?«, fragte ich schließlich. Ihre Bewegungen hatten sich zwar beruhigt, doch ihr Blick war noch genauso finster wie zuvor. »Ich mache, was ich will«, antwortete sie starr.

Langsam neigte ich mich zu ihr hinunter. Unsere Gesichter waren nur wenige Zentimeter voneinander entfernt. »Dann halte ich dich liebend gerne weiter fest«, hauchte ich rau. Mein Atem streifte über ihre Haut, ein Versprechen von Nähe. »Kätzchen.«

Milana

Ich hatte Schmerzen, aber gleichzeitig fühlte es sich so verdammt gut an. Es war ein Gefühl, das an Ekstase grenzte, ein Wirbelwind widersprüchlicher Emotionen, der gegen die Ränder meines Bewusstseins prallte.

Wie konnten wir nur immer hier landen – verwickelt in den Laken, verschlungen von der Lust?

Ein Schatten hüllte den Raum ein, der nur vom sanften Schein des Mondes und den Lichtern der Stadt angestrahlt wurde, die durch die dunklen Vorhänge fielen. Die Luft war schwer vom Duft der Leidenschaft und dem nachklingenden Gemurmel unseres letzten Gesprächs.

Ich konnte ihre Anwesenheit spüren, ihre Wärme flammte wie eine Fackel in der Dunkelheit. Ihre Hände waren sanft und hart zugleich, ein Widerspruch, der das Chaos in mir spiegelte. Mit jeder ihrer Berührungen entfachten Diesel und Cieran einen Funken, der durch meine Adern brannte und mich vollständig einnahm.

Ich war hilflos gegen die Anziehung. Ich fühlte mich wie eine Fliege, die in einem Spinnennetz gefangen war, ich wollte fliehen, aber zur gleichen Zeit brachte mich ihr Gift, ihre Berührung dazu, ganz von ihnen verschlungen werden zu wollen.

»Bist du sicher, dass du das aufgeben willst?«, raunte Diesel an mein Ohr, während sein Daumen um meine Klitoris kreiste.

Mit blitzenden Augen starrte ich ihn an. Ich wollte ihn den Hass spüren lassen, den Zorn, als sein Bruder jedoch plötzlich seine Finger in mich stieß, entkam mir ein lustvoller Aufschrei.

»Wie war das?«, fragte dieser provokativ, ehe er noch im selben Atemzug ein zweites Mal eindrang. »Ah!«, brach es erneut auch meiner Kehle heraus. Mein Körper bäumte sich auf, und Schmerz pochte in meinem Bauch.

»Du willst es, Milana. Du brauchst es.« Seine Fingerspitzen bearbeiteten diese bestimmte Stelle in mir, und ich spürte einen Dopaminstoß durch meine Muskeln rauschen.

»Tue ich nicht«, zischte ich zwischen zusammengebissenen Kiefern hindurch. »Ihr seid diejenigen, die es brauchen. Ihr seid abhängig. Ihr könnt verdammt noch mal nicht ohne mich leben!« Aber warum musste mich meine Pussy an der Stelle betrügen? Es sah fast so aus, als würde sie sterben, wenn die zwei aufhörten, als würde sie ohne ihre Berührung austrocknen.

Meine Gedanken wirbelten wild durcheinander, während sie mich weiterhin mit geschickten Fingern stimulierten. Zwischen

Lust und Zorn, Verlangen und Schmerz, fühlte ich mich wie in einem Strudel gefangen, der mich unaufhaltsam mit sich riss. Jeder Stoß von Cierans Fingern und jedes Reiben von Diesels Daumen schienen ein Echo in meinem Inneren zu hinterlassen. Ein Echo, das meine Gier nach mehr verstärkte und meinen Widerstand schwächte.

Jeder Berührungspunkt schien ein Feuerwerk der Empfindungen zu entfachen, und ich war hin- und hergerissen zwischen dem Drang, sie von mir zu stoßen, und dem Verlangen, mich ihnen vollkommen hinzugeben.

Ein stechender Schmerz durchfuhr mich und rüttelte mich mit brutaler Gewalt aus den Tiefen meiner Gedanken. Cierans Hand lag fest an meinem Bauch, um mich fühlen zu lassen, wie weit seine Finger in mir vorgedrungen waren. Der Schmerz war überwältigend, verzehrend, als ob jedes Nervenende in meinem Körper in Flammen stand.

Ich schnappte nach Luft, und mein Atem blieb mir im Hals stecken. »Cieran«, brachte ich mit einer erstickten Mischung aus Schmerz, Überraschung und Verlangen über die Lippen.

»Ist okay, Kätzchen.« Seine Stimme, rau und ruhig, durchbrach den dichten Nebel der Gefühle. »Du schaffst das.«

Aber das tat ich nicht. Ich schaffte es nicht. Der Schmerz war erschlagend, drohte mich in seinem gnadenlosen Griff zu ertränken. Er drückte genau auf die Wunde, und jede Bewegung schickte Schockwellen der Qual durch mich hindurch.

Als seine Finger noch tiefer eindrangen und seine Hand den Druck erhöhte, hatte ich das Gefühl, von innen heraus zerrissen zu werden. Nach Luft ringend krallte ich mich verzweifelt an Diesels Schulter fest, um irgendwie Halt zu finden. Meine Finger gruben sich in sein Fleisch, als wäre er meine Rettungsleine in einem Meer aus grenzenlosem Leid.

Mit jedem Augenblick wurde der Schmerz stärker und schien mich zu brechen, doch ein Funke Entschlossenheit flammte in mir. Ich konnte nicht zulassen, dass der Schmerz mich besiegte. Ich musste mich durchbeißen. Ich konnte nicht zulassen, dass sie mich brechen sahen.

Ich erzwang meine Konzentration, um die Schmerzen, die mich zu überrollen drohten, zu verdrängen, während Cierans Finger ihre unerbittlichen Angriffe fortsetzten.

Und dann, gerade als ich dachte, ich könnte es nicht mehr ertragen, überkam mich ein Schimmer der Erleichterung. Der Druck auf meinem Bauch ließ nach, der Schmerz wurde zu einem erträglichen Stechen. Cieran zog seine Hand zurück, sein Gesichtsausdruck war nicht zu deuten.

Meine Finger nach wie vor an Diesels Schulter gekrallt, raffte ich mich auf. Auch wenn der Schmerz weiter durch meinen Körper pulsierte, weigerte ich mich, mich von ihm unterkriegen zu lassen. Mit eiserner Willenskraft richtete ich mich auf, bereit, diesem Arschloch die Hölle heiß zu machen.

Doch bevor ich auch nur die Chance hatte, etwas zu tun, spürte ich plötzlich, wie sich seine Lippen auf meine drängten. Die plötzliche Geste erwischte mich unvorbereitet und ließ einen Schwall von Verwirrung in mir aufkommen. Gefangen zwischen den Schmerzen von gerade eben und der unerwarteten Sanftheit von jetzt, fehlten mir die Worte.

Für einen flüchtigen Augenblick schien die Zeit stillzustehen, während ich mich mit der Plötzlichkeit seines Handelns abfand. Seine Lippen, warm und eindringlich auf den meinen, erweckten einen Wirbelsturm widerstreitender Gefühle in mir, einen Wirbelsturm aus Wut und Sehnsucht.

»Cieran«, murmelte ich schließlich an seine Lippen. Ich spürte, wie er leicht den Kopf schüttelte. »Nein«, hörte ich ihn leise sagen. »Nicht jetzt, Kätzchen.«

Eine warme Hand legte sich an mein Kinn und neigte mein Gesicht sanft zur Seite, bis meine Augen auf Diesels trafen. In den Tiefen seines Blicks fand ich Frieden, und der Wirbelsturm in mir beruhigte sich.

Langsam, fast zögernd, beugte er sich vor und verringerte den Abstand zwischen uns, bis unsere Münder nur noch Millimeter voneinander entfernt waren. Die Luft zwischen uns knisterte, aufgeladen mit einer nicht zu leugnenden Spannung, die schwer im Raum hing.

Doch dann hielt er inne. Sein Atem, warm und verführerisch auf meiner Haut, streichelte mein Gesicht, während er verweilte, seine Lippen verlockend nah und doch unerreichbar. Es war, als wäre die Zeit selbst zu einem Kriechgang verlangsamt, jeder Augenblick dehnte sich in eine Ewigkeit aus.

Die Verwirrung nagte an mir. Worauf wartete er? Was hielt ihn davon ab, die letzte Distanz zwischen uns zu überwinden? War es Provokation? Versuchten sie wieder, mit mir zu spielen? Oder etwas völlig anderes?

In seinen Augen versank ich, auf der Suche nach Antworten, die sich mir nicht erschließen wollten, und fand mich wieder in einem Strudel von Emotionen – Begierde vermischt mit Befürchtungen, Sehnsucht gepaart mit Zweifel. Aber unter all dem schimmerte etwas Tieferes, etwas Unausgesprochenes und doch Greifbares – eine Verbindung, die sich meiner Logik und Vernunft widersetzte.

Und während ich noch vergeblich versuchte, dieses Gefühl zu fassen, schien er es mühelos zu durchschauen. Diesel verstand. Alles. Er sah durch meine Fassade hindurch, drang direkt zum Kern meines Wesens vor – zu meinem Herzen.

Mit dieser Erkenntnis packte mich ein panischer Impuls. Und auch das verstand er. Bevor ich mich von ihm lösen konnte, spürte ich seine Hände an meinem Rücken. Seine Berührung ließ einen Schauer über meine Haut fahren.

Wollte ich mich von ihm befreien oder mich ihm hingeben? Ich war hin- und hergerissen, gefangen in einem Netz aus Panik und Verlangen.

Unsere Blicke trafen sich erneut. In seinen Augen fand ich keine Antworten, aber etwas anderes: *Liebe*? Nein. Sie konnten nicht lieben.

In diesem Moment der Stille und Intensität schwiegen die Zweifel in mir. Was auch immer zwischen uns vorging, es war stark, magnetisch und unaufhaltsam. Und tief in mir wusste ich, dass ich mich dieser Anziehungskraft nicht entziehen konnte.

Mit einem leisen Seufzer gab ich mich ihm hin, schloss meine Augen und ließ seine Berührung meine Haut streicheln.

Das hier spielte keine Rolle. Es hatte keine Bedeutung. Wir hatten das schon tausendmal zuvor gemacht. Dieses eine Mal würde nichts verändern.

Unsere Lippen verschmolzen in einem Kuss voller Leidenschaft und Hingabe. Es war ein Kuss, der alle Zweifel hinwegfegte. Seine Hände erkundeten meinen Körper, zart und fordernd zugleich. Ich spürte seine Hitze, seinen Duft, seine Begierde, die sich mit meiner eigenen vermischte. In seinen Armen verlor ich mich selbst, versank in einem Ozean aus Empfindungen, die ich so noch nie erlebt hatte.

Der Kuss wurde tiefer, intensiver, unsere Zungen tanzten miteinander, erforschten jeden Winkel unserer Münder. Es war ein hungriger Kuss, voller Verlangen, Sehnsucht und unterdrückter Gefühle, ein Kuss, der Lust auf mehr machte.

Meine Finger fuhren durch sein Haar, zogen ihn enger an mich heran. Ich wollte ihn spüren, seinen Geschmack auf meiner Zunge, seine Berührung auf meiner Haut. Ich wollte in ihm versinken, eins werden mit ihm. Zumindest für den Moment, denn in diesem Moment gab es keine Worte, keine Gedanken, nur pure Empfindung.

Der Kuss schien ewig zu dauern, doch irgendwann mussten wir Luft holen. Wir keuchten leicht und lösten uns voneinander, unsere Blicke blieben jedoch fest ineinander verankert. In seinen Augen sah ich ein Spiegelbild meiner eigenen Gefühle: Leidenschaft, Hingabe, und etwas anderes, etwas Tieferes, das ich nicht benennen konnte. Oder wollte.

Was tat ich hier? Wie konnte ich mich so hingeben, so offen

sein? Wie konnte ich vertrauen?

Plötzlich prallte die kalte Realität auf mich zurück. Sie ließ eine Wand hoch fahren, die mir verbot, mich diesen Empfindungen hinzugeben. Jetzt wusste ich, was sie mit dieser Mauer meinten, die ich um mich herum aufgebaut hatte.

Mit einem abrupten Ruck stieß ich ihn von mir. Seine Hände entfernten sich von meinem Körper, und ich wich zurück, als ob ich von glühenden Kohlen berührt worden wäre.

»Was machst du da?«, fragte er leise, immer noch ein bisschen außer Atem. Er versuchte, meinen Blick zu halten, aber ich konnte ihm nicht in die Augen sehen.

»Milana, komm zurück.« Ich spürte seine Finger an meinem Kinn. Dieses Mal war es nicht angenehm. Es fühlte sich an, als würde er meine Haut mit seiner bloßen Berührung verbrennen. »Lass die Mauer nicht wieder zwischen uns kommen.«

Widerwillig wand ich das Kinn gegen seinen Griff und befreite mich. »Hör auf mit dieser bescheuerten Mauer.« Ich schwang die Beine aus dem Bett und stand auf. Dieses Mal wurde ich von niemandem zurückgezogen. »Ich bin einfach ich selbst. Es gibt keine verfickte Mauer.«

Ich wandte mich dem Badezimmer zu und verschwand darin. Mit einem dumpfen Krachen fiel die Tür hinter mir ins Schloss, der Schall hallte durch das Apartment, bevor es ruhig wurde.

Mich umfing eine Stille gedämpfter Emotionen. Die Luft war schwer und drückend, als ob sie von der Last der unausgesprochenen Worte belastet wäre. Mein Atem klang unnatürlich laut und mein Herz war ein ebener Rhythmus in dem Chaos.

Diesel

Sie hatte Angst. So verdammt große Angst davor, jegliche Gefühle zuzulassen. Ich wollte einfach nur bei ihr sein, sie küssen, sie halten, aber alles schien so schwierig mit ihr zu sein.

Ihre Angst war wie eine Mauer, die uns trennte. So nah, und doch unerreichbar. Ich wünschte so sehr, sie zu durchbrechen, Milanas Hand zu ergreifen und sie in meine Arme zu ziehen.

Was war es, das ihr so viel Angst machte? War es die Angst vor Nähe, vor Verletzlichkeit? Vor dem, was in ihrer Vergangenheit passiert war?

Ich wünschte, ich hätte ihre Furcht, den Schmerz, der sie daran hinderte, sich hinzugeben, verstehen können. Doch das konnte ich nicht. Wahrscheinlich hätte ich es nicht einmal gekonnt, wenn sie es erklärt hätte.

»Im Ernst, sie macht mich wahnsinnig«, knurrte Cieran und

starrte gegen die verschlossene Badezimmertür, die die Mauer, die uns von ihrem Inneren fernhielt, versinnbildlichte.

Milana versuchte immer, uns von dieser Mauer fernzuhalten. Sie wollte alles oberflächlich halten, aber sie fühlte, dass es immer schwieriger wurde. Jeder Blick, jede Berührung, jeder Kuss reichte tiefer als nur an die Oberfläche. Sie fühlte Dinge tief in ihrem Inneren, die sie nicht mehr verleugnen konnte. Leidenschaft so tief und dunkel wie die Nacht, Sehnsucht so tief wie die Wurzeln eines Jahrhunderte alten Baumes, Gefühle so tief wie der Ozean, und sie ertrank beinahe darin. Und möglicherweise machte ihr das so große Angst. Doch anstatt die Kämpferin zu sein, die sie vorgab zu sein, kämpfte sie nicht, schwamm sie nicht. Sie ließ sich einfach von der Welle der Angst mitreißen und trieb von uns weg.

»Milana.« Sachte klopfte ich gegen die Tür. Sie war die ganze Nacht über im Badezimmer gewesen. Wir warteten seit zwölf verdammten Stunden und hatten kein einziges Zeichen von ihr bekommen.

»Milana, beweg deinen hübschen Hinter da raus. Sofort!« Cieran war etwas ungeduldiger geworden als ich. Es schien, als ob jede Minute, die sie von uns weg war, das Warten noch schlimmer und schmerzhafter machte. Jeder Augenblick ohne sie dauerte eine Ewigkeit, und die Sehnsucht wurde mit jedem vergehenden Moment intensiver.

Keine Reaktion. Mit der Faust schlug er noch ein paarmal gegen die Tür. »Milana!«

Um ehrlich zu sein überraschte es mich, dass er die Tür noch nicht eingetreten hatte. Zwar hielt ich es für keine gute Idee, aber sie war verletzt, schon zu lange da drin, und die Stille, die uns entgegenschlug, drängte uns weiter zur Verzweiflung. Das Hämmern hallte in der Wohnung wider, als ob es von den Wänden verschluckt wurde. Wir mussten es tun. Wir ertrugen keine weitere Sekunde ohne sie.

Cieran atmete tief durch und presste erneut seine Hand gegen die Tür, als wolle er sie durch bloße Willenskraft zum Öffnen bewegen. Doch das Schloss blieb verriegelt.

»Geh zur Seite.« Mehr Worte brauchte es nicht. Mein Bruder wusste sofort, was ich vorhatte, und machte einen Satz beiseite.

Ich trat die Tür ein, ohne zu zögern. Es brauchte mehrere Stöße, bis ein lautes Knacken die Stille durchschnitt, das Holz splitterte und nachgab.

Ein Moment der Stille folgte. Wir sahen uns an, dann setzten wir uns in Bewegung.

Im selben Augenblick kam Milana aus dem Badezimmer. Ihr Gesicht war finster. Wut und Hass drangen aus jeder einzelnen ihrer Poren.

Aber was ich als nächstes bemerkte, was noch viel wichtiger war, war, dass sie halbnackt war, und dass die Wunde an ihrem Bauch blutete. Sie hielt ein rot getränktes Handtuch dagegen und drückte meinen ebenfalls rot getränkten Hoodie an meine Brust. »Du bist scheiße im Nähen. Und du weißt nicht, wann du besser aufhören solltest«, war das Einzige, was sie uns zu sagen hatte. Die Worte hingen in der Luft wie giftige Dämpfe.

Als hätte sie sich nicht die letzten zwölf Stunden im

Badezimmer eingesperrt, mit einer Leichtigkeit, als wäre nichts gewesen, ging sie an uns vorbei. Aus meinem Kleiderschrank zog sie einen ihrer Pullover und streifte ihn sich über.

Milana verschwand in Richtung Flur, ihre Schritte hallten im Apartment wider. Wir sahen uns an. Keiner von uns wusste, was in den letzten Stunden mit ihr passiert war. Keiner von uns wusste, wie er damit umgehen sollte. Unwillkürlich wanderte mein Blick zu meinem Hoodie. Vorne prangte ein riesiger, roter Fleck.

Ich warf den Kapuzenpullover auf den Boden und wir folgten ihr in die Küche. Sie schien entschlossen zu sein, uns zu ignorieren, während sie die asiatischen Nudeln von vor ein paar Tagen aus dem Kühlschrank nahm und in der Mikrowelle aufwärmte.

»Wer war es?«, wollte Cieran wissen. Er konnte es einfach nicht aufgeben. Seine Stimme bebte vor Verbitterung. In seiner Frage lag ein Versprechen für Rache. Seine Augen waren nun zu schmalen Schlitzen verengt, glühende Kohlen in ihrem Inneren. Sein Körper war angespannt, wie ein Raubtier kurz vor dem Sprung, bereit, auf denjenigen loszugehen, der ihr das angetan hatte.

Sie antwortete nicht sofort und konzentrierte sich mehr auf ihre Nudeln. Erst als sie sich umdrehte, ihre Augen dunkel vor Unmut, sprach sie mit einer Eiseskälte, die mir einen Schauer über den Rücken jagte. »Ich habe euch gesagt, ihr sollt euch jemand anderen suchen, um den ihr euch kümmern könnt«, sagte sie einzig, begleitet von einem eisigen Blick.

Ihr Gesicht war wieder eine undurchdringliche Maske, und ich konnte nicht anders, als mich zu fragen, was in ihr vorging und was in den zwölf Stunden in ihr vorgegangen war. Ihr Wille, uns nicht an sie heranzulassen, schien sich gefestigt zu haben. Im Moment schien sie kälter zu sein als je zuvor.

Cieran hielt sie mit seinen Händen rechts und links am Rand der Küchenzeile fest. »Und wir haben dir gesagt« zischte er, sein Ton mindestens genauso eisig wie ihr Blick, »dass es niemand anderen gibt, um den wir uns kümmern wollen.«

Langsam beugte er sich zu ihr hinunter, seine Bewegungen wie in Zeitlupe. Milana regte sich nicht einen Zentimeter, ihren Blick fest auf seinen gerichtet. Ihre Körper waren so nah beieinander, dass kein Blatt Papier mehr zwischen sie gepasst hätte. Ich hörte die Spannung förmlich in der Luft knistern, die sich mit dem leisen Summen des Kühlschranks vermischte.

»Wir werden dich nicht gehen lassen, egal was du tust.« Seine Lippen streiften ihre. »Unser Atem ist dein Käfig und unsere Berührungen deine Fesseln.« Cierans Stimme war ein raues Flüstern, Milanas Stille ohrenbetäubend. Sie brachte die Wut und Frustration in ihm zum Brodeln. Seine Kiefer zuckten, seine Finger drückten fester gegen die Arbeitsplatte und seine Knöchel traten weiß empor.

»Hör endlich auf, so zu tun, als ob du eine Wahl hättest«, stieß er hervor, seine Stimme ein tiefes Grollen. Die Worte pressten sich durch seine zusammengebissenen Zähne, jedes einzelne ein messerscharfer Dolch, während die Adern an seinem Hals hervortraten. Seine verkrampften Hände löste er von dem Tresen und packte damit ihren Hintern, um sie gegen sich zu pressen. »Du gehörst uns.«

Er rieb seinen verdammten Schwanz an ihr und raunte: »Er will nur dich.« Seine Hände kneteten, seine Lippen fuhren über ihren Hals. »Keine andere Frau… Nur dich«, wiederholte er.

Schneller als ich gucken konnte, schnappte sie sich das Messer hinter sich und bohrte es in seinen Oberarm. Mit einem mehr wütenden als verletzten Knurren wich er von ihr zurück. »Fuck«, murmelte er und presste seine Hand an die blutende Stelle. »Du bist so heiß.«

Ein finsteres Grinsen lag auf seinen Lippen und er trat wieder an sie heran, um seinen Mund auf ihren zu drücken. Nur für diesen einen Kuss, der kürzer als ein Wimpernschlag andauerte, nahm er einen weiteren Messerstich in Kauf. Nur um sie zu berühren, verdammt, nein, nur um sie sehen zu dürfen, hätten wir jeden Schmerz auf dieser Welt akzeptiert.

»Milana, leg das Messer weg.« Ich ging zu ihr rüber. Drohend hob sie das Messer, die scharfe Spitze zielte direkt auf mein Herz, doch das machte mir keine Angst. Die scharfe Kante glitt über meinen Handrücken, als ich danach griff. Achtlos schleuderte ich das Messer hinter mich, wo es mit einem klirrenden Geräusch in das Spülbecken krachte.

Dann mit einer kräftigen Bewegung schob ich sie auf die kalte Marmorplatte der Kücheninsel. Sie lag regungslos da, ihr Gesicht bleich und leer. Ohne zu zögern, beugte ich mich über sie, meine Hände legten sich auf ihre Schultern. In diesem Moment spürte ich einen Strom der Zärtlichkeit durch mich fließen, ein tiefes

Mitgefühl für diese zerbrechliche Frau, die so viel Schmerz erlitten hatte, dass sie nicht anders konnte als dasselbe mit allen anderen zu tun.

»Milana«, flüsterte ich leise. »Ich bin hier. Wir sind hier. Wir wollen dich einfach nur beschützen, uns um dich kümmern. Wir sind nicht dein Feind.«

Langsam hob sie ihren Kopf und sah mich an. Ihre Augen waren zwei eisige Schächte, in denen nichts als purer Finsternis lauerte. »Ich wähle meine Feinde selbst«, entgegnete sie, »und wer mich einsperrt und auf einen Küchentresen drängt, ist mein Feind.« Ich spürte die Wut in ihrer Stimme, den Schmerz, den sie zu verbergen versuchte. Doch unter all dem sah ich auch die verzweifelte Bitte nach Erlösung.

Sie wollte frei sein. Sie wollte es so sehr. Die Sehnsucht nach Freiheit brannte in ihr wie ein Feuer, ein verzehrendes Verlangen, das nach Befreiung schrie. In ihren Augen spiegelte sich der Traum von grenzenlosen Möglichkeiten, von einem Leben ohne Fesseln und Einschränkungen.

Aber mit ihrer Freiheit kam auch die Gewissheit, dass sie uns verlassen würde. Wenn Milana frei wäre, gehörte sie nicht mehr uns. Falls sie uns je überhaupt gehört hatte. Ich hätte sie nie wieder gesehen. Ich hätte sie für immer gehen gelassen. Und allein der Gedanke daran brachte mich fast um.

Ich lockerte meinen Griff um sie. »Wir können dir alles geben. Alles, was du haben willst, ist dein.«

Ihre Augen blieben leer, als sie leise und klar sagte: »Alles, bis auf das Einzige, was ich wirklich will.« *Ihre Freiheit.*

Stille hüllte den Raum in einen dichten Nebel, während wir uns in Schweigen gehüllt ansahen.

»Du kannst Freiheit kriegen.« Cieran sprach in die Stille. Er stellte sich neben mich, sein Blick auf Milanas fixiert, als ob er ihr die Versprechungen direkt in ihre Seele bohren wollte. »Macht, Reichtum, Gesundheit, eine schöne Unterkunft, in die du jeden Abend zurückkommst, Betten, die immer warm für dich sind, und Sex, von dem keiner von uns je genug kriegen wird. Dieses Leben ist alles, was du brauchst. Alles, was du willst.«

Milana konnte diese Verlockungen nicht einfach schlucken. Ihr Widerstand sprudelte aus ihr heraus wie ein brodelnder Strom. »Ist es nicht!« Ihre Worte waren wie ein Donnerschlag, ein Ausdruck unbeugsamer Entschlossenheit. »Das ist, was ihr wollt!«

Doch Cieran blieb ungerührt. Seine Stimme behielt ihre entschiedene Klarheit. »Ist mir egal. Entweder du findest dich endlich damit ab, oder du tust es nicht und machst es dir selbst nur schwerer. Die Wahl, wie du es machen möchtest, liegt allein bei dir, Kätzchen.«

»Ich werde nie aufhören zu kämpfen. Ich werde niemals meine Freiheit für euch opfern.« Es war ein fester Eid gegen die Versuchung, die sich ihr entgegenstellte.

»Dann kämpfen wir«, hauchte er unheilvoll.

Voller Entschlossenheit sah sie uns an. »Ja«, sagte sie, »lasst uns kämpfen.«

Milana

Das Herz klopfte mir bis zum Hals, als ich mit dem Fuß ausholte, bereit, den Schlag auszuteilen. Doch bevor meine Wut ihren Höhepunkt erreichen konnte, packte Diesel meinen Knöchel mit einer eisernen Griffstärke. Ein Funke der Verärgerung entzündete sich in meinen Augen, während ich mich gegen seine Umklammerung stemmte.

Plötzlich erfüllte ein schrilles Kratzen den Raum, als wurde ein Metallstück mit Gewalt über eine raue Oberfläche gezogen.

Wir blickten auf. Unsere Köpfe bewegten sich zur selben Zeit Richtung Tür, unsere Blicke magnetisch angezogen von dem unheilvollen Lärm.

»*Deine Zeit ist abgelaufen.*« Die Warnung war wie ein eiskalter Schauer, der durch meine Adern fuhr und mein Blut zum Gefrieren brachte. »*Bist du bereit, zu sterben?*«

Dieses Mal richteten sich ihre Köpfe zeitgleich auf mich. Mit fragenden, nagenden Augen durchdrangen sie mich. Ich richtete mich auf, stieß sie aus dem Weg und schnappte mir das Messer aus dem Spülbecken.

»Milana, wer ist das? Was sagt er?« Ihre Worte, fremd und fern, konnten nicht durch die Taubheit reichen, die meine Ohren einhüllte.

Mit dem Messer in der Hand starrte ich auf die Tür, hinter der die unheimliche Stimme gedroht hatte. Meine Muskeln spannten sich an, bereit für den Kampf... oder die Flucht.

Diesel und Cieran kamen neben mir zum Stehen, ihre Blicke ebenfalls auf die Tür gerichtet. »Er ist es«, realisierte Cieran in diesem Augenblick, sein Ton ein tiefes Grollen. »Was will er?« Diesel presste die Frage durch zusammengebissene Zähne, die bereit dazu waren, jeden Feind zu zermürben. Ihre Wut pulsierte durch den Raum und lud die Luft.

Als ich die Antwort: »Mich töten«, aussprach, war die Luft so dicht aufgeladen, dass ich kaum noch atmen konnte. Es war ein erstickender Druck, der meine Lungen zu zerquetschen drohte. Meine eigenen Worte hallten in meinen Ohren wider, übertönt von einem dumpfen Pochen, das meinen Verstand überflutete.

Cieran ballte die Fäuste an seinen Seiten. »Er wird dafür bezahlen, was er dir angetan hat«, knurrte er und setzte sich in Bewegung, gewillt, für den Kampf, doch mein Arm schnellte vor, um ihn zu stoppen.

Mit finsteren Augen sah ich ihn an. Es war eine stumme Warnung. Das hier war meine Schlacht, mein Kampf zu führen.

Ich musste diejenige sein, die dem Ganzen ein Ende setzte.

»Wenn du ernsthaft glaubst, dass wir diesen Wichser in deine Nähe lassen, hast du in den letzten vier Monaten rein gar nichts über uns gelernt.« Entschlossen umgriff Diesel meinen Arm und schob ihn von seinem Bruder weg. »Wir beschützen dich. Wir kümmern uns um dich. Vergiss das nicht.«

»Ihr seid tot«, entgegnete ich und ging los, wurde jedoch nach dem ersten Schritt bereits am Handgelenk gepackt und zum Stopp gezwungen.

»Lieber wir als du.« Die Worte kamen unerwartet aus Cierans Mund. Von Diesel hätte ich sie möglicherweise noch erwartet, aber von Cieran? Auf keinen Fall.

»Kätzchen.« Sachte strich er mein Haar zurück und blickte in meine Augen. »Schau mich nicht so überrascht an. Alles, was ich getan habe, war für dich. Ich lasse dich nicht einfach so in den Tod laufen.«

Bevor ich etwas darauf erwidern konnte, ertönte wieder das Kratzen an der Tür und seine Stimme: »*Schwester, öffne die Tür. Du kannst dich nicht vor mir verstecken.*«

Mit einem finsteren Blick, der mehr sagte als tausend Worte, guckte ich ihn an. Davon ließen sie sich nicht beeindrucken. »Schon vergessen?« Seine Stimme war ruhig, aber der Unterton verriet eine tiefe Festigkeit. Es war, als hätte er meine innersten Gedanken durchdrungen und sie auf den Punkt gebracht. Doch seine Worte trafen mich unvorbereitet. Diesels dunkelbraune Augen blieben auf mir kleben, während sie sich der Tür näherten. »Wir überleben ohne dich sowieso nicht. Also opfern wir uns gerne für dich.«

Meine Finger umklammerten das Messer noch fester, und ein Gefühl der Beklemmung erfasste mich. Wie konnten sie so bereitwillig sein, tatsächlich ihr Leben für mich zu opfern?

Die Gedanken wurden weggespült, als die Tür aufging und Filip in der Wohnung stand.

»Sieh an, sieh an. Wenn das nicht Milanas kleine Schlampen sind.« Ein rauchiges Lachen drang aus den Tiefen seiner Kehle, und er richtete seinen giftigen Blick auf mich. *»Traust du dich nicht mehr selbst gegen mich anzutreten? Musst du deine zwei Schlampen dafür vorschicken?«*

Meine Nasenflügel blähten sich auf. Mein Griff um das Messer wurde schmerzhaft und ich stampfte auf ihn zu. Diesels und Cierans Körper schoben sich wie eine Mauer vor mir zu und ließen mich nicht an sich vorbei. »Geht zur Seite«, warnte ich sie, doch ihre Aufmerksamkeit lag voll und ganz auf Filip.

»Wer bist du?«, wollte Cieran mit zuckenden Kiefern wissen. »Was willst du von ihr?«

Ich klammerte mich an seinen Arm, versuchte vergebens ihn aus dem Weg zu schieben, aber der Körpers dieses Mannes war zu einem Stein mutiert.

»Hast du ihnen nicht von unserer tragischen Familiengeschichte erzählt?«, fragte er neckend und absichtlich auf Englisch. »Ich bin ihr Bruder…«

»Filip«, kam es auf einmal von Diesel. Überrascht schauten wir alle zu ihm. Er blickte über die Schulter zu mir zurück und erklärte: »Du hast im Schlaf seinen Namen gesagt.« Was?! Ich hatte seinen Namen gesagt?

Filip stieß ein bitteres Lachen aus. »Im Schlaf?«, wiederholte er amüsiert. Er hob seine Arme, und in seinem Griff blitzte eine scharfe Klinge. Er richtete die Spitze auf mich und sagte: »*Verfolge ich dich in deinen Träumen, Schwester? Hast du so viel Angst vor dem, was ich mit dir machen werde?*«

»*Du wirst nichts mit mir machen*«, entgegnete ich willensstark. »*Ich werde dich umbringen. Und wenn du tot bist, kannst du Tatko wieder in den Arsch kriechen. Oh, und grüß ihn von mir, wenn ihr zusammen in der Hölle schmort.*«

»*Du wirst in der Hölle schmoren!*«, brüllte er und stürmte auf mich zu, das Messer in seiner Hand blitzte im fahlen Licht der Wohnung. Doch bevor er zustoßen konnte, war da Cieran. Mit einem kraftvollen Schlag schleuderte er Filip gegen die Wand. Dieser prallte zurück und keuchte hart.

»Wage es nicht, sie anzurühren«, warnte Diesel mit einem bedrohlichen Funkeln in den Augen, während er meinem Bruder die Waffe aus der Hand schlug und sie mit einem Tritt über den Boden schlittern ließ.

In einer plötzlichen, für mich jedoch vorhersehbaren Bewegung schlug Filip ihm seine Faust gegen den Kiefer. Ohne mit der Wimper zu zucken, steckte Diesel den Schlag ein und schlug seine geballte Hand ebenfalls in sein Gesicht. Das Knacken, das darauf folgte, deutete auf einen Nasenbruch hin.

Filips Gesicht verzog sich. Nicht vor Schmerz, sondern vor Wut. Er befreite sich, und die drei bewegten sich in einem zornigen Tanz aus Schlägen und Ausweichmanövern, bei dem ich nur unberührt zusah.

Die Geräusche des Kampfes erfüllten den Raum. Das Klatschen von Fäusten auf Haut, das Ächzen von Verletzten und das Rascheln von Kleidung.

Die eisige Beharrlichkeit in Diesels und Cierans Augen war greifbar, ebenso wie Filips Zorn. Jeder Schlag, jeder Tritt war ein verzweifelter Versuch, die Oberhand zu gewinnen, um das Ziel zu erreichen – sei es meine Rettung oder meine Vernichtung.

Blut floss in Strömen, ihre Körper waren mit Wunden übersät, doch ihr Wille war ungebrochen. Und ich stand nur da, meine Augen glitten über die Szenerie, bis sie auf einer Streichholz-schachtel ruhten, die einsam auf dem Tisch lag. Wie ein Funke in der Dunkelheit entzündete sich in mir die Hoffnung auf Freiheit. Mit dieser kleinen Schachtel konnte ich mein Schicksal in die eigene Hand nehmen.

Ohne zu zögern, griff ich nach der Packung. Meine Finger umfassten die raue Pappe, und in diesem Moment wusste ich, dass dies meine einzige Chance war.

Ich zündete ein Streichholz an. Die Flamme leckte gierig am Zündkopf, bevor sie sich auf den Holzkörper ausbreitete, das Zündholz mit einem beherzten Wurf durch die Luft flog und direkt neben den umgekippten Weinflaschen landete.

Cieran, der die Gefahr sofort erkannte, stürzte sich auf das Zündholz, versuchte verzweifelt, es auszutreten, ehe es den Alkohol entzünden konnte. Doch es war zu spät.

Ein gellendes Zischen ertönte, gefolgt von einem Knistern, das wie ein finsteres Lied der Vergeltung klang und immer lauter wurde. Ein gleißender Blitz aus Feuer erhellte das Apartment. Die Flammen tanzten wild, hungrig nach mehr, und verzehrten alles, was sich ihrer Freiheit in den Weg stellte. Ich sah zu, wie sie sich langsam ausbreiteten, sich erst an Cierans Kleidung, dann Möbeln und Vorhängen festkrallten.

Sein Blick durchdrang mich, ein Spiegelbild der flackernden Flammen in seinen dunklen Augen, während ich mich langsam entfernte und unsere Brüder immer noch miteinander rangen, gefangen in ihrem tödlichen Kampf.

»Warum?«, drang seine Stimme zu mir durch, nicht getrübt von dem Feuer, das an seinem Bein hinaufkroch.

»Ich bin wie eine Katze«, entgegnete ich, meine Hand um die Türklinke geklammert. »Ich lasse mir meine Freiheit von niemandem nehmen. Ich kämpfe um sie. Und ich habe euch gewarnt, dass ich euch umbringe. Dass das Ende euer Tod sein wird.« Mit der Geschmeidigkeit einer Raubkatze trat ich durch die Tür, meine letzten Worte wie ein verheißungsvolles Echo. »Und ich halte meine Versprechen.«

Mit einem letzten Blick auf das brennende Chaos, das ich entfacht hatte, verließ ich das Apartment und ließ die Flammen hinter mir zurück, um mein altes Leben zu verbrennen und aus der Asche etwas Neues zu erschaffen.

Sie alle, die versuchten mir meine Freiheit und Unabhängigkeit zu rauben, waren gefangen in einem Inferno aus meiner Rache. Doch inmitten dieses Feuers fühlte ich nichts, keine Reue, kein Bedauern. Nur das kalte Gefühl der Befriedigung, den Triumph über meine Gegner.

Während ich durch das dunkle Treppenhaus davon schritt, konnte ich das Knistern der Flammen immer noch hinter mir hören. Es war eine unheilvolle Melodie, die nicht nur das Ende, das ich geschrieben hatte, sondern auch den Beginn eines neuen Kapitels, einer völlig neuen Geschichte, markierte.

In meinem Herzen flackerte eine Flamme der Hoffnung. Aus den Trümmern meines alten Lebens würde ich etwas Stärkeres, etwas Unbezwingbares erschaffen. Denn ich war nicht länger die Gefangene meiner Vergangenheit, sondern die Schmiedin meiner eigenen Zukunft. Und während die Dunkelheit der Nacht mich umhüllte, leuchtete in meinen Augen der Glaube an ein Leben, das ich mir selbst geschaffen hatte – frei, unabhängig und unbesiegbar.

ENDE?

INHALTSWARNUNG

Dieses Buch enthält Inhalte, die verstörend und emotional belastend sein können, und ist daher nicht für jeden geeignet.

Beinhaltete Trigger sind: Gewalt, Folter, Mord, Tod, Blut, Verletzungen, sexuelle, explizite und teilweise brutalere Inhalte, psychische Probleme wie Psychopathie, Besessenheit und andere mögliche psychische Störungen

Sollte dich einer der aufgeführten Trigger beunruhigen, empfehle ich, diese Geschichte nicht zu lesen.

DANKSAGUNG

Wo fange ich da an? Es fällt mir schwer in Worte zu fassen, wie dankbar ich bin nach vielen Hindernissen endlich mein erstes Buch in den Händen halten zu können.

Dieser Debütroman war nicht nur ein lang gehegter Traum von mir, sondern auch ein großes Abenteuer, auf dem ich viele neue Menschen kennengelernt habe. Insbesondere die großartige T. J. Morosis, die mir stets mit Rat und Tat zur Seite stand – sowohl was das Schreiben als auch mein Privatleben betrifft. Danke! Selbstverständlich zählen dazu aber auch meine Testleserinnen. Hierbei möchte ich auch ausdrücklichen Dank an Viktoria und @larie.bookstagram aussprechen, die mit ihren Anmerkungen und Feedbacks einen der größten Teile zu dem finalen Entwurf beigetragen haben.

Natürlich darf meine Schwester hier nicht fehlen, auch wenn sie mich dafür mit sanftem Druck erst *überreden* musste. Scherz beiseite – du hast dir diesen Platz verdient. Du hast an mich und mein Talent geglaubt, wenn ich selbst gezweifelt habe, und hast mich ermutigt, weiterzumachen. Deine Worte waren wie Sonnenstrahlen, die meine Zweifel hinwegfegten und meine Kreativität entzündeten. Dank dir habe ich gelernt, ein bisschen mehr an mich und meine Träume zu glauben.

Danke, Papa, dass du immer wieder nach Leseproben gefragt hast, obwohl du bis heute keine einzige bekommen hast. Ehrlich gesagt hoffe ich, dass du dieses Buch nicht bis hierhin gelesen hast, denn in diesem Fall würde ich am liebsten im Erdboden versinken. Dein geduldiges Nachfragen und deine aufrichtige Begeisterung für mein Schreiben haben mich unglaublich motiviert, dieses Buch fertigzustellen. Danke für deine bedingungslose Liebe und Unterstützung.

Auch ein großes Dankeschön an meine liebe Coverdesignerin Jenn, die meinem Roman eine Hülle gegeben hat, die ich mir nicht schöner hätte vorstellen können. Dein Talent und deine Kreativität haben mein Buch perfekt eingefangen und es zu einem echten Hingucker gemacht. Danke für deine Zeit, deine Mühe und dein Gespür für das perfekte Design.

Zum Schluss möchte ich mich selbstverständlich bei meinen Leserinnen und Lesern bedanken, die dieses Buch in die Hand nehmen. Es bedeutet mir alles, dass ihr meine Geschichte lesen und meine Charaktere kennenlernen möchtet. Ich hoffe, es hat euch genauso viel Freude bereitet, wie ich beim Schreiben hatte.

Ohne euch alle wäre dieses Buch nicht möglich gewesen. Ich schätze eure Unterstützung unendlich. Ebenso wie ich die Möglichkeit, meine Geschichte mit der Welt zu teilen, unendlich schätze. Und ich hoffe, dass sie euch genauso ans Herz wächst, wie sie es mir in den letzten Monaten ist.

Danke von Herzen!
Yana Darke

9 783759 770370